인어야담

이수현 장편 소설

人魚捭談

Yewonbooks Romance Story

인어야담(人魚揶談)

초판 1쇄 찍은 날 | 2016년 11월 11일
초판 1쇄 펴낸 날 | 2016년 11월 17일

지은이 | 이수현
펴낸이 | 예경원

편집 | 유경화 · 안유진

펴낸곳 | 예원북스
등록번호 | 제396-2012-000132호
등록일자 | 2012. 7. 25
YRN | 제1-0170호

주소 | 경기도 고양시 일산동구 호수로 646-24 위너스21-Ⅱ 206A호 (우) 10401
전화 | 031-819-9431 팩스 | 031-817-9432
http://cafe.naver.com/yewonromance
E-mail | yewonbooks@naver.com

ⓒ 이수현, 2016

ISBN 979-11-5845-271-1 03810

인어야담

이수현 장편 소설

Yewoobooks Romance Story

人魚捕記

여원

目
次

序

제 심장을 찔러, 당신을 살릴 수만 있다면
기꺼이 제 목숨을 내어드리겠습니다

은애하는 당신과 함께 늙어가는 것
그 단순한 삶이 우리에게는 이리 목숨을 걸어야 하는 일이었군요

어찌 당신과 저는 이런 모진 운명으로 엮인 것일까요?
함께할 수 없는 운명을 저주할 뿐입니다

가시어요
뒤돌아보지 말고

영원한 청춘 속에서

당신을 이리 애타게 은애한 한 여인이 있었음을 기억해 주세요

세상을 떠도는 작은 공기방울이 되어서라도

그대 곁에 있겠습니다

언젠가 함께할 수 있는 날을 기약하며

저는 영원히 그대를 은애합니다

1. 운명과의 조우

하얀 연꽃이 수줍게 피어나는 7월이었다. 한창 햇살이 뜨거워지고 있는 시기라 해월국(海月國)의 황궁이 자리 잡은 소주(蘇州)에도 더위가 기승을 부리고 있었다. 바다 위에 뜬 달[海月]이라는 나라의 이름처럼, 해월국은 대대로 외국과의 교역을 통해서 부를 축적해 온 나라였다.

수많은 귀족가문들이 해월국에서 제각기 부(富)를 뽐내었지만 특히 주씨(周氏) 가문의 부귀는 해월국 황실을 뛰어넘는다는 말이 있을 정도였다. 주씨 가문은 예로부터 질 좋은 비단을 거래하여 부를 축적하였다. 비단의 질이 얼마나 우수한지 바다 건너에 있는 국가나 사막을 넘어 북쪽 유목민들조차 주씨 가문의 비단을 찾았다.

실제로 주씨 가문의 비단은 시장에서 교초(鮫綃)라 불렸는데 그 것은 교인이 짠 환상적이고 아름다운 비단이라는 뜻이었다. 하지만 얼마 전 주씨 가문의 가주인 회안(淮安)이 갑작스레 교초 판매를 당분간 중단하겠다고 결정하자 소주는 여러 가지 소문으로 술렁거리고 있었다. 가주인 회안의 교인과 같은 미모 때문에 일부 국가에서는 실제로 그가 교인들을 잡아다가 교초를 짜게 한다는 전설 같은 소문이 돌고 있기도 했다.

바다와 밀접한 국가라 그런지 그 어디보다 바다와 관련된 전설이 많은 해월국이었다. 특히 어린아이부터 어른까지 모두가 가장 좋아하는 전설은 바로 교인(鮫人)에 대한 전설이었다.

전설에 따르면 교인은 인간의 상체와 물고기의 하반신을 가진 종족이었다. 그리고 남쪽 바다에 사는 남해 용궁의 교인들은 특히 베 짜기에 능하다고 전해졌다. 아주 깊고 고요한 밤바다를 건너는 뱃사공들은 이따금 깊은 바닷속에서 교인들이 쓱싹쓱싹 베를 짜는 소리를 들을 수 있다고도 했다.

바다에 사는 교인들이 왜 그리 애써 비단을 짜는지 그 사유는 알 수 없었다. 그러나 가끔 특정한 시기가 되면 교인들이 인가로 나와 며칠간 머무르며 그들이 짠 비단을 시장에 내다 판다고 전해졌다. 그들은 감쪽같이 인간으로 변신하여 누구도 그들이 바다로 돌아가기 전까지는 교인이라는 것을 알지 못했다.

교인들은 남녀를 불문하고 늘씬하고 아름다운 것으로 유명했다. 그래서 어등축제가 열리고 매우 아름다운 남녀가 비단을 팔고 있으면 그들이 혹시 인간으로 변신한 교인은 아닐까 하고 사람들은 상상하고는 했다. 하지만 그 누구도 실제로 교인을 보았다는 사람은 없었다.

❖

달빛이 차갑게 내린 밤이었다. 호수, 강, 연못이 많은 소주의 밤은 그 달빛을 받아 온통 은빛으로 반짝거렸다. 7월 초순의 늦은 밤, 부자가 많은 소주에서도 가장 화려한 저택 쪽으로 배 한 척이 다가오고 있었다.

도성 안에 그물망처럼 이어진 운하를 따라 배는 소리도 없이 저택의 뒤편으로 다가왔다. 소주의 모든 저택들은 모두 저택 뒤편에서 배를 타고 내릴 수 있는 구조로 되어 있었기 때문이었다. 배 안에서 나온 남자가 홍화원(紅華園)이라는 저택의 명패를 다시 한 번 확인하고 주변을 경계하는 듯 재빠르게 저택 안으로 사라졌다.

일각(一刻, 15분) 후, 저택의 작은 방 안에 배에서 내린 남자가 초조하게 누군가를 기다리고 있었다. 매우 긴장한 듯 남자의 얼굴이 창백하게 굳어 있었다. 그리고 연신 방문을 초조한 시선으로 바라보고 있었다.

덜컥!

문소리와 함께 장신의 사내가 안으로 들어왔다. 촛불에 비친 사내의 모습에 기다리던 남자가 저도 모르게 숨을 들이켰다. 사내는 그런 남자의 시선에는 아랑곳없이 우아하게 의자에 앉았다. 사내는 짙고 두툼하게 생긴 눈썹과 크고 형형한 눈, 그리고 날카로운 콧대와 두툼한 입술을 지녔다. 그리고 사내답지 않게 하얀 피부가 매우 인상적이었다. 키가 크고 어깨가 다부진 그는 길고 날렵한 팔다리를 자랑하고 있었다. 인간 같지 않은 아름다운 외모를 자랑하는 사내였다.

"그동안 안녕하셨습니까?"

남자의 인사에 사내는 그저 간단하게 고개를 끄덕였다. 쓸데없는 인사 따위는 나누고 싶지 않다는 듯 사내는 지체 없이 핵심으로 들어갔다.

"날짜는 정해졌소?"

사내의 질문에 남자가 고개를 끄덕였다.

"네, 닷새 후 보름날입니다!"

남자의 대답에 사내의 얼굴에 만족스런 미소가 떠올랐다.

"고생했소. 그럼 조심히 돌아가시오!"

사내는 들어올 때처럼 우아하게 걸어나갔다. 아주 짧은 시간이었음에도 남자의 손에는 끈적끈적한 땀이 흘렀다. 사내는 결코 목소리를 높이거나 험악한 표정을 짓는 법이 없었다. 항상 조용하고 예의 바른 말투였으나 주변의 모든 이들을 압도하는 힘이 있었다. 다행히 오늘 일은 사내가 지시한 대로 일이 잘 마무리가 되었기에 남자는 한숨을 쉬며 조용히 방을 물러났다.

저택 뒤편에 있는 배에 오르자 아까는 보이지 않았던 커다란 자루 하나가 놓여 있었다. 남자가 자루를 묶은 끈을 풀었다.

반짝!

차가운 달빛에 자루 안에 들어 있던 것들이 반짝거렸다. 남자는 예상보다 많은 금을 보고 고개를 끄덕였다. 역시나 사내는 소문대로 본인이 원하는 것에는 값을 아끼지 않았다. 남자가 다시 고개를 들어 고요하게 잠든 저택을 바라보았다. 그 눈빛이 불길하게 반짝거린다고 느낀 순간, 남자의 붉은 눈동자가 달빛에 드러났다.

이내 배는 소리 없이 다시 운하를 따라 도성 밖, 강 쪽으로 나아갔다. 강의 한가운데에 도착하자 남자는 주변을 둘러보았다. 이미 시간은 축시초(오전 1시~2시)를 넘어서고 있었다. 강에는 아무도 없이 서늘한 바람만이 불고 있었다. 이내 남자는 자루를 끌어안았다.

풍덩!

순식간에 남자가 강 속으로 몸을 던졌다. 동시에 배는 흔적도 없이 사라졌다. 이내 물속에 마치 커다란 물고기의 비늘 같은 것이 달빛에 반짝거렸다. 남자는 물고기처럼 유려하게 유영하였다. 그러나 그것도 어느 순간 꿈인 듯 사라지고, 조용한 정적만이 강을 휘감고 있었다.

"오라버니, 그게 정말입니까?"

아름답고 낭랑한 목소리가 남해 용궁의 내실을 가득 채웠다. 평소에는 절대 목소리를 높이지 않는 인아(璘娥)였다. 인아는 남해 용왕의 막내딸로 이제 막 열여덟이 된 아름다운 교인이었다. 하지만 오늘 인아의 목소리는 다소 높았다. 자신 앞에 앉아 있는 오라버니 사인을 바라보는 인아의 맑고 커다란 녹색 눈동자가 크게 흔들리고 있었다.

녹색이나 붉은색 눈동자가 흔한 교인들 중에서도 인아의 청아한 녹색 눈동자는 타인의 시선을 빼앗곤 했다. 그것은 남매라 해도 다르지 않아 사인은 가끔 제 동생인 인아의 눈 속에 빨려 들어가는 기분이 들었다. 사인은 용왕의 장자로 남해 용궁의 차기 용왕이기도 했다.

"음, 그렇게 결정이 되었다고 하는구나."

사인이 담담하게 대꾸하였다. 하지만 그의 목소리도 뜻밖의 결정에 놀란 감정을 모두 감추지는 못했다. 며칠 전 남해 용궁에는 한바탕 폭풍이 불었었다. 그것이 주씨 가문에서 당분간 교초 수급을 중단하겠다고 통보해 온 것이었다. 주씨 가문은 근 200년간 남해 용궁의 교초를 전담하여 판매하고 있었다. 그리고 그 답례로 주씨 가문은 용궁의 결계인 망해(望海)를 지키고 있었다. 그래서 교초의 수급 중단이 망해를 지키는 일에 영향을 미칠까 봐 남해 용궁이 소란스러워졌던 것이다.

"하지만 저는 아직 뭍에 나가서 기숙해 본 적도 없는데, 제가 용궁을 대표해서 주씨 가문의 가주를 만나야 한다니 걱정입니다."

인아의 목소리가 근심으로 매우 낮았다. 비단을 짜는 남해 교인들은 일정 시기가 되면 그 비단을 들고 나가 도시에서 기숙하면서 사람들에게 판매를 했다. 그것은 일종의 성인식과 같았다.

하지만 올해 열여덟이 된 인아는 여자 교인이라면 열여섯이면 치르는 성인식을 아직도 치르지 못했다. 그것이 인아만은 아바마마의 지엄한 명으로 육지에 나갈 수가 없었기 때문이었다. 그래서 아직도 인아는 모든 자매들에게 꼬맹이 취급을 받고 있었다.

"그래, 알고 있단다."

사인은 놀라서 멍해진 인아를 물끄러미 바라보았다. 하얀 백옥 같은 인아의 얼굴을 부드러운 머리채가 휘감고 있었다. 인아의 탐스러운 머리에는 별다른 장식이 없었다. 단지 커다란 진주 하나만이 인아의 오른쪽 귀 옆에 고정되어 있었다. 은은하게 반짝이는 진주 덕분에 인아의 머리카락은 검다 못해 푸르게 보일 지경이었다.

지금 사인이 전해준 소식에 놀란 나머지 인아의 오똑한 콧날에 작은 주름이 잡혀 있었다. 그리고 산호 같은 붉은 입술이 살짝 벌어져 이화(梨花)처럼 고운 이가 가지런하게 드러났다. 아름다움으로 이름이 높은 교인 들 중에서도 인아의 미모는 두드러졌다. 아름다운 외모보다 다정하고 귀여운 성정 때문에 인아는 모두에게 사랑받는 존재였다. 사인 역시 막내 동생인 인아를 누구보다 아끼고 있었다. 그래서 사인이 인아에게 직접 이 소식을 전하겠다고 한 것이었다.

"하지만 아무래도 이번 일은 인아 네가 힘을 써야겠구나. 자세한 명은 내일 아바마마께서 내리실 것이다."

사인의 부드러운 말에 인아가 오라버니를 바라보았다. 붉은 눈동자를 지닌 사인의 얼굴에 다정한 미소가 떠올랐다. 인아가 자신을 가장 아껴주는 오라버니의 말에 거역하는 일은 별로 없었다. 그것은 사인의 말이 대부분 합리적이었기 때문이었다. 차기 용왕으로서 살아온 사인은 누구보다 넓은 시각을 가지고 있었기 때문이었다.

"네, 오라버니. 제가 도움이 된다면 그리하겠습니다."

인아의 대답에 사인이 그녀를 응원하듯이 아름답게 웃었다. 하지만 인아는 오라버니의 격려하는 미소에도 떨리는 심장을 어찌할 수가 없었다. 주씨 가문의 가주를 남해 용궁을 대표해서 만나라니 어디 이것이 보통 일인가? 그런데 이렇게 큰 임무라니, 어안이 벙벙했다.

그러나 사실 인아도 왜 자신들이 열심히 짠 교초를 주씨 가문에서만 전담하여 판매하고 있는지 그 자세한 속사정을 알지 못했다. 하지만 일단 주씨 가문과의 관계가 어긋나면 남해 용궁에 큰일이라는 것만은 알고 있었다. 갑작스러운 주씨 가문의 통보에 혼란에 휩싸였던 용궁에서는 급히 가주를 직접 만나기로 했었다.

"그런데 주씨 가문의 가주께서는 오라버니 대신 왜 다른 사람을 보내라고 했을까요?"

인아가 고개를 갸웃거렸다. 주씨 가문과 용궁간의 대화는 항상 가주와 용왕의 장자 간의 임무였기 때문이었다. 하지만 이번에는 사인 대신 다른 이를 보내라는 가주의 말이었다. 게다가 당분간은 주씨 가문의 본가에 머물러야 한다고도 했다. 이례 없는 사안을 맞이하여 여러 인물이 하마평에 올랐다. 그러나 결국 점술사의 점괘에 따라 그 인물로 결정된 것이 바로 인아였던 것이다.

"그러게 말이다. 도대체 속을 알 수 없는 인물이니……. 게다가 이번에는 아바마마께서도 그리하라 말씀하시니 참으로 모를 일이다."

사인의 말에 인아는 주씨 가문의 가주를 상상했다. 도대체 어떤 인물일까? 교인들의 이야기에 등장하는 인간처럼 흉악한 인간일까? 아니면 과하게 재물을 탐하는 탐욕스러운 인간인 걸까? 인아는 자신의 상상에 몸서리를 쳤다.

"그분은 무서운 분이신가요?"

인아의 질문에 사인이 미소를 지었다. 겁에 질린 인아의 얼굴을 보니 또 그 특유의 상상력을 발휘한 것이라 짐작한 사인이었다.

"아니다. 성품도 훌륭하고 능력도 출중하단다. 주변 사람들에게도 매우 공정한 사람이고. 그리고 교인보다 더욱 아름다운 사내로 유명하지!"

사인의 설명에 인아가 안심하였다. 자주 바깥에 나가 인간들을 만나곤 하는 사인 오라버니의 평가이니 틀림없을 것이었다. 하지만 그래도 설명할 수 없는 떨림은 멈추지 않았다. 분명 엄청난 일이 인아를 기다리고 있는 것만 같았다. 하지만 동시에 처음으로 육지에 나간다는 사실에 심장이 두근거렸다.

사실 인아는 아무도 몰래 1년에 한 번씩 만월의 밤에 결계 안쪽에 있는 해안가에 올라가곤 했었다. 별빛이 내리는 바닷가에 있으면 설명할 수 없는 그리움이 인아를 감싸곤 했다. 그렇게 애타게 바라기만 하던 육지에 드디어 갈 수 있게 된 것이었다. 이제 드디어 인아도 진정한 성인이 되는 것이었다. 이 임무를 잘 완수해서 어른으로 인정받겠다는 굳은 의지가 생겨났다.

"알겠습니다. 최선을 다해보겠습니다."

인아의 결연한 녹색 눈동자를 바라보며 사인이 부드럽게 충고했다.

"인아야, 너무 무리해선 안 된다. 그가 어떤 생각을 하고 있는지 그것만 잘 파악하면 돼. 알겠지?"

사인은 못내 걱정스러웠지만 인아가 뭍으로 나가는 데 불편함이 없도록 꼼꼼하게 준비를 시켰다. 그렇게 남해 용궁을 떠나는 날이 하루하루 다가올수록 인아는 점점 초조해졌다. 하지만 그 초조함은 어딘가 달콤한 기대를 품고 있었다.

만월(滿月)의 밤!

파도조차 숨을 죽인 깊고 고요한 밤이었다. 별빛과 달빛만이 하얀 백사장을 부드럽게 쓰다듬고 있었다. 바다의 생명체들도 숨을 죽인 듯 사위는 조용하기만 했다. 하얗게 빛나는 모래와 투명하게 반짝거리는 바다, 장엄하고도 아름다운 광경에 해변은 신비로운 꿈속처럼 몽환적이었다.

찰방찰방!

조용한 바다를 가르며 조심스러우면서도 귀여운 물소리가 들렸다. 약 반 시진(時辰, 한 시진은 두 시간) 전부터 초조하게 용궁과 해월국을 가르는 망해 입구 바위 근처에서 서성거리던 사내가 바다 쪽으로 고개를 돌렸다. 그의 심해처럼 깊은 눈빛이 기대로 반짝거리기 시작했다.

이내 바닷속에서 꿈틀거리는 작은 생명체 하나가 백사장 쪽으로 점점 가까이 다가왔다. 겁 없이 육지 쪽으로 나온 작은 물고기 같은 움직이었다. 사내의 입가가 느슨해졌다. 분명 작은 생명체의 정체가 무엇인지를 정확히 인지한 미소였다.

해변 백사장에 닿은 생명체는 주변을 경계하는 듯 머뭇거리면서 바위 뒤에 서 있는 사내의 눈앞에 서서히 정체를 드러내기 시작했다. 달빛에 은빛으로 반짝이는 것은 치렁치렁하게 길면서도 부드러운 머리카락! 그것은 분명 여인의 머리였다. 그리고 이내 하얗고 가느다란 목덜미, 연약한 어깨가 수면 위로 드러났다. 매끈한 어깨에는 아무것도 걸쳐져 있지 않았다. 그리고 조금씩 수면 위로 생명체의 모습이 드러날수록 그것은 완벽한 여인의 형상을 드러내고 있었다.

곧 아름다운 여인의 상체가 달빛을 받아 눈부시게 반짝거리기 시작했다. 마치 진주로 된 얇은 비단 옷을 입은 것처럼 고운 자태였다. 조심스레 주변을 살펴보던 여인이 조금 더 육지로 올라왔다. 그 아래 상반신만큼 아름다운 다리가 곧 노출될 참이었다. 하지만 이내 드러난 여인의 하반신은 두 다리가 아닌 길고 아름다운 지느러미였다.

교인(鮫人, 중국 전설상에 나타나는 인어의 다른 표현)!

남해 바다에 산다는 전설 속의 존재였던 것이다. 전설 속에만 존재한다고 여겨지던 생명체가 고스란히 사내의 눈앞에 나타났다. 육지로 올라온 인어(人魚)는 다시 한 번 주변을 살폈다. 그리고 이내 아무도 없다고 생각하였는지 아름다운 여인의 모습을 갖춘 생명체는 백사장에 길게 몸을 뉘었다. 유선형의 긴 지느러미를 파닥거리며 나른하게 누운 인어는 잠시 그렇게 달빛과 별빛을 받고 있었다.

가까이 다가서려던 사내가 잠시 숨을 죽이고 그런 인어를 홀린 듯이 바라보고 있었다. 신비롭고 아름다운 존재는 그렇게 백사장에 그린 듯이 자리를 잡았다. 달빛에 반짝거리는 물방울이 마치 진주처럼 인어를 감싸고 있었다. 아름다운 상체를 세우고 자신의 긴 머리를 부드럽게 쓰다듬으며 인어는 잠시 숨을 고르고 있었다. 달빛을 받아 반짝거리는 풍만한 여인의 가슴을 마치 달의 신이 섬세하게 어루만지고 있는 것 같았다. 그녀의 몸에 닿는 달빛에게조차 질투를 느끼는 것처럼 사내의 숨소리가 다소 거칠어졌다.

여인의 몸에서 반짝거리던 진주가 점점 사라져 간다고 사내가 느낄 무렵이었다. 인어의 긴 지느러미는 온데간데없이 하얗고 매끄러운 다리가 드러났다. 여인은 자신의 다리를 신기한 듯 쓰다듬어 그 존재를 확인하였다.

인간 세계에 성인식을 위하여 나온 어린 교인의 몸짓이었다. 성인식을 위해서 나올 때에만 인간의 다리를 가질 수 있었기 때문이었다. 그 모습이 사랑스러워 사내가 빙그레 미소를 지었다.

여인은 그런 사내의 시선을 아는지 모르는지 조심스레 몸을 일으켰다. 허리까지 닿는 까맣고 윤기 나는 머리가 그녀의 등을 아슬아슬하게 가려주고 있었다. 머리는 충분히 길었지만 아름다운 곡선을 그리고 있는 그녀의 하얗고 풍만한 엉덩이는 가려주지 못했다. 그리고 그 아래로 쭉 뻗은 긴 다리가 사내의 시선에 고스란히 노출되었다. 사내의 심장박동이 다시 거칠어졌다.

창백하리만큼 하얀 여인은 마치 하늘에 있는 반짝이는 별을 헤아리듯 바다를 향해 서 있었다. 그리고 곧 여인은 애조(哀調)에 찬 곡조를 조용히 읊조리기 시작했다. 구슬처럼 맑고 청아한 목소리, 그 목소리에 담긴 감정이 고스란히 사내의 심장을 움직이게 만들었다.

여인은 자신의 노랫소리와 파도 소리 때문에 자신에게 다가오는 사내의 기척을 미처 인지하지 못하고 있었다. 이제 남자가 다섯 걸음만 다가서면 여인에게 닿을 참이었다.

그렇게 한참을 바다를 향해 서 있던 여인이 옆으로 몸을 숙였다. 그제야 갑자기 여인이 누군가의 시선을 느꼈는지 움찔했다. 그리고 불안한 표정으로 수줍은 듯 두 팔을 올려 자신의 가슴과 계곡을 가렸다. 그리고 급하게 반짝거리던 지느러미가 옷으로 변한 듯한 아름다운 비단 옷 하나를 여인이 주워 들려던 참이었다.

저벅저벅!

갑자기 들려온 발걸음 소리에 여인이 소스라치게 놀랐다. 그녀가 미처 옷을 줍기도 전에 한 사내가 여인의 눈앞에 서 있었다. 그녀의 두 눈이 경악으로 커다래졌다. 달빛에 비친 그녀의 눈동자는 신비하게도 녹색이었다. 연한 옥빛을 가득 채운 듯 커다랗고 아름다운 눈동자였다. 그녀의 길고 숱 많은 속눈썹이 공포로 파르르 떨렸다.

그녀가 미처 비명을 지르기도 전, 사내는 커다란 손을 내밀어 그녀를 제 품에 끌어안았다. 작고 가냘픈 여인의 몸이 사내의 품 안에 쏙 들어왔다. 물에서 나와 다소 서늘한 그녀의 피부에 닿는 사내는 뜨거웠다. 그의 옷자락을 통과하여 전달되는 강렬한 열기에 여인이 가늘게 몸을 떨었다.

"인아(璘娥) 낭자! 육지에 나온 것을 환영하오!"

사내가 달콤하게 여인의 휘(이름)를 불렀다. 공포로 떨고 있던 인아가 그제야 긴장을 살짝 풀었다. 자신의 휘를 알고 있는 사내는 분명 주씨 가문에서 마중 나온 이가 분명해 보였다. 그리고 사내가 조심스럽게 손을 들어 걱정하지 말라는 듯 인아의 얼굴을 쓰다듬었다. 그러자 인아는 그가 자신을 귀하게 여기고 있다는 감정을 바로 알아차릴 수 있었다.

하지만 인아가 안심한 것도 잠시 곧 그녀의 월계화처럼 붉은 입술은 사내의 입술에 머금어졌다. 타는 것처럼 뜨거운 그의 입술이었다. 사내의 강한 입술이 인아의 꽃잎처럼 부드럽고 촉촉한 입술에 부드럽게 닿았다. 그리고 곧 그의 뜨거운 혀가 인아의 작은 입술을 구석구석 쓰다듬었다. 마치 그 모양을 기억하려는 것처럼 섬세하게 여인의 입술을 탐했다.

"하아!"

인아가 숨이 막혀 헐떡였다.

"낭자를 애타게 기다렸다오."

사내의 뜨거운 목소리에 인아는 자신을 기다려 온 그의 감정을 고스란히 느낄 수가 있었다. 그리고 인아는 멍한 머리로 인간의 감촉이 따뜻하다는 생각을 하면서도 어딘가 수줍어졌다.

신기했다. 어느 누구도 이렇게 자신에게 가까이 다가왔던 적이 없었다. 교인들은 서로에게 접촉을 하는 경우가 거의 없었기 때문이었다. 그래서 인아는 이것이 인간의 환영하는 방식인가 보다 하고 생각했다.

다만 사내의 감촉이 아주 오래전 자신이 구해주었던 소년을 만졌을 때와 비슷하다는 생각이 들었다. 그래서인지 사내의 온기가 싫지 않고 포근하게 느껴졌다. 놀랍지만 부드럽고 다정한 감촉에 인아가 저도 모르게 스르르 눈을 감았다.

인아의 매끈한 등을 사내가 자신 쪽으로 좀 더 끌어당기자 인아의 풍만한 가슴이 사내의 강건한 가슴에 짓눌려졌다. 부드러우면서 물큰한 감촉에 사내의 온몸이 순간 열기에 휩싸였다. 사내가 커다란 오른손으로 그녀의 매끄러운 등을 부드럽게 쓰다듬었다. 그리고 그녀의 가느다란 허리를 다른 한 손으로 바싹 자신 쪽으로 잡아당기자 인아가 흠칫 놀라며 무엇인가를 물으려는 듯 입을 벌렸다.

"저기…… 하아!"

그러나 인아는 제대로 질문을 마칠 수가 없었다. 조금 전까지 인아의 입술을 부드럽게 쓸던 사내의 혀가 곧장 인아의 입안으로 들어왔기 때문이었다.

부드럽지만 단호하게 사내의 혀가 인아의 입안을 탐닉했다. 그녀의 고른 치열을 부드럽게 훑고 그녀 볼 안쪽의 부드러운 점막을 자극했다. 그리고 입천장을 부드럽게 쓸던 그의 혀가 놀라서 숨어 있는 그녀의 말캉하고 작은 혀를 낚아채었다.

인아에게서는 향긋하면서 청신한 바다의 맛이 느껴졌다. 오랫동안 애타게 기다려 온 존재가 지금 바로 사내의 품 안에 있었다. 그래서 사내는 인아를 탐하는 자신을 멈출 수가 없었다.

그녀의 말캉한 혀를 부드럽게 마찰하자 인아가 흠칫 놀라며 다시 몸을 움츠렸다. 그러나 사내는 그런 인아의 반응을 예상이라도 한 듯 더욱 바짝 그녀를 자신 쪽으로 끌어당겼다. 그가 걸친 한여름의 얇은 옷감을 통해서 볼록하게 솟아오른 그녀의 유실이 느껴졌다.

그녀의 작은 혀를 자신의 혀로 마찰하다가 강하게 빨아들였다. 작고 부드러운 그녀의 혀가 미치도록 귀엽기만 했다. 그리고 중간중간 그녀의 꽃잎 같은 입술을 깨물거나 빨았다. 놀라서 바르작거리던 인아의 몸이 나긋나긋해졌다. 사내의 혀는 능수능란하게 움직이며 인아의 입천장, 혀 뒤쪽, 볼 안쪽 점막까지 구석구석 자극했다. 그리고 다시 그녀의 작은 혀를 격렬하게 비비고 빨아들였다.

"하아! 헉, 헉!"

인아가 숨이 막히는지 사내의 품 안에서 헐떡이기 시작했다. 마음껏 인아의 입술을 탐하던 사내가 그제야 그것을 깨닫고는 떼어내기 싫은 입술을 간신히 떼어냈다. 그러자 농밀한 입맞춤에 기력이 다한 듯 인아가 흐트러진 호흡으로 기운이 빠진 몸을 고스란히 사내에게 내맡겼다.

"귀여운 반응이군. 정말 아무것도 모르는 모양이구나!"

사내가 탄식처럼 그러나 매우 즐거운 목소리로 속삭였다. 품 안에 있는 인아는 아직도 멍한 듯 제대로 알아듣지 못했다. 이내 인아가 고개를 들어 그의 눈을 바라보았다. 사내의 타액으로 흠뻑 젖어든 그녀의 입술이 달빛을 받아 반짝거렸다. 연한 녹색의 맑은 눈동자에 사내의 모습이 들어 있었다. 그 깊이를 알 수 없는 심해처럼 새까만 사내의 눈동자에도 인아의 아름다운 모습이 고스란히 비쳤다.

그렇게 잠깐 두 사람은 서로를 응시하고 있었다. 처음에는 사내를 밀어내려는 듯이 가슴에 닿았던 그녀의 작은 손이 이제는 마치 생명줄이라도 되는 듯이 사내의 옷자락을 그러잡고 있었다. 쌕쌕 거리며 받은 숨을 내뱉는 인아는 입안에 넣고 굴리고 싶을 만큼 사랑스러웠다.

그러나 곧 인아는 추운 듯 몸을 부르르 떨었다. 한여름이라지만 바닷가의 밤바람은 차가웠다. 게다가 인아의 까만 머리는 아직 물에 젖어 촉촉했다. 인아의 벗은 몸의 체온이 급격하게 식어가고 있었다.

사내가 이내 정신을 차리고 자신의 심의(深衣, 남자들이 겉에 있던 긴 장포)를 벗어 그녀의 몸에 둘러주었다. 커다란 심의 안에 폭 싸인 그녀는 작은 강아지처럼 귀엽기만 했다. 인아가 다리에서 힘이 빠진 듯 휘청거리자 사내는 답삭 그녀를 안아 올렸다.

"놀라게 해서 미안하오. 낭자를 너무 오랫동안 기다리다 보니 순간 이성을 잃었소."

사내가 그녀의 이마에, 눈꺼풀에 그리고 볼에도 가볍게 입맞춤하며 인아에게 부드럽게 속삭였다. 인아의 작은 손이 심의를 꼬옥 그러쥐었다. 그리고 커다란 눈을 뜨고 무엇인가를 질문하려는 듯 입술을 달싹였다. 하지만 육지에 올라온 흥분, 그리고 갑작스런 사내의 손길에 당황한 인아는 제대로 질문을 하지 못했다.

"걱정하지 마시오, 인아 낭자! 모두 잘될 거요!"

사내가 다정하게 그리 속삭이자 인아는 안심한 듯 사내의 가슴에 작은 머리를 기대었다. 사내가 사랑스럽다는 표정으로 인아의 머리를 부드럽게 쓸어내렸다. 하얀 달빛이 인아를 제 것처럼 꼭 끌어안은 사내의 미려한 콧날을 부드럽게 어루만지고 있었다.

연꽃이 만개하는 7월의 해월국 남쪽 해안가에 있었던 이 조용한 조우를 오직 별빛만이 수줍게 목격하고 있었다. 그리고 곧 사내의 눈빛이 마치 원하던 것을 손에 넣은 것처럼 음흉하게 반짝거린 것을 만월이 고스란히 관찰하고 있었다.

2. 특별한 인사법

소주에서도 가장 번화한 거리에 자리 잡은 주씨 가문의 본가 홍화원(紅華園)은 오늘도 많은 사람들이 오가고 있었다. 홍화원은 집안일을 돌보는 많은 하인들부터 거래를 위해 오가는 상인들 및 기타 여러 손님들로 항상 북적거리는 곳이었다.

하지만 오늘 홍화원 깊숙한 곳에 자리한 이홍원(怡紅院)만은 고즈넉했다. 드넓은 홍화원 좌측 가장 안쪽에 자리 잡은 이홍원은 연못으로 둘러싸여 있었다. 홍화원 좌측 큰 담에 면해 있는 유청각을 지나서 연못으로 난 가는 길을 걸어가야 이홍원에 도달할 수 있었다. 하여 언뜻 보면 이홍원은 마치 연못 한가운데에 떠 있는 섬 같았다. 이곳이 바로 해월국의 부를 좌지우지하는 주씨 가문의 가주 회안이 머무는 거처였다.

가주가 머무는 곳이라 이홍원은 그 어디보다 경계가 삼엄했다. 또한 회안의 명령 없이는 집안사람이라 할지라도 함부로 드나들 수 없는 곳이었다. 그러나 오늘은 이미 시간이 진시정(오전 8시~9시)을 넘어 사시(오전 9시~11시)에 가까워 오는데도 이홍원은 조용하기만 했다. 항상 묘시초(오전 5시~6시)면 일어나 업무를 보곤 하던 회안이었기에 매우 이례적인 상황이었다.

"나리께서는 아직 기침 전이신 것 같습니다."

홍화원의 큰살림을 담당하는 왕원량이 맹 유모를 돌아보며 말했다. 두 사람 모두 함부로 이홍원 안으로 들어서지 못하고 유청각 입구에서 이야기를 나누고 있었다. 회안이 그들을 찾을 시간이 평소보다 훨씬 지나 있었기에 두 사람 모두 어찌해야 할까 입구에서 망설이고 있었던 것이다.

"네. 아무래도 그런 것 같습니다."

어젯밤 회안이 축시정(오전 2~3시) 무렵 기척을 죽이고 조심히 들어온 것을 알고 있는 두 사람이었다. 호위무사도 마다하고 집을 나선 회안이 무엇인가를 아주 소중하게 품에 안고 돌아왔던 것이다.

곧 이홍원에 도착한 회안이 은밀히 맹 유모를 불러 여인의 옷과 몸을 닦을 수 있는 간단한 물과 천 등을 요청하였다. 입이 무거운 맹 유모는 아무런 질문 없이 조용히 가주의 명령을 수행하였다.

"아무래도 방해하지 않는 것이 좋겠습니다."

맹 유모의 말에 왕원량이 고개를 끄덕였다. 오늘부터 약 열흘간은 모두가 더위를 피해 잠시 교역을 멈추는 시기가 되었기에 홍화원 가솔들은 가주의 늦은 기침을 다행히 그리 이상하게 여기지는 않았다. 하지만 이홍원에는 뭐라 설명할 수 없는 묘한 분위기가 흘러나오고 있었다.

"으음!"

인아는 불편한 몸을 뒤척였다. 항상 포근하게 인아를 감싸던 물과는 다른 것이 인아를 감싸고 있었다. 그리고 두툼한 밧줄 같은 것이 인아의 몸을 꼭 끌어안고 있었다. 하지만 그것은 따듯했다. 바닷물 속에서 사는 인어들의 체온은 인간보다 다소 낮았다. 하여 다른 인어가 옆에 있어도 인아는 항상 서늘하다고 느꼈다. 하지만 오늘 인아를 감싼 것은 다른 생명체 같았다. 아주 오래전 희미하게 기억나는 어린 시절 바다에 빠진 소년을 만졌을 때 느껴졌던 그 감각이었다.

인아가 여덟 살이었던 한여름, 용궁 근처 인아가 좋아하는 산호초 숲에 인간의 소년이 떠내려 온 적이 있었다. 당시 인간에 대해 알지 못했던 인아는 다가가서는 안 된다는 사실을 몰랐다. 단지 자신과 비슷한 생명체가 바닷속에서 숨을 제대로 쉬지 못하는 것이 이상했다. 그래서 자신의 호흡을 나누어 주었고 해안가로 데려다주었다. 그 소년의 얼굴은 잘 기억이 나지 않았다. 다만 인어와는 달리 따듯했던 피부의 감촉은 여전히 생생했다.

'아직 꿈을 꾸고 있는 것일까?'

인아는 아직 제대로 눈도 뜨지 못하고 그렇게 생각했다. 밤새 꾸었던 꿈이 어찌나 생생했던지 아직도 심장이 두근거렸다. 꿈속에서 인아는 사내의 품 안에 안겨 있었다. 미모로 이름 높은 교인보다 더 아름다운 사내를 처음 보았던 것이다. 교인들은 남녀를 불문하고 아름다웠지만 남자 교인들은 어딘지 모르게 유약한 느낌이었다. 하지만 꿈에 나타났던 사내는 강인한 아름다움을 보여주었다.

망측하게도 그 사내가 나신인 인아를 끌어안았을 때 놀라고 당황스럽기는 했지만 싫지 않았다. 그의 입술이 인아의 작은 입술에 닿았을 때, 인아는 생전 처음 짜릿함을 느꼈다. 교인들은 서로 그렇게 가까이 닿는 경우가 거의 없었다. 부드러우면서 집요한 입술이 자신의 입안을 헤집을 때 인아는 거의 정신을 잃고 있었다. 두렵기도 하고 흥분되기도 해서 몽롱하기만 했던 것이다.

아무래도 육지에 나가야 할 일이 걱정되었기에 그런 꿈을 꾼 것이 분명했다. 교인들은 남자는 15세, 여자는 16세 성인이 되면 100일간 완벽한 인간의 몸으로 변신하여 육지에서 살 수 있었다. 자신이 애써 짠 교초를 판매하여 그 돈으로 인간 세상을 구경하는 것이었다. 인아에게는 많은 오라버니와 언니들이 있었다. 모두가 인간 세상을 경험하고 와서 신나게 그 이야기를 하였다. 그것을 계속 부러워만 했던 인아였다.

용궁과 육지는 망해(望海)라는 결계를 통해서 분리되고 있었다. 그래서 망해 안쪽에서 교인들은 인간의 눈에 띄지 않고 변신할 수 있었다. 육지로 나간 교인들은 몸을 말리고 나면 인간의 다리를 가지게 된다. 그리고 지느러미가 변한 옷을 입고 망해를 넘어가는 것이었다.

그 망해에 문제가 생기면 정말 큰일이었다. 그런데 최근 용궁을 보호하는 결계를 지켜야 하는 주씨 가문의 움직임이 수상쩍었다. 가주를 만나서 그의 의도를 파악해야 하는 임무가 무겁기는 했지만 인아는 육지에 나가는 것을 한편으로는 무척 기대하고 있었다.

어쩌면 예전에 자신이 구해주었던 그 소년을 찾을 수 있지 않을까 하는 작은 소망이 마음 한구석에 피어올랐던 것이다. 이상하게도 그의 얼굴도 잘 기억이 나지 않았지만 그를 떠올리면 마음 한구석이 간질간질해졌다. 그래서 매해 그를 구해준 시기가 되면 아바마마 몰래 그 바닷가를 찾곤 했다. 그것은 아무에게도 이야기하지 못한 인아의 풋풋한 연심이었다.

그렇게 여러 가지 생각으로 아직 멍한 인아는 자신을 감싸고 있는 온기가 아무래도 현실처럼 느껴지자 번쩍 눈을 떴다.

"학!"

인아가 깜짝 놀라 숨을 들이켰다. 인아의 눈앞에 까만 흑요석처럼 빛나는 사내의 눈동자가 있었던 것이다. 아직도 꿈인 것인지 인아는 놀라 다시 눈을 감았다. 심장이 미친 듯이 뛰고 있었다.

"이제 깨어났소?"

기분 좋게 낮은 목소리가 인아에게 말을 걸었다. 그 음성에는 인아를 놀리는 기색이 묻어 있었다. 이불을 꼭 쥐고 인아가 감았던 눈을 다시 조심스레 떴다. 그러자 눈앞에 어젯밤 꿈에 보았던 사내가 한쪽 입술 끝을 말아 올리며 인아를 바라보고 있었다. 그리고 발칙하게도 그는 인아의 허리에 척하니 팔을 두르고 그녀를 자신의 품 안에 끌어안고 있었다.

"히익, 누, 누구십니까?"

인아가 당황해서 새된 목소리로 질문을 했다. 왜 어젯밤 꿈속에 나왔던 사내가 자신 앞에 있는 것인지 인아는 어리둥절했다. 그래서 사내의 질문에 대한 답은 무시하고 불문곡직하고 물었던 것이다.

"내 휘(이름)는 회안(淮安)이라오. 그리고 참고로 말해두는데 여기는 내 집이오."

인아의 다음 질문을 예상한 회안이 상큼하게 답변하였다. 자신의 휘를 밝히는 그는 용왕처럼 당당했다. 그리고 그것이 그에게는 너무나 잘 어울렸다.

인아가 당황하여 몸을 바르작거리며 버벅거렸다. 그리고 인아의 얼굴부터 드러난 목덜미까지 온몸이 붉은 사과처럼 빨갛게 변하고 말았다. 자신의 눈앞에 있는 사내의 뜨거운 시선에 어찌할 바를 몰랐다. 그래서 미처 떨어져 달라는 말조차 하지 못하고 이렇게 민망한 상황에서 누구냐고 질문부터 하고 말았다.

그의 너무나 자연스런 대답에 인아가 다음 질문을 할 생각도 잊고 마치 물고기처럼 뻐끔거리며 당황하고 있자 사내가 하얀 이를 드러내며 활짝 웃었다. 놀라고 정신이 없는 와중에도 그의 미소가 인아의 눈 속에 콕 박혔다. 사내는 다행스럽게도 인아가 부탁을 하기 전에 침상에서 내려갔다.

"휴!"

몰래 작은 한숨을 내쉬며 인아는 사내가 침상에서 내려가자마자 이불로 자신의 온몸을 칭칭 감았다. 그제야 인아는 조심스럽게 사내를 관찰할 수 있었다. 사내의 상체는 나신이었다. 하반신에는 인간들이 고(바지)라고 부르는 옷을 입고 있었다. 분명 인아가 들은 바로는 인간들을 아래위 모두 옷을 입는다 들었다. 그러나 사내는 교인처럼 상반신을 드러내고 아주 자연스럽게 행동하고 있었다.

사내의 상반신은 군살이 없이 매끈하였다. 그리고 힘찬 근육이 적당히 있어서 아름다웠다. 매끈하기만 한 남자 교인과는 달리 사내에게선 강한 수컷의 느낌이 물씬 배어 나왔다. 인간의 몸을 가지게 되면서 인간의 마음을 가지게 된 것일까? 인아는 사내를 계속 바라보는 것이 이상하게 쑥스러웠다. 그래서 사내에게 제대로 시선을 맞추지 못하고 이리저리 눈을 굴리고 있었다.

그것을 알아챈 사내가 '쿡' 하고 웃었다. 그리고는 옆에 있었던 저고리를 들어 몸에 걸쳐 입었다. 그제야 인아가 사내의 얼굴을 제대로 바라보았다. 놀랍도록 잘생긴 사내가 다정한 미소를 띠고 인아를 바라보고 있었다. 그 미소가 아름다워 인아는 저도 모르게 함께 따라 웃고 싶을 지경이었다. 하지만 어떤 상황인지 알 수 없어 인아는 어찌할 바를 몰랐다. 그런 인아의 당황스러움을 이해하였는지 사내가 다정하게 말을 걸었다.

"많이 놀란 모양이오."

그리 말한 사내는 자연스럽게 침상 머리맡에 앉았다. 그리고는 인아의 뺨을 부드럽게 쓸어내렸다.

움찔!

따듯한 온기에 인아가 깜짝 놀라 몸을 움찔했다. 그리고 안 그래도 큰 눈이 더욱 커져서 녹색 눈동자가 떨어질 것만 같았다. 그러자 사내의 미소가 더욱 깊어졌다. 마치 그녀의 반응이 귀엽다는 듯, 하지만 인아를 배려하여 다행히 손을 떼었다. 그리고 탁자 근처에 있던 의자를 가져와 앉았다. 안심한 인아가 저도 모르게 포옥 하고 한숨을 쉬었다. 그리고 이불을 제 보호막이라도 되는 양 꽉 끌어안고 물었다.

"저, 저기 저를 왜 여기로 데려오신 것입니까?"

인아는 큰 녹색 눈으로 그를 최대한 똑바로 바라보았다. 최대한 어른스럽게 보이려는 인아의 노력이었다. 하지만 떨리는 음성을 어찌할 수는 없었다.

"그대는 이곳에서 만나야 할 사람이 있지 않았소?"

회안이 마치 인아를 잘 아는 것처럼 그리 대답하였다. 인아가 깜짝 놀라 자리에서 벌떡 상체를 일으켰다. 그럼 설마 그가 바로 주씨 가문의 가주인 바로 그 주회안이란 말인가?

인아가 부리나케 침상에서 내려왔다. 그리고 두 손을 가지런히 모으고 우아하게 포권(抱券, 두 손을 모아 읍(揖)하는 인사법)의 예를 취했다. 인아가 만나서 도움을 얻어야 할 사람이 바로 그였던 것이다.

"소녀 인아, 나리를 뵙습니다. 빨리 알아보지 못해서 송구합니다. 남해 용왕의 명을 받아 나리께 도움을 구하기 위해서 왔습니다."

인아의 목소리가 떨렸다. 그렇게 열심히 준비를 했건만 이렇게 정신없는 인사라니, 인아가 속으로 한숨을 쉬었다.

"하하, 괜찮소. 내용은 이미 전해 들었으니 그렇게 딱딱하게 굴 것 없소."

회안이 웃자 그의 음성이 부드럽게 인아의 몸을 감쌌다. 잘은 모르지만 상상했던 것과는 달리 그는 다정한 사람 같았다. 다음 순간 인아의 얼굴이 다시 붉어졌다.

'그럼 어젯밤 바닷가에서 그가 자신을 끌어안은 것은 꿈이 아니고 현실이었단 뜻인가?'

하긴 좀 이상하긴 했다. 아직 망해를 넘어가기도 전에 자신에게 다가온 인간이라니 믿을 수가 없었던 것이다. 그러나 주씨 가문의 가주라면 가능할 것도 같았다.

'이를 어쩌지?'

깜짝 놀라 몸이 잠시 굳었던 인아의 얼굴이 이번에는 창백하게 변했다. 용궁을 대표해야 할 자신이 이렇게 계속 질질 끌려 다니고 있는 것이 너무나 한심했다. 이번 일을 잘 마무리해서 진정한 어른으로 인정받겠다는 당초의 계획과는 너무나 동떨어진 행동들이었다.

게다가 자신을 이렇게 본인 마음대로 휘두르는 회안에게 뭐라고 제대로 지적조차 하지 못하고 있었다. 그리고 당당하게 대화를 나누기에는 자신의 지금 처지가 너무나 불리해 보였다. 그리고 무엇보다 자신을 감싸는 이 정체 모를 부끄러운 마음에 그대로 회안의 눈앞에서 사라져 버리고만 싶었다.

'어찌 이렇게 제대로 하는 일이 없단 말인지!'

인아가 속으로 제 자신을 저주하고 있었다. 살짝 고개를 들자 회안이 그런 그녀를 강한 눈빛으로 바라보고 있었다. 자신의 눈앞에서 빨갛게 달아올랐다 다시 하얗게 질리는 그녀가 퍽이나 마음에 든 것 같았다. 그러나 그의 눈빛은 마치 원하던 것을 제 것으로 가진 것처럼 만족스러워 보였다.

하지만 인아는 그의 시선이 무서워졌다. 친절하게 대해주고 지금 인아를 상당히 마음에 들어 하는 것 같았지만 설명할 수 없는 한기가 그녀를 휘감고 있었다.

'왜 저리 나를 빤히 쳐다보시는 거지?'

그것이 남녀 간의 은밀한 긴장이라는 것을 인아가 알 리 없었다. 그러나 인아는 본능적으로 자신의 내밀함을 위협하는 그의 시선에 움츠러들고 만 것이었다. 그리고 그 앞에 서 있는 것이 너무나 부끄러웠다. 마치 나신으로 서 있는 것만 같았다.

그제야 인아가 살며시 고개를 내려 자신의 몸을 확인했다. 용궁에서 가져온 교초로 만든 비단 옷은 입지 못했다. 어젯밤 회안이 급작스레 자신을 끌어안았기 때문이었다. 그러나 지금 그녀가 입고 있는 옷은 어제 그가 둘러주었던 옷과도 달랐다. 매우 얇은 옷감이 인아의 몸을 부드럽게 휘감고 있었다. 그러나 그것은 너무나 얇아 가차 없이 방 안으로 들어오는 여름 햇살에 인아의 모든 굴곡을 사정없이 드러내고 있었다. 게다가 속곳이 없어 그녀의 가슴에 자리 잡은 앙증맞은 유두와 거웃이 희미하게 비쳐 보였다.

"헉!"

인아가 제 모양새를 확인하고는 급하게 손을 들어 자신의 가슴과 계곡을 가렸다. 이제는 머리끝부터 발끝까지 온몸이 수치심으로 화르륵 타올랐다.

"이제 와서 그리 숨길 것은 없소."

회안이 재미있다는 듯이 사실을 지적했다. 그 음성에는 희미하게 인아를 희롱하는 장난기가 섞여 있었다.

"그게 그것이……."

인아는 어제부터 계속 뻐끔대고 있었다. 한 번도 누군가의 앞에서 말이 막혔던 적이 없었다. 하지만 오늘 회안의 흑요석 같은 눈동자가 자신을 훑어 내리자 인아는 꼼짝할 수가 없었다. 그리고 이 상황이 너무나 당황스러웠다.

"누가 그대의 옷을 갈아입혔을 것 같소?"

그의 눈빛이 음흉하게 반짝거렸다. 그제야 인아는 그가 옷을 갈아입혔다는 사실을 깨달았다. 하긴 주변에 사람의 그림자라고는 보이지 않았다. 그리고 이 넓은 집에 아무도 없는 것처럼 사위는 고요하기만 했다. 다시 인아가 말을 잊고 뻐끔거렸다.

"저…… 저…… 그러니까……."

인아가 겨우 정신을 가다듬고 말을 이었다.

"그게…… 이것이…… 인간세계에서는 평…… 범한 일입니까?"

그녀가 수줍어하면서도 사실을 지적하였다. 아무리 생각해도 무엇인가가 이상해 보였다. 사내가 젊은 여인의 옷을 갈아입히다니 인아가 들은 바로는 있을 수 없는 일이었다.

"아직 인간 세계에 익숙하지가 않아서 당황스러운가 보오. 물론 평범한 일은 아니오."

그의 말에 인아가 고개를 번쩍 들었다.

"하지만……."

회안이 잠시 말을 멈추자 인아가 저도 모르게 긴장으로 침을 꿀꺽 삼켰다.

"그대와 나 사이는 가능하다오."

회안이 너무나 당연하다는 듯이 말을 하자 인아는 멍해졌다. 평범하지는 않지만 그와 저 사이는 가능하다니 대체 무슨 말일까? 결계를 보호하는 주씨 가문의 가주와 용왕의 딸인 자신이기 때문인 것일까? 하긴 아무래도 주씨 가문과 남해 용궁의 관계는 특별하긴 했다.

"그게 제가 교인이라서 그런 것입니까?"

인아가 고개를 갸웃하며 천진하게 물었다. 그 모습을 보고 회안은 냉정하지만 나직한 목소리로 선언했다.

"아니, 이 세상에서는 오직 나만이 가능하오!"

회안의 말이 마치 밧줄처럼 인아를 옭아매었다. 인아는 그의 손아귀에 꼼짝없이 잡혀 버린 기분이었다. 그의 목소리에는 마치 인아가 제 소유라도 되는 양 강한 소유욕이 느껴졌다. 그것이 찐득하게 인아를 쓰다듬는 것 같아 인아가 부르르 몸을 떨었다. 그 모습을 바라보던 회안이 물었다.

"혹시 춥소?"

그 음성에 걱정하는 기운이 느껴졌다. 냉정해 보이는 얼굴과 달리 그는 인아를 세심하게 챙기고 있었다.

"아닙니다. 저기……."

인아가 목소리를 가다듬고 최대한 강하게 자기 의사를 표현했다. 일단은 옷부터 입어야 동등한 입장에서 대화가 가능할 것 같았다.

"저기 제 옷을 주십시오!"

인아가 최대한 어른스럽게 행동하려고 노력하는 것이 느껴졌으나 부탁을 하는 인아의 얼굴이 작은 강아지처럼 귀여웠다. 하지만 인아는 아직 잔뜩 긴장한 모양이었다. 그리고 여전히 회안의 곁에 있는 것이 편하지 않아 보였다.

회안은 속으로 미소를 지었다. 인아가 조심스럽고 수줍어하는 성격이라는 것은 알고 있었다. 그녀는 아직 깨닫지 못했지만 본능적으로 회안의 강한 욕망을 느낀 것이 분명했다.

"용궁에서 가져온 옷은 내가 잠시 보관하고 있겠소."

인아의 부탁을 회안은 아주 상큼하게 거절했다. 거절인데도 너무나 당연한 듯 이야기하자 인아는 어찌할 바를 몰랐다. 그럼 계속 이렇게 망측한 옷을 입고 있어야 하는 걸까? 인아의 얼굴이 울 것처럼 변했다.

"그럼…… 다른 옷이라도…… 주십시오. 이 옷은 너무 민망합니다!"

인아가 얼굴을 붉히며 더듬거리면서도 회안에게 다시 부탁을 했다. 회안은 인아의 지금 모습이 아주 마음에 들었지만 이성을 유지하려면 인아의 부탁을 들어주는 것이 좋을 것 같았다. 그리고 아직은 자신을 불편해하는 인아를 안심시킬 필요도 있었다.

"알았소. 맹 유모에게 시켜 옷을 가져오라 하겠소."

예상외로 시원한 회안의 대답에 인아가 잔뜩 긴장했던 어깨에서 힘을 빼며 아주 작게 숨을 내쉬었다. 걸음을 돌려 나가려던 회안이 갑자기 몸을 돌려 인아의 볼에 살짝 입술을 대었다.

"앗!"

예상치 못한 회안의 행동에 인아가 작은 비명을 질렀다. 뺨에 닿은 그의 입술이 놀랍도록 부드러우면서도 뜨거웠다.

"놀랄 거 없소. 이건 인간 세상의 인사법이라오."

회안이 너무나 당연하게 이야기를 하자 인아는 고개를 끄덕거렸다. 분명 용궁에서는 고마운 상대방에게 포권의 예를 취한다고 들었다. 하지만 전해진 인어들의 말들보다는 인간인 회안의 말이 더욱 정확할 것이었다. 회안은 곧바로 몸을 돌려 뚜벅뚜벅 바깥으로 걸어나갔다. 그 뒷모습을 바라보면서 인아는 퍽이나 부끄러운 인사법이라는 생각을 지우지 못했다.

방 밖으로 나서는 회안이 인아 몰래 슬그머니 미소를 지었다. 역시 예상대로 그녀는 수줍음이 많으면서도 귀여웠다. 그래서 자꾸만 놀리고 싶어졌다. 그리고 동시에 바로 그녀를 제 품에 안고 그녀의 붉은 입술을 탐하고 싶었다.

어젯밤에도 그녀를 보는 순간 아무런 생각을 할 수 없었다. 그래서 그녀가 놀라는 것을 알면서도 자신을 멈출 수가 없었다. 지금도 귀여운 그녀에게 입맞춤을 하려고 이런 핑계를 지어내는 제 자신이 낯설었지만 입가가 자꾸 느슨해지는 것을 어찌할 수가 없었다.

일각 후, 나이가 지긋해 보이는 여인이 옷과 기타 잡다한 것들을 한 아름 들고 안으로 들어왔다. 이불 안에 몸을 숨기고 있던 인아는 깜짝 놀랐지만 여인의 얼굴이 다정해 보여 안심했다. 아무래도 인간들은 매우 다정한 존재인 것 같았다.

교인이라는 정체가 드러나면 안 된다고 아바마마는 엄한 주의를 주었다. 정체가 들통나면 인간들이 어떤 해코지를 할지도 모른다며 반드시 회안을 먼저 찾으라 신신당부를 했던 것이었다. 하지만 인사법도 그렇고 다른 여러 가지 일도 시간이 지나면서 바뀌었을 수도 있었다. 일단 인아는 인사부터 했다.

"아…… 안녕하시어요?"

인아의 수줍은 인사에 여인이 인자한 미소를 지었다.

"안녕하세요, 인아 아가씨. 저는 맹 유모라 합니다. 일단 오늘은 제가 아가씨를 도와드리겠습니다."

맹 유모의 다정한 말에 인아의 긴장이 풀리는 기분이었다. 그리고 인아는 맹 유모가 하는 양을 자세히 살펴보았다. 그녀는 침상 위에 척척 많은 것들을 내려두었다. 그리고 일단 깨끗한 천에 물을 묻혀 인아의 얼굴을 부드럽게 닦아주었다. 물이 얼굴에 닿자 인아의 기분이 좋아졌다. 물속에 살던 인아라 물은 따스하고 편안하게 느껴졌기 때문이었다.

세수를 마치고 인아는 맹 유모의 하는 양을 조심스레 관찰했다. 아무래도 그녀에게 옷을 입혀줄 모양이었다. 인아가 침상에 놓여 있는 의복들을 바라보았다. 모두가 아름다운 비단으로 만들어진 옷들이었다. 하지만 그렇게 많은 종류의 옷들로 한꺼번에 무엇을 하려는지 알 수가 없었다.

인간 세상에 나올 때 교인들의 지느러미가 변하여 된 옷을 입었다. 그리고 그 옷은 상황에 따라 교인이 원할 때 적절하게 모양이 바뀌었다. 하지만 맹 유모가 가져온 옷들은 그렇지 않을 것이 분명했다. 여러 경우를 대비하여 한꺼번에 많은 옷을 가져온 것일까? 인아가 고개를 갸웃했다.

"자, 아가씨, 이쪽으로 오십시오!"

침상에서 내려온 인아가 신기한 듯 옷들을 이리저리 바라보고 있었다. 그 모습을 바라보던 맹 유모가 이상하다는 듯이 고개를 살짝 흔들었다. 분명 어젯밤 나리께서 품에 안고 온 여인이 분명했다. 그런데 희한하게도 나리는 맹 유모에게 인아는 이쪽 풍습에 익숙하지 않으니 옷 입는 방법을 찬찬히 일러주라 했던 것이다. 한참 옷을 바라보던 인아가 묻는 표정으로 맹 유모를 바라보았다.

놀랍게도 인아의 눈동자는 녹색이었다. 예전 왕조에서 색목인(色目人, 중국 원나라 때 유럽, 서아시아, 중앙아시아 등에서 온 외국인을 총칭)을 관리로 썼던 일이 있었다고 했다. 그녀도 그런 색목인인 것일까? 본 적 없는 녹색 눈동자가 아름다웠다. 그리고 신기하게도 인아의 표정이 뭘 모르는 작은 강아지처럼 천진무구했다. 저도 모르게 머리를 쓰다듬어 주고 싶을 지경이었다.

"자, 아가씨 여기 속곳부터 입어보세요."

맹 유모가 정신을 차리고 인아에게 옷 입는 법을 알려주었다. 신기해하면서도 인아는 맹 유모의 설명을 잘 알아들었다. 그리고 수줍어하면서도 인아는 맹 유모를 살갑게 대했다. 분명 관례를 치른 성인(여자는 15세, 남자는 20세에 관례를 치르나 왕공(王公)의 경우에는 15세에 치르기도 한다)으로 보였으나 인아는 마치 어린아이처럼 천진한 구석이 있었다.

"이제 마지막으로 저고리의 옷고름을 묶고 착수배자(窄袖褙子, 명나라 여인들이 저고리와 치마 위에 겹쳐 입던 맞깃이 달린 소매가 긴 겉옷)를 걸치시면 됩니다."

맹 유모가 옷고름 묶는 법을 알려주자 인아가 난감해했다. 다른 것은 잘 따라 했는데 옷고름은 쉽지가 않은 모양이었다.

"이렇게 하면 되나요?"

인아가 낑낑대면서 맹 유모를 따라 했지만 그 모양이 엉성했다. 맹 유모가 엉성하게 묶은 것을 다시 풀어서 제대로 묶어주었다.

"되었습니다. 조금 더 연습을 하시면 잘하실 수 있을 거예요."

맹 유모의 손길을 바라보던 인아가 맹 유모의 뺨에 살짝 입술을 대었다. 그리고는 배시시 웃었다.

"고맙습니다, 맹 유모님!"

예상치 못한 인아의 행동에 맹 유모가 멍한 표정을 지었다. 하지만 인아의 행동이 마치 어린아이처럼 천진해서 맹 유모는 곧 미소를 지었다. 그것을 마침 방 안으로 들어서던 회안이 목격하고는 급하게 그녀들 쪽으로 다가왔다.

"맹 유모, 먹을 것을 내어오도록 하시게."

맹 유모가 뭐라 인사를 하기도 전에 회안이 급히 명을 내렸다. 맹 유모가 그런 회안을 바라보며 조심스럽게 한마디를 했다.

"아직 아가씨 머리를 제대로 손질하지 못했습니다."

"괜찮아, 그것은 내가 하겠네."

회안의 목소리에는 거스를 수 없는 무게가 섞여 있었다. 예상치 못한 회안의 말에 맹 유모가 속으로 '헉' 하고 속으로 숨을 들이켰으나 관록 있게 아무런 표정도 짓지 않고 물러났다.

맹 유모가 물러나자 회안의 강한 눈빛이 인아에게 쏟아졌다. 반대편 의자에 앉은 그에게서 냉기가 품어져 나오고 있었다.

"지금 뭐를 한 것이오?"

인아는 이상하게 그의 목소리가 차가운 것 같아서 긴장했다. 그리고 뭐를 묻고 있는지 알 수 없어 큰 눈을 도로록 굴렸다.

"맹 유모 뺨에 한 거 말이오!"

회안의 음성이 조금 무서웠다. 왜 화가 났는지 알 수 없었지만 인아는 순순히 대답을 했다. 그리고 본인이 가르쳐 준 인사법을 가지고 자신을 채근하는 그를 이해할 수 없었다.

"인사를 했습니다! 도와주셨으니 당연히 감사를 드려야지요."

천진난만한 인아의 답변에 회안이 자신의 이마를 짚었다.

"이런……!"

마치 제 꾀에 넘어간 사람처럼 회안이 낭패스럽다는 기색이었다. 그러더니 손을 내리고 인아를 바라보았다. 그의 눈빛이 진지했다.

"그 인사는 나한테만 할 수 있는 거라오. 다른 사람들한테는 그냥 포권의 예를 취하면 되오."

회안이 아이에게 사실을 말해주듯이 친절하게 알려주었다. 인아가 고개를 갸웃했다. 그럼 분명 용궁에서 들은 인사법이 틀리지는 않았던 것이다. 그런데 왜 회안에게만 할 수 있는 인사법이 존재하는 것일까? 그런 인아의 의문을 알아차린 듯 회안이 설명을 했다.

"아바마마께서 뭐라고 하셨소? 반드시 인간세계에 나가면 주씨 가문의 가주를 만나서 도움을 청하라 말씀하셨을 것이오."

회안의 질문에 인아가 순순히 고개를 끄덕거렸다.

"그 말은 수많은 인간들 중에서 나는 그대에게 매우 특별한 사람이라는 뜻이 되오. 그렇지 않소?"

마치 어린아이를 구슬리듯 그의 음성이 다정했다. 듣고 보니 맞는 말이었다. 분명 회안은 수많은 사람들 중에서 용궁에 특별한 사람이었다. 그리고 이상하게도 그는 아주 오래전부터 알았던 사람처럼 그립고도 애틋한 느낌을 계속 인아에게 주고 있었다. 특별한 사람! 왠지 그 말이 포근하면서도 사랑스러웠다.

"그럼 다른 특별한 사람에게도 이렇게 인사를 해도 되는 것입니까?"

인아의 질문에 회안이 엄한 표정을 지었다.

"이 세상에서 특별한 사람은 나뿐이라오! 다른 사람은 없소!"

인아는 잘 이해되지는 않았지만 일단 고개를 끄덕였다. 아바마마도 언니들도 인아에게는 특별했지만 그들은 교인이었다. 인아가 알고 있는 사람이라고는 회안과 아까 만난 맹 유모뿐이었다. 그러니 특별한 사람은 회안뿐인 것도 맞았다. 인간 세상은 참으로 특이한 것이 많다고 인아는 잠시 생각했다.

"자, 이리 가까이……."

회안이 인아에게 명령을 내리자 인아가 자연스럽게 의자에서 일어나 그에게 다가섰다. 그는 타고난 우두머리인 듯 명령을 아주 자연스레 내리고 있었다. 신기하게도 그의 음성은 명령 투였지만 자연스레 인아를 움직이게 만들었다. 인아가 회안의 앞에 서자 그가 쪽 하고 인아의 입술에 입맞춤을 했다.

"이것도 특별한 사람에게만 할 수 있는 인사법입니까?"

인아의 질문에 회안의 입술이 부드러운 호선을 그렸다.

"맞소. 이제부터 내가 이 방에 들어오면 이렇게 인사를 하는 거요."

회안의 음성이 지독하게 낮으면서도 끈적끈적하게 인아를 감싸는 기분이었다. 그리고 이상하게도 무엇인가 속고 있다는 생각이 들었지만 인아는 애써 그 생각을 무시했다. 설마 주씨 가문의 가주인 그가 자신을 상대로 거짓말을 할 리가 없다고 믿었던 것이다.

"자, 나는 했으니 그대도 해야 하지 않겠소?"

회안의 채근에 머뭇거리며 인아가 그에게 다가섰다. 그러더니 무엇인가 중요한 것이 생각난 듯 외쳤다.

"그럼 어제도 그것이 특별한 인사법이었습니까?"

"맞소, 어제는 매우 특별한 날이어서 인사가 조금 격했다오. 미리 설명하지 못해서 미안하오."

그가 다정하게 인아의 머리를 쓰다듬었다. 그 손길이 좋아서 인아는 가만히 있었다. 인아는 특별한 인사보다는 그가 이렇게 자신의 머리를 다정하게 쓰다듬어 주는 것이 훨씬 좋았다. 그의 손길 아래 인아는 보호받고 있는 기분이 들었고 그것은 매우 안온하고 사랑스러운 감정이었다.

"자, 인사를?"

어딘지 음흉한 그의 목소리였지만 인아가 조심스레 그의 잘생긴 입술에 쪽 하고 자신의 입술을 짧게 대었다가 급히 물러났다. 그가 하는 것보다 제 스스로 하려니 부끄러웠다. 인사라는 것이 이렇게 부끄러울 수도 있다는 것이 신기했다. 하지만 입술에 닿은 그의 입술이 따뜻하고 부드러워 싫지는 않았다.

"그런데 나리 키가 너무 크셔서 서 계시면 하기가 힘들 텐데 그땐 어떻해야 합니까?"

인아가 아주 중요한 문제가 있다고 생각했는지 천진하게 질문을 했다. 지금은 회안이 의자에 앉아 있고 인아가 서 있었기에 딱 좋은 위치였다. 하지만 인아보다 족히 머리 하나는 큰 회안이라 그가 서 있으면 인아가 까치발을 해도 그의 입술에는 닿을 수 없어 보였던 것이다.

"괜찮소. 그땐 내가 고개를 숙이면 되오."

"아하, 그렇구나!"

인아의 눈빛이 반짝거렸다. 그 모습이 천진무구해서 회안은 살짝 그녀에게 미안해졌다. 하지만 그 생각은 얼른 한쪽으로 치워 버렸다.

"그런데, 주변에 다른 사람이 있을 때에도 꼭 이렇게 인사를 해야 하는 것입니까?"

그건 좀 부끄러운데, 인아가 난처해하면서도 조금 걱정스러운 듯 나직하게 중얼거렸다. 낮게 중얼거린 인아의 말을 회안은 용케 알아들었다. 수줍어하는 그녀가 사랑스러워 회안의 입술에 부드러운 호선이 그려졌다. 그리고 아무것도 모르는 인아를 제 뜻대로 하는 것에 약간 죄책감이 들었지만 회안은 단호했다.

"특별한 인사는 그대와 나만 있을 때 하면 된다오. 바깥에서는 그냥 포권의 예로도 충분하오."

그가 산뜻하게 해결책을 주자 인아의 얼굴에 방글방글 미소가 떠올랐다. 역시 그는 모든 해결책을 가지고 있는 것 같았다. 그런 그녀가 사랑스러워 회안은 한 품에 그녀를 끌어안았다. 그녀가 머뭇거리면서도 살짝 그의 어깨에 작은 머리를 기대어오자 회안의 기분이 좋아졌다. 한편으로는 이리 순진한 인아와 앞으로 나아갈 일이 살짝 걱정이 되었다. 하지만 회안은 불끈 의지가 솟구쳤다. 하나하나 모든 것을 인아에게 일러줄 작정이었다. 그것은 기분 좋으면서도 달콤한 고문일 것이었다.

3. 친해지는 방법

그렇게 한동안 회안이 인아를 끌어안고 있었다. 처음에는 그의 품이 따듯해서 좋았다. 하지만 점점 시간이 지날수록 가슴이 두근거리면서 얼굴이 이상한 열기로 달아올랐다. 그래서 인아가 자신을 놓아달라고 부탁을 하려고 입을 열었다.

"저기⋯⋯."

부탁을 하려던 그녀가 갑자기 말을 멈추었다. 크게 숨을 들이켜자 그에게서 나는 청신하면서도 상큼한 향이 인아의 콧속을 간질였던 것이다. 용궁에서는 없는 그런 특이한 향이었다. 그리고 제 등에 닿아 있는 그의 손은 따뜻했다. 지난밤에 그의 커다란 손에 자신의 허리가 한 줌에 잡혔던 것이 떠오르자 인아는 수줍어 저도 모르게 그의 가슴에 얼굴을 묻었다.

"나리, 아침을 가져왔습니다."

바깥에서 들려온 맹 유모의 목소리에 회안이 아쉬운 듯 그녀를 떼어내서 의자에 앉혔다. 그리고 위엄 있는 목소리로 명을 내렸다.

"안으로 들이시게."

그러자 맹 유모와 몇몇의 하녀들이 한 그득 음식을 가지고 안으로 들어왔다. 음식의 달콤한 향이 인아의 코를 자극했다. 그리고 탁자 위에는 순식간에 각각의 색채로 어우러진 요리들의 향연이 벌어졌다. 맹 유모와 시녀들은 음식을 내려두고 조용히 사라졌다.

"배가 고프지 않소? 나도 벌써 사시정(오전 10시~11시)이라 배가 고프다오."

회안의 말이 떨어지자마자 인아의 배에서 '꼬르륵' 하는 커다란 소리가 울렸다. 당황한 인아가 자신의 입을 막았다. 이렇게 커다란 소리가 울리다니 인간의 몸은 신기한 것이 많았다. 그리고 곧 인아는 자신이 매우 배가 고팠다는 것을 깨달았다.

"하하! 인어도 배가 고프면 꼬르륵 소리를 내는군!"

회안이 즐겁게 웃으며 수저를 들었다. 그래서 인아도 회안을 흉내 내어 젓가락을 들었지만 도저히 회안처럼 능숙하게 먹을 수가 없었다. 회안은 정말로 배가 고팠는지 정말 맛있게 먹고 있었다. 그 모습을 인아는 열심히 관찰했다. 그 시선을 느꼈는지 회안의 시선이 인아에게 머물렀다. 그리고는 회안의 표정이 이내 좋은 생각이 떠오른 것처럼 음흉하게 변했다. 그리고 순식간에 인아는 그의 무릎 위에 앉아 있었다.

"자, 아!"

회안이 맛있어 보이는 죽을 떠서 인아의 입에 대었다. 배가 고파 먹고는 싶은데 그냥 이대로 입을 벌리고 받아먹어도 되는지 인아가 갈팡질팡했다. 민망한 마음이 절반, 배가 고파 먹고 싶은 마음이 절반이었다.

"괜찮소."

인아의 망설임을 알아차린 회안이 부드럽게 말했다. 마치 아이를 어르는 듯한 그의 음성에 인아가 입을 벌리고 죽을 받아먹었다. 달콤한 게살의 향이 느껴졌다. 그리고 부드러운 것이 인아의 입맛에 꼭 맞았다. 맛있게 먹는 것을 보고 회안이 또다시 수저를 내밀었다. 인아는 순간 부끄럽다는 생각도 잊고 열심히 받아먹었다. 순식간에 죽이 깨끗하게 비었다.

"그대는 꼭 작은 새처럼 귀엽군!"

회안이 죽을 다 비운 인아가 기특하다는 듯이 이마에 쪽 하고 가볍게 입을 맞추었다. 또다시 인사법이었다. 그런데 이번에는 왜 그가 인사를 하는지 알 수가 없었다.

"저기, 인사는 왜 또 하시는 것입니까?"

인아의 천진한 질문에 회안이 미소를 지었다. 그의 눈빛이 따뜻함을 품고 다정하게 반짝거렸다.

"착한 일을 하면 상을 주는 것이라오."

인아는 고개를 또 갸웃했다. 제가 밥을 다 먹은 일이 상을 받을 일인지 아리송했다. 그리고 밥을 이렇게 무릎에 앉아서 먹어도 되는 것인지 궁금했다.

"그런데 밥을 이렇게 꼭 나리의 무릎 위에서 먹어야 하는 것입니까?"

"하하하!"

회안이 기분 좋게 웃자 인아의 몸이 함께 진동했다. 참으로 즐겁게 웃는 사내였다. 덕분에 인아도 방글방글 함께 웃었다. 그가 웃으면 인아의 기분도 좋아졌다. 그것이 신기하면서도 기뻤다.

"아직 밥 먹는 것에 익숙지가 않으니까 도와준 것이라오. 여기에서는 수저나 젓가락 사용이 익숙하지 않은 아이들이나 나이 드신 어르신들을 이렇게 먹여주곤 하지."

회안의 음성이 다정했다. 하지만 어쩐지 인아는 어딘가 설명할 수 없는 위화감을 느꼈다. 다정한 그가 거짓말을 하고 있다고 생각하지는 않았지만 이상한 생각이 자꾸 들었던 것이다.

"하지만 저는 어린아이가 아니지 않습니까?"

인아가 사실을 지적하였다. 그리고 그가 자신을 아무것도 모르는 어린아이 취급을 하는 것도 어쩐지 마음에 들지가 않았다. 인아는 이미 어엿한 성인이었기 때문이다.

"낭자는 인간세계에 대해 아직 익숙하지 않은 것이 많으니 어린아이나 마찬가지가 아니오? 당분간 이곳에 익숙해질 때까지만 그리하도록 합시다."

회안의 논리적인 말에 인아가 고개를 끄덕였다. 하지만 그에게 이렇게 바짝 안겨 있으니 심장이 너무 두근거려서 그것이 곤란했다. 자신만 그런 것인지 아니면 회안도 그런 것인지 인아는 알 수가 없었다. 그리고 이것이 인간이 함께 있으면 당연한 것인지 인아는 거칠게 뛰는 자신의 심장이 너무나 이상했다.

"그, 그런데, 심장이 너무 두근거려서 많이 먹을 수가 없습니다."

인아가 솔직하게 자신의 상태를 고하자 회안의 미소가 짙어졌다. 인아는 다른 여인들처럼 자신의 감정을 포장하거나 감출 줄을 몰랐다. 솔직하게 자신의 느낀 점을 이야기하는 것이 신선했다. 그리고 다행히 그녀가 그를 싫어하지 않고 받아들이는 것 같아서 그의 얼굴에 감출 수 없는 미소가 피어올랐다.

"나도 그렇다오."

회안의 말에 인아가 번쩍 고개를 들어 그의 얼굴을 바라보았다. 그의 눈빛이 열기로 반짝거렸다. 그의 깊은 눈 속에 인아는 빠져드는 기분이었다. 이내 회안이 자그마한 인아의 머리를 자신의 넓은 가슴에 안았다. 그러자 인아의 귀에 쿵쿵 힘차게 뛰고 있는 그의 심장 소리가 들렸다.

"아, 나리의 심장도 저처럼 빠르게 뛰고 있네요!"

인아의 천진한 말에 회안이 그녀를 더욱 바짝 끌어안았다. 그리고 사랑스럽다는 듯이 그녀의 정수리에 입술을 찍었다. 그리고 다른 한 손으로 그녀의 머리를 부드럽게 쓰다듬어 주었다. 그녀의 머리를 만지는 그의 손길이 미묘하게 떨리고 있었다.

"계속 이렇게 있고 싶지만 낭자의 머리를 정리하는 것이 좋겠소."

그의 음성이 이상하게 쉰 것처럼 들렸다. 인간은 서로의 체온을 그리워하는 것인지 회안의 품이 따듯하고 포근해서 인아는 그와 떨어지는 것이 아쉬웠다. 순간적인 자신의 생각에 놀란 인아가 저도 모르게 숨을 들이켰다. 그런 인아의 마음을 아는지 모르는지 회안의 표정을 인아는 알 수가 없었다.

곧 인아는 회안의 손에 이끌려 거울 앞에 앉았다. 그가 비여(比余, 머리빗)를 들고 천천히 인아의 머리를 빗어 내렸다. 회안은 직접 여인의 머리를 정리해 주고 있는 자신의 모습이 신기했다. 하지만 인아를 위해서라면 그는 모든 것을 해주고 싶었다.

인아의 칠흑처럼 까만 머리는 매끈하면서도 부드러웠다. 밤하늘의 가장 짙은 어둠처럼 인아의 머리는 신비하면서도 사람의 시선을 끌었다. 손가락 사이로 스르르 빠져나가는 머릿결도 비단처럼 고왔다.

물속에서 나풀거리던 작은 인어의 머리카락 감촉이 떠올랐다. 자신의 앞에서 부드럽게 유영하던 인어를 따라 열심히 헤엄을 쳤었다. 열심히 헤엄을 치면서도 잡힐 듯 잡히지 않는 그녀의 머릿결이 못내 아쉬웠다. 제 얼굴에 닿았던 그 보드라운 감촉을 다시 확인하고 싶었던 것이다.

푸른 바닷물 속에서 눈부시게 반짝거리던 인어의 은빛 지느러미! 그것에 홀린 것처럼 회안은 계속 앞으로 나아갔다. 그리고 검다 못해 푸른빛이 도는 인어의 부드러운 머리채가 계속 회안을 유혹하고 있었다.

그리고 그녀가 자신에게 입을 맞추어주자 이상하게도 물속에 있는 것이 너무나 편안했다. 그녀가 그가 살기를 바란다면, 그는 그리할 작정이었다.

하지만 그가 다시 눈을 떴을 때 작은 인어는 온데간데없이 그 혼자였다. 크고 영롱한 진주 하나가 그의 손에 쥐어져 있었을 뿐이었다. 그녀의 온기가 느껴지는 것 같아 회안이 그것을 소중하게 쥐었다. 그리고 지금 10년이 지난 후에도 그것은 항상 회안의 품 속에 있었다.

과거를 떠올리던 그가 이내 정신을 차리고 다시 그녀의 머리에 집중하였다. 그때보다 더욱 부드럽고 탐스러워 보였다. 까만 머릿결 때문에 인아의 하얀 피부가 더욱 돋보였다. 인아의 피부는 매끈한 옥돌처럼 부드러워 보였다. 그 하얀 피부가 열정으로 붉게 상기되는 모습을 상상하자 회안의 체온이 다소 높아졌다. 그런 회안의 생각을 상상하지 못하고 무방비하게 회안에게 머리를 맡긴 인아는 순진무구하면서도 요염했다.

"계속 쓰다듬고 싶어질 만큼 부드럽군!"

인아의 모든 부분이 아찔할 만큼 유혹적이었다. 막 피어나는 꽃처럼 싱그러우면서도 동시에 요염한 그녀의 붉은 입술이 사내의 열망을 자극했다. 아름답고 고운 것을 꺾어 제 것으로 만들어 버리고 싶은 욕구가 피어올랐다. 회안이 참지 못하고 그녀의 까만 머리채를 한쪽 어깨로 모았다. 하얗고 가느다란 목덜미에 회안의 뜨거운 입술이 인장처럼 찍혔다.

"헉, 나리!"

예상치 못한 뜨거운 입술에 인아가 몸을 움찔했다. 머리를 부드럽게 만져 주던 회안의 손길이 점점 느려진다고 느낀 순간, 뒷목 덜미에 닿은 그의 입술 때문에 인아는 몸을 떨었다. 짜릿하면서도 뜨거운 열기가 발끝으로 그리고 손끝까지 퍼져 갔다. 그러나 곧 그가 그녀의 목을 부드럽게 살짝 물었다가 곧 뜨거운 혀로 핥자 인아는 충격으로 움찔했다. 마치 산 채로 그에게 먹히는 기분이었다.

"앗!"

그의 커다란 손이 이내 인아의 가슴을 부드럽게 쥐었다. 갑작스런 그의 움직임에 인아는 혼이 나가고 말았다. 그러나 놀란 그녀가 제대로 정신을 차리기도 전에 회안의 손은 매우 발칙하게 움직이고 있었다.

"나, 나리?"

인아가 갑자기 왜 그러는지 알 수가 없어 그를 불렀다. 그러나 그가 가볍게 인아의 가슴을 쥐자 어젯밤 그의 가슴에 닿았을 때 느꼈던 짜릿한 감각이 생각났다. 그녀의 유실이 도로록 하고 부풀어 올라 그의 옷자락에 쓸렸을 때 인아는 충격으로 깜짝 놀라고 말았었다. 그래서 더 이상을 질문을 할 수가 없었다. 그러나 지금 그가 작정한 듯 그녀의 가슴을 쥐자 인아의 목에서 억눌린 신음이 새어 나왔다.

"하아……."

그리고 순간 공기가 모두 사라져 버린 것처럼 인아는 호흡이 딸렸다. 하지만 그녀를 감싼 열기가 포근하면서도 사랑스러웠다. 인간들은 매우 가까운 사이라면 서로를 만지기도 한다고 했다. 인아는 그래서 당혹스러웠지만 이것이 특별한 사람들만의 소통 방식이라고 순진하게 생각하고 말았다.

곧 다른 쪽 가슴도 그의 커다란 손아귀에 잡혔다. 아래에서 위로 부드럽게 쳐올리며 마치 모양과 무게를 가늠하듯이 그의 손이 움직였다. 그리고 그의 손가락이 마치 갈고리처럼 그녀의 가슴을 파고들 듯이 움직였다. 생전 처음 입은 부드러운 옷감이 피부에 쓸려 새콤하면서도 달콤한 감각이 피어올랐다. 그리고 곧 인아는 자신의 가슴이 계속 부풀어 오르는 것만 같았다.

"그대는 솜털처럼 부드럽군!"

그가 손을 움직이면 움직일수록 그녀의 가슴이 팽창했다. 그리고 그녀의 가슴 중앙에 있는 유실이 존재를 드러내었다. 그가 그것을 알아차렸는지 그녀의 유실을 가볍게 쥐었다. 얇은 비단 옷은 전혀 방어막이 되어주지 못했다.

회안이 빠르게 손가락을 움직이자 작은 돌기에서 시작한 감각이 찌릿찌릿하면서 온몸 구석구석으로 흘러갔다. 저릿하면서도 달콤한 감각에 인아는 어찌할 바를 몰랐다. 그가 자신의 몸을 만지고 있는 방식은 어쩐지 너무나 격렬했고 인아의 심장을 미치도록 요동치게 만들고 있었다.

"나, 나리? 이것도 특별한 사람만 할 수 있는 것입니까?"

인아가 놀라서 회안에게 물었다. 그러자 그녀의 목덜미에 입술을 대고 있었던 그가 고개를 들었다. 살짝 위를 바라보는 그의 눈빛에 이상하게 인아의 심장이 저릿해졌다. 평소의 관대하고 침착한 그와는 다른 사내가 거울 속에 있었다.

거울에 비친 그의 눈동자가 열기로 더욱 까맣게 보였다. 그리고 그 까만 눈동자에서 인아는 활활 타오르는 불길을 본 것만 같았다. 그러나 한편으로 그의 눈은 냉정하게 인아의 반응을 관찰하고 있었다. 인아의 질문에도 그의 손은 움직임을 멈추지 않았다. 그의 커다란 손이 그녀의 가슴을 마치 제 것처럼 잡고 있었고 그에게는 그것이 너무나 당연한 듯했다.

"그렇다오. 그런데 어떤 느낌이 드오?"

나지막한 목소리로 묻는 회안의 얼굴은 요염했다. 그의 관능적인 낮은 목소리와 목덜미에 닿는 따뜻한 입김 때문에 인아는 순간 아무런 생각도 할 수 없었다. 그래서 인아는 홀린 듯이 대답을 했다.

"온몸이 찌릿찌릿합니다!"

인아가 꾸미지 않은 그대로의 느낌을 토해내자 회안의 미소가 더욱 짙어졌다. 그리고 다시 그의 손이 이제는 부드럽게 저고리 위에서 원을 그렸다. 잡는 것과는 또 다른 미묘한 감촉에 인아가 몸을 떨었다. 부끄럽게도 그 모든 반응이 거울에 고스란히 비쳤고 회안의 흑요석 같은 두 눈이 그것을 빠짐없이 관찰하고 있었다.

"하아…… 아…… 아앗!"

마치 그녀의 입에서 더욱 소리를 끌어내려는 듯이 그의 손이 움직였다. 살살 원을 그렸다가 가볍게 쥐었다가 그리고 다시 아래에서 위로 치대었다가 안으로 꾹꾹 누르기도 했다. 그때마다 가녀린 인아의 몸이 움찔움찔했다.

"그래서 싫은 것이오?"

그가 그녀의 귀에 부드럽게 속삭였다. 뜨거운 입김이 귀에 닿아 저도 모르게 인아가 목을 움츠렸다. 나직하게 울리는 그의 목소리가 마치 주술처럼 인아를 자극하고 있었다.

"아웃…… 흐음…… 잘…… 핫…… 모르겠습니다!"

회안의 손이 움직일 때마다 인아가 몸을 떨며 더듬더듬 대답했다. 모르겠다. 정말 하나도 뭐가 뭔지 알 수가 없었다. 그의 손길에 아픈 것도 같고 동시에 짜릿한 불꽃이 인아의 몸에서 피어났다. 그것이 기분이 좋은 것인지 싫은 것인지 분간할 수가 없었다. 처음 느끼는 감각에 인아는 그저 그것을 받아들이는 것만도 벅차기만 했다.

"하하, 그대의 반응은 귀엽군!"

그의 두툼한 입술이 그녀의 귓바퀴를 물고 살살 빨았다. 그리고 가끔 뜨거운 혀가 귓바퀴를 핥았다. 그때마다 양쪽에서 발생하는 열 때문에 인아는 익어버리는 기분이었다. 그녀의 얼굴이 흥분으로 달아올랐다. 그리고 이마에서는 송골송골 작은 땀방울이 솟아났다. 그리고 그녀의 몸에서도 작은 땀방울이 솟아나자 끈적끈적한 기분이었다.

"너무 아름다워!"

그가 그녀의 가슴이 퍽이나 마음에 들었는지 계속 손을 놀리며 속삭였다. 그리고 곧 그의 손이 잠시 가슴에서 떼어지는가 싶더니 옷고름을 확 잡아당겼다. 인아가 깜짝 놀라 그의 손을 엉겁결에 꽉 잡았다.

"풀지 마시어요!"

놀란 것도 있었지만 그것보다 지금 인아는 너무나 부끄러웠다. 바닷속에서는 아무렇지도 않았던 것들이 회안 앞에서는 모두가 부끄럽고 수줍기만 했다. 그래서 작은 손으로 필사적으로 그의 손을 저지했다.

하지만 회안은 그녀의 작은 저항을 가볍게 무시하고 옷고름을 솜씨 좋게 풀었다. 얇은 속적삼 사이로 인아의 붉게 상기된 젖무덤이 살짝 비쳤다. 매끈한 피부가 진주처럼 고와서 회안이 슬쩍 그 부분을 중지로 가볍게 쓸었다.

"하웃!"

얇은 옷 위로 느껴지는 그의 열기에 인아가 깜짝 놀라 비명을 질렀다. 그리고 곧 그의 볼이 그녀의 뜨거운 뺨에 닿았고 그가 살짝 얼굴을 돌려 다시 그녀에게 속삭였다.

"부끄러워할 것 없소. 그대는 사랑스럽고 아름답소!"

순간 인아는 안심했다. 그가 자신을 아름답다고 말해주자 인아의 심장이 달콤하게 떨렸다. 하지만 그 생각도 잠시 다시 그의 손이 그녀의 가슴을 움켜쥐자 짜릿하고 달콤한 감각은 더욱 짙어졌다. 그리고 곧 그가 옷 안쪽으로 손을 넣어 그녀의 맨가슴을 직접 만졌다. 그리고 도도록하게 솟아올라 있는 앵두같이 붉은 중심을 살살 문지르기 시작했다.

"하응…….."

그녀의 입에서 저도 모르게 콧소리가 새어 나왔다. 그리고 그녀의 가느다란 허리가 파드득 떨렸다. 마치 물속을 유영하는 것처럼 인아의 몸이 제멋대로 움직였다. 그리고 그가 커다란 손가락으로 양쪽 유실을 집고 살살 가볍게 돌리자 인아의 몸이 더욱 크게 출렁거렸다.

"아앗…… 나리……!"

인아는 회안의 행동이 점점 격렬해지자 더욱 수줍어져 눈에서 눈물이 솟아났다. 그러면서도 그가 자신을 만지는 것이 싫지 않아서 당황스럽기만 했다. 하지만 가슴이 부풀고 유실이 딱딱하게 변하는 것을 그가 낱낱이 보고 있다는 것이 너무나 부끄러웠다.

"좋아하는군, 다행이야!"

그의 음성이 바로 귀를 간질이자 인아가 다시 몸을 꼬았다. 그러자 그의 손이 다시 그녀의 가슴을 쥐고는 이리저리 모양을 확인하는 듯이 치대었다. 그의 손가락이 다시 그녀의 유실 측면을 부드럽게 마찰하다가 꽃잎같이 붉은 유륜 주변을 만지기도 했다. 그러다가 다시 그녀의 유실을 손가락 사이에 끼우고 이리저리 움직이기도 했고 손톱 끝으로 끄트머리를 살짝 긁기도 했다.

"하응…… 앗!"

인아의 달콤한 신음 소리가 계속 흘러나왔다. 그리고 그가 다시 그녀의 목덜미를 가볍게 입술로 물자 인아가 격하게 몸을 움직였다. 순간 그에게 먹혀 버릴 것만 같은 공포에 인아가 몸을 굳혔다. 인어를 잡아먹는다는 인간에 대한 무서운 이야기가 떠올라 인아가 거칠게 저항했다. 분명 이런 것이었을 것이다. 정신이 몽롱해진 틈을 타서 잡아먹는 것이 분명했다.

"시, 싫어요! 하지 마세요!!"

인아가 겁에 질려 회안의 손길을 강하게 거부했다. 그녀의 목덜미에 입술을 대는 순간 그녀가 느끼는 공포가 손에 잡힐 듯이 느껴졌다. 인아의 몸이 공포로 굳어진 것을 눈치챈 회안이 거칠게 움직이던 손을 멈추었다.

인아가 파들거리며 온몸을 떨고 있었다. 그리고 커다랗게 뜬 눈동자에 눈물이 가득 고여 그렁그렁했다. 회안이 놀란 그녀를 자신 쪽으로 돌려 그의 가슴에 안아주었다. 그리고 진정하라는 듯이 그녀의 등을 부드럽게 쓰다듬었다. 그리고 머리를 쓰다듬고 이마에 입을 맞추어주자 인아의 파들거리던 몸이 그제야 간신히 진정되었다.

"흑흑흑……."

처음 겪는 감각과 순간적인 공포에 인아가 울음을 터뜨렸다. 그제야 회안은 인아에게 미안해졌다. 갑자기 단계를 너무 건너뛴 것이었다. 조금씩 차근차근 알려줄 생각이었는데 인아에게 손을 대면 차분했던 회안의 이성은 저만치 날아가 버리는 것 같았다.

"쉬이. 미안하오. 울지 마시오!"

그가 놀란 그녀를 달랬다. 회안은 순간 인아가 인간들의 성적인 접촉에 무지한 인어라는 사실을 잠깐 망각하고 있었다. 그런데 갑작스런 사내의 욕망을 마주하니 얼마나 당황하였을지 그 마음이 읽혀졌다. 그래도 인아가 자신을 밀어내지 않고 자신의 옷자락을 생명줄처럼 부여잡고 있어서 회안은 안심이 되었다.

"흑흑, 저를 잡아먹으실 것입니까?"

예상치 못한 인아의 질문에 회안이 깜짝 놀라고 말았다. 잡아먹을 생각인 것은 맞았다. 회안이 음흉하게 생각했다. 그러나 분명 인아의 질문은 회안의 생각과는 다른 질문임에 분명해 보였다.

"그게 무슨 말이오?"

회안이 조용하지만 어서 말을 하라는 자애로운 표정으로 인아에게 물었다.

"저도 들었습니다. 인간들은 커다란 생선을 굵은 꼬챙이에 끼워서 통째로 구워 먹기도 한다고 했습니다. 그리고 가끔 인어를 잡아먹는 사람들이 있다고……."

겁에 질린 인아의 말에 회안이 한숨을 쉬었다. 인어를 먹으면 불로장생한다는 전설이 떠돌아다니는 것은 사실이었다. 하지만 그것은 어린 인어들에게 함부로 인간에게 다가서지 말도록 단속하려고 용궁에서 만들어낸 이야기였다. 그것을 그대로 믿고 있는 인아가 어이없으면서도 웃음이 났다.

"왜 내가 낭자를 잡아먹을 거라고 생각했소?"

회안의 은근한 질문에 인아가 대답을 망설였다. 입을 열 듯 말 듯 작은 입술이 귀엽게 달싹였다. 그 입술을 그대로 제 입술에 머금고 싶은 것을 회안은 간신히 참았다.

"왜지?"

재차 채근하자 인아가 입을 열었다. 그녀의 눈빛이 떨렸다. 촉촉하게 젖은 눈망울로 필사적으로 이야기하는 그녀는 한입에 머금고 굴리고 싶을 만큼 사랑스러웠다.

"그것이 정신이 하나도 없었습니다. 그렇게 몽롱할 때 작은 물고기들도 상어에게 잡아먹히거든요."

인아가 무서운 듯 부르르 몸을 떨자 회안은 웃고 싶은 것을 간신히 참았다. 지금 심각한 인아 앞에서 웃으면 인아는 마음이 상할 것이 분명했다. 그리고 인아가 가진 공포를 없애야만 했다. 그래야 아름다운 그녀를 제 품에 안을 수가 있었다.

"아니오. 설마 주씨 가문의 사내가 귀한 남해 용궁의 인어를 잡아먹겠소?"

회안의 말은 설득력이 있었다. 하긴 용궁과 주씨 가문의 관계를 고려할 때 그것은 말이 되지 않아 보였다. 만약 그러했다면 근 200년간에 걸친 협약은 유지될 수 없었을 것이었다. 그리고 교인들을 보호하는 것이 주씨 가문의 역할이었다.

"그러니 걱정하지 마시오. 나는 절대 그대를 해치지 않는다오."

그의 말이 꿀처럼 달콤했다. 그리고 신기하게도 그의 목소리는 묘하게도 인아의 두려운 마음을 어루만졌다. 인아를 채웠던 공포가 서서히 썰물에 밀려 나가듯 사라졌다. 그러자 인아 안에 숨겨 있던 작은 호기심이 머리를 들었다.

"그런데 왜 저를 그렇게 만지신 것입니까?"

인아의 질문에 회안이 잠시 머뭇거렸다. 인아의 녹색 눈망울은 티끌 하나 없이 맑기만 했다. 몸은 성숙하지만 그녀의 눈빛은 아이의 그것처럼 순수했다. 그 눈을 보면서 자신의 욕망을 그대로 드러내는 것은 아무리 회안이라도 불가능했다.

"친해지고 싶어서 그런 것이라오."

그래서 결국 생각해 낼 수 있는 가장 적당한 핑계를 생각해 내었다.

"네, 친해진다고요?"

인아가 그의 가슴에서 얼굴을 들어 그를 바라보았다. 그의 표정이 다정했다. 그가 그녀의 부드러운 뺨을 검지로 느른하게 쓸어내렸다. 다시 짜릿한 감각이 흘렀다. 인아의 긴 속눈썹이 파르르 떨렸다.

"그렇소. 나는 그대와 친해지고 싶다오. 남자와 여자가 친해지고 싶을 때, 아주 특별한 사이가 되고 싶을 때 남자들은 이렇게 한다오."

회안의 음성이 관능적으로 나직하면서도 끈적하게 울렸다.

"하지만 나리는 이미 특별한 분이시지 않습니까?"

인아가 가볍게 항의했다.

"맞소. 나는 그대에게 특별하지. 하지만 그리 친하지는 않은 것 같소. 그래서 나는 그대와 좀 더 친해지고 싶다오. 이제부터 조금씩 내가 그대와 친해지는 방법을 알려줄 작정이라오."

그의 음성이 묘하게 설득력이 있었다. 생각해 보니 그와 친하다는 생각은 들지 않았다. 그가 무슨 생각을 하는지 그가 뭐를 좋아하는지 하나도 아는 것이 없었다. 인간 세상은 역시 신기했다. 이렇게 친해지는 데 온몸이 타는 듯이 뜨거우면서 부끄러워지다니 참으로 이상했다. 그리고 그의 말을 들으면 친해지는 데에는 더 많은 방법이 있는 것 같았다. 역시 특별한 사람들 간에는 뭔가 다른 사람과는 다른 접촉이 있다더니 인아는 그제야 인간 세상의 비밀 하나를 알게 된 것 같았다.

"아, 알겠습니다!"

그의 협조를 얻으려면 그와 친해지는 것이 좋을 것 같긴 했다. 분명 사인 오라버니도 그의 심기를 거스르지 말고 부탁을 하라고 했었다. 인아는 다른 방식으로 그와 친해지고 싶었지만 이것이 그가 원하는 방법이라면 따라야 할 것 같았다. 그렇게 생각한 인아가 순진하게 고개를 끄덕였다.

"단, 이렇게 친해지는 방식은 나만이 할 수 있다오! 다른 사람은 절대 안 되오. 잊지 마시오!"

회안이 아주 중요한 일이라는 듯 인아에게 다짐을 했다. '항상 나리는 특별하구나' 하고 남을 의심할 줄 모르는 인아는 순순히 고개를 끄덕였다.

회안의 회심의 미소를 지었다. 지금 인아는 그의 손길을 승낙한 것이었다. 하지만 회안은 순진한 인아가 진실을 알고 나면 어떤 표정을 지을지 궁금해졌다.

곧 회안이 흐트러진 인아의 옷을 정리해 주고 옷고름을 다시 묶어주었다. 그리고 머리도 정리해 주었다. 마지막으로 회안이 작은 말리화(茉莉花, 재스민) 모양의 머리꽂이를 인아의 머리에 꽂아주었다. 용궁에서 보던 산호초와는 다른 앙증맞은 말리화는 귀엽기만 했다.

선물에 기분이 좋아진 인아가 방글방글 웃었다. '나리는 참 다정한 분'이라고 인아는 다시 한 번 생각했다. 하지만 순진한 인아는 실제로 회안이 그녀를 야금야금 삼켜 버릴 계획을 세우고 있는 것을 꿈에도 몰랐다.

4. 회안과 주씨 가문

"오후에는 이홍원 내부를 안내해 주겠소."

점심을 함께 먹던 회안의 제안에 인아의 심장이 두근거렸다. 그 말은 오후에도 그가 자신과 함께 시간을 보낸다는 의미였기 때문이었다. 겨우 어제 만난 회안을 어째서 이렇게 친근하게 느끼는지 인아는 제 자신이 이상했다. 하지만 그래도 인아는 그와 계속 함께 있고 싶었다.

"그런데 나리, 오늘 바쁘신 것은 아닙니까?"

인아는 그가 곁에 있어주어서 좋았지만 바쁜 그를 방해하는 것은 아닌지 살짝 걱정이 되었다.

"괜찮소. 오늘부터 열흘간은 나도 한가하다오."

회안이 시원스럽게 대답하자 인아는 안심했다. 회안의 설명에 따르면 날이 아주 뜨거운 때 홍화원 식솔들은 모두 함께 열흘간 휴식을 취한다고 했다. 그가 이홍원을 안내해 주니 인아는 마치 푹신한 구름 위를 걷는 것처럼 몸이 가볍기만 했다.

여러 구획으로 이루어신 홍화원은 주씨 가문의 부를 그대로 구현한 듯 화려하고도 넓었다. 그중에서 가주가 머무는 공간이라 그런지 이홍원은 특히 아름다웠다.

"아, 연못이군요!"

인아가 감탄을 했다. 나른하게 떨어지는 오후 햇살에 이홍원을 둘러싼 연못이 은빛으로 반짝거렸다. 인아는 눈이 부셨다. 하지만 그녀는 그 눈부심이 빛 때문인지 아니면 회안의 미소 때문인지 알 수가 없었다.

"연못이 주변에 있으니 마음이 안심됩니다."

인아의 솔직한 감상이었다. 아무리 인간의 몸으로 변신했다고 하나 인아는 교인이었다. 당연히 물 근처에 있으면 심리적으로 마음이 안정되는 것은 인지상정이었다. 게다가 용궁과 긴급한 연락이 필요한 경우, 연못이나 강, 바닷가 등 물이 있는 곳에 가야 했다. 그래서 이홍원은 은밀하게 용궁과 연락하기에도 아주 적절한 곳이었다.

"낭자가 이곳을 좋아하니 다행이오!"

마치 이홍원을 인아가 좋아하는 것이 아주 중요한 일인 것처럼 회안의 목소리에 안심하는 기색이 묻어 있었다. 인아는 자신이 과민한 것은 아닌지 고개를 갸웃거렸다. 하지만 실제로 인아는 이홍원이 참으로 맘에 들었다.

"네, 아름답고 조용해서 마치 별세계에 와 있는 것만 같습니다."

인아의 대답에 회안이 싱긋 미소를 지었다. 회안의 하얗고 곧은 이가 잘생긴 입술 사이로 드러났다. 그의 미소가 아름답다고 느끼면서 인아는 어쩐지 그립고도 아련한 감정이 동시에 떠올랐다. 아무래도 회안을 아주 오래전부터 알았던 것만 같았다. 어이없는 자신의 생각에 인아는 살짝 고개를 저었다.

"연못 덕분에 이홍원은 안전하게 보호되고 있다오. 밤에는 내 허락 없이는 누구도 함부로 이곳에는 드나들 수 없으니 낭자는 안심해도 되오."

회안의 설명에 인아가 고개를 끄덕였다. 그가 다정한 목소리로 이것저것 설명해 주는 것이 좋았다. 7월이라 연못에는 탐스러운 연꽃이 아름답게 피어 있었다. 하얗고 깨끗한 연꽃 덕분에 연못은 넓었지만 고즈넉하고 아늑하게 느껴졌다. 연못 주변을 가득 채운 아기자기한 정자들과 작은 다리들이 있어서 이홍원은 하나의 작은 세상 같았다. 연못 안에는 작은 배까지 있었다.

"날이 좋을 때면 작은 배를 띄우고 시원한 바람을 즐기기도 하지!"

회안이 연못을 바라보며 눈을 반짝거리는 인아를 지그시 바라보며 속삭였다. 작은 배를 타고 바람에 날리는 그녀의 까만 머리를 상상했다. 흥분으로 반짝거리는 그녀의 눈빛과 상기된 볼이 그 대로 그려져 회안은 저도 모르게 미소를 지었다.

"배를 타면 아주 즐거울 것 같습니다."

인아의 목소리에 숨길 수 없는 흥분이 고스란히 묻어 있었다. 새로운 것에 신기해하고 호기심이 많은 인아는 천진하면서도 사랑스러웠다.

"곧 시간을 내서 함께 타보도록 합시다!"

다음을 약속하는 회안의 말에 인아는 마치 솜털이 쓰다듬는 것처럼 마음이 간질거렸다. 인아가 수줍게 고개를 살짝 끄덕이자 회안이 커다란 손으로 인아의 머리를 가볍게 쓰다듬었다. 마치 아기가 되어버린 것 같아 민망하면서도 그가 자신을 아끼는 것 같아서 기분이 좋았다.

"나리!"

갑작스레 들려온 굵은 남자의 목소리에 놀란 인아가 몸을 움찔했다. 그리고 저도 모르게 회안의 커다란 등 뒤로 쏘옥 숨어버렸다. 커다란 회안의 그림자 속에 작은 인아의 그림자가 하나로 포개졌다. 그러자 인아의 몸이 완벽하게 타인의 시선에서 감추어졌다. 그런 그녀가 귀여워 회안이 미소를 지었다.

제 주인의 얼굴에 떠오른 미소에 왕 서방은 잠시 잘못 본 것이 아닌지 제 눈을 의심했다. 회안이 공평하고 주변에도 친절한 사람인 것은 맞았다. 하지만 기본적으로 그의 표정은 무표정할 때가 많았다. 화가 난 것인지 기분이 좋은 것인지 도무지 그 속을 알 수가 없어 거래 상대방으로 그만큼 까다로운 사내가 없었던 것이다. 그런 그가 저렇게 여인을 사랑스럽다는 듯이 바라보는 것을 왕 서방은 처음 본 것이었다. 냉정한 표정과 아름다운 미모 때문에 가끔 인간미가 없어 보이던 회안이 오늘은 매우 인간적으로 보였다.

"무슨 일이지?"

"네, 나리. 주유동 나리께서 긴급히 나눌 말씀이 있으시다며 장안루로 오셨으면 하는 전갈을 보내셨습니다."

왕 서방의 전언에 회안이 '끙' 하고 별로 탐탁지 않은 신음을 내뱉었다. 기분이 좋아 보이던 그의 얼굴에 아주 잠깐 어두운 그림자가 드리워졌다. 그러나 곧 그것은 사라지고 회안은 평소의 침착한 표정으로 돌아갔다.

"알겠네!"

왕 서방이 인사를 하고 물러났다.

"아무래도 오늘 저녁은 함께하기 힘들 것 같소."

회안의 말에 인아는 순순히 고개를 끄덕였다. 바쁜 주씨 가문의 가주를 계속 자신의 곁에 붙잡아둘 수 없다는 것을 알지만 혼자 남겨지는 것이 갑자기 두려워졌다. 그래서 인아가 저도 모르게 그의 허리춤의 옷자락을 꼬옥 움켜쥐고 말았다.

"걱정하지 마시오."

자신의 옷자락을 붙들고 있는 인아의 두려움이 그대로 느껴져 회안이 부드럽게 속삭였다. 회안도 아직 육지가 낯선 그녀를 혼자 두고 나가는 것이 영 마음에 걸렸다.

"내가 난이라고 낭자의 시중을 들 아이를 불러줄 테니 필요한 것이 있으면 그 아이에게 부탁을 하면 될 거요."

자신의 걱정을 알아차린 듯이 곁에 있을 사람을 불러주겠다는 말에 인아는 깜짝 놀랐다. 어쩌면 교인처럼 아름다운 이 사내는 모든 것을 꿰뚫어 보고 있는 것 같았다.

"반드시 이홍원 안에 있으시오. 내가 돌아올 때까지 어디 가지 말고?"

"알겠습니다."

인아가 순순히 고개를 끄덕였다. 사실 이홍원이 아니면 딱히 갈 곳도 없는 인아였다. 하지만 회안이 걱정스러워하기에 인아는 그의 마음을 편안하게 해주고 싶었다. 이홍원을 나서는 회안을 인아가 배웅했다. 다행히 주변에 사람이 많아서 회안은 특별한 인사를 하지 않고 나갔다. 하지만 인아는 무엇인가가 아쉬웠다. 나중에야 특별한 회안의 인사를 바라고 있었다는 사실을 깨닫고 인아는 몰래 얼굴을 붉혔다.

❖

"형님!"

1층의 소란스런 객청과는 달리 장안루 2층에 마련된 내실은 조용했다. 내실 안에는 일찌감치 자리를 잡은 주유동이 무엇인가 불만스러운 표정으로 앉아 있었다. 하지만 안으로 들어오는 회안의

73

표정은 고요하기만 했다.

"어서 오시게나!"

나이는 어리지만 주씨 가문의 가주인 회안에게 주유동이 먼저 인사를 했다. 주유동은 회안과 사촌지간으로 나이는 이미 사십대 중반을 넘어서고 있었다. 주유동의 아버지는 회안에게는 숙부가 되었다. 지금 주유동은 해월국 내의 교초 판매를 전담하고 있었다. 사실 차자로서 가주가 된 회안보다 주유동을 따르는 일족들도 상당히 많이 있었다. 그래서 그들은 항상 미묘한 경쟁 관계에 있었다.

현재 주씨 가문의 7대 가주인 주회안은 올해 25세로 누구보다 수완이 뛰어났다. 단순하게 해월국 내 판매에 그치지 않고 바다 건너 타국까지 교초 판매를 확대한 것이었다. 그 덕분에 단숨에 주씨 가문의 부는 이전 세대와는 비교할 수 없을 만큼 성장하였다.

특히 주회안은 차자(次子)로서 가주가 되었기에 그 이력이 특이했다. 그것이 주씨 가문에는 그 부귀에 따른 일종의 저주였는지 매번 차자는 관례(당시 관례는 15세)를 치르자마자 사망했기 때문이었다.

그래서 항상 주씨 가문은 많은 아들을 얻기 위해 첩을 들이기로 유명했다. 주회안의 아버지인 주우길(周遇吉)도 본부인 이외에 세 명의 첩이 있었다. 하지만 공교롭게도 아들은 겨우 둘뿐이었다. 역시 주씨 가문에 내린 저주였는지 회안도 관례를 치른 그해 바다에 빠지고 말았다. 관례를 치르고 나서야 어엿한 성인으로 비단을 거래하는 배에 탈 수 있었는데 바로 그 첫 항해에서 발생한 일이었다.

하지만 그는 하루 만에 다시 나타났다. '나타났다'라는 표현이 정확한 것이 바다에 빠져 시신조차 찾을 수 없을 것이라 여겼는데 그가 이튿날 해안가에 모습을 드러낸 것이었다. 그는 마치 교인육폭소(鮫人六幅素, 인어가 눈물로 짜낸 하얀 비단. 옷을 지어 입으면 물속에 들어가도 젖지 않는다 함)로 만든 옷이라도 입은 듯 말끔한 자태로 해안가에 의식을 잃고 누워 있었다. 그러나 회안은 그 하루에 대해서 아무것도 기억하지 못했다.

죽음에서 살아온 사내로 불길하게 여겨지던 그가 가주가 된 것은 예상치 못한 사고 때문이었다. 아버지와 장자가 동시에 바다에서 사고로 사망하였던 것이다. 절대 가주와 그 장자가 한 배에 타지 않는 것이 원칙이었다. 그러나 원칙에도 예외가 있었던지 회안이 바다에서 다시 나타났던 그해 가을, 주우길과 장자인 주백(周栢)은 한시에 죽고 말았던 것이다. 그래서 회안은 차자로서 주씨 가문의 가주가 되었던 것이다. 만약 회안이 없었다면 주유동이 주씨 가문의 가주가 되었을 수도 있었다.

"모두가 쉬는 이 시기에 어인 일로 저를 보자고 청하셨습니까?"

회안의 말에 주유동의 이마에 내 천 자가 그려졌다. 천하태평해 보이는 회안을 맘에 들지 않아하는 것이 역력했다.

"지금이 이리 한가하게 쉴 때는 아니지 않은가?"

저도 모르게 목소리가 올라가는 것을 주유동은 어쩔 수가 없었다. 용궁과의 협약을 지켜야 할 당사자가 저리 유유자적하니 주유동의 속이 바작바작 타고 있었다. 하지만 회안은 그런 주유동의 속을 아는지 모르는지 무표정한 얼굴로 술잔을 들어 올렸다.

"오호! 상당히 향기가 좋은 술이군요."

회안의 아름다운 손이 술잔을 들어 올리며 감탄처럼 내뱉었다. 그러나 여전히 그의 표정에는 큰 변화가 없었다.

"여기저기서 교초를 사지 못해 안달이건만 대체 교초 수급을 중단한 사유가 무엇인가?"

주유동의 질문에 회안의 평온하던 얼굴에 일순간 싸늘한 표정이 나타났다. 하지만 이내 회안의 표정은 다시 고요한 표정으로 돌아왔다.

"잠시 소주와 항주의 비단을 대신 팔아볼까 합니다. 명색이 비단의 고향인데 그동안 교초만 판매하다 보니 그 명성이 예전만 못하지 않습니까? 일단 주씨 가문이 손을 대면 그것만으로도 상당히 매상이 좋아질 것입니다."

회안의 목소리가 감정 없이 건조했다. 마치 내일 날씨를 이야기하는 것처럼 아주 간단하게 말을 하고 있었으나 실제로 그리 간단한 문제가 아니었다.

"혹시, 교초 수급을 하지 못하는 다른 사유가 있는 것은 아닌가?"

주유동이 무엇인가를 알아내려는 것처럼 회안의 얼굴을 뚫어지게 바라보았다. 그러나 회안은 교인처럼 깊은 눈매로 그저 빙긋 웃었을 뿐이었다.

"아닙니다. 당분간은 수입이 줄어들 수 있겠습니다만……."

회안이 잠시 말을 멈추고 술잔을 들어 한입에 꿀꺽 삼켰다. 주유동은 그다음 말을 기다리느라 초조했다.

"이미 가진 것으로도 충분하지 않습니까?"

그리 냉소하는 회안에게 주유동이 비굴한 미소를 지으며 설명했다.

"아니 그게 내가 문제가 아니라 주씨 가문에 기대어 먹고사는 이가 어디 한둘인가? 나야 그렇다 쳐도 그들의 불만을 어찌 처리하려고 그러는가? 아직 자네가 어려서 모르나 본데 그것을 결코 무시해서는 안 된다네."

주유동이 마치 회안을 걱정하는 것처럼 충고를 했다. 하지만 속이 시커먼 그의 속을 모르는 회안이 아니었기에 짐짓 모른 체하고 대답을 했다.

"그것은 형님께서 걱정하지 않으셔도 됩니다. 제게 오는 이문을 조금 줄이면 그들에게는 전혀 지장이 없을 것입니다."

회안의 말에 주유동은 할 말을 잃었다. 회안이 사재를 털어가면서까지 소주와 항주의 비단을 거래하려는 의지가 이리 높은 줄은 미처 몰랐던 것이다.

교초를 수급하는 것은 전적으로 가주인 회안만이 할 수 있었다. 가문에서도 선택된 소수만을 제외하고는 주씨 집안의 누구도 대체 어디서 교초를 수급하는지 자세히 알 수가 없었다. 용궁에서는 주씨 가문의 가주가 아니면 절대 누구에게도 교초를 판매하지 않았기 때문이었다.

'그것만 자신이 맡을 수 있다면', 주유동의 눈빛이 탐욕으로 반짝거렸다. 그런 그의 생각을 아는지 모르는지 그저 회안은 조용하게 술을 들이켰다.

홀로 남겨진 인아에게는 지루한 시간이 흘러갔다. 회안이 옆에 있을 때에는 화살처럼 빨리 흐르던 시간이 더디 가고 있는 것 같았다. 회안이 보내준 여종인 난이의 도움으로 저녁도 먹고 목욕도 마치자 벌써 시간이 해시초(오후 9시~10시)가 되었다. 곧 돌아오마 하고 나갔던 회안은 일이 많은 것인지 돌아오지 않고 있었다.

해시정(오후 10시~11시)이 되자 인아는 조심히 연못으로 다가갔다. 잠시 기다리자 연못의 수면이 부글부글 끓기 시작했다. 계속 연못을 바라보자 수면 아래에서 커다란 물고기 같은 것이 움직였다. 그리고 곧 수면 위로 아름다운 교인이 모습이 드러났다. 이홍원의 연못은 운하를 따라 남해 바다와 연결되어 있었기에 용궁에서 사자(使者)가 쉽게 방문할 수 있었다.

"사인 오라버니!"

인아가 사인을 보고 반색을 했다. 아바마마의 명을 전해주러 누가 올까 기대하고 있었는데 큰 오라버니가 직접 오다니 인아의 얼굴에 아름다운 미소가 떠올랐다.

"인아야!"

사인이 부드럽게 인아를 불렀다. 사인의 얼굴에도 귀여운 동생을 만난 반가움이 그대로 묻어 있었다.

"사인 오라버니가 직접 오실 줄은 상상도 못했어요!"

인아가 눈을 반짝거렸다. 인아의 모습에 사인의 얼굴에서도 기분 좋은 미소가 피어올랐다. 인아와는 달리 사인의 눈은 붉은색이었다. 백옥 같은 피부와 붉은 눈 그리고 길고 까만 머리까지 달빛에 비친 사인의 모습은 요염했다. 그래서 해안가에 사는 홀아비나 과부들이 교인을 잡아 연못에 가두고 기른다는 전설이 생겼는지도 몰랐다.

"워낙 중한 임무라 내가 직접 왔어. 어때, 주씨 가문의 가주는 문제없이 만났겠지?"

"네, 어젯밤에 해안가에서 바로 만났습니다."

인아가 그의 격한 인사를 떠올리고는 저도 모르게 얼굴을 붉히며 대답했다. 그 얼굴이 사랑에 빠진 여인처럼 아름다웠다.

"그래? 그가 직접 해안가까지 마중을 나왔더라 말이냐?"

사인이 깊은 생각에 잠긴 얼굴로 물었다. 주씨 가문의 가주가 직접 움직이다니, 아무래도 무엇인가 사인은 마음에 걸렸다.

"역시, 냉월(冷月)을 움직일 아이라는 말이 맞았던 건가?"

그리고 사인은 마치 혼잣말처럼 이해할 수 없는 말을 중얼거렸다.

"그게 무슨 말씀이세요?"

인아의 질문에 사인은 고개를 가볍게 저었다. 그리고 인아를 다정한 눈빛으로 바라보았다. 걱정하지 말라는 듯 다정한 오라버니의 눈빛에 인아는 울컥 떠나온 용궁에 대한 그리움이 솟아올랐다.

"아니다. 자, 아바마마께서 말씀하신 대로 주씨 가문의 가주에게 결계를 지킬 수 있도록 협조를 얻어야 한다."

"네, 알고 있습니다. 하지만 저희가 교초를 제공하고 주씨 가문이 결계를 지키는 협약이 있는데 또 따로 협조를 구할 일이 무엇인가요?"

인아의 질문에 사인이 가볍게 고개를 끄덕였다.

"그래. 네 말이 맞다. 하지만 결계를 지키기 위해서는 주씨 가문에서는 그에 준하는 일을 해야 한단다. 앞으로 1년 이내에 주씨 가문이 약속을 지키지 않으면 결계는 위험해져."

사인의 말에 인아의 두 눈이 화등잔만 하게 커졌다.

"그래요? 그럼 제가 나리께 빨리 협약을 지키시라고 부탁을 드리면 되는 것입니까?"

인아의 말에 사인이 복잡한 표정을 지었다. 인아에게 인어들과는 달리 인간들에게는 아이를 가지려면 9개월이 필요하다는 사실을 어찌 설명해야 할지 사인은 난감해졌다.

사실 협약은 십 년 전 이미 완수되었어야 할 일이었다. 하지만 예기치 않은 상황으로 그것이 미루어졌던 것이었다. 사인이 인아를 회안에게 보내기 직전 결계를 지키는 마녀와의 만남을 떠올리며 저도 모르게 몸을 떨었다.

"주씨 가문은 대체 언제 약속을 지키겠다는 것입니까?"

여인의 음성이 날카로웠다. 핏빛처럼 붉은 머리카락과 또 그만큼 강렬한 붉은 눈동자! 여인의 하얀 피부와 대비되어 그 붉은빛이 불길하게 보였다. 순간 그녀를 둘러싼 푸른 심해의 바닷물이 얼어붙는 것 같았다.

"그것이……."

그 앞에 소식을 전하러 온 사인이 순간 할 말을 잃었다. 용궁의 결계인 망해(望海)를 지키는 마녀! 아니, 그 결계 자체인 마녀였다. 그녀가 저 어두운 동굴에 머물며 바다의 마력을 모아 만들어진 것이 망해였기 때문이었다.

그녀를 만날 때마다 모골이 송연해지는 기분이었다. 분명 아바마마의 말씀에 따르면 그녀도 예전에는 아름다운 교인이었다고 했었다. 그리고 가만 보면 인아를 닮은 것도 같았다.

"주씨 가문에서 당분간 교초 수급을 중지하겠다고 통보를 해왔습니다. 그리고 재논의가 필요하면 제가 아닌 다른 이를 보내라고 했습니다."

사인이 최대한 침착하게 상황을 전했다.

"하!"

마녀가 냉소적으로 웃었다. 그러나 그녀의 눈빛은 오묘했다. 분노를 억누르는 듯한 그녀의 눈빛에는 설명할 수 없는 찐득한 감정이 녹아 있는 듯했다. 그것은 슬픔 같기도 혹은 분노 같기도 한 복잡한 감정이었다.

"분명히 말씀드립니다. 제가 원하는 것은 주씨 가문 차자의 피입니다!"

마녀의 단언에 사인이 고개를 숙였다.

"알고 있습니다."

그런 사인을 바라보던 마녀가 음울하게 속삭였다.

"벌써 십 년 전에 지켜졌어야 할 일입니다. 만약 주우길과 주백이 갑작스런 사고로 죽지 않았더라면 제가 이렇게 인내심을 발휘하지도 않았을 것입니다. 이제는 더 이상 기다릴 수 없습니다. 반드시 1년 이내에 자식 누구의 피라도 바치라 하십시오!"

원하는 것을 말하는 마녀의 음성이 설명할 수 없는 미묘한 감정으로 갈라지고 있었다.

"용왕마마께 전해주십시오. 만약 주씨 가문이 술수를 부릴 생각이라면……."

마녀가 잠시 말을 멈추자 파도의 움직임도 함께 정지하였다.

"더 이상 좌시하지 않겠다고요."

그리 말을 마친 마녀가 깊고 어두운 동굴 안으로 사라졌다. 사인이 한숨을 쉬었다. 용궁과 인간세계를 가르는 망해! 그것을 근 200년간 유지해 온 마녀였다. 그래서 모두가 두려워하면서도 그녀에게 존경심을 가지고 있었다.

결계를 유지하기 위해서 그녀가 얼마나 노력을 기울이고 있는지 모두가 알고 있었다. 그런 그녀가 원하는 단 한 가지! 사인은 어떻게 주씨 가문을 설득해야 할지, 머리가 지끈거렸던 것이다.

이제 마녀는 더 이상 기다리지 않겠다고 했고 시한을 1년으로 못을 박았다. 그러기 위해서는 하루라도 빨리 회안이 자식을 보는 것이 중요했다. 그래서 혼인은 최대한 올 가을 안에 이루어져야 했다. 하지만 주씨 가문의 희생에 대해서는 인아에게 자세히 알리지 말라는 아바마마의 명 때문에 사인은 그 이상의 설명을 할 수가 없었다.

"그것이⋯⋯ 아직 주씨 가문의 가주는 그에 대해 별말이 없단다. 그리고 교초를 받는 것도 잠시 중단하겠다고 통보를 해왔지. 아바마마는 혹시나 회안이 협약을 파기하려는 것은 아닌지 매우 노심초사하고 계신단다. 그러니 네가 회안의 진짜 속마음이 무엇인지 알아봐 주었으면 한다."

사인의 말에 인아가 결연한 표정으로 고개를 끄덕였다. 필사적인 인아의 얼굴이 귀엽기만 했다. 사인이 저도 모르게 막냇동생의 표정에 부드러운 미소를 지었다.

"알겠습니다, 오라버니! 제가 용궁을 위해서 최선을 다하겠습니다!"

"그래, 고맙구나. 하루빨리 그의 의도가 무엇인지 정확히 파악해만 한다. 무슨 방법을 쓰든 앞으로 세 번의 보름달이 뜨기 전에 임무를 완료해야 해. 네가 완벽한 인간으로 여기에 머물 수 있는 시간은 100일 뿐이야. 그 100일이 지나고 나서도 육지에 머물려면 교인들은 큰 대가를 치러야 하는 것을 너도 알고 있겠지? 그러니 그전에 반드시 일을 마쳐야 한다. 알겠지?"

사인이 걱정스럽게 인아에게 주의를 주었다. 인아의 얼굴이 진지했다. 하지만 사인은 어찌 아바마마께서 이렇게 중요한 임무를 가장 수줍음도 많고 순진한 인아에게 부여했는지 이해할 수가 없었다. 하지만 이번에는 반드시 인아여야만 한다는 점괘가 나와 어찌할 도리가 없긴 했다.

"네, 잘 알고 있어요! 저 열심히 해보겠습니다!"

"속을 알 수 없는 자이니 각별히 주의해야 한다. 최대한 빠른 시간 안에 그와 친해지도록 하려무나."

사인의 말에 인아의 얼굴이 갑자기 붉어졌다. 그와 친해지라니. 그럼 오늘 아침과 같은 일들을 해야만 하는 걸까? 인아는 차마 사인에게 그 이야기를 할 수 없어 머뭇거렸다. 어쩐지 입 밖으로 내서는 안 될 것만 같았다. 회안이 그렇게 친해질 수 있는 사람은 자신뿐이라고 주의를 주었기 때문만은 아니었다. 무엇인가 인아의 마음이 그것을 타인에게 말하는 것을 망설이게 만들고 있었다.

"저기 오라버니, 아주 많이…… 친해져야 하는 것입니까?"

인아가 머뭇거리며 묻자 사인이 엄한 표정을 지었다.

"당연하지. 이 일은 남해 용궁의 존망이 걸린 아주 중대한 일이다. 한 치의 소홀함도 있어서는 안 돼!"

인아는 사인의 말에 정신을 번쩍 차렸다. 용궁의 안위와 관련된 일인데 부끄럽다고 망설이다니 있을 수 없는 일이었다. 그런 제가 한심해서 인아는 다시 마음을 다잡았다. 부끄럽기는 했지만 인아도 회안과 좀 더 친해지고 싶었다. 다른 사람이라면 임무를 거부했겠지만 회안이라면…… 인아가 굳은 결심을 하고 고개를 끄덕였다.

"그럼, 인아야! 너만 믿으마. 아주 큰일이 있을 때에는 연못에서 나를 찾으면 돼."

사인은 그렇게 말을 마치고 곧 수면 아래로 사라졌다. 사인은 제 말을 인아가 어떻게 받아들였는지 까맣게 몰랐다. 한참 시간이 지난 후 사인이 이 사실을 알았을 때에는 시간이 너무 늦어 있었다. 항상 진실을 깨닫기까지 시간이 걸리기에 모든 문제가 발생하는 것이었다.

설명할 수 없는 초조한 마음으로 인아가 방으로 돌아왔다. 오라버니와 이야기를 나눈 시간은 고작 일각뿐이었지만 마치 영겁의 시간이 지나 버린 것만 같았다. 인아는 오라버니의 말대로 굳은 마음을 먹었다.

저벅, 저벅, 저벅!

곧 사내의 발자국 소리가 들려왔다. 인아는 곧 그것이 회안의 발자국 소리인 것을 알아챘다. 신기하지만 인아는 회안의 기척을 감지할 수 있었다. 이내 방문이 열리며 회안이 안으로 들어왔다.

떨어져 있던 시간은 고작 두어 시진뿐이었지만 인아는 그의 얼굴을 보니 너무나 반가웠다. 회안이 특별한 사람이라서 그런 것일까? 인아의 심장이 미묘한 떨림으로 간질거렸다.

"나리!"

안으로 들어서는 회안의 눈빛이 따뜻했다. 무표정하던 그의 얼굴에 인아를 보고 나니 상큼한 미소가 피어올랐다. 인아도 그를 보면서 방글방글 미소를 지었다. 그리고 굳은 마음을 먹고 그에게 인사를 하려고 다가섰다.

"다, 다녀오셨습니까?"

인사를 하려니 긴장 때문에 목소리가 떨렸다. 그러나 인아가 조금 더 다가서자 회안의 눈빛이 반짝거렸다. 그리고 인아가 한껏 까치발을 하자 회안이 기다렸다는 듯이 고개를 살짝 숙여주었다. 어쩔 수 없이 그녀가 그의 옷자락을 살짝 붙잡았다. 그러지 않으면 앞으로 쓰러질 것 같아서였다.

쪽!

인아가 그의 입술에 아침에 알려준 대로 인사를 했다. 스스로 하려니 여전히 부끄럽고 얼굴이 달아올랐다. 그녀가 급히 입술을 떼려는 순간 회안의 굵은 팔이 인아의 허리를 강하게 끌어당겼다. 그리고 그녀의 자그마한 머리를 회안이 그의 쪽으로 끌어당기더니 이번에는 그가 인아에게 인사를 해왔다.

"하아!"

그러나 살짝 입술만 대었던 인아와는 달리 그는 그녀의 입술 윤

곽을 더듬듯이 그의 혀로 핥기 시작했다. 그리고 그녀의 아랫입술과 윗입술을 부드럽게 빨았다. 점점 숨을 쉴 수가 없었다. 그래서 어찌해야 할지 몰라 인아가 그의 옷자락을 더욱 강하게 그러쥐었다. 그러지 않으면 바닥으로 곧 쓰러질 것 같았다. 심장이 미친 듯이 뛰고 얼굴이 타는 것처럼 달아올랐다. 그리고 온몸이 사정없이 떨려오기 시작했다.

"그렇게 떨 것 없소."

회안이 그런 인아가 귀엽다는 듯이 잠시 입술을 떼고 부드럽게 속삭였다. 하지만 인아는 몸의 떨림을 어찌할 수가 없었다. 그가 낮은 목소리로 속삭이자 그의 뜨거운 입김이 얼굴에 닿았다. 그것이 마치 자신을 부드럽게 쓰다듬는 것 같아서 더욱 수줍어졌다.

"그, 그것이……."

회안이 인아를 안심시키려는 듯이 가벼운 입맞춤을 반복했다. 그러자 점점 인아의 몸에서 긴장이 풀렸다. 그리고 어느새 인아는 눈을 감고 그의 부드러운 입맞춤을 반기고 있었다. 마치 새가 쪼는 것처럼 가볍고 기분 좋은 입맞춤이었다.

"흐음……."

인아의 입술에서 작은 신음이 새어 나왔다. 가녀리고 달콤한 인아의 신음 소리가 사랑스러웠다.

"어떻소? 혹시 기분이 나쁘거나 한 것은 아니겠지?"

회안이 아침나절 인아가 울음을 터뜨렸던 것을 기억했는지 부드럽게 물었다. 서둘지 않고 인아가 긴장을 풀기를 기다렸다. 부드럽게 쪼는 듯이 입맞춤을 계속하니 인아의 몸이 나긋나긋해졌다. 인아가 긴장을 풀자 자연스레 그녀의 몸이 회안에게 기대듯이 기울어졌다.

인아는 얼른 얼굴을 그의 가슴에 묻었다. 그에게서 풍기는 향이 좋았다. 그렇게 있으려니 마음이 따뜻해졌다. 어느새 인아는 그의 무릎에 안겨 침상에 앉아 있었다. 언제 그가 자신을 안고 옮겼는지 인아는 깜짝 놀라고 말았다.

"그런데 어쩐 일이오? 낭자가 먼저 내게 인사를 다 하고?"

회안이 부드럽게 물었다. 인아가 먼저 자신에게 다가온 것이 기쁘긴 했지만 그녀의 수줍어하는 성격을 고려하면 어딘가 이상했다.

"저기…… 나리와…… 꿀꺽…… 조금 더 친해지고 싶습니다."

인아의 대답이 살짝 떨렸다. 오라버니의 명을 받고 하는 일이라 회안에게 미안해졌다. 하지만 정말 인아도 회안과 친해지고 싶었다. 그렇지만 그 말을 하는 것이 너무나 부끄러웠다. 그래서 다시 그의 품에 얼굴을 묻었다. 얼굴에 닿은 그의 옷자락이 서늘했다. 회안이 가볍게 웃자 인아의 몸도 함께 기분 좋게 진동했다.

"하하, 그거 듣던 중 반가운 소리군. 머리 아팠던 것이 싹 사라지는 기분이오!"

회안이 웃자 인아도 즐거워졌다. 그래서 저도 모르게 방글방글 함께 웃고 있었다. 그 모습을 부드러운 눈으로 바라보던 회안이 그녀의 귀에 은밀한 목소리로 속삭였다.

"그럼, 조금 더 친해지는 것은 어떻겠소?"

그의 목소리가 어쩐지 끈적끈적한 것 같았다. 하지만 인아는 사인 오라버니의 명을 떠올리고는 고개를 끄덕였다. 인아가 동의하자 회안의 얼굴에서 아찔한 미소가 피어올랐다.

"그럼 가벼운 인사부터 다시 시작할까?"

그리 말하더니 회안의 두툼한 입술이 인아의 입술을 한입에 머금었다. 그리고 인아의 입술을 부드럽게 쓰다듬던 그의 입술이 인아의 뺨을 스치더니 귓가에 나직하게 속삭였다. 그의 뜨거운 숨결이 인아의 귀를 간질였다.

"입술을 조금 더 벌려보시오!"

회안의 나직한 명령에 인아가 살짝 입술을 벌렸다. 그러자 입안으로 갑자기 그의 뜨거운 혀가 쏟아져 들어왔다. 인아의 작고 하얀 손이 그의 옷자락을 강하게 쥐었다. 회안의 커다란 손이 그녀의 등을 받치고 다른 손은 그녀의 작은 머리를 쥐었다. 인아는 거의 허리가 꺾일 것만 같았다.

"흡!"

작은 인아의 비명은 곧 회안의 입속으로 사라졌다. 그리고 그의 혀가 인아의 작은 입안을 샅샅이 탐험하기 시작했다. 마치 살아 있는 것처럼 그의 혀는 인아의 볼 안쪽 점막을 쓸기도 하고 입술을 핥기도 하였다. 그러자 신기하게도 두려움은 점점 엷어져 갔다. 동시에 그녀의 온몸이 점점 열기로 달아오르기 시작했다.

"하아……."

그녀가 달콤한 신음을 흘렸다. 인아는 자신의 몸 안에 고인 열기를 어찌할 수 없어 바르작거렸다. 그리고 그의 입술이 혀가 주는 감촉이 너무나 좋아서 조금 더 그에게 다가가고 싶었지만 인아는 어찌해야 할 바를 몰랐다.

"조금 더 입을 크게 벌려보시오."

인아가 그가 시키는 대로 입을 조금 더 벌렸다. 그러자 날렵한 그의 혀가 작은 인아의 혀를 낚아챘다. 해변에서와 같이 인사가 격렬해졌다. 그의 혀가 민첩하게 움직이며 인아의 혀를 부드럽게 쓸다가 갑자기 강하게 빨아 당겼다. 인아가 깜짝 놀라 다시 그의 옷 깃을 그러쥐자 회안이 그녀의 등을 부드럽게 쓸며 다시 속삭였다.

"긴장하지 말고 혀를 조금 더 내밀어보겠소?"

그가 부드럽게 속삭이자 인아가 수줍게 살짝 혀를 조금 더 내밀었다. 그의 혀끝이 이리저리 인아의 혀를 마찰하고 살짝 빨기도 하고 부드럽게 깨물기도 했다. 그러자 점점 인아의 기분이 고양되었다.

"항……."

저도 모르게 콧소리가 새어 나왔다. 그러자 회안의 혀가 더욱 격렬하게 움직이기 시작했다. 마치 그녀를 입안으로 빨아들이는 것만 같았다.

츄릅, 츄릅, 츄릅!

방 안을 가득 채우는 젖은 물소리에 인아는 점점 얼굴이 붉어졌다. 부끄럽지만 인아는 입술을 떼고 싶지는 않았다. 다만, 숨 쉬기가 곤란했다. 숨을 쉬려면 입술을 떼어야 하는데 그는 어찌 된 일인지 조금도 숨이 막히하지 않는 것 같았다. 그래서 인아도 버틸 때까지 버텼으나 야릇한 감각과 그가 주는 열기에 점점 견디기가 힘들어졌다.

"하아…… 그대는 꿀처럼 달콤하오!"

그가 그렇게 속삭이며 그녀의 혀를 놓아주자 그제야 인아가 참았던 숨을 한 번에 몰아쉬었다. 인간은 물에 빠지면 숨이 막힌다더니 인아는 회안에게 빠진 것 같았다. 인아가 바로 물속에서 나온 사람처럼 거칠게 호흡했다.

"하악, 하악…… 나리는…… 숨이 차지 않…… 으십니까?"

인아의 질문에 회안의 눈썹이 꿈틀하고 움직였다. 웃음을 참으려는 듯 그러나 회안은 진지하게 인아의 질문에 대답해 주었다.

"나는 요령이 있거든! 코로 숨을 쉬는 거지. 낭자도 조금 더 익숙해지면 잘할 수 있다오."

역시 인아는 고개를 끄덕였다. 회안은 역시 모르는 것이 없는 것만 같았다.

"어때, 조금 더 친해질 마음이 들었소?"

회안이 그리 말을 하자 인아는 그가 다시 자신의 입술을 머금을 것 같아 순간 긴장했다. 아직도 숨이 찼다. 하지만 그는 너무나 멀쩡해 보였다. 그러나 인아의 걱정과는 달리 그의 입술은 이번에는 인아의 가녀린 목덜미에 닿았다. 그의 혀가 마치 인아를 맛보는 것처럼 그녀의 목덜미를 핥았다. 인아는 그의 타액으로 목덜미가 축축해지는 것을 느꼈다. 그리고 설명할 수 없는 묘한 감각이 인아를 지배했다.

"왜, 왜…… 목을 핥는 것입니까?"

다시 인아의 순진한 질문에 회안이 진지하게 대답했다.

"목에는 큰 핏줄이 지나가지. 그래서 조금만 방심해도 목숨을 잃을 수 있다오. 하지만 나는 그러지 않을 거요. 이렇게 소중하게 핥아주었잖소? 그건 내가 목숨처럼 낭자를 아낀다는 뜻이라오. 낭자도 아무에게나 이렇게 하게 두지는 않을 거지 않소?"

어쩌면 그녀가 느꼈던 공포는 바로 그것 때문이었을 것이다. 그에게 삼켜진다고 느꼈던 공포, 그러나 그가 설명을 해주자 이해할 수 없었던 행위가 달콤하게 느껴졌다. 그의 입술이 목덜미를 스치고 조금 더 아래로 내려갔다.

"하응!"

저도 모르게 인아가 교성을 내뱉었다. 옷자락 사이로 살짝 드러난 그녀의 쇄골에 그의 입술에 닿았던 것이다. 그리고 그의 입술이 인아의 옷자락을 벌리듯이 움직였다.

펄떡!

물고기가 요동치듯이 그녀가 움직였다. 그러자 회안이 그녀의 움직임을 예상한 것처럼 그녀의 작은 몸을 더욱 강하게 끌어안았다. 그리고는 그의 커다란 손이 그녀의 가슴께로 다가왔다.

"왜, 왜요?"

인아가 놀라 소리치자 회안이 부드럽게 대답했다. 인아는 아침나절 느꼈던 아찔한 감각을 떠올리며 어딘지 모르게 부끄러웠던 것이다.

"낭자의 피부에 닿고 싶어서 그렇다오. 남자는 친해지고 싶은 여인의 피부를 직접 만지고 싶어하거든. 그래서 낭자의 옷을 조금 벗길 거라오. 괜찮겠지?"

그의 말에 인아가 몸에서 힘을 뺐다. 그러자 회안의 손이 부드럽게 옷고름을 풀고 그녀의 몸에서 저고리를 벗겨냈다. 그의 부드러운 손길에 인아의 뽀얀 속살이 드러났다. 얇은 속저고리 사이로 도홧빛으로 달아오른 그녀의 피부가 마치 물을 흘릴 것처럼 촉촉했다. 회안이 부끄러워하는 인아를 위해서인지 잠시 옷 벗기는 것을 멈추었다. 그리고 그녀의 뽀얀 어깨에 입술을 대었다.

"흐음!"

참으로 신기했다. 그의 입술이 닿는 모든 곳에서 열기가 솟아올랐다. 그의 타액으로 얇은 속저고리가 마치 물에 젖은 것처럼 인아의 피부에 찰싹 달라붙었다. 그리고 그가 살짝 드러난 인아의 가슴 둔덕에도 입술을 대었다. 그리고 이내 그의 입술이 얇은 옷 아래로 존재감을 드러내고 있는 유실을 한입에 머금었다.

찌릿!!

아침에 그가 손으로 잡았을 때보다 더욱 강렬한 감각이 흘렀다. 온몸이 정신없이 떨렸다. 그리고 그가 입술을 움직일 때마다 점점 더 저릿한 기운이 구석구석 흘러갔다. 그리고 그가 혀로 인아의 유실을 살살 돌리고 핥아대기 시작하자 인아의 몸이 펄쩍 뛰었다. 마치 바닷속을 힘차게 유영하는 돌고래처럼 인아의 심장이 심하게 뛰고 있었다.

"하아…… 앗!"

그녀의 입에서 교성이 터져 나왔다. 그가 한쪽 유실을 혀로 희롱하며 다른 쪽 가슴을 커다란 손으로 만지작거리자 인아는 저릿한 감각에 몸을 뒤틀었다. 그가 주는 감각이 너무 강렬해서 도망가고 싶었다.

그리고 아까부터 점점 하복부에 열기가 쌓이는 기분이었다. 다리 사이가 뜨거웠다. 인아는 그 알 수 없는 느낌에 점점 두려워졌다. 도망치고 싶기도 하고 그대로 계속 있고 싶기도 하고 혼란한 그녀가 몸을 부들부들 떨었다.

"겁먹지 마시오. 나는 그대를 해치거나 하지 않는다오!"

그가 속삭이자 부드러운 입김이 유실에 닿아 인아의 몸이 더욱 저릿했다. 그리고 들썩하게 달라붙은 옷감에 신경이 쓰이기 시작했다. 그런 인아의 마음을 알아챈 것처럼 그의 커다란 손길이 속적삼을 인아의 몸에서 떼어냈다. 회안 때문에 열기로 뜨거웠던 몸에 바깥공기가 닿자 시원했다.

"학!"

하지만 곧 인아는 부끄러운 마음에 손을 들어 자신의 가슴을 가리려고 했다. 그러나 그녀의 작은 움직임은 회안에게 저지당했다.

"가리지 마시오. 조금 더 내가 그대와 친해질 수 있게 해주시오."

그의 부탁에 인아가 쭈뼛쭈뼛 손을 내렸다. 하지만 인아는 부끄러워 제 손을 어찌해야 할지 알 수가 없었다. 제 손의 위치마저 이렇게 이상하게 느껴진 것은 처음이었다.

"내 목을 잡으시오."

회안이 그런 인아의 고민을 알아차린 듯 역시 해결책을 주었다.
인아가 그의 목을 끌어안자 그녀의 가슴이 더욱 그에게 밀착되었
다. 회안이 이제 작정한 듯 그녀의 가슴을 탐하기 시작했다. 부드
러운 감촉이 맘에 든 듯 회안의 손이 분주하게 그녀의 왼쪽 가슴
을 치대었다. 그리고 오른쪽 가슴은 그의 입술에 머금어졌다.

"말랑말랑하고 귀여운 가슴이야. 이렇게 예쁜 가슴은 처음 보
았다오."

그가 감탄한 듯 속삭이자 인아는 부끄러우면서도 어쩐지 기뻤
다. 그가 그녀의 가슴을 탐할수록 생경하면서도 격렬한 감각이 인
아를 감쌌다. 간지럽기도 하고, 저릿하기도 하고, 온몸이 욱신거
리기도 했다. 그리고 그가 가슴을 만질 때마다 그녀의 하초가 함
께 욱신거렸다. 대체 이것이 무엇인지 인아는 알 수가 없었다.

"하아!"

그저 인아는 거친 숨을 몰아쉴 수밖에 없었다. 이제는 딱딱하게
굳은 그녀의 유실을 그가 만질 때마다 온몸에서 오소소 소름이 돋
았다. 찌릿하면서도 간지러운 감각이 점점 인아를 삼키고 있었다.

"앵두같이 귀여운 유실이군. 한입에 삼켜 버리고 싶어!"

그가 그렇게 속삭이자 인아의 몸이 다시 찌릿했다. 그가 나직하
고 은밀한 목소리로 속삭일 때마다 인아는 점점 더 달아올랐다.

"그, 그렇지만…… 먹을 수는 없어요!"

인아가 그렇게 외치자 회안이 쿡쿡 웃었다. 그리고 회안이 희롱하듯이 그녀의 유실을 손끝으로 톡톡 건드렸다. 그럴 때마다 인아의 작은 몸이 사정없이 떨렸다. 짜릿하면서도 달콤한 희열이 정수리에서부터 발끝까지 흘러갔다.

"알고 있소. 하지만 예뻐서 계속 입안에 머금고 있고 싶을 지경이라오. 그대의 하얀 피부에 마치 꽃처럼 피어났소. 내가 이렇게 만지고 쓰다듬으면 점점 색이 짙어지지."

회안이 그 말을 인아에게 증명이라도 하듯이 손가락 사이에 유실을 끼우고 강하게 비틀었다. 엄청난 감각이 인아의 온몸을 강타했다.

"히익…… 그만!"

인아가 그 과도한 희열을 견딜 수가 없어 애원했다. 기분이 좋은 듯하면서도 익숙지 않은 감각이 두려웠다. 그리고 점점 자신을 잃어버리는 것만 같았다.

"기분이 어떻소? 아픈 것은 아니겠지?"

아프지는 않았다. 하지만 뭔가 애가 탔다. 그리고 그가 계속 가슴을 만지면 만질수록 인아는 점점 숨을 쉬는 것이 곤란해졌다. 그래서 정신없이 고개를 저었다.

"잘 모르겠습니다. 하악…… 앗!"

인아는 그가 주는 감각에 그저 정신을 차릴 수가 없었다. 그의 다른 손이 슬금슬금 아래로 내려갔다. 그리고 그녀의 다리를 부드럽게 쓰다듬었다.

"헉!"

다리에서 이런 감각을 느낄 수 있는지 인아가 깜짝 놀랐다. 그가 커다란 손으로 종아리를 쓰다듬고 무릎을 쓸었다. 그의 손길에 치맛자락이 슬금슬금 위로 올라갔다. 분명 인아는 속바지를 입고 있었지만 얇은 속바지 위로 느껴지는 그의 손길이 뜨거웠다.

"하아!"

그의 커다란 손바닥이 인아의 허벅지 안쪽을 쓰다듬자 인아가 움찔했다. 허벅지를 벌리려는 그의 손길에 인아가 저도 모르게 다리를 오므렸다. 너무나 부끄러웠다. 그래서 그녀가 그의 목을 더 강하게 끌어안자 그의 입안에 삼켜졌던 유실을 회안이 벌하듯이 살짝 깨물었다.

"아앗!"

눈앞에 번쩍 번개가 쳤다. 인아의 몸을 타고 마치 짜릿하면서도 강렬한 감각이 흘렀다. 그녀가 혼미한 사이에 그가 어느새 인아의 속바지와 그 아래 애써 챙겨 입었던 속곳까지 벗겨냈지만 인아는 그 사실을 알아차리지 못했다. 그가 인아의 아랫배를 부드럽게 쓰다듬자 인아가 눈을 번쩍 떴다.

"왜, 왜?"

질문이 미처 말이 되지 못하고 인아가 버벅거렸다.

"이 정도 친해지는 것은 만족스럽지가 않아서 그렇다오. 조금 더 친해지고 싶소. 허락해 주겠소?"

인아는 울고 싶어졌다. 친해지는 것이 왜 이리 부끄러운 것인지, 알 수가 없었다. 그가 한쪽 무릎에 앉아 있던 그녀를 살짝 들어 올려 두 다리를 벌리게 하고는 그의 허벅지에 앉혔다. 그리고 회안이 성급하게 그녀의 온몸에 있던 옷가지를 빠르게 벗겨냈다. 이제 인아는 물에서 올라온 그 모습 그대로 완벽한 나신이었다.

"아름답소!"

아름다운 그녀의 몸이 촛불 아래에서 찬란하게 드러났다. 그의 날카로운 시선 아래 인아는 아무것도 가릴 것이 없이 고스란히 노출되었다. 그리고 더욱 부끄럽게도 가랑이 사이가 축축했다. 인아는 울고 싶어졌다. 너무 격렬한 감각에 혹시 실례를 한 것은 아닌지 그에게 물어볼 수도 없어 인아의 눈에서 눈물이 그렁그렁 솟아났다.

그러나 회안은 그런 인아의 상태는 아랑곳하지 않고 그녀의 다리를 쓸어 올렸다. 그리고 다른 한 손으로 그녀의 탐스러운 엉덩이를 꽉 쥐자 인아에게서 작은 신음 소리가 다시 흘러나왔다.

"아아…… 읏!"

인아가 도망가려는 듯이 몸을 움츠리자 회안이 그녀를 더욱 강하게 자신 쪽으로 끌어당겼다. 그리고 그의 손이 이내 벌어진 가랑이 사이에 닿았다.

"히익!"

인아가 놀라고 부끄러워 비명을 질렀다. 그리고 끌어안고 있던 그의 목을 더욱 강하게 안았다.

"거긴…… 거기는 만지지 마세요!"

인아가 거칠게 고개를 흔들었다. 부끄러웠다. 그가 알아차릴까 봐 인아는 두려웠다. 그리고 왜 자신의 몸이 이렇게 변하는지 울고만 싶었다. 그래서 인아가 작은 손으로 필사적으로 그의 손을 저지했다.

"괜찮소. 아래가 젖은 거지?"

그가 다정하게 속삭이자 인아는 훌쩍거리기 시작했다. 너무나 부끄러워 숨어버리고 싶었다. 그리고 자신을 이렇게 만든 회안이 원망스러웠다. 그러나 곧 그의 손이 그녀의 꽃잎을 자극하기 시작했다.

"울지 마시오. 인아 낭자! 이것은 그대가 나와 친해지고 싶어서 그러는 거라오."

그가 그렇게 속삭이며 그녀의 꽃잎을 조심스레 덧그렸다. 그러자 더욱 울컥하고 그녀의 꽃잎에서 액체가 쏟아졌다.

"아앗…… 안 돼요…… 하지 마세요."

그의 손이 움직일 때마다 그녀의 꽃잎은 더욱 많은 꿀을 토해냈다. 부끄러워 미칠 것만 같았다.

"괜찮아. 여기는 여인의 몸에서 가장 소중하고 민감한 부분이라오. 꿀을 흘리는 것은 그대가 기분이 좋아졌다는 증거라오. 그리고 나랑 더욱 친해지고 싶다는 뜻이기 하다오."

"하웃……."

회안의 설명에 인아는 안심했다. 그래도 인아는 여전히 부끄러웠다. 그 순간 회안이 그녀의 유실을 가볍게 깨물자 인아가 몸을 펄떡였다.

"자자, 긴장을 풀고 내게 몸을 맡기시오. 더욱 기분 좋게 해줄 테니……."

그리고 그의 손가락이 아직 고집스레 닫힌 그녀의 꽃잎을 요령 좋게 만지작거렸다. 인아의 몸이 파들파들 떨렸다. 그의 손가락이 꽃잎을 벌리고 안쪽으로 파고들었다.

"헉, 싫어요!"

갑작스레 침입한 손가락에 인아가 비명을 질렀다. 자신의 몸 안에 느껴지는 그의 굵은 손가락이 무서웠다. 그리고 생경한 이물감에 긴장하고 말았다. 그래서 달콤했던 감각이 모두 사라져 버리고 말았다.

몸 안에서 그의 손가락을 느끼자 인아는 인간들이 물고기에 꼬챙이를 관통하여 구워 먹는다는 무서운 이야기가 생각났다. 그래서 인아의 몸이 굳었다. 그녀가 공포로 몸을 굳히자 그의 손가락이 다시 빠져나왔다.

"흠, 아직 이 단계는 무리인 건가?"

그가 그렇게 중얼거리더니 꽃잎 사이에 숨어 있는 그녀의 진주를 찾아내었다. 그가 그것을 자극하자 별안간 정수리에서 발끝까지 격렬한 쾌감이 인아를 관통했다. 조금 전까지 느꼈던 공포는 순식간에 사라졌다. 그리고 인아는 호흡조차 멈추었다.

"하앗…… 앗…… 아아!"

인아가 제대로 질문조차 하지 못하고 그저 헐떡였다.

"여기는 여인이 가장 쾌감을 느끼는 부분이라오."

인아의 귀에는 그의 말소리가 하나도 들려오지 않았다. 그가 긴 손가락으로 그녀의 진주를 자극하자 인아의 허리가 저도 모르게 꿈틀거렸다. 오싹오싹한 희열에 인아의 작은 몸이 사정없이 흔들렸다. 그가 그런 인아의 반응을 더 이끌어내려는 듯이 그녀의 진주를 더욱 강하게 마찰하기 시작했다. 중지로 비비고 찌부러트리기도 하고 다시 살짝 문지르기도 했다. 그럴 때마다 저릿하면서도 달콤한 감각이 인아의 몸을 흘러 다녔다.

"아앗…… 학…… 아으!"

미칠 것만 같았다. 그가 동시에 그녀의 유실을 혀로 핥고 그녀의 진주를 자극하자 인아는 터질 것만 같은 감각에 허덕였다. 그만하라고 애원하고 싶었지만 인아는 자신을 휘감은 감각에 제대로 된 말을 할 수 없었다. 그저 입술에서 달콤한 신음만이 쏟아졌다. 그리고 자신을 잃어버릴 것만 같은 감각에 인아는 무서워졌다.

"겁먹지 마시오. 그냥 느끼면 된다오. 내게 몸을 맡기고……."

그의 목소리가 흥분한 듯 거칠었다. 그의 허벅지 위에서 순진하고 청초한 인아가 음란하게 흐트러지고 있었다. 처음 겪는 감각에 당황하여 인아의 눈에서 눈물이 흘러내렸다. 그가 그녀를 극단으로 몰아가려는 듯이 그의 손은 더욱 발칙하고도 교묘하게 움직였다.

찌걱, 찌걱, 슥, 슥, 슥!

질척한 소리가 방 안을 가득 채웠다. 이제 인아를 휘감은 감각은 인아가 감당할 수 있는 수준을 넘어섰다. 목에서 잠긴 듯한 신음과 비명이 흘러나왔다.

"헉, 나리…… 하앗…… 아아앗!"

격한 신음과 함께 인아는 거대한 파도에 휩싸였다. 거대한 감각의 물결에 떠밀리자 몰래 만월의 밤에 해안가에서 바라보았던 찬란한 별빛이 인아의 눈앞을 가득 채웠다. 인아가 그의 목을 끌어안고 뒤로 한껏 등을 젖히며 엄청난 감각의 소용돌이에 빠져들었다. 순간 인아의 눈앞에 하얀 장막이 내려왔다.

곧 인아가 경련하던 작은 몸을 회안에게 기대왔다. 인아의 눈이 멍했다. 그녀가 거칠게 숨을 달싹이며 회안을 끌어안았다. 처음으로 절정에 달한 인아의 등을 회안이 부드럽게 쓰다듬었다. 지금 미칠 것 같은 자신의 욕망을 회안은 초인적으로 자제하고 있었다. 바로 그녀의 따뜻한 몸 안으로 파고들고 싶은 욕구를 간신히 자제하며 회안은 인아가 안정되기를 기다렸다.

"착하지, 인아 낭자! 기분 좋았소?"

회안이 부드러운 목소리로 그녀에게 속삭였다. 인아가 멍한 표정으로 고개를 끄덕였다. 한 단계씩 조금씩 나아가야 했다. 그녀가 관능에 익숙해지기를, 아무것도 모르는 그녀를 섬세하게 다루어야 했다.

이내 인아의 호흡이 안정적으로 변해갔고 곧 그녀는 천진난만하게 그의 품 안에서 잠이 들었다. 이렇게 얌전하게 그녀를 잠들게 하는 것도 오늘 밤뿐이었다. 이렇게 그가 인내심을 발휘했던 것은 나중에 모두 보상받을 것이었다. 회안이 그것을 생각하며 은밀한 미소를 지었다.

5. 유혹

이튿날, 인아는 홀로 눈을 떴다. 창문으로 7월의 여름 햇살이 부드럽게 들어오고 있었다. 어젯밤 회안이 자신과 좀 더 친해지고 싶다고 하면서 했던 일들이 다시 떠오르자 인아의 온몸이 다시 붉게 달아올랐다. 그리고 동시에 인아는 자신을 휘감았던 감각에 놀라고 말았다.

'특별한 사람과 친해지면 이렇게 엄청난 감각을 느끼는 것일까?'

낯설고 두려웠지만 인아는 자신을 휘감았던 감각은 큰 희열이었다는 것을 어렴풋이 깨달았다. 부끄럽지만 회안이 자신을 만지는 것이 좋았다. 회안이 자신을 만지면 마치 자신이 매우 사랑스러운 존재가 된 기분이었다.

인아도 인간들이 교인들과는 달리 서로 간의 접촉을 즐긴다는 것은 알고 있었다. 손을 잡고 있거나 서로를 끌어안고 있는 인간들이 그려진 그림들을 인아도 보았던 것이다. 어쩌면 그것이 인간만의 애정표현 방식이라고 생각했다.

하지만 회안은 인아가 감히 상상할 수 없었던 부분을 만지고 쓰다듬었다. 그리고 그가 핥거나 자신을 깨물면 온몸에서 기운이 빠지면서 뭐라 설명할 수 없는 저릿한 쾌락이 생겨났다. 마치 그에게 먹히는 것 같기도 하고 철저하게 그에게 통제되는 느낌이었다. 하지만 그것은 달콤한 구속이었다. 인간의 방식은 참으로 신기했다.

덜컹!

생각에 빠져 있던 인아는 갑자기 들려온 문소리에 깜짝 놀랐다. 그래서 벌떡 침대에서 일어났다. 회안이 안으로 들어서고 있었다. 깨어난 인아를 보더니 그의 얼굴에서 다정한 미소가 피어났다. 하얀 건치를 드러내면서 웃는 그의 미소는 청신했다. 그의 미소에 인아도 자연스럽게 답해주었다.

점점 가까이 그가 다가오자 인아의 심장박동이 거칠어졌다. 그가 옆에 있는 것이 좋으면서도 그가 가까이 있으면 너무나 빨리 뛰는 심장 때문에 인아는 어찌할 바를 몰랐다. 그것이 설레는 감정이라는 것을 간신히 알아차렸다. 가까이 다가온 회안이 인아의 이마에 쪽 하고 인사를 했다. 입술에 하는 것도 좋았지만 인아는 그가 이마나 볼에 부드럽게 인사하면 마음이 한구석이 찌르르했다.

"잘 잤소?"

회안의 인사에 인아가 커다란 두 눈을 데굴데굴 굴렸다. 이렇게 밝은 햇살 아래에서 그의 까만 눈을 직접 마주하려니 갑자기 수줍어진 것이었다. 그의 눈이 인아의 속마음까지 들여다보는 것 같았다.

"네, 나, 나리도 자, 잘 주무셨습니까?"

인아가 고개를 내리며 수줍게 인사했다. 그러나 곧 인아는 자신의 상반신이 그대로 노출된 것을 깨달았다. 아무래도 그냥 나신으로 잠이 들었던 모양이었다. 인아가 급히 이불을 목까지 끌어 올렸다.

"인사는 성의 있게 해야 하지 않겠소?"

회안이 그리 말하고는 당연한 듯 입술을 내밀었다. 할 수 없이 인아가 인사를 하려 하였으나 그가 서 있으니 하기가 어려웠다. 몸을 좀 더 일으키고 그의 어깨를 잡으면 편할 것 같았지만 그리하면 이불이 흘러내릴 것이었다. 그래서 인아가 용기를 내어 회안에게 청했다.

"저기, 잠시 고개를 숙여주시면……."

회안이 냉큼 침상에 앉았다. 그리고 그녀 쪽으로 자신의 입술을 내밀었다. 그래서 인아가 쪽 하고 회안의 입술에 입을 맞추었다. 얼굴을 급히 떼자 그의 얼굴이 불만족스러워 보였다. 아직도 성의

가 없다고 생각하는 걸까? 인아는 잠시 고개를 갸웃거리다가 이내 좋은 생각이 난 것처럼 두 눈을 반짝거렸다. 그래서 다시 그의 입술에 자신의 입술을 대고 어젯밤 그가 한 것처럼 자신의 작은 혀로 그의 잘생긴 입술을 부드럽게 핥았다.

"흠!"

회안이 작게 신음을 흘렸다. 그가 해주는 것과는 다른 새로운 느낌이었다. 그래서 인아는 저도 모르게 열중하고 말았다. 이불을 쥐었던 손이 자연스레 그의 목을 감았다. 그리고 조금 더 밀착하여 그의 입술을 덧그렸다. 그가 움찔거리는 것이 느껴졌다. 인아는 그가 좋아하고 있는 것을 알아챘다. 그래서 더욱 열심히 그의 입술을 자극했지만 인아의 혀가 너무 작았다. 그러나 곧 숨이 막혀서 인아가 살짝 입술을 떼었다.

"하앗……!"

크게 숨을 들이쉬고 다시 그의 입술을 찾았다. 그가 입술을 살며시 벌렸다. 그래서 인아는 그 안으로 자신의 작은 혀를 살짝 밀어 넣어보았다. 순간 기다렸다는 듯이 그의 혀가 인아의 작은 혀를 낚아채었다. 그리고 사정없이 자신의 혀를 문지르고 인아의 부드러운 점막을 이리저리 자극했다.

"하아, 아……!"

그의 입에서는 향긋한 아침의 향이 났다. 상쾌한 이슬 같기도 하고 차가운 우물물 같기도 했다. 그의 타액이 달콤했다. 그리고 곧 인아는 어질어질했다. 취하는 것 같은 감각에 점점 호흡이 딸렸다. 그러자 그가 자신의 숨을 나누어 주었다. 하지만 여전히 인아는 공기가 부족했다.

"코로 숨을 쉬어보시오!"

살짝 그가 입술을 떼고 인아에게 알려주었다. 그래서 인아가 열심히 코로 숨을 쉬려고 노력했다. 하지만 그것이 쉽지는 않았다. 정신없이 입맞춤에 빠져 있는 인아는 그가 슬금슬금 자신의 몸에서 이불을 떼어내고 있는 것도 몰랐다.

회안의 커다란 손이 자신의 가슴을 만지작거리자 그제야 인아가 깜짝 놀라 눈을 번쩍 떴다. 그러나 너무나 가까이 있는 그의 눈에 놀라 인아는 다시 두 눈을 질끈 감았다. 다시 새콤달콤한 감각이 인아를 지배하기 시작했다. 그리고 그가 그녀의 가는 허리를 바싹 그쪽으로 잡아당기자 인아의 온몸이 떨렸다. 그에게 철저하게 잡힌 느낌이었지만 이상하게 그것이 싫지 않았다.

"나리, 조반을 가져왔습니다."

바깥에서 들려온 맹 유모의 목소리에 인아가 깜짝 놀라 몸을 떼고자 했다. 하지만 그에게 허리가 꽉 잡혀 움직일 수가 없었다. 그의 온몸이 뜨거웠다. 그리고 불만족스러워하는 그의 기분이 고스란히 느껴졌다. 사실은 인아도 무엇인가 안타까웠던 것이다.

"아쉽군! 이다음은 나중에 이어서 하겠소."

그가 인아의 귓가에 은밀하게 속삭였다. 그리고 인아의 몸을 얼른 이불로 가려주고는 침상에 있던 장막을 내려 타인의 시선을 차단해 주었다.

"들여라!"

잠시 후, 인아는 다시 그의 무릎 위에 앉아 있었다. 그가 다시 음식을 먹여주었지만 인아는 음식이 코로 들어가는지 입으로 들어가는지 알 수가 없었다. 망측하게도 인아는 얇은 홑이불 하나만을 두르고 있었다. 옷을 입고 싶었지만 회안은 음식이 식는다면서 나신인 그녀를 그대로 끌어안고 먹일 기세였기 때문이었다. 그래서 어쩔 수 없이 임시방편으로 이불을 두른 것이었다.

"자, 아!"

회안은 인아에게 음식을 먹이는 일이 매우 즐거운 듯했다. 그가 너무나 좋아하기에 인아는 부끄러움을 꾹 참고 먹었다. 어느 정도 음식을 먹고 나자 인아의 마음속에 있었던 호기심이 다시 고개를 들었다.

"나리?"

"응, 왜 그러시오?"

회안이 어서 말하라는 듯이 인아를 바라보았다.

"저기, 남자랑 여자가 친해질 때에는 여자만 옷을 벗어야 하는 것입니까?"

인아의 질문에 회안의 짙고 굵은 눈썹이 꿈틀거렸다. 회안은 웃음을 꾹 참고 있는 것만 같았다. 인아는 제 질문이 뭐가 이상한 것인지 알 수가 없었다. 인간세계에서는 너무 당연한 것을 인아만 모르고 있는 것은 아닌지 살짝 걱정이 되었다.

"왜? 뭐가 이상하오?"

다행히 회안이 이상하게 여기지 않고 대답을 해주어 인아는 조금 자신감을 얻었다. 그래서 과감하게 제 속마음을 회안에게 밝혔다.

"아니, 그냥 나리는 옷을 다 입고 계신데 저만 벗고 있으니 너무 부끄럽습니다."

그리 말하는 인아의 얼굴이 사과처럼 빨개졌다. 하지만 아무래도 인아는 무엇인가가 이상하다는 생각을 지울 수가 없었던 것이다.

"나도 벗었으면 좋겠소?"

회안의 은근한 목소리가 어딘가 끈적끈적하면서도 요염했다.

"헉, 아니, 그런 뜻은 아니고……."

회안의 질문에 인아가 버벅거렸다. 그런 의도는 아니었다. 하지만 회안의 질문에 인아는 어찌할 바를 몰랐다. 괜한 질문을 한 것인지, 인아는 당황스러워 그저 쩔쩔맸다.

"친해지고 싶을 땐 남자도 벗는다오. 하지만 어젯밤에는 내가 너무 흥분할까 봐 참은 거라오."

회안의 다정한 대답에 인아는 안심했다. 그렇지만 그의 대답에는 그가 무엇인가를 참고 있는 것만 같았다. 흥분하면 어떻게 되는지 묻고 싶었지만 인아는 입을 다물었다. 어쩐지 엄청난 말이 나올까 봐 지레 겁을 먹은 것이었다.

"음, 하지만 옷을 벗지 않고도 가능하긴 하지. 다음엔 옷을 입은 채로 해볼까?"

회안이 마치 좋은 생각이 떠올랐다는 듯 나직하게 중얼거렸다. 엄청난 이야기를 들은 거 같아서 인아가 입을 뻐끔거렸다. 그 모습을 보던 회안이 상쾌하게 웃었다. 그렇지만 그의 눈빛이 어쩐지 음흉해 보인 것은 인아의 착각이 아니었다. 그가 다시 슬금슬금 인아가 두르고 있는 이불 사이로 커다란 손을 밀어 넣고 있었다.

"나…… 나리, 갑자기 왜?"

인아가 놀라 회안에게 물었다. 봉긋하게 솟아오른 인아의 가슴이 다시 부풀어 올랐다. 신기하게도 그가 만질 때마다 그녀의 가슴은 커지는 것만 같았다. 그리고 다시 그의 기다란 손가락이 그녀의 유실을 찾아내어 집요하게 희롱하기 시작했다.

"그거야 낭자가 나를 자극했으니까. 밤까지 참아보려고 했는데, 마침 오늘은 한가하니까 그대와 더욱 친해지는 것도 나쁘지 않을 것 같아서 말이오."

그리 속삭인 회안의 입술이 그녀의 작은 귀를 덥석 물었다. 그리고 귀 뒤쪽의 피부를 살짝 핥고는 곧 그의 혀가 인아의 귓속으로 들어왔다. 동시에 그의 다른 손은 이불을 허리 아래까지 끌어내리고 드러난 그녀의 가슴을 마음껏 희롱하기 시작했다.

"하앗……."

귀에서도 가슴에서도 오싹오싹할 정도의 희열이 피어났다. 인아의 몸이 저도 모르게 꿈틀거렸다. 그리고 그의 입술이 그녀의 벗은 어깨를 부드럽게 쓸었다. 그의 입술이 닿는 모든 곳은 순식

간에 열기를 머금었고 인아는 그저 그 감각에 속수무책으로 빠져
들었다.

"흐응…… 아."

그의 손에 이미 그녀의 유실은 민망할 만치 부풀어 올랐다. 그
래서 그가 강하게 문지르자 살짝 아픈 것도 같았다. 그러나 곧 그
는 다시 살살 문지르고 두 손가락으로 집어 살살 돌리기도 했다.
그럴 때마다 인아의 작은 몸이 사정없이 꿈틀거렸다. 그녀의 등을
받치고 있는 다른 손이 등의 부드러운 곡선을 쓰다듬자 등에서도
열기가 피어났다.

"나, 나리……."

인아는 제 몸에서 피어나는 열기를 어찌해야 할지 몰라 회안을
불렀다. 촉촉하게 젖은 눈동자, 살짝 벌어진 입술, 그리고 달아오
른 얼굴! 인아의 모든 것이 사랑스럽기만 했다.

"하하, 그대는 너무 귀여워! 너무 귀여워서 입안에 넣고 굴리고
싶을 정도라오!"

그리 중얼거린 회안의 손바닥이 가늘고 모양 좋은 그녀의 옆구
리를 쓸고 동그란 아랫배도 쓰다듬었다. 그리고 느슨하게 걸쳐져
있던 이불을 확 끌어내어 던져 버렸다. 다시 인아는 나신으로 그
의 품에 있었다. 그리고 그의 커다란 손이 인아의 거웃을 부드럽
게 쓸었다. 인아가 깜짝 놀라 저도 모르게 그의 목을 강하게 끌어
안았다.

"하아!"

그의 손바닥이 다시 그녀의 벌어진 다리 사이로 향하고 있었다. 두려움과 또 그만 한 크기의 기대로 인아가 숨을 멈추었다. 이미 인아는 자신의 하초가 촉촉하게 젖은 것을 알았다. 그리고 민망하게도 그녀에게서 흘러내린 꿀로 그의 고가 젖어들고 있었다. 그것이 부끄러워 인아가 다리를 꼬았다.

"못써!"

그런 인아의 행동을 저지하듯이 회안이 낮게 질책했다. 인아가 순간 몸을 그대로 정지하였다. 자신이 무엇을 크게 잘못한 것인지 인아의 심장이 빠르게 뛰었다. 마치 야단맞는 어린아이처럼 인아가 겁에 질린 표정으로 회안을 바라보았다. 회안의 눈치를 살피는 그녀의 순진무구한 눈망울이 사랑스러웠다.

"자, 다리를 조금 더 벌려보시오. 더 기분 좋게 해줄 테니!"

다행히 그의 말투는 화가 난 것 같지는 않았다. 그의 달콤한 명령에 인아가 주저하면서도 다리를 약간 벌렸다. 회안의 커다란 손이 곧 인아의 꽃잎을 부드럽게 덧그렸다. 아주 섬세하게 아래에서 위로 덧그리자 인아가 몸을 꿈틀했다.

"헉, 나리!!"

그러나 회안의 손은 다시 집요하게 고집스레 닫혀 있는 인아의 꽃잎을 쓰다듬었다. 나비가 꽃을 희롱하듯이 부드럽지만 집요하게 인아의 꽃잎을 탐색했다. 곧 그녀의 꽃잎이 도톰하게 부풀어 올랐고 곧 더욱 많은 꿀들이 퐁퐁 솟아나 회안의 손을 적셨다.

"저기, 나리…… 아직 식사도 다 마치지 못했습니다!"

인아가 애처롭게 애원했다. 다시 그가 그녀를 만지면 인아는 또 정신이 혼미해질 것이 분명했다. 밤과는 달리 아침 햇살에 자신만 흐트러지는 것이 너무나 부끄러웠다. 그래서 그의 주위를 분산시키려 간신히 식사 핑계를 대었던 것이다.

"니는 그대가 더욱 고프다오!"

회안이 솔직하게 자신의 욕망을 드러내자 인아는 숨을 잠시 멈추었다. 그가 드러낸 욕망의 알갱이가 그대로 인아의 피부에 닿았다. 그것은 모래처럼 서걱거리며 인아의 피부를 따끔따끔하게 만들었다. 인아는 순간 그에게라면 삼켜진다 해도 좋을 것만 같았다. 그의 손가락이 꽃잎 사이의 작은 진주를 찾아내어 마찰하자 인아가 다시 꿈틀거렸다.

"하앗…… 아…… 으…… 응…… 하아!"

그녀의 입술이 요염한 신음을 뱉어냈다. 심장이 미친 듯이 뛰고 공기가 부족한 것처럼 호흡이 거칠어졌다. 그의 손가락이 인아를 연주하듯이 더욱 높은 신음 소리를 뽑아내려는 듯이 발칙하게 움직였다.

"하앗…… 으음…… 하!"

"그대의 목소리를 좀 더 들려주시오!"

그의 목소리가 주술처럼 인아를 휘감았다. 그러나 인아는 숨이 막혔다. 그러자 그의 입술이 그녀의 작고 부드러운 입술을 강하게 빨아들였다. 입안으로 침입한 그의 거슬거슬한 혀가 그녀의 혀를 비비고 강하게 빨아들이자 마치 막혔던 것이 뚫린 것처럼 숨이 쉬어졌다. 인아가 저도 모르게 그의 혀를 탐했다.

츄릅, 츄릅, 츄릅!

두 사람의 혀가 만나 격렬하게 움직이며 야릇하면서도 질척한 소리가 방 안을 가득 채웠다. 질척한 혀가 비벼지고 그의 혀가 인아의 입안의 얇은 점막을 구석구석 자극하자 인아는 몽롱해졌다.

"하아!"

동시에 하초에서 일어난 열기가 인아의 몸 전체로 흘러갔다. 눅진눅진하면서도 찐득한 열기는 끊이지 않고 인아를 흔들었다. 그가 진주를 마치 터뜨릴 것처럼 꼬집었다가 손끝으로 간질이기도 하고 부드럽게 쓰다듬자 단숨에 인아는 하늘로 올라가는 기분이었다. 그리고 어디론가 날아갈 것만 같은 두려움이 인아를 채웠다. 인아가 등을 한껏 뒤로 젖히고 몸을 굳히는 순간 다시 눈앞이 하얗게 변했다.

"하악…… 아웃!"

인아의 몸이 부르르 떨렸다. 회안이 그런 인아를 강하게 안아주었다. 어디론가 휩쓸려 갈 것 같은 아찔한 감각에 인아가 그를 부둥켜안았다. 격하게 경련하던 인아의 몸이 안정되기 시작했다. 인아가 그의 가슴에 작은 머리를 기대고는 밭은 숨을 쌕쌕 뱉어냈다. 마치 강아지처럼 귀여웠다.

"어때, 기분은 좋았소?"

회안의 요염한 목소리에 인아의 온몸이 붉게 변했다. 뭐라 대답해야 할지 몰라 인아가 자신의 달아오른 뺨을 그의 어깨에 문질렀다. 그러자 인아의 풍만한 가슴이 그의 가슴에 눌러졌다. 물큰하면서도 부드러운 감촉이 사내의 욕망을 자극했다.

"정말 미치겠군!"

회안이 난감한 듯 중얼거렸다. 그 목소리에 인아가 번쩍 고개를 들었다. 회안의 눈이 열기로 가득했다. 그리고 곧 인아는 무엇인가 이변을 눈치챘다. 그의 허리춤이 한껏 부풀어 올라 있었다. 그도 가끔 모양을 바꾸는 것일까? 인아가 고개를 갸웃했다. 교인들도 육지에 올라올 때에는 인간의 다리를 갖추었다. 그렇다면 반대의 경우도 가능하지 않을까 생각했던 것이다.

"나리?"

그녀의 순수한 표정에 회안이 난감한 미소를 지었다. 지금 그의 분신은 마치 고를 찢어버릴 것만큼 부풀어 있었다. 지금 바로 그녀의 몸 안으로 들어가고 싶다고 아우성을 치고 있었던 것이다. 그래서 그의 호흡이 거칠어졌다. 그리고 이마에서 땀방울이 송골송골 솟아났다.

"어디가 아프신 건가요?"

인아가 순진무구한 표정으로 묻자 회안은 미칠 것만 같았다. 그러나 순간 예기치 못한 인아의 행동에 회안의 눈이 커다래졌다. 인아가 자신의 손을 뻗어 부풀어 오른 그의 분신을 살짝 쓰다듬은 것이다. 그저 위로하려는 인아의 순수한 의도였지만 그것은 간신히 통제되고 있었던 회안의 욕망에 기름을 부었다.

"허억!"

회안이 묵직한 신음을 흘리자 인아가 손을 뗐다. 본인이 건드린 것 때문에 회안이 아프다고 오해한 모양인지 인아의 얼굴이 공포로 굳어졌다. 그리고 곧 울 것 같은 얼굴이 되었다.

"죄송합니다!"

회안이 '끙' 하고 한숨을 쉬더니 그녀를 안고 의자에서 벌떡 일어났다. 그리고 급하게 그녀를 침상으로 데려갔다. 붉은 비단 위로 인아의 까만 머리와 백옥같이 하얀 피부가 그림처럼 드러났다. 빨리 지금 이 열기를 어찌하지 않으면 안 되었다.

"하아!"

회안이 거친 신음을 토하며, 빠르게 자신의 겉옷을 훌훌 벗어 던졌다. 그리고 급하게 고를 아래로 끌어 내리자 한껏 성이 난 그의 분신이 드러났다. 그것을 목도한 인아의 눈이 화등잔만 하게 커졌다. 그리고 자신에게는 없는 그 부분이 신기했는지 호기심을 참지 못하고 계속 바라보고 있었다. 인아의 표정이 신기한 것을 발견하여 호기심에 눈을 반짝거리는 어린아이 같았다.

"이것은 남자에게만 있는 부분이라오."

회안의 친절한 설명에 인아가 고개를 끄덕였다. 호기심에 가득 찬 그녀는 여전히 뚫어지게 회안의 분신을 바라보고 있었다. 그녀의 시선이 마치 자신을 쓰다듬는 것 같아서 회안의 호흡이 점점 거칠어졌다.

"그런데 왜 이렇게 큰 것입니까?"

아이처럼 천진한 질문에 회안의 미소가 짙어졌다. 그녀가 너무 귀여워서 회안의 마음이 말랑해졌다.

"평소에는 이렇게 크진 않소. 하지만 지금은 내가 그대와 무척 친하게 지내고 싶어서 그런 거라오. 이것으로 지금 낭자를 잔뜩 귀여워해 줄 작정이거든."

그의 음성이 지독하게도 관능적이었다. 그리고 그가 인아를 확 끌어안았다. 인아는 그의 체온이 자신의 피부에 닿자 매우 기분이 좋았다. 그의 차가운 옷자락보다 그의 매끈한 피부 감촉이 좋았다. 역시 둘 다 옷을 벗는 것이 좋은 것 같았다. 하지만 한 가지 난 감한 점은 남자에게만 있다는 그 부분이 자꾸 인아를 찔렀다.

"저, 저기, 나리!"

하지만 인아의 부름에도 그는 인아의 가슴을 탐하느라 정신이 없었다. 인아도 그가 자신의 유실을 입에 넣고 굴리자 머릿속이 하얗게 변했다. 하지만 그래도 어제와는 달리 그가 자꾸 자신을 찌르자 겁이 났다. 인간이 꼬챙이로 찌른다는 무서운 이야기가 다시 떠올랐다.

"저기, 나리, 자꾸 그것이 저를 찌르고 있습니다."

인아가 간신히 회안에게 그 사실을 알렸다. 정신없어 보이는 그 가 혹시 실수로라도 자신을 찌르지 않을까 인아가 공포로 몸을 굳 혔다. 그제야 회안이 인아의 이상함을 알아챘는지 고개를 들었다.

"그걸로 저를 찌르실 것은 아니시죠?"

인아의 눈빛이 절실했다. 그 눈빛을 바라보자 회안은 할 말을 잃었다. 지금 그대로 교합을 하면 잔뜩 겁을 먹은 인아가 회안을 싫어할 것이 분명했다. 하지만 지금 회안도 빨리 이 녀석을 진정시켜야 했다. 그래서 회안이 필사적으로 설명을 했다. 이렇게 필사적으로 자신의 욕망을 통제할 것이라고는 그조차 예상하지 못했다.

"아니라오, 지금은…… 어제 내가 그대의 꽃잎을 손가락으로 만져 주니까 기분이 좋았지?"

인아가 수줍게 고개를 끄덕였다. 미칠 것만 같은 욕망에 시달리면서도 회안은 순진무구한 인아가 사랑스럽기만 했다. 그래서 무작정 제 욕망만을 풀어낼 수가 없었다. 아직은 아무것도 모르는 인아를 배려해야만 했다. 회안이 극도의 자제력을 발휘하고 있었다.

"그래서 오늘은 이것으로 만져 줄까 한다오. 괜찮겠소?"

인아는 회안의 말을 잘 이해할 수는 없었지만 그의 음성이 너무나 필사적이었다. 참으로 신기했지만 어쩌면 저것은 남자만이 가진 손 같은 것일 수도 있겠다 싶었다.

"만지기만 하실 거죠? 정말 찌르지는 않으실 거죠?"

인아의 말에 회안이 고개를 끄덕였다. 그리고 그녀의 뺨을 사랑스럽게 쓸어내렸다. 그의 다정한 손길에 인아의 공포심이 희미해졌다.

"당연하지, 나를 믿으시오!"

인아가 뭐라 대답할 사이도 없이 회안이 그녀의 몸을 돌려 그의 가슴에 꼭 끌어안았다. 그리고 그녀의 두 다리를 가지런히 모았다. 그리고 그 틈 사이로 그의 몽둥이 같은 분신을 끼워 넣었다. 마치 다리 사이에서 뜨거운 생명체가 움직이고 있는 것만 같았다.

"움직이지 마시오!"

그가 지독하게도 낮은 저음으로 속삭였다. 그의 숨결이 귀에 닿을 때마다 인아의 온몸이 오싹오싹했다. 자신의 허리를 끌어안고 있는 그의 팔도 등에 닿은 그의 피부도 그리고 무엇보다 자신의 다리 사이에 있는 것이 너무나 뜨거웠다. 마치 거대한 불기둥을 다리 사이에 품고 있는 것만 같았다.

"자, 움직인다!"

그리고 동시에 그가 허리를 거칠게 움직이기 시작했다. 그러자 그의 불기둥이 인아의 꽃잎에 강하게 마찰하기 시작했다. 손가락과는 다른 질량의 것이 비부를 마찰하자 인아의 몸이 더욱 쉽게 달아올랐다. 그리고 손가락보다 훨씬 뜨거웠다. 인아는 마치 데일 것만 같았다.

"하앗…… 아아…… 흐흠…… 웃!"

그것이 인아의 꽃잎과 회안의 손길에 부풀어 오른 진주를 사정없이 자극했다. 그녀의 꽃잎에서 흘러나온 꿀 덕분에 그는 매끄럽게 움직였다. 손가락과는 다른 감각이었다. 그가 매끈하게 움직일수록 그녀의 꽃잎이 더욱 울컥울컥 꿀을 토해냈다. 그의 분신이 인아의 꽃잎과 진주를 마찰할 때마다 저릿하고 달콤한 희열이 점점 허리에서 피어올랐다.

"아웃…… 아…… 하……앙!"

인아의 교성이 커졌다. 그럴수록 회안의 움직임이 거칠어졌다. 그의 손이 그녀의 유실을 희롱했다. 그리고 허리를 강하게 끌어안은 강건한 팔의 느낌도 생생했다. 그리고 뜨거운 불기둥이 그녀의 꽃잎을 가르고 진주를 사정없이 마찰하자 그녀의 허리가 출렁거리기 시작했다.

"나리, 너무 뜨…… 뜨겁습니다!"

그의 체온과 자신의 달아오른 열기로 마치 온몸이 타버릴 것만 같았다. 그가 움직일 때마다 그 열기는 점점 강해졌다. 어제와는 또 다른 감각이었다. 허리에서 피어난 열기가 발끝까지 흘러가고 있었다. 몸 안쪽이 욱신거리는 기분이었다. 그리고 점점 그의 불기둥은 커지고 있는 것 같았다.

그가 그녀의 가슴을 강하게 움켜쥐고 유실을 강하게 마찰하자 마치 가슴과 하초가 연결이라도 된 것처럼 짜릿한 쾌락이 인아를 채웠다. 그의 허리 움직임이 맹렬해졌다. 동시에 점점 인아는 공중으로 떠오르는 것 같았다. 그 느낌이었다.

"하아, 나리…… 앗! 하앗!!"

인아가 절정에 오르며 온몸을 경련했다. 머릿속이 하얗게 변했다. 아무런 생각도 나지 않는 상태, 인아가 몸을 부르르 떨자 회안의 불기둥이 한계치까지 커진 것 같았다. 그리고 곧 뜨거운 액체가 흘러 인아의 꽃잎과 다리 그리고 엉덩이까지 적셨다.

"웃!"

회안이 거친 숨을 몰아쉬며 인아를 돌려 안았다. 그러나 인아는 거의 정신이 없었다. 자신에게 무슨 일이 일어났는지 멍한 그녀의 얼굴이 사랑스러웠다. 단지 장난 같은 움직이었지만 회안도 이제 진정이 되었다. 그렇게 잠시 그녀를 끌어안고 있던 회안이 살며시 몸을 떼고는 그녀를 침상에 눕혔다. 인아는 아직도 정신이 없었다.

인아는 절정에서 아직 헤어 나오지 못하고 멍한 상태로 침상에 누워 있었다. 무엇인가 엄청난 일이 있었던 것만 같았다. 그러나 곧 자신의 다리를 잡아 벌리는 회안의 손길에 인아가 기겁을 했다.

"아앗…… 하지 마세요!"

놀란 인아가 몸을 웅크리려 했다. 하지만 회안의 손길은 부드럽지만 단호했다. 그리고 곧 부드러운 것이 그녀의 애액과 그가 뿜어낸 정액으로 젖은 꽃잎을 닦아내었다.

"많이 젖었다오. 내가 저지른 일이니까 내가 닦아주겠소!"

그는 단호했다. 인아가 부끄러워 얼굴을 빨갛게 붉히며 애원했다. 두 다리를 벌리고 그의 시선에 비부가 고스란히 노출되자 너무나 부끄러웠던 것이다.

"그, 그럼 제…… 제가 하겠습니다!"

하지만 회안은 당연한 듯, 할 일을 계속했다. 무방비로 그의 시선에 드러난 비부가 부끄러웠다. 그가 만지는 것과 그의 시선에 노출되는 것은 전혀 다른 문제였다. 그래서 인아가 몸을 틀며 다시 애원하려 하자 회안이 능글맞게 속삭였다.

"숨겨도 소용없다오. 어젯밤에도 내가 여기를 닦아주었는걸?"

인아가 다시 화르륵 달아올랐다. 어쩐지 아침에 인아는 마치 목욕이라도 한 것처럼 말끔했었다. 그녀가 충격에 멍해 있는 사이 회안이 마치 아름다운 것을 관찰하듯이 속삭였다.

"아름다워! 그대의 꽃잎은 예쁜 도홧빛이야. 그리고 달콤한 꿀을 흘려 나를 유혹하지."

그가 검지로 꽃잎을 조심스레 쓰다듬며 감탄한 듯 속삭이자 인아는 울고만 싶었다. 그의 손길에 그가 말끔하게 닦아준 꽃잎에서 다시 울컥울컥 꿀이 흘러나왔다. 그리고 비부가 마치 간지러운 것처럼 욱신거리기 시작했다. 제 몸이 왜 이러는지 인아는 당황하였다. 무엇보다도 그의 시선이 닿을 때마다 피부가 따끔거렸다.

"아직도 그대의 꽃잎은 부족한 것 같소."

그의 음성이 무엇인가 흉계를 꾸미는 것처럼 은밀해졌다. 그가 인아의 무릎 뒤로 손을 넣어 그녀의 허리를 들어 올리자 그녀의 비부는 적나라하게 그의 눈에 드러났다. 그의 시선에 인아의 꽃잎이 다시 파들거리며 달콤한 꿀을 토해냈다.

"하악!"

인아가 충격으로 비명을 질렀다. 그가 고개를 숙여 움찔거리는 그녀의 꽃잎을 핥기 시작한 것이었다. 촉촉한 혀가 구석구석 인아의 꽃잎을 탐했다. 저릿한 쾌감이 솟아났다. 그녀의 다리가 저도 모르게 움찔했다.

"하, 하지…… 마세요. 너무 부끄러워요!"

인아가 울먹였다. 미칠 것만 같았다. 손가락이나 그의 분신과는 또 다른 느낌이었다. 그가 마치 고양이가 할짝거리듯이 이리저리 그녀의 꽃잎을 희롱하다 도로록 존재감을 드러낸 그녀의 진주를 핥았다.

"앗······ 혁······ 으응······ 아아······!"

인아의 입에서 멈추지 않고 신음이 새어 나왔다. 그의 입술이 그녀의 꽃잎을 머금었고 그의 거슬거슬한 혀가 사정없이 진주를 핥았다. 호흡이 멈출 것만 같은 쾌락에 인아는 점점 몽롱해졌다.

츄릅, 츄릅, 츄릅!

방 안을 채우는 질척한 소리가 인아를 더욱 자극했다. 그의 입술이 그녀의 꽃잎과 진주까지 한 번에 강하게 빨아들이자 강렬한 쾌감이 인아를 휘감았다.

"아앗······ 그만! 그······ 만하십시오!"

너무 강렬한 쾌감이 두려운 나머지 인아가 애원했다. 하지만 회안은 그녀의 가련한 애원은 아랑곳하지 않았다. 마치 꽃을 탐하듯 그의 혀와 입술이 더욱 강하게 그녀의 비부를 자극했다.

자신이 전혀 다른 존재가 되어버리는 기분이었다. 온몸이 이렇게 뜨거웠던 적이 있었던가? 거대한 해일에 삼켜져 어디론가 멀리 휩쓸려 가는 기분이었다. 그녀의 다리가 부들부들 떨리기 시작했다. 그리고 그녀가 절정에 다가서자 회안이 더욱 교묘하게 혀를 놀리기 시작했다. 한입에 그녀의 꽃잎이 쑤욱 머금어지자 인아가 강하게 몸을 떨었다. 엄청난 파도가 인아를 덮쳤다. 숨을 쉬지 못하는 것처럼 인아가 뻐끔거렸다.

"하앗…… 나리…… 아앗…… 아…… 흐응!!"

그녀가 한껏 몸을 젖히며 절정에 올랐다. 그리고는 침상에 가느
다란 몸을 축 늘어뜨렸다. 그리고는 과도한 열락으로 정신을 잃었
다.

"귀엽군!"

온몸이 도홧빛으로 물들어 혼절한 인아의 부드러운 뺨을 회안
이 가만히 쓸어주었다. 회안이 그녀를 다시 한 번 닦아주고 자리
옷을 입혀도 인아는 정신을 차리지 못했다. 어찌 이렇게 사랑스러
운지 음란하게 흐트러지는 모습조차 귀엽기만 했다.

순진하면서도 호기심이 많은 인아를 놀리는 것이 이렇게 즐거
울지 몰랐다. 아무것도 모르는 그녀의 몸을 자신의 손으로 개화시
키는 것이 이렇게 짜릿할 것이라고는 상상하지 못했다. 회안의 머
릿속에는 그녀와 함께하고 싶은 수많은 것들이 떠올랐다. 순진한
인아가 이것을 깨달을 즈음에는 이미 그녀는 회안의 곁에 머물 수
밖에 없을 것이었다. 그리고 그즈음에는 그녀의 뱃속에 아이가 잉
태되어 있을 거라는 즐거운 생각에 회안의 미소가 짙어졌다.

6. 깊고 푸른 밤

　인아가 다시 정신을 차렸을 때에는 이미 점심을 지나 오후였다. 인아는 자신이 왜 혼절을 했었는지를 떠올리자 부끄러워졌다. 달아오른 얼굴을 이불 안으로 감추었다. 그러나 곧 너무 오랫동안 누워 있었던 것은 아닌지 민망해졌다.

　살며시 눈을 뜨고 이불 밖으로 고개를 내밀자 의자에 앉아 있는 회안의 모습이 보였다. 말끔하게 차려입은 그는 너무나 우아하게 의자에 앉아 차를 마시며 책을 읽고 있었다. 그의 날카로운 콧날과 긴 속눈썹이 시야에 잡혔다. 그리고 찻잔에 닿은 그의 입술이 두툼하면서도 관능적이었다. 인아는 마치 자신의 몸에 그의 입술이 닿은 것만 같아서 다시 짜릿해졌다. 그리고 책을 넘기는 그의 손가락은 길고도 아름다웠다. 게다가 그의 피부는 마치 교인처럼 희어서 마치 천계에서 내려온 선인 같았다.

하지만 그는 아름답지만 강한 사내였다. 주씨 가문의 가주로서의 위엄이 있었다. 인아는 행여 그가 알아차릴까 봐 제대로 숨도 쉬지 못하고 그를 열심히 관찰했다. 그와 친해지려고 할 때마다 그가 주는 감각 때문에 그를 제대로 관찰할 수가 없었던 것이다. 하지만 이상하게도 그를 계속 바라보자 어딘지 그의 모습이 낯이 익었다. 아주 오래전 그를 어디선가 만났던 것만 같았다.

"계속 훔쳐볼 작정이오?"

회안이 그녀를 바라보며 묻자 인아가 펄쩍 뛰었다. 그의 심해처럼 깊은 눈빛이 자신을 향하자 다시 인아의 심장이 빠르게 뛰기 시작했다. 그의 눈빛이 아름다웠다. 그의 눈동자가 까맣다 못해 푸르게 보였다. 교인들은 녹색이나 붉은 눈을 지녔다. 하지만 그의 눈은 마치 새로운 종족의 교인 같았다.

"아니, 그런 것이 아니라……."

인아가 대답을 마치기도 전에 그가 침상 쪽으로 다가왔다. 그것을 바라보던 인아가 급하게 말을 했다.

"나리, 잠시만, 친해지는 것은 잠깐만요!"

인아는 또 그가 친해지자고 할까 봐 급히 그를 막았다. 가까이 다가오던 그가 멈칫했다. 그리고 그가 기분이 상한 듯 얼굴을 굳혔다.

"왜 나랑 친해지기 싫은 것이오?"

그가 마치 화가 난 듯 말하자 인아는 어찌할 바를 몰랐다. 친해지기 싫은 것이 아니었다. 단지 그와 이야기를 나누고 싶었다. 그는 인아가 왜 왔는지 미리 알고 있었지만 그래도 지금의 상황을 그와 차분히 이야기해 볼 필요가 있었다.

"아닙니다."

"그런데 왜 가까이 오지 말라고 하는 거요?"

회안이 추궁하자 인아가 어쩔 수 없이 사실을 고했다.

"그, 그것이 나리께서 저를 만지시면 아무런 생각도 할 수가 없습니다."

인아의 솔직한 고백에 회안의 굳었던 얼굴이 슬며시 풀어졌다. 그녀의 다음 말을 듣고 싶었다. 그래서 회안은 짐짓 화난 체하면서 계속 더 말하라는 듯이 인아를 바라보았다. 인아는 회안이 마음을 상했을까 봐 열심히 설명하고 있었다. 온몸이 발갛게 달아올라 회안에게 필사적으로 설명하는 인아는 사랑스러웠다. 깨물어 주고 싶을 정도였다.

"심장이 미친 듯이 뛰고, 숨이 막히는걸요! 그리고 온몸이 타는 것처럼 뜨거워지고……."

인아가 목이 막히는지 잠시 말을 멈추었다.

"오싹오싹하고 간지러운 것 같지 않소?"

회안이 그다음 말을 하자 인아가 크게 소리쳤다.

"맞습니다! 나리께서는 그것을 어떻게 아시는 것입니까?"

회안의 얼굴에서 아찔한 미소가 피어났다.

"사실은 나도 그렇다오."

회안의 말에 인아가 다시 입을 뻐끔거렸다. 그런 인아가 너무나 귀여워서 입안에 넣고 굴리고 싶었다. 그리고 인아만 허락한다면 하루 종일 제 품에 품고 싶었다.

"아, 정말이십니까? 하지만, 하지만 나리는 항상 평온해 보이셨는걸요?"

인아가 믿을 수 없다는 듯이 물었다. 회안이 침상 머리맡에 앉아서 그녀의 작은 손을 슬며시 잡았다. 인아의 손이 회안의 큰 손 때문에 앙증맞아 보였다. 그 작고 하얀 손에 자신의 뜨거운 입술을 밀어붙이며 회안이 달콤하게 속삭였다.

"아마 내가 그대보다 더 심할 거라오. 나는 그대와 너무 친해지고 싶어서 심장이 타버릴 것만 같다오. 귀여운 그대를 내 입에 머금고 굴리고 싶을 지경이오. 그리고 그대의 온몸 구석구석을 샅샅이 만지고 쓰다듬고 핥고 싶소!"

그가 낮은 목소리로 속삭이자 그 음성만으로도 온몸이 찌릿찌릿한 것 같았다. 그리고 엄청난 그의 말에 인아의 심장이 터질 것만 같았다. 그랬구나, 자신만이 그렇게 정신을 잃은 것이 아니었다. 그리고 그도 자신과 같이 느꼈다니 어쩐지 마음 한구석이 찌르르하면서 설레기 시작했다. 다시 그의 따듯한 체온을 느끼고 싶었다. 하지만 인아는 애써 마음을 다잡았다.

"아…… 안…… 안 돼요. 나리! 중요한 이야기를 해야 합니다!"

인아가 필사적으로 회안에게 부탁했다.

"흠, 알았소!"

회안이 마치 토라진 어린아이처럼 불만족스러운 표정으로 다시 탁자 쪽으로 돌아갔다.

"휴!"

인아가 한숨을 쉬고는 살며시 몸을 일으켰다. 그리고 인아가 바닥에 내려서려는 순간 회안이 다시 몸을 돌렸다. 인아와 눈이 마주치자 그의 눈빛이 다시 열기로 반짝거렸다.

"흠, 아무래도 그 상태로는 이야기가 힘들 것 같군. 잠깐 나가 있겠소."

그리 말하고는 회안이 화급히 몸을 돌려 바깥으로 나갔다. 인아는 그제야 자신이 얇은 자리옷 하나만 입고 있는 것을 알았다. 그래서 급하게 어제 맹 유모가 알려준 대로 옷을 챙겨 입기 시작했다. 손이 떨려서 옷을 다 입는 것이 쉽지가 않았다. 하지만 애써 인아는 옷을 챙겨 입었다. 그녀가 착수배자까지 걸치고 저고리의 옷고름과 한참 씨름을 하고 있었다.

"그건 내가 묶어주겠소!"

어느새 들어왔는지 회안의 목소리가 머리 위에서 들렸다. 그리고 곧 그가 옷고름을 솜씨 좋게 묶어주었다. 그 모습을 멍하니 바라보던 인아는 그의 손가락이 참으로 아름답다고 생각했다. 손바닥을 넓게 펼치면 인아의 얼굴을 모두 감쌀 수 있을 만큼 큰 손이었다. 하지만 그의 손은 예술작품처럼 아름다웠다. 저 아름다운 손이 그녀를 몽롱하고 황홀한 감각 속으로 밀어 넣었던 것이다.

"다 되었소!"

회안이 뒤로 살짝 물러서자 그제야 인아가 제정신을 차렸다. 그리고 회안이 앉은 맞은편 의자에 얌전히 앉았다. 인아는 애써 그의 손에서 시선을 돌려 그의 가슴께에 시선을 고정하였다. 그의 눈을 바라보면 다시 설레어서 아무런 말도 할 수 없을 것 같았다.

"자, 이제 하고 싶은 이야기를 해보시오!"

인아가 침을 꿀꺽 삼키고 말을 꺼내었다.

"저기 아바마마께서 저를 육지로 보내시면서 말씀하셨습니다. 남해 용궁의 안전을 위해서는 망해가 반드시 잘 유지가 되어야 한다고요."

"그렇다오. 그것을 지키는 것이 바로 주씨 가문이 해야 할 일이라오. 그래서 용궁에서는 그 보답으로 우리에게 귀한 교초를 제공하는 것이고."

회안이 시원하게 대답하자 인아가 고개를 끄덕였다.

"그런데 얼마 전에 교초를 당분간 받지 않으시겠다고 통보하셨다면서요?"

회안이 역시 고개를 끄덕였다.

"그래서 혹시 용궁에서는 나리께서 협약을 변경하거나 파기하시려는 것은 아닌지 근심하고 있습니다."

"왜 말이 그렇게 되오? 그저 잠깐 교초 수급을 멈추었을 뿐이라오. 이미 값비싼 교초의 판매로 축적한 주씨 가문의 부는 황실을 뛰어넘을 정도라오. 너무 비대해지는 것은 그리 좋지 않기 때문이오."

인아는 회안의 말에 놀랐다. 주씨 가문의 부가 그렇게 엄청난 규모인지 처음 알았다.

"그래서 교초 판매를 다소 줄이고 소주나 항주에서 자체적으로 생산되는 비단의 거래를 늘릴 계획이라오. 그래야 사람들도 비단을 판매하여 돈을 벌어 가족을 부양할 수 있지 않겠소?"

회안이 친절하게 설명을 해주자 인아는 고개를 끄덕였다. 사실 소주나 항주에서 생산되는 비단도 매우 질이 좋았다. 하지만 워낙 주씨 가문의 교초가 유명하다 보니 소주와 항주의 비단은 그 가치를 제대로 인정받지 못했다. 그러다 보니 점점 소주 및 항주 사람들의 삶이 팍팍해졌던 것이다.

"그럼, 나리는 이제 그들의 비단을 거래하실 생각이십니까?"

"그렇소. 내가 가지는 이문을 좀 줄이고 내가 다른 주변 국가들과 유리하게 가격을 협상해 주면 그들도 돈을 벌 수 있을 거라고 생각하오. 부가 일부에게만 집중되는 것은 좋지 않다오. 사람들의 삶이 팍팍해지면 해월국 전체에도 도움이 되지 않소. 불만 세력이 많아질수록 해월국 황실이나 우리 주씨 가문의 존망도 위험해질 테니까."

인아는 회안의 생각이 훌륭하다고 생각했다. 그는 자신의 이익을 줄여서 다른 사람을 도우려고 하는 것이었다. 사실 교인들에게도 교초를 직조하는 일은 그리 쉬운 일이 아니었다. 하지만 망해를 보호하기 위해서 교초를 직조하기 위해 노력하고 있었던 것이다.

주씨 가문과 협약을 맺기 전에는 많은 교인들이 위험에 처했다. 교인들이 성인식을 위해서 뭍으로 올라왔을 때가 가장 위험했던 것이다. 아름다운 교인을 탐하는 인간들에게 납치를 당하기도 했고 가끔은 그들의 손에 죽임을 당하기도 했다. 그러나 주씨 가문의 희생 덕분에 망해라는 결계가 안전하게 유지되었다. 그 덕분에 교인들은 안전하게 인간으로 변신하여 세상에 나올 수 있었다.

"네, 그러셨군요. 그건 참 훌륭하신 생각인 것 같습니다!"

인아가 동의하자 회안은 기뻐졌다. 집안의 모든 사람들이 회안의 결정에 반대하였다. 그들은 가주의 희생에 기대어 그저 부를 향유하고만 있었다. 이미 충분할 정도의 부를 가지고서도 그들은 더욱 많은 것을 바랐다. 회안은 그런 탐욕에 진저리가 났다.

그리고 될 수 있는 한 회안은 어려운 이들을 돕고 싶었다. 회안은 주씨 가문만 영달을 누리는 것은 바람직하지 않다고 생각했다. 해월국이 존재해야 주씨 가문도 존재할 수 있었고, 그러기 위해서는 사람들의 삶이 안정이 되어야 했다. 그런 회안의 생각을 이해해 주는 인아가 기특하기만 했다.

"그렇지만 결계를 보호하려면 주씨 가문에서 약속을 지켜야 한다고 하셨습니다. 빠른 시일 안에 약속이 수행되지 않으며 결계가 위험하다고 사인 오라버니가 말씀하셨어요."

인아의 말에 회안은 '끙' 하고 한숨을 쉬었다. 인아의 말대로 주씨 가문은 결계를 지키기 위한 약속을 지켜야 했다.

"인아 낭자, 그대는 주씨 가문이 결계를 지키기 위해서 어떤 일을 해야 하는지 알고 있소?"

회안의 갑작스러운 질문에 인아가 눈을 동그랗게 떴다. 아무래도 인아는 그 내용을 잘 모르고 있는 것이 분명했다. 아마 인아가 그 내용을 알게 되면 착한 인아는 마음 아파할 것이 분명했다.

"잘 모릅니다. 그게 혹시 아주 위험한 일입니까?"

인아의 목소리가 진지했다.

"결코 쉬운 일이 아니라오. 주씨 가문은 엄청난 부를 누리는 대신 또 그만큼의 대가를 치러왔지."

회안의 목소리가 냉정해졌다. 그는 거대한 분노를 억지로 억누르는 것 같았다. 회안은 부를 얻기 위해서라면 무엇이라도 하는 가문의 행태에 진절머리를 내고 있었다.

"하지만 그 누구도 그것에 대하여 의심을 품거나 문제를 제기하지 않았소. 그저 제 배가 부르면 그 정도의 문제쯤이야 간단하게 눈을 돌리는 거지."

인아는 항상 다정하고 부드러워 보이던 회안의 다른 모습을 보았다. 역시 그는 주씨 가문의 가주로서 여러 가지를 고민하고 있었던 것이다.

"그래서 나는 다른 방법은 없는지 생각해 보고 싶었소. 전체를 위해서 누군가에게 희생을 강요하는 것은 옳지 않소! 그 사람에게는 인생 전부가 걸린 문제니까!"

회안의 목소리가 절실했다. 그는 협약을 깨려는 것이 아니었다.

다른 방법을 찾기 위해서 노력하고 있었던 것이다. 그 사실을 알게 되자 인아는 한숨을 놓았다.

"다른 방법이 있긴 있는 것입니까?"

인아는 회안의 소망이 이루어졌으면 했다. 누군가를 희생하고 싶지 않다는 회안의 생각이 존경스러웠다.

"아직은 확실하게 전체를 파악한 것은 아니라오. 하지만 조금만 더 하면 알아낼 수도 있을 것 같소. 그래서 조금 시간이 필요하다오!"

"아, 그럼 다행입니다!"

인아의 얼굴이 밝아졌다. 회안의 그런 인아의 머리를 부드럽게 쓰다듬었다.

"꼭 찾아내고 말겠소. 내가 그 방법을 찾아낼 수 있게 그대가 나를 도와주겠소?"

회안의 질문에 인아가 열심히 고개를 끄덕였다. 그리고 작은 두 손을 내밀어 회안의 커다란 손을 꼭 감싸 쥐었다.

"알겠습니다, 나리! 제가 무엇을 해야 하는지 알려주시면 열심히 해보겠습니다!"

인아가 작은 주먹을 불끈 쥐었다. 그리고 그녀의 맑은 녹색 눈이 결연하게 반짝거렸다. 작고 가녀린 그녀였지만 회안은 마치 천군만마를 얻은 것처럼 든든했다. 그녀와 함께라면 반드시 방법을 찾아낼 수 있을 것만 같았다. 사실 그녀가 핵심이었다.

"하하, 알았소. 이거 매우 든든한데!"

인아는 회안이 자신의 마음을 알아주자 방글방글 웃었다. 그런 인아가 사랑스럽다는 듯이 회안이 인아의 볼을 살짝 쥐었다. 그리고 인아의 이마에 쪽 하고 입을 맞추었다. 그리고 감은 눈꺼풀에도 뺨에도 화안의 입맞춤이 쏟아졌다.

"나리, 저 왕 서방입니다!"

갑자기 바깥에서 들려온 목소리에 회안이 몸을 떼었다.

"무슨 일이냐?"

"그것이 지금 주유동 나리께서 급하게 나리를 찾고 계십니다."

회안의 얼굴이 굳어졌다.

"알았다. 지금 어디에 계시지?"

"네, 지금 출향관(秫香館)에 계십니다."

왕 서방의 침착한 대답에 회안이 고개를 끄덕였다.

"곧 가지."

회안이 자리를 뜨고 나서 인아는 설명할 수 없는 초조함으로 회안을 기다렸다. 하지만 인아가 홀로 저녁을 먹고 난이의 도움을 받아 목욕을 마칠 때까지도 회안은 돌아오지 않았다.

인아가 까무룩 잠에 빠져들 무렵, 회안이 안으로 들어왔다. 인아가 부리나케 자리에서 일어나 회안을 맞이하였다. 안으로 들어서는 회안의 표정이 어두웠다. 무슨 일이 있는 것인지 항상 다정한 미소를 보여주던 그가 아니었다. 하지만 동시에 무표정한 표정의 그에게서는 범접할 수 없는 권위가 느껴졌다. 낯설지만 그 모습에도 인아의 가슴이 설레었다.

"나리, 오셨습니까?"

인아의 인사를 받으며 회안이 의자에 앉았다. 인아는 그런 그를 보자 위로해 주고 싶었다. 뭐를 어찌해야 하는지 몰랐지만 그가 다시 웃어주었으면 했다. 인아가 아주 조심스레 다가가 그의 입술에 쪽 하고 인사를 했다. 눈빛이 다소 누그러졌지만 아직도 그는 심각했다.

인아가 다시 그에게 다가갔다. 그리고 그의 뺨을 작은 손으로 잡았다. 그리고 그의 이마에, 감은 눈꺼풀에 그리고 그의 오똑한 콧날에도 입맞춤을 했다. 그가 그렇게 입맞춤을 해주면 매우 안온하고 따스한 감정이 인아를 감쌌기 때문이었다. 그도 그리 느껴주기를 바라는 인아였다.

"후!"

그가 깊은 한숨을 쉬었다. 그리고 그가 인아의 허리를 강하게 끌어안았다. 그리고 그는 인아의 가슴에 자신의 얼굴을 묻었다. 인아는 그런 그의 머리를 부드럽게 쓰다듬었다. 지친 것 같은 그가 안타까웠다.

"무슨 일이 있으셨습니까, 나리?"

인아가 조심스레 물었다. 그러나 회안은 대답하지 않고 더욱 그녀의 가슴에 얼굴을 묻었다. 인아는 거세게 뛰는 자신의 심장 소리를 들킬까 봐 조마조마했다. 하지만 그를 떼어내고 싶지는 않았다.

"머리가 아프다오."

회안의 목소리에 기운이 없었다. 그것이 안타까워 인아는 계속 그의 머리를 쓰다듬었다. 손가락 사이로 사르르 빠져나가는 그의 머리카락이 놀랄 만큼 부드러웠다. 그리고 그의 머리가 생각보다 무거웠지만 그것이 싫지 않았다. 오히려 그가 자신에게 기대는 것 같아 마음이 고양되는 기분이었다.

"어떻게 하면 좋아지실까요?"

인아가 안타깝게 속삭였다. 그는 수많은 짐들을 두 어깨에 짊어지고 있을 것이 분명했다. 이렇게 큰 주씨 가문의 가주로서 그가 해야 할 일은 많을 것이었다. 그 와중에 그는 집안사람들뿐만 아니라 다른 어려운 사람도 걱정하고 있었다. 그리고 남해 용궁을 위해서 결계를 지키기 위해서도 노력하고 있었다.

이렇게 많은 일들을 신경 쓰는 그가 머리가 아픈 것은 어쩌면 너무나 당연해 보였다. 그리고 그 와중에도 귀찮아하지 않고 인아를 돌보아주었다. 그래서 그를 위해서 아무것도 해줄 수 없는 자신이 안타까웠다.

"그대가 이렇게 나를 안아주니 기분이 점점 좋아지는 것 같소."

그의 대답에 인아가 조금 더 힘껏 그를 제 품에 안았다. 그것이 그에게 도움이 된다면 인아는 자신이 할 수 있는 최선의 것을 했다. 그리고 그의 커다란 등을 부드럽게 쓸어주었다. 지친 어린아이를 위로하듯이 그가 기운을 내주기를 바라는 인아의 바람이었다. 그리고 그의 정수리에 자신의 작은 입술을 찍었다. 그가 그렇게 해주면 마음이 포근해지는 것을 경험했기 때문이었다.

"그대는 내가 아니었더라도, 이 집안의 가주라면 친해졌겠지?"

회안의 말이 어쩐지 씁쓸하게 들렸다. 물론 인아는 가주를 만나라는 명을 받았다. 그리고 친해지라는 임무도 받았다. 하지만 회안이 아닌 다른 사람이었다면, 지금처럼 이런 마음이 들었을까? 인아는 가만히 자신의 마음을 들여다보았다.

처음부터 회안은 싫지 않았다. 해안가에서 그가 갑자기 자신을 끌어안았을 때에도, 친밀한 인사를 했을 때에도 마치 예전부터 알았던 사람처럼 좋았다. 그리고 그것이 너무나 당연하게 생각되었다. 그리고 그가 알려준 인사법이나 친해지는 방법도 그가 아닌 다른 사내라면 하고 싶지 않았다. 그가 자신을 쓰다듬고 부드럽게 만지면 가슴 한쪽이 찌르르했고 포근해졌다.

"아닙니다. 나리가 아니었으면 이렇게 친해지지 않았을 것입니다."

인아의 말에 회안이 그녀의 가슴에 묻었던 고개를 들었다. 인아가 시선을 돌리지 않고 그의 눈을 똑바로 바라보며 말했다. 말도 더듬지 않고, 그가 자신의 말을 정확히 알아들을 수 있도록 인아는 또박또박 말했다.

"나리가 아니었으면 이렇게 말고 제 방식대로 친해지자고 부탁을 드렸을 것입니다."

인아의 확고한 말에 회안의 굳었던 얼굴이 확 펴졌다. 순간 인아는 그가 자신이 아닌 다른 교인과 입맞춤하고 가슴을 쓰다듬는 것을 상상했다. 그가 자신이 아닌 다른 교인과 이렇게 친밀해지는 것을 떠올리는 것만으로도 몸서리치게 너무 싫었다. 그래서 인아도 똑같은 질문을 그에게 했다.

"나리도 제가 아니었더라도 용궁에서 온 인어라면 이렇게 친해지려고 하셨을 것입니까?"

그의 대답을 기다리는 그 순간이 무척이나 길게 느껴졌다. 그가 자신이 아닌 다른 누군가와 친해지는 것을 상상하는 것만으로도 인아의 심장이 저릿했다. 그의 눈빛은 열기를 머금고 뜨거웠으나 티끌 하나 없이 맑고 투명했다.

"절대로 그럴 일은 없소!"

확신에 찬 그의 말에 인아가 예쁘게 미소를 지었다. 그가 이렇게 단호하게 말해주니 기뻤다. 그래서 그의 입술에 쪽 하고 입맞춤을 했다.

"이런, 순진함도 이 정도면 민폐 수준이군!"

회안이 나직하게 중얼거렸다. 순간 인아는 자신이 무엇을 잘못한 것인지 걱정스러웠다. 그저 기쁜 마음을 그에게 전하고 싶었다. 하지만 마치 그는 자신이 무엇인가를 잘못한 것처럼 곤란하게 중얼거렸던 것이다.

"제가 혹시 무엇을 잘못한 것입니까?"

인아의 질문에 회안이 아찔한 미소를 지었다. 그의 붉은 입술 사이로 하얀 치아가 드러났다. 그리고 그의 눈빛이 열기에 쌓인 듯 색이 진해졌다. 인아는 설명할 수 없는 오싹함에 어깨를 움츠렸다. 하지만 그 오싹함은 어딘가 달콤함을 품고 있었다.

"아니오. 낭자와 아주 친해지고 싶어졌을 뿐이오. 그래도 되겠소?"

회안의 은밀한 말에 인아의 얼굴이 붉어졌다. 동시에 인아의 몸도 후끈 달아올랐다.

"네."

인아가 수줍게 고개를 끄덕이자 회안이 그녀의 귀에 입술을 대고 나직하게 속삭였다.

"오늘은 낭자가 울어도 중간에 그만두지 않을 거요!"

그리 말한 회안이 순식간에 인아를 답삭 안아 들고 침상으로 향했다. 인아가 깜짝 놀라 그의 목을 끌어안았다. 인아의 심장이 곧 터질 것만 같았다. 그가 마치 인아가 깨지는 것이라도 되는 것처럼 아주 조심스레 그녀를 침상에 눕혔다. 그리고 커다란 손으로 그녀의 머리를 쓰다듬었다. 조막만한 인아의 얼굴도 부드럽게 쓸었다.

"하아!"

한숨처럼 신음을 토하며 인아가 결국 견디지 못하고 질끈 눈을 감았다. 그의 눈빛이 자신에게 닿을 때마다 피부가 따끔거렸던 것이다. 곧 그의 부드러운 입술이 인아의 입술에 닿았다. 마치 허락을 구하듯 그가 다정하게 그녀의 입술을 혀로 핥았다. 그리고 그가 살짝 그녀의 아랫입술을 깨물자 인아가 자연스럽게 자신의 입술을 벌렸다.

"하아!"

뜨거운 혀가 인아의 작은 혀를 낚아채었다. 그가 이리저리 혀를 비비고 강하게 빨아들이자 인아의 기분은 고양되었다. 이상하게도 그가 이렇게 입맞춤을 하면 자신이 사랑스러운 존재가 된 것 같았고 그의 영혼과 하나가 되는 것 같았다. 그래서 인아도 그의 목을 강하게 끌어안고 열심히 혀를 비볐다. 숨이 막혔지만 절대 입술을 떼고 싶지 않았다.

"하읏……."

곧 인아의 입술 사이로 신음 소리가 비어져 나왔다. 그러나 그의 혀는 그녀의 입안을 탐욕스럽게 탐했다. 입맞춤만으로도 인아는 어지러웠다. 그가 아직 만지지도 않은 가슴의 유실이 뾰족하게 존재를 드러냈고 허리 아래쪽에서도 뭉근한 열기가 솟아올랐다. 그것을 회안이 알아차린 것처럼 그녀의 가슴을 강하게 만졌다.

"헉!"

그의 손길에 인아가 움찔 몸을 떨었다. 부끄러웠지만 인아는 그가 좀 더 자신을 만져 주었으면 했다. 그래서 인아는 저항하지 않고 그에게 몸을 맡겼다. 그의 손길은 다정하면서도 음란했다. 마치 모양을 확인하듯 이리저리 인아의 가슴을 만지고 곧 부풀어 오른 그녀의 유실을 집중 공략했다.

"하아…… 으음……."

그러나 그녀의 신음은 그의 입안으로 사라졌다. 그의 입술과 그의 손길에 속수무책인 인아는 그저 그의 품에서 바르작거렸다. 그것이 더욱 남자의 정열을 자극한다는 것을 인아는 까맣게 몰랐다.

인아의 하얀 피부가 흥분으로 달아올라 마치 복사꽃처럼 어여뻤다.

"그대에게서 좋은 향기가 난다오."

그가 그녀의 목덜미에 코를 박으며 속삭였다. 그의 잘생기고 오뚝한 코가 그녀의 목덜미에 닿자 인아가 간지러운 듯이 몸을 움찔했다.

"모…… 목욕을 했습니다."

인아가 수줍어하면서도 곧잘 대답을 했다. 사실은 인아도 그의 향기에 머리가 어지러웠다. 그가 가까이 오면 몽롱하면서도 황홀했다.

"나를 위해서 치장을 한 것이오? 혹시 목욕하면서 내 손길이 기억나지는 않았소?"

회안의 은근한 속삭임에 인아가 얼굴을 붉혔다. 솔직히 그것을 기대하고 있었다. 아침에 나중에 이어서 하자는 그의 말이 머릿속에 박혀 있었던 것이다. 그리고 그의 분신이 자신을 자극했던 그 감각이 무서우리만치 생생했다.

"귀엽군. 얼굴을 붉히는 그대는 너무 귀엽다오."

회안이 그렇게 속삭이자 인아는 더욱 붉어졌다. 신기했다. 용궁에서도 인아는 귀엽다는 말을 자주 들었다. 사인 오라버니도 언니들도 항상 막내인 인아를 귀여워했다. 하지만 회안이 귀엽다는 말을 하면 오싹했다. 그리고 몸 안에 들어 있는 심지가 당겨진 것처럼 온몸이 달아올랐다.

"이제 옷을 벗길 거라오. 그대의 피부를 느끼고 싶어. 괜찮겠소?"

제발 묻지 말았으면 했다. 그가 물으면 이상하게 수줍어졌다.

그리고 어차피 인아의 대답에는 상관없이 제 하고 싶은 대로 하는 회안이었다.

"나…… 나리가 원하시는 대로……."

인아가 더듬거리며 대답했다. 그녀도 그의 따듯한 피부에 닿고 싶었다. 그래서 부끄러웠지만 솔직하게 대답을 했다.

"그 이야기는 내 마음대로 해도 된다는 뜻이오?"

그가 음흉하게 웃었다. 인아는 어쩐지 자신이 큰 실수를 한 것 같았다. 그의 목소리가 매우 즐거운 듯이 변했던 것이다. 어차피 친해지는 방법은 그가 알고 있었고 인아는 따라갈 뿐이었다. 그러니 그의 마음대로 하라고 했지만 그는 그 말에 선물을 받은 아이처럼 아주 기쁜 듯이 눈을 반짝거렸다.

"네, 나리."

인아의 대답이 떨어지자마자 곧 그는 정말 제 마음대로 했다. 인아가 입고 있던 옷을 한 겹 한 겹 벗겼다. 순식간에 인아는 육지로 막 올라왔을 때처럼 순진무구한 몸을 그의 눈앞에 고스란히 드러내었다. 인아가 제 손을 가지런히 모아 가슴에 올렸다. 그런 인아의 모습은 마치 제사상에 산 채로 바쳐지는 제물 같았다. 실제로 오늘 밤 인아는 회안에게 바쳐진 제물이었다. 회안은 그것을 아주 기쁘게 받아들였던 것이다.

회안이 인아의 한 손을 가슴에서 떼어내어 자신의 입술로 가져갔다. 그리고 사랑스럽다는 듯이 그녀의 작은 손가락을 입에 넣고 굴렸다.

"아앗!"

인아가 숨을 삼켰다. 그가 요염한 눈빛으로 자신을 바라보며 손가락 하나하나를 입안에 넣고 부드럽게 빨기 시작했다. 손끝에도 이런 감각이 있었던가? 그의 혀가 손가락 하나하나를 핥을 때마다 몸이 찌릿해졌다. 그의 혀가 살살 손가락을 굴리자 손이 그의 타액으로 흥건하게 젖었다. 곧 그가 자신의 다른 손을 들어 손가락 하나를 그녀의 작은 입에 밀어 넣었다. 인아는 갑작스러운 그의 행동에 놀랐다. 하지만 그가 하듯이 살짝 그의 손가락을 가볍게 핥았다.

할짝, 할짝!

회안은 인아가 자신의 손가락을 고양이처럼 할짝거리자 불끈 하체로 열기가 흘러가는 기분이었다. 제 손가락을 할짝거리고는 그것이 맞았는지 살며시 자신의 눈치를 보는 인아가 사랑스러웠다. 그리고 그런 서툰 인아의 행동이 회안을 달아오르게 만들었다. 그가 다시 인아의 손가락을 핥자 인아도 그의 손가락을 열심히 핥았다. 미치겠다. 너무나 귀여워 그녀의 모든 부분을 오독오독 깨물어 삼키고 싶을 지경이었다.

"미치겠군! 그대를 삼켜 버리고 싶어!"

곧 회안의 입술이 그녀의 손바닥을 강하게 눌렀다. 그리고 그가 혀로 할짝거리자 인아는 손바닥이 타는 것만 같았다. 그리고 그의 강한 갈구가 느껴졌다. 마치 인아의 허락을 구하는 것처럼 그의 입술이 혀가 인아에게 묻고 있는 것만 같았다.

그리고 곧 그의 혀가 인아의 손목을 핥고 조금씩 위로 올라왔다. 오늘 밤 그는 아침에 말한 대로 그녀의 모든 부분을 핥고 만지려는 것 같았다. 그의 손가락을 입에 넣고 굴리고 있으려니 인아도 이상하게 흥분되기 시작했다.

그의 입술이 인장을 찍듯 꼼꼼하게 팔을 타고 올라와 그녀의 하얗고 가녀린 어깨를 한입에 머금었다. 그리고 그녀의 쇄골에도 그의 입술이 닿았다. 갑자기 그가 강하게 쇄골 부분을 빨아들이자 인아가 깜짝 놀랐다.

"여기 이렇게 아름다운 꽃이 피어났군!"

그가 그렇게 감탄하듯 중얼거리더니 그녀의 가슴으로 입술을 내려 똑같은 일을 반복했다. 아픈 것인지 쾌감인지 정체를 모를 오싹오싹한 저릿함이 인아를 채웠다. 마침내 그가 그녀의 유실을 강하게 머금고 빨아들이자 인아의 등이 자연스럽게 휘어졌다. 그가 다른 손을 내려 다른 쪽 가슴까지 강하게 움켜쥐자 인아는 그에게 완벽하게 먹히는 기분이었다.

"허억!"

그녀의 유실을 혀로 굴리던 그가 가볍게 유실을 깨물자 번개가 내달렸다. 인아의 몸이 움찔했다. 그리고 그가 다른 손으로 다른 쪽 유실을 집고 돌돌 굴리자 인아의 이성은 저만치 날아가고 있었다. 곧 그가 커다란 손으로 인아의 풍만한 가슴을 하나로 모으고는 양쪽을 번갈아가며 입술로 희롱하기 시작했다.

"아앗…… 나리……!"

과한 쾌감에 인아가 그를 불렀다. 그러나 그는 그런 인아의 목소리를 좀 더 끌어내리려는 듯이 더욱 맹렬하게 그녀의 유실을 가지고 놀았다. 그녀의 유실이 작은 열매처럼 딱딱해졌고 저릿한 감각이 이리저리 흘러갔다. 인아가 저도 모르게 이불자락을 강하게 움켜쥐었다. 곧 그녀의 상체가 마치 그의 입술에 더욱 밀착하듯이 솟아올랐다.

"하아, 하아!"

인아의 입술에서는 부끄러운 신음이 계속 흘렀다. 그가 잠시 입술을 떼고 인아에게 속삭였다.

"그대의 유실이 마치 앵두처럼 발갛게 익었다오. 사랑스러워!"

그가 그렇게 말을 할 때마다 인아는 더욱 달아올랐다. 나직하면서도 요염한 그의 음성이 인아의 고막을 간질이는 것만 같았다.

"나리가…… 자꾸…… 핥으시니까…… 하앗!"

인아의 말은 그가 다시 유실을 깨물자 교성으로 변해 버렸다. 그리고 그는 입술을 내려 그녀의 배를 타고 아래로 내려갔다. 그동안 그의 한 손은 모양 좋은 인아의 옆구리를 쓰다듬었다.

찌릿!

옆구리에도 이런 감각이 있는 것일까? 그가 닿는 모든 부위에서 작은 소용돌이가 요동쳤다. 그리고 그 부분이 타는 듯이 뜨거워졌다. 그의 다른 손은 여전히 그녀의 풍만하고 아름다운 가슴을 만지작거리고 있었다. 그의 부드러운 머리카락이 그녀의 배를 간질이자 인아는 미칠 것만 같았다.

스윽!

그의 혀가 인아의 배를 핥았다. 마치 맛있는 과일이라도 되는 것처럼 그의 혀와 입술은 인아의 모든 피부를 꼼꼼하게 맛보았다. 이상하게도 그의 입술이 닿을 때마다 그녀의 몸에서는 달콤한 향기가 피어올랐다. 그가 그녀의 다리를 아래에서 부드럽게 쓰다듬더니 그녀의 허벅지 안쪽의 매끈하고 부드러운 살을 쓸었다.

번쩍!

인아가 흠칫했다. 그리고 그의 손은 조금씩 조금씩 그녀의 비부 쪽으로 올라왔다. 인아의 모든 신경이 비부 쪽으로 향했다. 그의 손가락이 그녀의 비부를 쓸어 올리자 달콤한 꿀이 흥건하게 솟아올라 회안의 손을 적셨다. 어느 틈에 그렇게 젖은 것인지 인아는 알 수 없었다.

"헉!"

인아의 상체가 들렸고 인아의 허리가 펄쩍 침상에서 움직였다.

"어느새 이렇게 젖어버렸군! 낭자는 아주 음란하다오."

회안이 그렇게 속삭이자 인아는 부끄러웠다. 그녀의 꽃잎에서 솟아난 꿀이 비부를 적시고 흘러내려 엉덩이까지 질척질척했다. 순간 인아는 비단으로 만들어진 이불자락이 젖어드는 것을 깨닫자 타는 듯이 부끄러워졌다.

"나…… 나리!"

인아가 부끄러워 두 손으로 얼굴을 가렸다. 회안의 강건한 손가락이 인아의 몸에 흘러내린 꿀을 떠서 인아의 꽃잎에 넓게 발랐다. 그리고 곧 꽃잎 사이로 존재를 드러낸 그녀의 진주에도 꿀을 발랐다.

"흐학······ 앗······ 아앙!"

인아의 신음에 마치 교태를 부리는 듯한 콧소리가 함께 섞였다. 그 와중에도 그의 혀는 그녀의 가슴을 놓아주지 않고 지분거리고 있었다. 곧 그가 가슴에서 입술을 떼었다. 그리고 그의 타는 듯이 뜨거운 입술이 인아의 배를 타고 아래로 아래로 내려갔다. 그가 인아의 다리를 부드럽게 벌렸다.

갑자기 차가운 공기가 닿자 인아가 몸을 꿈틀했다. 그의 시선이 마치 그녀의 비부를 쓰다듬는 것만 같았다. 그리고 인아는 살짝 두려우면서도 야릇한 기대감에 몸을 떨었다. 이내 그의 머리가 인아의 다리 사이를 파고들었다.

"헉!!!"

곧 축축하고 부드러운 그의 혀가 인아의 꽃잎을 할짝거리기 시작했다. 인아가 너무나 격렬한 쾌감을 견딜 수 없어 다리를 오므리려 했지만 그의 강건한 손에 잡힌 그녀는 꼼짝할 수가 없었다. 그의 혀가 그녀의 꽃잎을 핥고 그녀의 진주를 혀끝으로 콕콕 찌르기 시작했다.

"아앗······ 나, 나리······ 그······ 그만!"

인아가 자신을 삼켜 버릴 것만 같은 감각에 회안에게 애원했다. 이 감각이 지속되면 인아는 제정신을 잃을 것만 같았다. 무서울 정도로 생생하고 달콤하고 저릿한 감각에 인아는 저도 모르게 허리를 뒤틀었다.

"하지······ 마······ 세요······! 제 몸이 너무······ 흑······ 이상합

니다!"

인아의 예쁜 두 눈에서 눈물이 끊임없이 솟아났다. 너무나 격렬한 쾌감에 인아의 눈에서는 생리적인 눈물이 계속 흘러내렸던 것이다. 그러나 회안은 그런 인아의 애원에도 아랑곳하지 않고 마음껏 그녀의 꽃잎과 진주를 자극했다. 입술로 부드럽게 쓸다가 다시 거슬거슬한 혀로 꽃잎을 핥기도 하고 진주를 강하게 물었다가 혀로 돌돌 굴리기도 했다.

다리 안쪽이 움찔움찔 경련하듯이 떨려왔다. 그리고 발가락 끝까지 그리고 정수리까지 오싹하면서도 저릿한 감각이 내달렸다. 어느새 인아의 허리가 침상에서 가볍게 떠 있었다.

"흐하아…… 나…… 리…… 그…… 만!!!"

"여기는 여인이 가장 쾌감을 느끼는 곳이라오."

그가 말을 하자 그의 입김과 떨림 때문에 다시 인아의 몸이 요동쳤다.

"거기서…… 말씀하지…… 마세요…… 항!"

인아는 어찌할 바를 몰랐다. 상상조차 할 수 없는 감각이 인아를 계속 덮쳤다. 그가 다시 그녀의 꽃잎을 핥고 진주를 자극하자 그녀의 몸이 움찔움찔했다. 무엇인가 인아의 내부에서 쌓인 열기가 점점 고조되었다.

"하아…… 앗…… 아아!"

터무니없이 강렬한 감각이 인아를 극단으로 몰아갔다. 그가 멈추지 않으면 인아는 숨이 막혀 죽을 것만 같았다.

"그대로 느끼시오!"

그가 그렇게 말을 하더니 갑자기 한입에 그녀의 비부를 쑤욱 하고 빨아올렸다.

"아앗!"

인아의 온몸이 부르르 떨렸다. 그리고 발가락이 확 안으로 오므라들었다. 그리고 인아는 엄청난 감각에 뼈끔거렸다. 커다란 해일에 휩쓸린 것처럼 인아는 어지럽고 몽롱했다. 잠시 깊은 바닷속으로 쑤욱 하고 빨려 들어가는 기분이었다. 그리고 인아의 시야가 순간 하얗게 변해 버렸다.

"하앗…… 헉…… 헉……."

인아가 거친 숨을 몰아쉬었다. 자신에게 어떤 일이 있었는지 멍했다. 그런 인아를 내려다보던 회안이 속삭였다.

"가버렸군!"

아직도 남은 쾌감으로 떨고 있는 그녀를 회안이 부드럽게 끌어안았다. 아직도 찌릿찌릿한 희열로 인아의 작은 몸이 사정없이 떨렸다.

"어떻소? 기분이 좋았소?"

회안이 그녀의 귓불을 핥으며 속삭이자 인아는 간지러운 듯이 어깨를 움찔했다. 너무나 엄청난 경험에 인아는 말을 할 수도 없었다. 다만 그의 강건한 어깨에 자신의 타는 듯이 뜨거운 얼굴을 숨겼다. 그리고 달아오른 뺨을 그의 어깨에 살짝 비볐다. 작은 강아지가 주인에게 애정을 갈구하고 있는 것만 같았다.

"하하하, 귀여워…… 정말 귀여워!"

회안이 그런 그녀가 사랑스럽다는 듯이 속삭였다. 인아의 작은 손이 그의 옷자락을 그러쥐었다. 잠시 숨을 고르던 그녀가 그에게 어리광을 부렸다.

"저만 벗으니까 너무 창피합니다."

인아의 말에 회안의 미소가 짙어졌다.

"나도 벗었으면 좋겠소?"

은밀한 그의 질문에 인아가 수줍어하면서도 자신의 의사를 정확하게 밝혔다.

"나리의 피부에 닿는 것이 좋아요!"

"흑, 정말 어쩔 수 없는 아이로군."

그리 말한 그가 훌훌 자신의 옷을 벗었다. 그가 몸에서 떨어지자 인아는 허전했다. 그러나 곧 그가 자신을 강하게 끌어안자 인아는 행복했다. 자신의 몸에 닿는 그의 피부도 뜨거웠다. 그래서 그 온기를 더욱 가까이 느끼려고 그를 강하게 끌어안았다. 그녀의 부풀어 오른 풍만한 가슴이 그의 단단한 가슴근육에 마찰되었다. 인아가 살짝 상체를 흔들자 그녀의 도도록하게 솟아오른 유실이 그의 가슴을 자극했다.

"정말 못 말리겠소! 제대로 모르면서 이렇게 남자를 자극하다니……!"

그의 억눌린 듯 쉰 음성에 곧 인아는 이변을 눈치채었다. 그의 분신이 그녀의 하초를 자극하고 있었던 것이다. 그것을 느끼자 인아의 몸이 다시 타올랐다. 자신의 꽃잎에 닿았던 뜨겁고 강한 감촉이 생생하게 떠올랐다.

그녀가 움찔하자 그가 기쁜 듯이 그녀의 귓불을 다시 물었다. 그리고 그의 발칙한 손이 아래로 내려가 다시 그녀의 비부를 자극했다. 다시 울컥하고 꿀이 흘러나왔다. 곧 그가 그녀를 다시 침상에 똑바로 눕혔다. 그리고 그의 중지가 쑥 하고 그녀의 동굴 입구를 파고들었다.

"아…… 앗…… 싫어요, 싫어!"

그녀의 입에서 저도 모르게 거부의 말이 튀어나왔다. 그가 손가락을 넣었을 때 느꼈던 이물감과 두려움이 동시에 인아를 채웠다.

"아…… 하지 마세요…… 왜 손가락을 넣는 것입니까?"

인아가 칭얼거렸다. 하지만 그의 손가락은 단호했다. 그리고 마치 인아를 자극하듯이 내밀하게 움직였다.

"기억하오? 오늘은 그대가 울어도 멈추지 않는다고?"

그의 단호한 목소리가 두려우면서도 그 목소리에 섞인 열정에 인아의 몸이 움찔했다. 두렵지만 다음을 기대하고 있는 스스로의 마음을 깨달았던 것이다. 그리고 그가 자신에게 위해를 가하지 않을 것이라는 믿음도 있었다.

"흑흑…… 나리…… 하지만……."

아까 그가 했던 말이 떠오르자 인아가 울먹였다. 분명 그가 그리 선언했었다. 하지만 이런 일까지는 상상하지 못했다. 그러나 곧 이물감은 조금씩 사라지고 그가 그녀의 동굴 입구를 가볍게 문지르고 얕은 곳을 자극하자 다른 감각이 피어올랐다.

"무서워하지 마시오, 인아 낭자!"

그가 그렇게 다정하게 속삭이고는 손가락을 교묘하게 움직이기 시작했다. 그리고 그가 엄지손가락으로 진주를 자극하자 인아가 움찔했다.

"그…… 그래도…… 무서운데……."

인아의 말에 회안이 안타깝게 그녀를 바라보았다. 지나치게 좁은 그녀의 동굴은 겨우 손가락 하나도 지나가기가 힘들었다. 조금 더 풀어주지 않으면 안 되었다. 회안은 바로 그녀의 안으로 파고들고 싶은 욕망을 초인적으로 억제하며 인아를 자극했다. 그녀가 다치면 안 되었다. 조심스럽게 입구를 간질이고 진주를 자극하자 살짝 인아의 긴장이 풀렸다. 그래서 그 작은 틈으로 회안이 그의 검지를 더 밀어 넣었다.

"허억…… 나리!"

인아가 놀라서 외쳤다. 그러나 회안은 이리저리 그녀의 안을 자극했다. 그가 들어갈 수 있도록 이리저리 손가락을 놀리며 그녀의 좁은 틈을 벌렸다. 너무나 작은 인아의 안으로 들어갈 수 있을까, 살짝 걱정이 될 지경이었다. 그녀의 입술을 빨며 그가 손가락을 다시 움직였다. 그녀의 가슴도 부드럽게 애무하자 그녀의 몸이 조금 더 나긋나긋해졌다. 차츰차츰 인아의 동굴이 질척하게 젖어들었다. 그가 다시 손가락 하나를 넣자 입구가 빡빡했다.

"히익……."

인아가 아픈지 다시 신음을 내뱉었다. 그녀의 내부가 그의 손가락을 끊어버릴 듯이 강하게 수축했다.

"제발, 나리 하지 마세요!"

인아가 애원했다. 애원하는 그녀를 보면 안타까웠지만 언제까지 이럴 수는 없었다. 한 번은 넘어야 할 산이었다. 조금씩 그녀의 내부로 손가락을 밀어 넣었다. 그리고 엄지로 그녀의 진주를 자극했다. 그러자 살짝 다시 그녀의 내부가 젖어들었지만 아직도 인아는 힘들어했다. 회안이 다시 고개를 내려 그녀의 진주를 혀로 자극하고 동시에 내부를 손가락으로 희롱했다.

"하앗…… 나리!!"

그녀의 허리가 움찔거렸다. 그의 혀가 능수능란하게 그녀의 진주를 자극하고 그의 손가락은 그녀의 동굴 입구를 이리저리 찔렀다. 길고 관절이 두꺼운 그의 손가락이 그녀의 안을 제집처럼 드나들었다.

"하앗…… 웃……!"

그녀의 교성이 높아졌다. 이제 조금 익숙해졌는지 인아의 동굴이 수축과 이완을 반복하며 그의 손가락을 조여왔다. 이 안으로 들어서면 어쩌면 자신도 제정신이 아닐 것만 같았다. 그녀는 꽃처럼 회안을 유혹하고 있었다.

"하앗…… 나리!"

인아는 몸을 뒤틀었다. 그가 진주를 핥으며 동시에 동굴을 자극하자 이물감은 점점 옅어지고 저도 모르게 허리를 흔들고 싶어졌다. 길고 두꺼운 그의 손가락의 느낌이 생생했다. 그리고 점점 그녀의 하초가 질척질척해졌다. 그리고 처음에는 두렵더니 그의 손가락이 내부를 요령 있게 자극하자 점점 그녀의 몸이 달아올랐다. 인아는 자신이 두 다리를 넓게 벌리고 있는 것도 알아채지 못했다. 점점 무엇인가가 안타까웠다. 그리고 다시 거대한 물결에 휘말릴 것만 같았다.

"하앗…… 앙…… 아…… 흐응…… 앗!"

자신의 입에서 쉴 새 없이 신음이 흘러나왔다. 그가 강하게 진주를 자극하며 손가락을 놀리자 인아는 자신의 비부가 강하게 수축하는 것을 느꼈다. 그리고 곧 다시 밀려든 감각의 해일에 몸을 맡겼다.

"하앙……!"

다시 인아의 눈앞에 찬란한 별빛이 쏟아졌다. 아주 짧은 시간 그녀는 의식을 잃었다. 그녀가 다시 정신을 차렸을 때에는 그의 커다란 불기둥이 그녀의 비부에 닿아 있었다.

"낭자? 정신이 드오?"

그가 인아의 뺨을 부드럽게 쓰다듬으며 걱정스럽다는 듯이 인아에게 물었다. 자신을 위에서 누르는 그의 무게감이 좋았다. 그리고 그가 다시 그녀의 입술을 부드럽게 자극하자 다시 온몸이 뜨거워졌다. 인아는 그에게 걱정하지 말라고 말을 하고 싶었지만 어떤 말도 할 수 없었다. 그래서 아주 작게 고개를 끄덕였다.

"인아 낭자, 이제…… 그대를 가질 거야!"

그가 심하게 헐떡이며 속삭였다. 마치 아픈 것 같은 그의 목소리에 인아의 심장이 찌릿했다. 이제 더 이상 그가 무엇을 하려는지 몰랐으나 아직도 무엇인가가 남아 있는 것 같았다. 그리고 고통스러워하는 그가 안타까웠다.

"조금 아플 거라오!"

그가 미안한 표정으로 속삭였다. 그러나 인아는 이해할 수 없었다. 그가 그녀의 작은 얼굴을 부드럽게 쓰다듬었다. 그의 커다란 손에 인아의 작은 얼굴이 쏙 들어왔다.

"하지만, 처음뿐이니까, 나를 믿고 잠시만 참아주겠소?"

그가 다정하게 부탁하자 인아는 고개를 끄덕였다. 그가 원한다면 인아는 무엇이든 참아볼 작정이었다.

"너무 아프면 이야기를 하는 거요. 최대한 부드럽게 하려고 노력하겠지만……."

그렇게 이야기한 그가 살짝 허리를 들어 그녀의 다리 사이로 파고들었다. 그리고 곧 인아는 이변을 눈치챘다. 그의 거대한 불기둥이 그녀의 동굴 입구를 자극하고 있었던 것이다.

"설, 설마……?"

인아의 커다란 두 눈이 화등잔만 하게 커졌다. 설마 아까 그가 손가락을 넣었던 곳에 저것을 넣으려는 것일까? 인아가 공포로 바르작거렸다. 아무리 그가 원한다 해도 그것은 불가능해 보였다. 그러나 인아의 허리는 그의 강건한 두 손에 포박되었다. 그의 손길이 단호했다. 정말로 그는 인아가 애원해도 울어도 제 할 일을 할 작정인 듯했다.

"나, 나리, 저, 정말로?"

인아의 눈에서 눈물이 방울방울 흘러내렸다. 그런 인아의 눈물을 회안이 부드럽게 쓸어주었다. 그를 믿지만 아무래도 이것은 견디기가 어려울 것 같았다. 친해지겠다면서 왜 이런 일을 자신에게 하려는 것인지 인아는 알 수가 없었다.

"겁먹지 말고 몸의 긴장을 풀어보시오."

회안의 목소리가 꿀을 먹은 것처럼 달콤했다. 그의 다정한 목소리를 듣고 있으면 어려운 일이 아닌 것 같았다. 하지만 인아의 공포는 줄어들지 않았다. 그래서 저도 모르게 그의 아래에서 바르작거렸다.

"조…… 금만 참으면 된다오. 나를…… 위해서 조금만 견뎌주시오!"

그의 애원에 인아가 움직임을 멈추었다. 그가 너무나 절실해 보여 인아는 어찌할 수가 없었다. 그의 불기둥이 그녀의 꽃잎에서 흘러나온 애액을 슬쩍슬쩍 문지르더니 곧 그녀의 동굴 안으로 파고들었다.

"헉!"

격심한 고통에 인아가 숨을 들이셨다. 맞았다. 인간이 인어를 꼬챙이에 끼워 구워 먹는다는 말이 맞았던 것이다. 지금 그는 분명 인아를 꼬챙이로 꿰뚫고 있었다. 그렇게 다정하게 인아를 만지고 핥은 것도 다 이 모두를 위해서였던 것이 분명했다.

"인아, 제발, 천천히…… 호흡을…… 읏…… 해보시오!"

그가 간절하게 애원했다. 그녀가 격통으로 온몸을 긴장하자 회안은 쉽게 안으로 진입할 수가 없었다. 그녀의 머리를 계속 부드럽게 쓰다듬고 그녀의 귀에 달콤한 말을 속삭였다. 하지만 다정한 말과는 전혀 다른 그의 행동에 인아는 회안이 원망스럽기만 했다.

"허억, 이 거짓말쟁이!"

인아가 그의 두툼하고 강건한 가슴을 작은 손으로 때렸다. 그렇게 다정한 말을 속삭이면서 처음부터 이럴 작정이었던 것이다. 부드럽게 쓰다듬고 핥으며 인아를 기분 좋게 만들어서 이렇게 자신을 잡아먹을 계획이었음에 분명했다. 친해지겠다고 하고서는 인아는 속은 것이 억울하기도 하고 하초가 아프기도 해서 계속 눈물을 흘렸다.

"인아, 인아!"

그러나 그는 그녀의 저항에도 아랑곳하지 않고 그 흉기 같은 불기둥을 조금씩 조금씩 인아의 몸 안으로 밀어 넣고 있었다. 하초가 찢어지는 것 같았다. 그러나 그는 끊임없이 인아의 귀에 다정하게 속삭였다. 그리고 그가 손을 내려 그녀의 진주를 자극하자 동굴 안에서 울컥 애액이 솟아올랐다.

"거의 다 들어갔다오. 조금만…… 조금만 더 몸에서 힘을 빼주시오!"

그가 억눌린 목소리로 속삭였다. 하지만 인아는 어찌해야 할지 몰랐다. 몸에서 힘을 빼라니 이렇게 꼬챙이로 자신을 꿰면서 저렇게 다정한 말투라니! 대체 어디까지 저 커다란 불기둥을 밀어 넣을 작정인지 인아가 원망스런 감정에 눈물이 솟아올랐다. 곧 그녀의 몸속에서 무엇인가가 우드득 찢기는 기분이었다.

"아악!!"

인아가 정말로 꼬챙이에 꿰인 생선처럼 파닥거렸다. 그리고 저도 모르게 그의 어깨에 자신의 손톱을 박아 넣었다. 인아의 작은 몸이 고통으로 격렬하게 흔들렸다. 그리고 온통 긴장한 그녀의 동굴이 너무나 강하게 회안을 압박하였다.

"진정해, 진정하시오. 인아 낭자! 천천히 심호흡을 해보시오!"

그녀가 어쩔 수 없이 그가 말한 대로 천천히 심호흡을 하자 약간 하초의 고통이 사그라지는 기분이었다. 하지만 여전히 고통이 인아를 지배했다. 인아의 찡그린 미간을 회안이 위로하듯이 손가락으로 부드럽게 만졌다.

"그럼 잠시 이렇게 있겠소!"

그녀와 그의 허리가 한 치의 틈도 없이 딱 맞닿아 있었다. 그리고 그가 계속 그녀의 귀에 다정한 말을 속삭이며 그녀의 귀를 쓰다듬고 그녀의 가슴을 한 손으로 부드럽게 만지며 또 동시에 그녀의 진주를 자극하기 시작했다. 그러자 그의 애무에 인아의 몸속에서 점점 작은 욕망의 불씨가 타오르기 시작했다.

"인아 낭자, 이제 조금…… 움직여도 되겠소?"

그제야 인아는 그가 제 안에 진입한 이후로 꼼짝도 하지 않고 있다는 것을 깨달았다. 그녀가 끌어안은 그의 등 근육이 팽팽하게 긴장해 있었다. 그리고 그의 얼굴에서 땀이 비 오듯이 쏟아져 내렸다. 아무래도 그가 자신을 위해서 무엇인가를 참고 있는 것 같았다.

그는 인아의 작은 동굴이 제 분신에 익숙해지기를 필사적으로 기다리고 있었던 것이다. 너무나 아픈 것 같은 그가 자신을 위해서 참고 있다고 생각하자 그녀의 가슴속에서 전혀 다른 감정이 솟아올랐다. 어쩌면 자신만큼 그도 아플지 몰랐다.

인아는 자신이 느끼는 고통 때문에 그에게 제대로 신경 쓸 여유가 없었던 것이다. 친해지는 것은 서로에게 힘든 일인 것 같았다. 그도 어쩌면 자신이 느끼는 격심한 고통을 참고 견디고 있는 것일지도 몰랐다. 거기까지 생각이 미치자 그가 걱정되어 인아가 물었다.

"나, 나리도, 아프신가요?"

천진한 인아의 질문에 순간 멍한 표정을 지었던 회안이 곧 화사하게 웃어주었다. 그의 웃는 얼굴을 보니 조금 안심이 되었다.

"아니라오. 하지만 조금 힘이 들긴 하오!"

다정한 그의 대답이었다. 그가 매우 사랑스럽게 느껴졌다. 아까 기운이 빠져 있을 때 그의 등을 쓰다듬었던 것처럼 인아가 그의 등을 살며시 쓰다듬었다. 그러자 그의 몸이 움찔하였다.

"이제 더 이상 참을 수가 없다오. 조금 움직이겠소!"

그의 꺼질 듯한 속삭임에 인아가 뭐라 대답을 할 사이도 없이 그가 허리를 움직이기 시작했다. 다시 통증이 인아를 휘감았다. 하지만 인아는 애절하게 그에게 매달렸다.

"앗……!"

인아의 입에서 신음 소리가 새어 나왔다. 그의 뜨거운 분신이 인아의 점막을 쑥 밀어 올렸다. 그리고 그것이 그녀의 동굴 벽을 마찰할 때마다 쓰리고 아픈 와중에도 조금씩 무엇인가 새콤하면서도 달콤한 감각이 덧그려졌다.

그녀의 안쪽이 젖어들기 시작하자 그의 움직임이 다소 격렬해졌다. 타는 것 같은 그의 불기둥이 인아의 작은 몸을 이리저리 자극했다. 그녀의 안쪽을 이리저리 탐색하듯이 자극했다. 정말로 찔리는 것 같은 기분이었다.

"웃…… 멈출 수가 없어."

그가 그렇게 탄식처럼 속삭이며 그의 분신을 그녀의 몸에서 거의 빼내었다가 다시 찔러 넣었다.

찌꺽찌꺽, 슥, 슥, 슥, 찰방찰방!

질척한 물소리와 점막과 점막이 마찰하는 색정적인 소리가 방 안을 가득 채웠다. 그녀의 작은 몸이 그가 움직일 때마다 사정없이 흔들렸다. 점점 인아는 이제 그녀가 느끼는 것이 통증인지 무엇인지 알 수가 없었다. 그의 거친 호흡과 무서울 정도로 생생하게 느껴지는 그의 분신만이 전부였다.

"하아!"

그가 둥글게 허리를 돌리자 인아의 몸이 사정없이 떨렸다. 그가 여러 각도로 자신의 내부를 자극하자 점점 달콤한 감각이 인아를 채우기 시작했다. 아직도 아픈 감각이 압도적이었지만 아주 조금씩 스며드는 것처럼 달콤함이 배어 나왔다. 안쪽에서 시작한 지긋한 유열이 인아의 허리에서부터 발끝까지 손끝까지 흘러갔다.

"하앗…… 앗……!"

고통인지 쾌감인지 인아가 신음을 흘렸다.

"헉…… 인아…… 인아!"

그가 애절하게 그녀의 휘를 불렀다. 그러자 인아의 몸이 마치 그 부름에 반응이라도 하는 것처럼 출렁거렸다. 순간 그의 분신이 그녀의 배 안쪽을 찌르자 인아가 격하게 경련했다. 그러자 곧 그녀의 동굴에서 울컥하고 애액이 흥건하게 솟아났다. 그리고 곧 그녀의 동굴 내벽이 마치 그의 분신 모양을 기억이라도 하는 것처럼 꿈틀거리기 시작했다.

"웃!"

그러자 그가 요염한 교성을 흘렸다. 그리고 그녀의 가느다란 허리를 강한 팔로 안아 올리고는 조금 더 강하게 그 부분을 자극했다. 인아의 작은 몸이 덜덜 떨려왔다. 그리고 다시 그녀의 정신이 몽롱해졌다. 그의 허리 움직임이 인아가 도저히 따라갈 수 없을 만큼 빨라졌다.

슥, 슥, 슥!

질척한 살과 살이 마찰하는 소리가 방 안을 채웠다.

"나…… 리!"

인아가 비명을 지르며 그의 등을 강하게 부여잡았다. 그리고 마치 파도에 휩쓸려 나가는 것이 무서운 것처럼 그의 등을 강하게 끌어안았다. 그녀의 동굴이 미친 듯이 출렁거렸다.

"헉…… 아앗……!"

더불어 회안의 입에서도 신음이 흘러나왔다. 어느 순간 인아가 몸을 강하게 경련하며 몸을 굳혔다. 숨이 막혔다. 그러자 곧 회안의 입술이 그녀의 입술을 머금었다. 그가 강하게 그녀의 혀를 빨아 당기자 숨이 트이는 것 같았다. 그리고 그녀의 내부에서 그의 분신의 모양이 또렷하게 느껴졌다. 그리고 그의 분신이 더욱 커졌다.

"안 돼요. 더 크게 하면…… 싫어요!"

인아가 그의 가슴에 답삭 달라붙으며 애절하게 외쳤다. 그녀의 순진한 말이 귀엽기만 했다. 하지만 지금 회안은 자신을 가득 채우는 열기에 그대로 빠져들었다.

"크윽…… 이런! 인아!!"

그의 허리짓이 이제는 격렬하다 못해 치열해졌다. 순간 인아가 강하게 몸을 굳히며 몸을 부르르 떨었다. 그러자 그녀의 동굴이 그의 분신을 쥐어짜듯이 강하게 조였다.

"하앗…… 앗!!"

다시 번쩍거리는 별빛이었다. 동시에 마치 그녀를 찢어버릴 것처럼 부풀었던 그의 분신이 뜨거운 물보라를 그녀의 몸 안에 뿜어내었다. 그러나 그것을 느낀 것도 잠시 인아는 하얀빛 속으로 빨려 들어가며 의식을 잃었다.

"앗!"

먼저 절정에 다다른 인아가 자신을 자극하자 회안의 분신은 뜨거운 생명의 물보라를 한없이 그녀의 안으로 쏟아내었다. 그녀의 동굴이 강하게 수축하며 회안의 분신을 극단까지 밀어붙였다. 혼절한 인아의 입술에 격렬하게 입맞춤하며 회안의 파정은 지속되었다. 그 안에 내재되었던 그녀에 대한 욕망이 끊임없이 뿜어져 나왔다.

털썩!

그가 그녀의 몸 위로 쓰러져 내렸다. 그리고 잠시 호흡을 고르던 그가 자신의 분신을 빼내자 그녀의 꽃잎이 미처 삼키지 못한 백탁액이 주르르 흘러내렸다. 붉은 기가 섞인 그것을 보자 회안의 심장이 술렁거렸다. 그것이 마치 그녀가 제 것이라는 표시 같았다. 그녀의 가슴에 새겨 넣은 붉은 순흔 자극처럼 붉은 파과의 흔적은 그녀가 오롯이 자신의 것이라는 증표였다.

혼절한 인아를 제 가슴에 꼭 안았다. 한 번 열정을 풀어냈음에도 그의 분신은 다시 만반의 준비를 갖추고 있었다. 다시 그녀를 안고 싶었지만 익숙하지 않은 경험에 혼절한 그녀가 안쓰러워 회안은 억지로 자신의 욕망을 눌렀다. 아직 날은 많았다.

그러나 한편으로는 회안은 살짝 걱정이 되었다. 어쩌면 당분간은 인아는 그를 곁에 오게 두지 않을 수도 있었다. 솔직하면서도 귀여운 그녀의 반응에 회안은 그녀가 처음이라는 것도 잊고 격렬하게 그녀를 탐했던 것이다.

하지만 순진한 인아를 조금씩 꼬드기는 것도 기대가 되었다. 아직 서툴렀지만 인아의 몸은 마치 회안을 위해서 만들어진 것 같았다. 사랑스러운 그녀와 함께하고 싶은 것들을 잔뜩 상상하며 회안 역시 노곤하며 달콤한 잠 속으로 빠져들었다. 하지만 인아를 결코 품에서 놓지는 않았다. 깊어가는 소주의 더위도 인아와 회안을 감싼 열기를 이기지 못한 짙고 푸른 밤이었다.

7. 은애하는 마음

이튿날, 벌써 시간이 이미 오시초(오전 11시~12시)를 지나고 있었다. 첫 경험에 어지간히 지쳤는지 회안이 그녀의 몸을 닦아주고 자리옷을 갈아입혀도 인아는 깨어나지 못했다. 자신이 원하는 것을 얻는 것에 망설이지 않는 회안이 드물게도 반성하고 있었다. 혼절한 듯이 잠에 빠져 있는 인아를 보니 조금은 욕망을 통제했어야 한다는 생각이 들었던 것이다.

회안은 고이 잠든 인아를 한없이 다정한 눈으로 바라보며 꼭 끌어안고 있었다. 제 품 안에서 그녀를 놓고 싶지가 않았다. 아직 모든 것이 서툴고 익숙하지 않은 그녀였지만 얼른 그녀의 마음과 몸에 자신을 각인시키고 싶었다. 그래서 완벽하게 그녀를 제 곁에 두고 싶었다.

"으흠!"

그녀가 드디어 잠에서 깨어나려는지 작게 뒤척이기 시작했다. 회안은 그녀의 아름다운 녹색 눈망울을 바라보고 싶었다. 드디어 그녀가 감았던 눈을 떴다. 아름다운 눈동자가 회안의 심장을 포박하고 말았다.

"저…… 아직 살아 있는 건가요?"

목이 쉬어버린 인아의 첫 질문이었다. 순간 회안의 표정이 아주 볼만했다. 매사 자신 있어 보이던 그가 드물게도 민망한 표정을 지었다. 그리고 그는 약간 미안해하는 것 같았다. 그러나 자신을 부드럽게 안아주는 그의 굳센 팔 때문인지 인아는 그가 밉다는 생각은 들지 않았다.

"미안하오. 그렇게 많이 아팠소?"

회안이 그녀의 눈꺼풀에 입맞춤하며 다정하게 물었다. 실제로 회안의 품에 안긴 인아는 마치 물 먹은 솜처럼 손가락 하나 까딱할 기운이 없었다. 온몸의 마디마디가 격렬한 운동을 한 것처럼 삐걱거렸다. 특히 엉덩이와 허벅지 안쪽 근육이 뻐근했다. 그리고 밤새 질렀던 신음 때문에 목이 갈라지고 뻑뻑했다.

그것을 알아차렸는지 회안이 그녀의 입술에 물 잔을 대주었다. 하지만 인아는 제대로 삼키지 못했다. 정신을 제대로 못 차리는 인아를 위해서 회안이 입에 머금고 물을 먹여주었다.

꿀꺽!

인아는 자신의 입안으로 흘러들어 온 시원한 물을 맛있게 삼켰다. 그가 그녀의 갈라진 입술 사이로 물을 넣어준 것이었다. 그러나 노곤한 인아는 그것조차 인지하지 못했다.

인아의 입술이 물을 바라듯이 달싹이자 다시 한 번 회안이 물을 먹여주었다. 인아가 제대로 삼키지 못해 입가로 흘러내린 물방울을 회안이 손가락으로 부드럽게 쓸어내렸다. 그에게 밤새 시달린 그녀의 입술이 부어 있었다. 그것을 바라보던 회안이 검지로 입술을 살짝 쓰다듬자 인아가 무거운 눈꺼풀을 간신히 끌어 올리고 회안의 눈을 바라보았다.

"인아 낭자, 이제 좀 괜찮으시오?"

회안이 걱정스런 음성으로 질문하며 인아를 다시 부드럽게 끌어안았다. 어젯밤 그렇게 자신을 몰아붙이더니 지금 매우 걱정스런 음성으로 묻는 회안이었다. 그의 품에 얼굴을 묻으며 인아는 '그럴 거면 하지를 말지' 하고 뾰족하게 생각했다. 하지만 그의 품은 계속 더 잠을 청하고 싶을 만큼 지독할 정도로 포근했다.

"얼얼…… 해요!"

인아가 간신히 대답을 했다. 아직도 하초에서 생경한 이물감이 느껴졌다. 그리고 허리는 힘이 빠진 것처럼 눅진한 둔통으로 무거웠다. 그리고 그가 밤새 희롱했던 유실도, 꽃잎도 따끔거렸다.

"이런, 어떤 상황인지 잠깐 내가 봐주겠소."

그가 그렇게 속삭이더니 슬며시 그녀의 다리 사이로 손을 넣으려 했다. 눈을 감고 있던 그녀가 번쩍 눈을 뜨고 그의 손을 얼른

잡았다. 또 그가 친해지겠다면서 자신의 비부를 희롱할까 봐 겁이
났다.

"만지지 마세요. 아직도 안에 나리가 있는 거 같아요!"

인아가 엉겁결에 외친 소리에 회안의 입술이 호선을 그렸다. 인
아는 어쩐지 자신이 엄청난 말을 한 것 같았다.

"그래?"

회안이 음흉하게 웃으며 슬금슬금 그의 손을 움직이기 시작했
다.

"나리!"

울 것 같은 인아의 얼굴이 사랑스러웠다.

"괜찮소. 아프게 하지 않을게."

회안이 그녀의 부드러운 입술에 가볍게 입맞춤하며 속삭였다.

"어제도 그렇게 말했으면서…… 제가 아프다고 해도…… 멈추
지 않으셨잖아요?"

인아가 원망스러운 표정으로 회안을 올려다보았다.

"그래서 이제 내가 싫어졌소?"

회안이 심각한 표정으로 물었다. 그의 표정이 인아가 싫다고 하
면 어쩌나 하고 걱정하는 것처럼 보였다.

"그, 그건 아니에요!"

인아가 얼른 대답했다. 그가 싫지 않았다. 오히려 이상하게도
그와 정말 매우 친해진 것 같은 기분이었다. 하지만 어젯밤 그가
준 고통이 생각나 잠시 투정을 부리고 싶었던 것이다.

"여인에게 처음은 매우 힘들다고 들었소. 최대한 부드럽게 대해주려고 노력했지만 완벽하게 고통을 없앨 수는 없어서……."

그가 미안해하며 그렇게 설명을 하자 인아의 마음이 누그러졌다. 인아는 아팠지만 그래도 그가 분명 그녀를 배려하고 있었다는 사실에 그녀의 심장에서 몽글몽글한 따뜻한 감정이 솟아났다. 하지만 또 그가 친해지자고 하는 것은 아닌지 걱정이 된 인아가 다시 진지하게 물었다.

"혹시 이렇게 친해지는 거 또 해야 하는 것은 아니죠?"

인아가 순진무구하고 간절한 표정으로 회안을 바라보았다. 아니라고 대답해 주기를 바라는 눈빛으로 인아가 자신을 응시하자 회안은 난감했다.

"당분간은 하지 않겠소."

그의 대답에 인아의 눈이 다시 크게 떠졌다. 당분간은 하지 않겠다니, 그럼 설마 또 해야 한다는 말인가? 인아가 이를 어찌 받아들여야 할지 몰라 큰 눈을 도로록 굴렸다.

그런 인아의 충격에도 아랑곳하지 않고 회안이 그녀의 작은 손을 들어 올려 입술을 맞추었다. 그의 뜨거운 입술에 그녀의 몸이 흠칫하면서 떨렸다. 짜릿한 감각이 다시 인아를 휘감고 있었다. 그 때문에 아프면서도 또 그가 닿으면 이렇게 쾌감이 솟아서 인아는 당황스럽기만 했다.

"하지만 나는 그대와 친해지지 못하면 너무 괴로워서 마음이 아플 거 같소. 그리고 낭자도 나랑 계속 친하게 지내지 못하면 다시 용궁으로 돌아가야 하는데 그래도 괜찮겠소?"

인아는 망설여졌다. 그가 괴로워하는 것도 싫었고 그와 떨어지는 것도 싫었다. 이곳에는 세 번의 보름달이 뜨는 시간만큼만 머물 수 있었다. 그때까지라도 그의 곁에 있고 싶었다.

"그건 싫지만…… 하지만…… 너무 아픕니다! 그리고 이미 친해졌는데 왜 또 해야 되는 것입니까?"

인아가 어찌할 바를 몰라 하며 대답했다. 회안과 친해지고 싶은 마음은 굴뚝같았지만 고통에 대한 기억이 인아를 망설이게 만들었다.

"하하하! 낭자는 참으로 귀엽소!"

회안이 인아의 볼을 부드럽게 쓰다듬으며 기분 좋게 웃었다. 그리고 진지하게 인아의 두 눈을 들여다보며 속삭였다.

"다행스러운 것은 두 번째부터는 아프지 않소. 그리고 어젯밤에도 아프기만 했던 건 아니지 않소?"

인아가 어쩐지 수줍어져서 대답을 할 수 없었다. 분명 처음에는 정말 아팠지만 시간이 갈수록 다른 달콤한 감각이 덧칠해졌던 것이다.

"정말이십니까?"

인아가 여전히 미심쩍어하면서 물었다.

"그럼. 그렇지 않으면 어떻게 수많은 인간들이 이렇게 친해지면서도 여인들이 멀쩡할 수 있겠소? 모든 것이 처음은 힘든 법이라오. 시간이 지나면서 서로 익숙해지고 안 좋은 것은 고치고 그러면서 서로 더욱 친해지는 거지."

회안의 말에 인아가 고개를 끄덕였다. 하긴, 처음부터 친한 사이는 없었다. 서로가 조금씩 알아가고 싫어하는 것이 무엇인지 좋아하는 것이 무엇인지 어떻게 하면 즐겁게 보낼 수 있는지 익숙해져 가는 것이 지당했다. 어쩌면 회안의 말대로 두 번째는 아프지 않을 것 같기도 했다.

'쪽' 하고 회안이 그녀의 이마에 가볍게 입맞춤했다. 그러자 인아의 기분이 다시 긍정적으로 바뀌었다. 그러면 믿을 수 있었다. 하지만 또 오늘 밤 다시 친해지자고 하는 것은 아닌지 인아가 차마 묻지 못하고 망설이고 있었다.

"걱정하지 마시오. 다시 친해지는 것은 그대의 몸 상태가 나아질 때까지 기다릴 테니!"

자신의 몸을 걱정하는 다정한 회안의 말에 인아가 수줍게 미소를 지었다. 그것이 사랑스러웠는지 인아의 얼굴에 비처럼 회안의 입맞춤이 쏟아졌다. 인아는 그의 달콤한 입맞춤에 취하는 기분이었다.

인아는 난이의 도움으로 몸단장을 하고 회안과 점심을 먹었다. 오후가 되자 회안이 날이 덥다며 홍화원 내에 있는 천천정(天泉亭)으로 인아를 데려갔다. 천천정은 중첨(重簷, 2단)의 팔각형 모양 정자로 그 안에는 맑은 우물이 있었다. 2층 누각에 오르면 연못에서 불어오는 바람 때문에 상당히 시원한 공간이었다.

"바람이 매우 상쾌합니다."

인아가 불어오는 바람을 맞으며 천진하게 중얼거렸다. 바람의 끝자락에는 청신한 회안의 향이 배어 있었다. 어쩐지 인아는 매우 몽롱해졌다. 저도 모르게 그의 향기에, 그의 체온에 조금씩 젖어들고 있는 것 같았다.

"잠깐, 앉을까?"

회안의 제안에 두 사람은 누각에 위치한 의자에 앉았다. 서로 별말은 없었다. 하지만 함께 있다는 것으로 매우 충만한 느낌이었다. 인아의 얼굴에 몇 가닥 내려와 있는 머리카락을 회안이 부드럽게 넘겨주었다. 그런 단순한 동작에도 인아의 심장이 찌릿했다.

쿵, 쿵, 쿵!

그리고 그가 까만 눈동자로 자신을 지그시 바라보자 인아의 심장이 미친 듯이 뛰기 시작했다. 시간이 지날수록 그의 곁에 있으면 심장의 속도가 빨라졌다. 그리고 마치 공중에 떠 있는 것처럼 멍하면서도 설레었다. 인아의 안에서 그 누구도 일으키지 않았던 생경하면서도 달콤한 감정이 회안 때문에 만들어지고 있었다.

그의 눈빛에 인아가 저도 모르게 눈을 감았다. 곧, 부드러운 그의 입술이 그녀의 입술에 닿았다. 살짝 입술만 포개는 그 입맞춤이 포근했다. 그리고 다시 그녀의 심장이 저릿했다. 그의 입술이 닿자 왠지 인아의 몸에 있었던 심지가 당겨진 것 같았다.

곧 회안의 강건하고 남자다운 팔이 그녀를 끌어당겼다. 인아는 저항하지 않고 그의 품에 기대었다. 처음 해변에 올라왔던 그날처럼 그의 가슴에 머리를 기대자 안온한 감정이 인아를 감쌌다. 회안은 아무런 말도 없이 그녀의 칠흑 같은 머리채를 부드럽게 쓸어내렸다. 단순한 동작이었지만 머리카락에도 마치 감각이 있는 것처럼 정수리가 짜릿했다.

"하아!"

인아의 입에서 신음 같은 작은 한숨이 새어 나왔다. 인아는 자신이 이상했다. 묘한 열기가 슬금슬금 인아를 삼키고 있었다. 얼굴이 붉게 달아오르고 호흡이 거칠어졌다. 인아는 어찌할 바를 몰라 그의 옷자락에 자신의 뜨거운 얼굴을 부볐다.

"나리, 자꾸만 얼굴이 뜨겁고 가슴이 두근거립니다!"

인아의 솔직한 고백에 회안이 아찔한 미소를 지었다.

"그대 옆에 있으면 나도 그렇다오."

회안의 대답에 인아가 그의 얼굴을 바라보았다.

"왜, 왜 그런 것입니까? 무엇인가 심장이 망가진 것 같습니다."

회안이 그녀의 아름다운 녹색 눈을 응시했다. 투명한 연못처럼 맑은 그녀의 눈 속에 회안의 눈부처가 고스란히 들어 있었다. 회안은 마치 인아라는 연못에 빠져 버린 것 같은 기분이었다. 그리고 진중한 목소리로 그녀에게 속삭였다.

"그것은 우리가 서로에게 이어져 있기 때문이라오. 그대의 심장과 나의 심장이 어느 순간 함께 뛰고, 함께 숨 쉬고, 함께 기뻐하고, 우리는 점점 더 서로에게 익숙해지고 닮아가는 거라오!"

인아는 회안의 설명이 마음에 들었다. 마치 두 사람은 하나인 것처럼 그 누구도 아닌 그와 이런 감정을 느끼는 것이 좋았다. 그래서 솔직하게 그 감정을 그에게 전했다.

"이 세상에 누구도 아닌 나리와 함께라서 다행입니다!"

인아도 역시 진지한 표정으로 대답하였다. 그래서, 이 세상의 수많은 사람들 중에서 그 누구도 아닌 바로 그라서 좋았다. 그 감정이 울고 싶을 만큼 소중했다.

"항상 나리와 함께하고 싶은데……."

인아는 말을 끝맺지 못했다. 인아가 육지에 머물 수 있는 것은 겨우 100일뿐, 앞으로 세 번의 보름달이 뜨면 인아는 용궁으로 돌아가야만 했다. 100일 동안은 물에 닿아도 인어로 변하지 않는 완벽한 인간의 몸을 유지할 수 있었다. 하지만 일단 용궁으로 돌아가면 인간세계를 다시 방문하는 것은 그리 쉬운 일이 아니었다.

교인이 결계를 넘어 인간세계에 머물려면 너무나 많은 것들을 희생하여야만 했다. 인어의 수명은 대략 200년이다. 그러나 성인식을 위해서 머물 수 있는 100일 이외에 인간의 모습으로 인간세계에 머무르면 하루당 수명 1년이 줄어들게 된다. 그녀가 아무리 회안과 함께 머물고 싶다고 할지라도 그녀가 이곳에 머물 수 있는 기간은 최대 300일을 넘을 수가 없었다.

그것이 안타까워 갑자기 인아는 슬퍼졌다. 그래서 먹먹한 심정으로 말을 잇지 못했다. 회안이 뭔가 말을 하려 입을 열려는 순간, 난이의 목소리가 허공을 갈랐다.

"나리!"

회안을 부르는 난이의 목소리에 인아가 급히 회안의 품 안에서 벗어났다.

"무슨 일이냐?"

예기치 않은 방해가 마음에 안 들었는지 회안의 목소리가 평소보다 다소 낮았다.

"설향 아가씨께서 방문하셨습니다."

"그래? 지금 어디에 계시느냐?"

회안의 표정은 반가워하는 것도 싫어하는 것도 아닌, 혹은 어떤 쪽으로 읽힐 수 있는 그런 무표정이었다.

"이홍원으로 드시겠다는 것을 맹 유모께서 출향관으로 모셨습니다."

"알았다. 곧 가지."

회안은 인아의 뺨을 부드럽게 쓸어주고는 천천정을 나섰다. 떠나가는 그의 뒷모습을 바라보는 것이 아렸다. 그리고 인아는 설명할 수 없는 불안감으로 몸을 떨었다. 회안의 커다란 뒷모습이 아래로 사라지자 곧 난이가 2층 누각으로 올라왔다.

"인아 아가씨, 이제 안으로 드시지요."

인아가 궁금함을 참지 못하고 난이에게 질문을 했다.

"그런데 설향 아가씨는 어떤 분이셔요?"

난이가 대답을 망설이고 있었다. 누구이기에 저리 난이가 망설이는 것일까?

"제가 알면 안 되는 것인가요?"

인아의 녹색 눈은 신기하게도 상대방을 무장 해제시켰다. 순진하고 아름다운 인아의 눈동자를 바라보면 거짓말 따위는 할 수가 없었다. 그래서 인아의 녹색 눈을 바라보던 난이가 저도 모르게 답변을 했다.

"음, 그분은 나리의 정혼녀이십니다."

"정혼녀?"

인아가 고개를 갸웃했다.

"네, 나리와 혼인을 약속하신 분이라는 뜻입니다."

혼인을 약속한 사이! 회안에게 정혼녀가 있었던 것이다. 주씨 가문의 가주인 그에게 정혼녀가 있다는 것이 이상한 일은 아니었다. 회안의 나이 25세, 이미 혼인을 하여 아이가 있다 해도 전혀 이상하지 않은 나이였기 때문이었다. 하지만 인아의 심장이 얼음 알갱이가 박힌 것처럼 서걱거렸다.

"그, 그럼, 그분이랑 나리는 아주 친한 사이인가요?"

질문을 하는 인아의 목소리가 떨렸다.

"네. 벌써 두 분이 정혼하신 지가 근 5년이 되어갑니다. 이렸을 적부터 알고 지내던 분이라서 상당히 친하시죠."

인아의 심장이 툭 하고 떨어졌다. 그렇다면 그는 설향이라는 여인과도 자신과 나누었던 친밀한 행위를 하는 것일까? 그것을 상상하자 인아의 심장이 마치 바늘에 찔린 것처럼 아팠다. 회안에게만 하는 특별한 인사, 그가 더욱 친해지겠다며 했었던 어젯밤의 일도 그는 이미 그녀와 모두 나누었다는 뜻인 걸까?

그가 자신이 아닌 다른 여인의 입술에 입맞춤하는 것도 자신의 가슴을 만졌던 것처럼 다른 여인의 가슴을 만지는 것도 견딜 수가 없었다. 부끄럽지만 온몸을 태우는 그 열기와 감각을 그가 다른 이와도 나누었다는 생각만으로 인아의 심장이 갈가리 찢기는 기분이었다. 대체 이 감정의 정체는 무엇일까? 왜 이런 아픔을 느껴야만 하는 것일까?

"아가씨, 괜찮으세요?"

인아가 가슴을 부여잡고 그 자리에 주저앉자 난이가 걱정스러운 음성으로 물었다.

"난이도 그런 적이 있어요? 누군가를 생각하면 가슴이 막 설레면서 가까이 가면 얼굴이 뜨거워지고. 그리고 그가 다른 여인과 친하다는 것에 가슴이 찢기는 것 같은 그런 느낌을 받았던 적이 있었나요?"

인아의 질문에 난이가 행복한 표정으로 대답했다.

"네, 저도 있어요."

"언제, 언제 그래요? 이 감정은 대체 무엇인가요?"

인아가 절실하게 물었다.

"은애하는 감정이죠. 누군가를 마음속 깊이 은애하면 상대방이 행복하면 나도 행복해지고, 그가 다른 여인을 바라보면 속이 상하고, 그가 나만을 바라봐 주기를 바라게 되죠."

난이의 설명에 인아는 순식간에 깨달았다. 인아는 회안을 은애하는 것이다! 해안가에서 갑자기 그에게 끌어안긴 그 순간부터 인아의 심장에는 그가 자리를 잡았다. 그래서 그와 친해지고 싶었고 심장이 두근거렸던 것이다.

그의 눈빛, 그의 손길, 그 모든 것이 사랑스럽게 느껴지고 그가 자신을 만지는 것이 좋았다. 그의 미소에 심장이 두근거리고 그의 음성에 심장이 떨렸다. 그가 자신을 바라보는 것이 좋았고 그를 바라보는 것이 황홀했다. 그와 함께 있으면 마치 공중에 떠 있는 것처럼 기분이 들떴다. 그가 자신을 만질 때마다 저릿하면서도 오싹한 감각은 누구도 아닌 그이기 때문에 가능했던 것이다.

"흑!"

인아가 가느다랗게 흐느꼈다. 하지만 이미 그에게는 자신보다 훨씬 친한 설향이라는 정혼녀가 있었다. 곧 용궁으로 돌아가야만 하는 자신과 인간인 설향! 결국 회안의 곁에 머물 수 있는 사람은 그녀였다. 인아는 남은 긴 시간 동안 바다에서 회안을 그리워하며 살아가야 하는 것이다.

갑자기 놀라 주저앉았던 인아가 훌쩍거리자 난이가 인아를 위로했다. 하지만 뻥 뚫려 버린 인아의 가슴에서는 싸늘한 바람만 불고 있었다. 한여름임에도 인아는 너무나 추웠다.

출향관에 앉아 있는 여인의 어깨가 가늘게 떨리고 있었다. 출향관은 홍화원에서 손님을 접대하기 위해 만든 건물이었다. 초조하게 회안을 기다리며 설향은 말할 수 없는 불안감에 시달리고 있었다. 설향은 주씨 가문에게 배를 전담으로 제공하는 양씨 가문의 장녀였다.

회안이 교초 판매를 해월국을 넘어 국외로 확장하면서 배의 수요가 더욱 늘어났다. 그래서 주씨 가문의 부가 늘어날수록 양씨 가문도 함께 번성해 왔던 것이다. 그리고 교초 수급의 비밀을 알고 있는 매우 극소수의 사람들 중에 양씨 가문의 가주도 포함되어 있었다.

회안의 곁에 정혼녀로 머문 지 어느새 5년, 벌써 그녀의 나이도 22세가 되어 혼인 시기를 한참 지나 있었다. 하지만 점점 그는 그녀에게서 멀어지고 있는 기분이었다.

덜커덕!

문소리와 함께 회안이 안으로 들어왔다. 표정의 변화가 거의 없는 그의 얼굴을 보면서 설향의 심장이 선뜻해졌다. 설향이 자리에서 일어서려 하자 회안이 가볍게 손을 들어 저지했다. 단순한 동작이었지만 설향은 꼼짝하지 못하고 그대로 자리에 앉았다. 가볍게 탁자 쪽으로 걸어온 그가 맞은편 의자에 앉았다. 설향이 선불리 입을 열지 못하고 망설였다.

"나리!"

결국 침묵을 견디지 못하고 설향이 회안을 불렀다. 회안의 흑요석같이 까만 눈동자가 마치 파고들 것처럼 설향의 얼굴을 주시하고 있었다. 항상 그의 깊은 눈빛 앞에서 저도 모르게 긴장하고 마는 설향이었다.

"어인 일이오?"

회안의 질문에 설향의 얼굴이 붉게 달아올랐다. 낯선 여인이 그의 곁에 머물고 있다는 주유동과 아버지의 대화를 엿듣자마자 급히 홍화원으로 달려온 제가 부끄러워졌다. 하지만 동시에 아무렇지도 않게 무슨 일이냐고 질문하는 그가 야속하기만 했다.

"주유동 나리로부터 나리 곁에 여인이 머물고 있다는 말을 전해 들었습니다."

설향의 조용한 음성에 회안의 입술이 아주 조금 움직였다. 미소처럼 보이는 그 움직임에 설향을 충격을 받고 말았다. 그 여인을 떠올리기만 해도 행복해하는 사랑에 빠진 범부 같았다. 냉정하기로 이름난 회안의 그런 모습에 설향의 마음이 산산이 부서져 내리고 있었다.

"참, 주유동 형님은 홍화원에서 일어나는 일은 하나도 놓치시는 것이 없군!"

회안은 가볍게 찻잔을 들어 올렸으나 그가 냉소적으로 한쪽 입술 끝을 일그러뜨렸다. 그러나 충분히 예상했던 것처럼 그는 전혀 놀라지 않았다. 하지만 설향은 자신의 감정에는 조금도 관심이 없어 보이는 그의 무심함에 마음이 싸해졌다.

"혹시 그분을 마음에 담으신 것입니까?"

설향의 질문에 회안이 날카롭게 설향을 바라보았다.

"가끔 낭자의 관심이 정도를 지나치는 것 같소."

회안의 낮은 질책에 설향이 움찔했다.

"하지만 빨리 혼인을 올리지 않으시면 위험하다고 들었습니다."

설향은 두려움에 떨면서도 그 사실을 지적했다. 5년 전, 회안은 혼인을 해야 한다는 수변의 압력을 심하게 받고 있었던 참이었다. 당시 일단 설향과의 정혼 이야기가 오가면서 한 그 요구는 수면 위로 가라앉았다. 그리고 회안은 그 이후 전력을 다하여 해외 시장을 발굴하였던 것이다.

"그것은 걱정하지 마시오. 할 때가 되면 하는 것이 혼인 아니겠소?"

아무렇지도 않아 하는 회안의 답변에 설향의 머리가 걱정으로 지끈거렸다.

"그 여인 때문입니까? 이리 혼인을 망설이시는 이유가?"

설향의 목소리에 물기가 어렸다. 계속 그의 곁에서 기다렸다. 그가 한 번쯤은 자신을 돌아봐 주기를, 은애하지는 않더라도 저를 그의 곁에 머물게 해주기를 기다리고 또 기다렸다. 하지만 한 번도 자신에게는 곁을 내주지 않았던 그였다. 그의 사랑을 얻지는 못하더라도 비록 허울뿐인 안사람이라는 자리라도 가지고 싶었다. 그래서 5년을 견뎌온 설향이었다. 하지만 그의 마음은 항상 다른 곳을 향하고 있었다.

"망설인 것이 아니오."

"나리!"

차가운 회안의 말에 설향이 소리쳤다. 냉월 같은 그의 얼굴에서 냉기가 뿜어져 나오는 것 같았다.

"누구에게 등 떠밀려서가 아니라 그저 내가 하고 싶을 때 내가 원하는 여인과 혼인을 하고 싶었을 뿐이오."

회안의 말에 설향이 두 눈이 크게 떠졌다. 하지만 설향이 뭐라 묻기도 전에 회안은 대화를 종료했다.

"그만 돌아가시오!"

회안이 곧장 일어서서 출향관을 나섰다. 아스라이 멀어지는 그의 뒷모습에 설향의 마음이 천천히 부서져 내리고 있었다.

그날 밤, 밤이 늦어도 회안은 이홍원으로 돌아오지 않았다. 삼경이 넘은 시간, 난이가 나리는 긴급한 일로 늦어지니 먼저 잠자리에 들라는 전갈을 전해왔다. 인아의 심장이 생전 처음 겪는 고통으로 서걱거리기 시작했다.

마치 심장을 도려낸 것처럼 인아의 마음속이 텅 비어버렸다. 그리고 계속 인아는 회안이 혹시 설향이라는 여인과 함께 있는 것은 아닌지 그것에만 신경이 쓰였다. 그가 어젯밤처럼, 격렬하게 미지의 여인을 탐하는 광경이 계속 머릿속에 그려졌다. 그것에 생각이 미치자 인아는 어찌할 바를 몰랐다.

답답한 마음에 인아는 방을 나섰다. 그리고 이홍원을 둘러싸고 있는 연못가로 다가갔다. 이런 아픈 심장으로 계속 임무를 수행할 수 있을지 인아는 암담하기만 했다. 인아가 달빛 아래 조용히 잠든 연못가에 섰다. 인아가 오라버니를 간절하게 불렀다. 만날 시간은 아니었지만 인아의 심장이 아렸고 누군가가 필요했다.

"사인 오라버니!"

인아가 사인을 부르자 곧 잠잠했던 수면에 소용돌이가 일어났다. 그리고 곧 아름다운 남자가 연못 위에 모습을 드러냈다. 길고 검은 머리카락, 백옥같이 하얀 피부, 그리고 사람을 유혹하는 붉은 눈의 사인이었다. 이상하게도 최근 사인 오라버니는 아주 가까이 있던 것처럼 금방 그녀의 앞에 모습을 드러내곤 했다.

"인아야!"

사인의 다정한 부름에 인아가 흐느꼈다. 갑자기 떠나온 용궁이 너무나 그리웠다. 그곳에 머물렀다면 이런 아픔은 겪지 않았을 텐데, 그래서 인아는 미처 대답조차 하지 못하고 흐느꼈다.

"무슨 일이 있느냐?"

사인이 흐느끼는 인아를 보며 걱정스레 물었다. 사인의 붉은 눈동자가 달빛을 받아 신비하게 반짝거렸다.

"흑흑, 오라버니. 나, 나리에게 정혼녀가 있었습니다."

인아의 말에 사인이 고개를 갸웃했다.

"그래, 회안에게는 정혼녀가 있지. 그것 때문에 울고 있는 것이냐?"

인아의 심장이 얼음이 쩍 하고 쪼개지는 것처럼 고통으로 갈라졌다.

"오라버니도 이미 그것을 알고 계셨던 것인가요?"

인아의 녹색 눈이 슬픔으로 반짝거렸다. 유리구슬 같은 그녀의 눈이 그렁그렁한 눈물 때문에 더욱 아름다워 보였다.

"인아야. 이미 그것은 5년 전에 결정되었던 일이다. 용궁에서는 그가 하루빨리 혼인을 해서 협약을 지켜주기만을 바라고 있었단다. 그런데 그가 그 이후 일이 바쁘다는 이유로 혼례를 차일피일 미루어서 곤란하던 참이었단다."

침착한 사인의 말에 인아가 소리쳤다.

"그런데, 왜 제게 그분과 친해지라고 하셨던 거예요? 아니, 왜 저에게 이 중요한 임무를 맡기신 것입니까?"

조용하고 침착했던 인아의 달라진 모습에 사인은 놀라고 말았다. 그래서 애써 그녀를 안정시키기 위해서 한 가지 사실을 일러주었다.

"그것이 이 임무는 오직 인아 너만이 할 수 있는 일이었기 때문이야. 회안을 설득할 수 있는 적임자를 고민하고 있을 때 점술사가 점괘를 내었다. 그래서 네가 선택된 거야!"

사인의 말에 인아가 눈을 동그랗게 떴다. 용궁에서는 중요한 일을 결정할 때 점술사의 조언을 받고는 했다. 하지만 이번 일에도 그런 일이 있었는지는 미처 알지 못했던 인아였다.

"정말이요? 무슨 점괘가 있었기에 제가 선택되었나요?"

"냉월의 심장을 녹일 수 있는 이는 오직 인아, 너뿐이라고 술사는 말했어."

사인의 침착한 말에 인아는 어안이 벙벙했다.

"냉월의 심장이라고요? 그게 설마 나리를 말씀하시는 것인가요? 나리는 다정하고 좋은 분인데……."

인아의 말에 사인이 쓴웃음을 지었다. 사인이 알던 회안은 냉정한 사내였다. 결코 감정에 흔들리지 않고 매우 이성적인 사내였던 것이다. 그런 그가 인아에게만은 다정한 모습을 보여주었던 것일까? 사인이 작게 한숨을 내쉬었다. 하지만 어쩌면 인아에게라면, 가능할 수도 있어 보였다.

아름답기로 이름 높은 교인들 중에서도 인아는 유독 사랑스러웠다. 인아의 눈 색깔은 정말 맑은 옥빛처럼 깨끗하고 아름다웠다. 그리고 인아의 사랑스러운 성정 때문에 주변의 모두가 그녀를 귀애하였다.

어쩌면 그녀가 가진 가장 큰 무기가 바로 그것이었다. 그래서 사인은 점괘가 탐탁지 않았지만 동의하였다. 인아라면 냉정한 회안이라도 어쩌면 설득이 가능할 거라 생각했던 것이다. 사인이 인아를 부드러운 눈빛으로 바라보았다.

"인아야, 힘들겠지만 조금만 애써주지 않겠니? 용궁에서도 다른 방법을 고민 중에 있단다. 그러니 조금만 더 노력해 줘. 이 오라버니를 위해서라도 그래 줄 수 있지?"

사인의 설득에 인아는 억지로 고개를 끄덕였다. 그녀만이 할 수 있는 일이라 했다. 용궁의 안위를 위해서 그리고 아무리 마음이 아파도 인아는 그의 곁에 머물고 싶었다. 그렇게 인아는 애써 마음을 다잡았다. 그리고 돌아가려는 사인에게 인아는 왜 회안이 교초 수급을 잠시 중단했는지 그 사유를 일러주었다.

"그래? 그런 생각을? 탐욕은 인간의 속성인 줄 알았는데 조금 다른 자도 있었구나. 그럼 그래서 혼인까지 미루고 그렇게 애써 해외시장을 개척했던 것인가?"

사인이 그제야 중요한 것이 생각난 듯 중얼거렸다. 회안 덕분에 주씨 가문은 용궁에서 수급하는 교초가 없더라도 충분히 부를 축적할 수 있었던 것이다. 정말로 그가 마음을 먹으면 굳이 차자를 바쳐서까지 교초를 수급하지 않아도 주씨 가문은 크게 문제가 없어 보였다.

갑자기 급격하게 어두워진 사인의 표정에 인아는 애써서 회안의 좋은 점을 설명하였다. 혹시나 용궁에서 회안을 나쁜 사람이라 오해하는 것이 싫었다. 그리고 인아가 본 회안은 다정하고 좋은 사람이었다.

"알았다. 일단 그 내용은 아바마마께 보고하도록 하마."

사라지려던 사인이 갑자기 인아의 두 눈을 바라보며 다짐했다.

"인아야. 너무 힘이 들면 돌아와도 된단다. 물론 아주 중요한 일이지만 이 모든 것이 오롯이 너의 책임만은 아니야. 너를 아끼는 많은 이들이 용궁에 있다는 것을 잊으면 아니 된다."

다정한 사인의 말에 인아가 다시 울컥했지만 꾹 참았다. 인아가 울면 오라버니는 마음 아파 할 것이 분명했다.

"네, 오라버니. 최선을 다해보겠습니다."

"그래. 곧 또 만나자."

짧은 인사를 남기고 사인은 물속으로 사라졌다. 홀로 남겨진 인아는 한여름임에도 불구하고 서늘했다. 방으로 들어오니 텅 빈 방안이 인아를 더욱 스산하게 만들었다. 그와 함께 있으면 꽉 찬 것 같았던 방이 너무나 넓어 보였다. 그는 정말 오늘 밤에는 돌아오지 않을 모양이었다.

푸른 등불 비치는 벽에 기대 잠을 청해보려 해도 차가운 비가 창을 두드리니 홀로 남겨진 이부자리가 서늘하기만 했다. 이리저리 뒤척이며 인아는 긴 밤을 뜬눈으로 지새웠다. 인아는 밤새 처음으로 겪는 사랑의 아픔에 하염없이 흐느꼈다. 마치 인아의 눈물인 듯 갑자기 소낙비가 세차게 내리고 있었다. 이홍원 연못에도 동그란 파문이 하염없이 생겨나고 있었다.

8. 질투

"그대가 눈을 뜨기를 애타게 기다렸다오."

또 그때처럼 회안이 심해처럼 깊은 눈으로 인아를 바라보고 있었다. 어젯밤 그렇게 세차게 내리던 소나기가 그치고, 이홍원의 연못에 내린 밝은 햇살에 은빛의 물비늘이 반짝거리고 있었다. 그리고 언제 돌아왔는지 회안이 방 안에 있었다. 하지만 새벽에 돌아온 것인지 그는 여전히 심의 차림이었다.

침상 옆 의자에 앉은 그는 아주 자연스러웠다. 그리고 그가 고개를 내려 인아의 입술에 인사를 하려 했다. 순간적으로 인아는 고개를 돌렸다. 정혼녀가 있으면서도 아무렇지도 않게 자신에게 특별한 인사를 하는 그가 갑자기 미워졌다.

"왜지?"

인아의 거부반응에 회안이 의아하다는 듯이 질문했다.

"나리에게는 정혼녀가 있지 않으십니까?"

인아가 속이 상해서 뾰족한 목소리로 외쳤다. 자신이 왜 마음이 상했는지조차 깨닫지 못하는 회안이 미웠다.

"그래서?"

회안의 목소리는 변화 없이 조용했다. 그는 소리를 높이지 않았으나 인아에게 설명을 요구하는 그 압박감은 대단했다. 그래서 인아가 더듬거리며 억지로 설명하기 시작했다.

"그…… 그것이 나리는 설향 아가씨와 무척 친하시다고…….'

인아는 억지로 설명하다가 갑자기 부아가 치밀었다. 이 세상에서 특별한 인사는 자신에게만 하라고 하고서는 그에게는 다른 특별한 이가 있었던 것이다.

"그리고?"

고저 없이 질문하는 회안의 목소리에 인아는 점점 궁지로 몰리는 기분이었다.

"제게 특별한 인사는 나리에게만 하라고 말씀하지 않으셨습니까? 저한테는 그리하시고서, 나리께서는…… 흐윽!"

인아의 말을 알아들은 회안의 얼굴이 음흉하게 변했다. 인아는 화가 나는데 그는 너무 즐거워 보였다. 그런 그가 야속해서 인아는 저도 모르게 흐느끼고 말았다.

"그래서 나와 이제 인사하기가 싫어진 것이오?"

회안의 질문에 인아는 입을 다물었다. 싫은 것은 아니었다. 그저 서운했다. 인아에게는 오직 회안뿐인데 아무렇지도 않게 다른 친한 여인이 있는 것이 싫었던 것이다.

"헉!"

그러나 곧 인아는 자신에게 다가오는 그의 손길에 흠칫하고 말았다. 그가 너무나 당연한 듯이 그녀가 덮고 있던 이불을 걷었다. 자리옷만 입은 인아가 햇살에 고스란히 노출되었다. 그녀가 다른 행동을 취할 사이도 없이 그의 두툼한 입술이 그녀의 가슴에 닿았다.

그리고 그는 마음껏 그녀의 가슴을 희롱했다. 그의 타액으로 얇은 자리옷이 흥건하게 젖어서 유실에 들러붙었다. 그리고 그를 떼어내기 위해서 닿은 그녀의 두 손을 다른 한 손으로 간단하게 제압하였다. 그리고 남은 손으로 그녀의 다른 쪽 가슴을 이리저리 희롱하였다.

"하웃!"

이 상황에서도 그녀의 몸은 그의 손길에 반응하고 말았다. 그리고 마치 몸 안에서 열정을 자극하는 심지가 당겨진 것처럼 그녀의 하초가 동시에 욱신거리기 시작했다.

"시, 싫습니다!"

하지만 인아는 저항했다. 그래서 한껏 상체를 흔들며 그에게서 빠져나오기 위해서 노력했다. 그러나 그녀를 찍어 누르는 그의 몸은 바위처럼 끄떡도 하지 않았다. 그녀의 움직임을 솜씨 좋게 봉쇄하며 그의 입술은 여전히 그녀의 유실을 그리고 다른 한 손은 슬금슬금 아래로 내려갔다. 그리고 곧 그의 손가락이 속곳을 헤치고 인아의 예민한 부분에 닿았다.

"학!"

인아가 저도 모르게 흠칫했다. 그의 손가락은 아주 능란하게 인아의 꽃잎을 희롱하며 인아의 관능을 이끌어내고 있었다. 그의 손길에 속수무책인 인아였다. 그는 마치 잠겨 있는 관능의 샘에서 열정을 끄집어내는 어부 같았다.

"하…… 하지 마…… 시어요!"

인아의 강한 저항에 회안이 가슴에서 고개를 들었다. 인아의 녹색 눈이 눈물을 머금어 그렁그렁했다. 보석같이 아름다운 그녀의 눈이었다. 하지만 눈물에 젖은 그녀의 얼굴이 안쓰러웠다. 처음으로 인아가 진심으로 저항하자 회안은 장난을 그만두었다.

설향을 질투하는 그녀가 너무나 귀여웠기에 잠시 모른 척했다. 그녀의 마음속에 자신의 존재가 자리 잡은 것 같아 즐거웠던 것이다. 하지만 계속 이렇게 아무런 설명 없이 나아가면 정말 인아는 상처입고 말 것이었다.

"인아 낭자, 나는 설향과 친밀한 행위를 하지 않았다오."

회안의 말에 인아의 눈이 크게 떠졌다. 커다란 그녀의 눈이 마치 녹색의 연못처럼 그를 유혹하고 있었다. 정말이냐고 묻는 강아지같이 선하고 귀여운 눈빛에 회안은 그녀를 그저 한입에 삼켜 버리고 싶었다. 하지만 우선 설명을 해야 했다.

"그녀를 오랫동안 알아온 것은 사실이라오. 하지만 그녀와는 친해지고 싶다는 생각은 한 번도 한 적이 없소!"

단호한 회안의 말에 인아의 마음이 살짝 풀어지려고 했다. 그래서 저도 모르게 입술 끝이 올라가고 있었다. 그리고 그의 말을 믿고 싶었다. 그가 다른 여인과 친해지는 것이 싫었다.

"정말이십니까?"

"나는 그대에게 거짓말은 하지 않소."

그가 한 손으로 잡았던 인아의 손목을 풀어주고는 다정하게 깍지를 끼었다. 그 행동에 인아의 얼었던 마음이 햇살에 나온 눈처럼 몽글몽글 녹아내렸다. 그리고 회안은 그녀의 이마에 부드럽게 입맞춤하며 속삭였다.

"그대뿐이라오. 이 세상에서 내가 친해지고 싶은 여인은 오직 그대뿐이라고."

"저도 나리뿐입니다!"

진지한 회안의 말에 인아도 소리쳤다. 그녀가 회안의 가슴께 옷자락을 강하게 그러쥐었다. 어디에도 가지 말라는 인아의 마음이었다.

"그러니 다른 여인과는 절대 친해지지 마십시오."

인아의 귀여운 투정에 회안이 입술에 쪽 하고 입을 맞추었다.

"그래! 그러리다. 그럼 이제부터 내가 그대를 마음껏 귀여워해 줘도 되겠지?"

갑자기 그의 목소리가 음흉하게 변하는가 싶더니 회안의 입술이 곧장 그녀의 작은 입술을 한입에 머금었다. 인아의 작은 입술 사이로 들어온 회안의 혀가 마치 제 것처럼 인아의 입안을 희롱했다. 부드러운 점막을 이리저리 자극하는 회안의 혀에 인아는 이미 몽롱해 지고 있었다. 하지만 인아도 열심히 자신의 혀를 그의 혀에 얽었다.

"하앙!"

그를 은애하는 마음을 깨닫자 인아의 열정이 더욱 끓어올랐다. 그에게 닿고 싶었다. 회안이 자신을 강하게 원하는 것이 좋았다. 그 래서 인아가 그의 목을 끌어안고 그의 혀를 열심히 비벼대었다. 그 녀의 움직임을 거부하지 않고 강하게 안아주는 그가 사랑스러웠다.

"하아······."

인아의 입에서는 연신 가녀린 달콤한 신음이 새어 나왔다. 회안 의 강인한 팔이 가느다란 인아의 허리를 끌어안았다. 어느새 침상 으로 올라온 그가 인아의 벌어진 다리 사이로 몸을 밀어 넣고 있 었다. 그에게 잡혀 버린 기분이었지만 인아는 오히려 행복했다. 그가 어디에도 보내지 않겠다는 것처럼 그녀를 꽉 잡고 있었다.

"인아!"

그가 다정하게 그녀의 이름을 불렀다. 그에 응답하듯이 인아가 그의 머리를 조금 더 끌어당기며 입술을 밀어붙였다. 상체가 거의 들릴 지경이었다. 그리고 그의 거슬거슬한 혀를 열심히 핥았다.

"하읍, 하아, 하······."

인아의 목에서 열락에 들뜬 신음 소리가 계속 새어 나왔다. 두 손에 닿은 그의 머리카락 감촉이 매끈했다. 그래서 그의 머리카락 속으로 더욱 두 손을 찔러 넣으며 인아는 그에게 집중했다. 이내 회안이 고개를 내려 벌어진 옷자락 사이로 수줍게 존재를 드러낸 유실을 덥석 물었다.

"아…… 앗……."

날카로운 감각이 인아의 몸을 갈랐다. 곧 그녀의 아름답고 풍만한 가슴이 고스란히 회안의 시야에 노출되었다. 회안의 커다란 두 손이 양쪽 가슴을 동시에 주무르기 시작했다. 그리고 곧 그의 젖은 혀가 그녀의 부풀어 오른 분홍빛 유실을 희롱할수록 저릿하고 달콤한 감각이 인아를 가득 채웠다.

"앗…… 아…… 앙…… 하으!"

인아의 얼굴이 붉게 달아올랐다. 그녀는 가슴에 쏟아지는 감각에 상체를 그의 입에 가깝게 들어 올리며 고개를 뒤로 젖혔다. 비단 이불에 그녀의 까만 머리가 부채처럼 흩어졌다. 그의 입술이 오른쪽 유실을 머금고 다른 손은 비어 있는 그녀의 왼쪽 가슴을 희롱했다. 그가 손가락으로 부풀어 오른 유실을 쓸자 인아는 그저 달콤한 신음을 내뱉었다.

"하응……."

그녀가 가슴에 쏟아지는 감각에 빠져 있는 동안 회안의 다른 손이 아래로 내려갔다. 치맛자락을 걷어 올리고 드러난 그녀의 동굴로 그녀의 커다란 손가락 하나가 '푸욱' 하고 들어왔다.

"아, 아…… 하아…… 아!"

이미 인아의 꽃잎과 동굴은 흘러내린 꿀로 흥건했다. 하지만 갑작스러운 침입에 인아의 몸이 움찔했다. 하지만 겨우 며칠 전에 그의 분신을 처음 받아들였던 그녀의 동굴은 그의 손가락을 반겼다. 그가 요령 있게 동굴의 위쪽을 문질렀다.

"아, 앗, 앗!!"

아래에서 피어난 짜릿한 감각에 인아의 목이 조금 더 뒤로 꺾였
다. 인아는 그저 자신의 머리를 비단 이불에 문지르며 그가 주는
감각을 고스란히 받아내는 것만으로도 숨이 찼다.

"앗…… 응!"

회안이 쾌감으로 붉어진 인아의 얼굴을 뚫어지게 바라보고 있
었다. 그러나 인아는 그것을 알아차리지 못했다. 그가 커다란 손
으로 인아의 허리를 살짝 안아 올리고 다른 한 손은 그녀의 동굴
을 자극하고 있었기 때문이었다. 인아가 격렬한 쾌락을 참지 못하
고 작은 손으로 동굴을 희롱하는 그의 팔을 잡았다. 너무나 엄청
난 감각에 인아는 무서워졌던 것이다. 이성을 뛰어넘는 과도한 쾌
감에 자신을 잃어버릴 것만 같았다.

"그…… 그만!!!"

인아가 애원했다. 하지만 회안의 손길은 결코 머뭇거리지 않았다.

"귀여워, 인아!"

회안이 인아의 귀에 달콤한 밀어를 계속 속삭였다. 그의 달콤한
말이 인아의 뇌를 녹여 버리는 것 같았다. 아무런 생각도, 그저 감
각에 몸을 맡기는 것만이 인아가 지금 할 수 있는 전부였다.

"그대의 이런 얼굴은 오직 나만의 것이야!"

회안이 인아의 전부를 가지고자 진득한 소유욕이 담긴 밀어를
계속 속삭였다. 그녀의 무릎이 접혀서 인아는 마치 기저귀를 가는

아이 같은 자세로 그에게 포박되어 있었다. 너무나 과한 쾌감에 인아는 점점 견디기가 힘들었다. 그녀가 몸을 뒤채자 스륵하면서 그의 손이 인아의 동굴을 빠져나갔다. 인아의 동굴에서 주르륵 꿀이 아래로 흘러내렸다.

"하아, 하악……."

온몸을 붉게 물들이고 신음을 내뱉은 인아의 두 다리를 회안이 벌렸다. 정신이 없는 인아는 지금 무방비하게 그녀의 비부가 그의 시야에 드러나고 있는 것도 알아차리지 못했다. 회안의 까만 눈동자가 열락에 빠진 인아를 바라보면서 촉촉하게 젖어들었다. 그리고 곧 그는 고개를 내려 한껏 피어올라 달콤한 꿀을 흘리고 있는 그녀의 비부에 입술을 묻었다.

"앗!"

자신의 꽃잎에 닿는 뜨겁고 촉촉한 그의 혀에 인아가 비명을 질렀다. 그의 혀가 그녀의 꽃잎을 마음껏 희롱하였다. 그의 혀가 살아 있는 것처럼 그녀의 꽃잎을 핥고 동굴 입구를 톡톡 자극하다가 그녀의 붉게 부풀어 오른 진주를 삼켰다.

"그…… 마…… 안, 웃!!"

인아가 자신을 삼켜 버릴 것만 같은 쾌감이 겁이 나서 그의 머리를 떼어내려는 듯이 꾸욱 눌렀다. 하지만 그는 아랑곳하지 않고 달콤한 꿀로 젖어든 그녀의 비부를 욕심껏 탐했다.

"헉, 헉!"

인아는 붉게 달아오른 얼굴로 그저 거친 숨을 몰아쉬며 눈을 감고 있었다. 어느새 자신의 옷을 벗어버린 회안이 상체를 일으켜 그녀의 머리 옆을 한 손으로 짚고 그녀의 가느다란 허리를 다른 손으로 끌어당겼다.

"이제 그대를 가질 거라오!"

그가 그렇게 속삭였다. 순간 인아가 깜짝 놀라 감았던 두 눈을 번쩍 떴다. 그러나 인아가 무슨 말을 하기도 전에 그의 강하고 뜨거운 불기둥이 인아의 안으로 '푸욱' 하고 들어왔다. 회안이 인아의 두 팔을 단단하게 포박해서 인아는 꼼짝할 수도 없었다.

"응…… 읏!"

인아의 몸 안으로 진입한 그가 잠시 움직임을 멈추었다. 그의 얼굴에서도 땀방울이 흘러내리고 있었다. 그리고 그의 얼굴도 열정으로 상기되어 있었다.

"하아!"

그가 만족스러운 신음을 내뱉었다. 그리고 그가 자신의 이마를 인아의 이마에 대었다. 그리고 인아의 머리 옆에 놓여 있던 두 손으로 부드러운 인아의 머리카락을 쓰다듬었다.

"그대의 안쪽 엄청 기분이 좋다오."

회안이 인아의 동굴이 그에게 익숙해지기를 잠시 기다리며 한숨처럼 그렇게 속삭였다. 압도적인 감각에 숨을 멈추었던 인아였다. 밀야와 같은 격통은 없었지만 여전히 버거운 그를 받아들이기 위해서 인아가 안간힘을 쓰고 있었다. 자신을 가득 채운 그의 분신에 인아의 작은 몸이 파들파들 떨렸다. 그녀가 회안의 강한 어깨를 끌어안았다.

"나리!!"

인아가 격한 감각에 그저 울먹였다. 순간 그가 움직이기 시작했다. 내부 점막을 쑥 밀어 올리는 것 같은 뜨거운 불기둥에 인아의 몸이 계속 떨렸다. 안쪽 벽을 마찰하는 그의 분신이 무섭도록 생생하게 느껴졌다. 이리저리 그녀의 안을 유린하는 그의 불기둥에 인아의 정신은 저만치 날아가 버렸다. 온몸이 마치 그를 위한 꽃잎처럼 느껴졌다.

"하아, 인아!"

그가 다정하게 입맞춤을 하며 그녀의 이름을 불렀다. 그의 뜨거운 입술이 그녀의 뺨을 쓸고 오뚝한 콧날을 감쌀 때마다 인아의 작은 몸이 열락으로 움찔거렸다.

찌걱, 찌걱, 슥, 슥, 슥!

고막을 자극하는 젖은 물소리에 인아는 민망하면서도 그의 넓은 등을 부둥켜안았다. 그의 분신은 탐욕스럽게 계속 인아의 동굴을 탐하고 있었다. 마구 찌르다가 살짝 돌리기도 하고 능수능란한 그의 움직임에 인아는 그저 철저하게 농락당하고 있었다.

"헉!"

그리고 그의 뜨거운 분신이 인아의 안쪽 어느 지점을 자극했다. 인아의 두 눈이 커다랗게 떠졌다. 생경하면서도 짜릿한 감각에 인아의 얼굴이 한껏 달아올랐다. 초야 때에는 느끼지 못했던 발끝까지 자극하는 엄청난 감각이었다. 인아의 발가락이 안쪽으로 확 굽어졌다. 그리고 너무 놀라 인아가 저도 모르게 외쳤다.

"거…… 거…… 거기……!"

인아가 압도적인 감각에 제대로 말도 하지 못하고 버벅거렸다. 그러자 회안이 음흉한 미소를 지었다.

"여기?"

그리고 그의 불기둥이 그 지점을 다시 '푸욱' 하고 찔렀다. 인아의 고개가 뒤로 젖혀졌고 인아는 삐끔거렸다.

"아앗! 싫어, 앗……!"

너무나 격렬한 쾌감에 인아가 소리를 질렀다. 하지만 회안은 움직임을 멈추지 않았다.

"아아앗! 웃……."

인아의 두 눈에 아름다운 눈물이 솟아났다. 머리끝에서 발끝까지 치닫는 뜨겁고도 달콤한 저릿함 때문이었다.

"인아 낭자, 귀엽소!"

회안이 그렇게 속삭이며 곧 그녀의 입술을 한입에 머금었다. 인아의 작은 두 손은 그의 탄탄한 가슴에 닿아 있었다. 그의 가슴근육도 한껏 긴장하고 있었다. 그가 그녀의 두 뺨을 부드럽게 감싸 쥐고 다시 속삭였다.

"엄청 귀엽다!"

그의 나직한 말이 귀에 닿을수록 인아의 몸은 점점 더 달아올랐다. 그의 음성이 마법처럼 인아의 성감을 자극하고 있었다.

"그만, 말씀하시어요……!"

그녀가 그의 움직임을 받아들이며 한숨처럼 애원했다. 그러자 그의 움직임이 더욱 격렬해졌다. 그가 강하게 그녀의 목을 끌어안으며 그녀의 동굴 안쪽을 거칠게 자극했다.

"앗, 하웃…… 아……."

다시 찬란한 별빛이 쏟아져 내렸다. 그녀가 한껏 몸을 굳히며 부르르 떨었다. 그러자 그녀의 동굴이 강하게 그의 분신을 조였다. 회안도 두 눈을 감고 몸을 부들하고 떨었다.

함께 절정에 다다른 것이었다. 이내 곧 그녀의 안쪽으로 뜨거운 물보라가 뿌려졌다. 그리고 회안도 지친 듯이 인아의 몸 위로 털썩 쓰러져 내렸다. 그는 여전히 인아의 머리를 쥐고 그의 뜨거운 입술을 그녀의 뺨에 대었다.

"아…… 앗……!"

"하아, 하아!"

인아가 절정에서 헤어나지 못하고 헐떡거렸다. 회안이 인아의 뜨거운 이마에 쪽 하고 입맞춤을 해주었다.

"앞으로도 잘 부탁하오!"

그가 다정한 눈으로 열락에 빠진 인아의 녹색 눈을 바라보며 속삭였다. 자신의 뺨에 닿은 그의 부드러운 손길을 느끼며 인아가 아름답게 미소를 지었다. 너무 행복해서 눈물이 저절로 흘러나왔다. 인아의 긴 속눈썹에 맺힌 눈물방울이 영롱하게 반짝거렸다. 인아는 다시 그를 꼭 끌어안았다. 그도 인아를 꼭 끌어안아 주었다. 찬란한 여름 햇살이 방 안을 아름답게 비추고 있었다.

9. 교인과 인간

이튿날은 아침부터 홍화원의 모두가 분주했다. 해마다 매우(梅雨, 매화나무가 열매를 맺을 무렵의 장마)가 끝나고 7월 하순이 되면 해월국 곳곳에서는 어등(漁燈)축제가 열렸다. 바다에 뜬 달이라는 나라의 이름답게 해월국에는 바다와 관련된 행사가 많았다. 그리고 그중에서 7월의 어등축제가 가장 화려했다.

특히 호수, 강, 연못이 많고 바다와 가까운 곳에 위치한 소주에는 그 어디보다 화려한 어등축제가 열렸다. 축제는 며칠간 지속되었다. 그러면 귀천을 막론하고 모든 이들이 축제를 즐겼다.

특히 바다를 통해 여러 국가와 교역하여 부를 축적한 소주의 거부들은 어등축제를 매우 중요시 여겼다. 해신의 노여움이 없이 안전하게 항해를 하는 것이 일족의 부와 직결되는 문제였기 때문이었다. 주씨 가문도 예외는 아니어서 누구보다 화려하고 성실하게 축제를 준비하였다.

"나리, 준비가 모두 끝났습니다."

왕 서방의 말에 조용하게 차를 마시던 회안이 고개를 돌렸다. 저녁 어스름이 다가오는 시간이었다. 회안에게도 어등축제는 매우 중요한 행사로 허투루 할 수 없는 일이었다. 오늘 그도 저녁에는 용왕묘에 가서 향을 피우고 등불을 올리며 해신에게 제사를 지내야 했다.

"알았네!"

회안의 대답에 왕 서방이 조용히 물러났다. 파란색 심의를 입고 까만 머리띠를 두른 그의 모습이 너무나 눈이 부셔 인아의 심장이 두근거렸다. 본인이 골라준 심의를 입은 늠름한 그를 보면서 멍하니 넋을 놓고 있던 인아였다.

"인아 낭자, 우리도 나갈까?"

회안의 말에 인아가 수줍게 고개를 끄덕였다. 인아 역시 오늘은 회안이 골라준 옷을 입고 있었다. 사랑스런 인아에게 어울리는 분홍빛의 착수배자 덕분에 인아는 막 피어나는 도화(桃花)처럼 싱그러웠다.

"네, 나리."

용왕묘에 제사를 올리고 나서 회안과 함께 축제를 즐기기로 한 것이었다. 용궁에서 지상으로 나온 지 7일 동안 인아는 계속 홍화원 안에만 머물렀기에 인아는 아침부터 매우 들떠 있었다. 게다가 회안이 자신과 함께 축제를 즐긴다니 인아는 설레는 마음을 감출 수가 없었다.

피유우, 휘이익, 팡팡!!

어둠이 내린 저녁, 바깥은 폭죽 소리로 소란스러웠다. 춘절(春節, 설)의 등(燈)축제처럼 어등축제에도 역시 폭죽이 빠질 수는 없었다. 홍화원을 나서니 운하를 따라서 화려한 등으로 장식한 배들이 장관을 이루고 있었다.

운하에 비친 등들이 밤하늘의 별처럼 찬란하게 반짝거렸다. 회안과 인아 역시 화려하게 장식된 배에 올랐다. 황실보다 더욱 부귀함을 자랑하는 주씨 가문의 배답게 그 규모와 화려함이 상상을 초월했다.

"자, 출발하시게!"

회안의 낮은 음성에 배가 천천히 운하를 따라서 움직였다. 운하 주변의 집들도 바깥에 붉은 등을 걸었다. 각양각색의 등이 바람을 따라 한 방향으로 흔들렸다. 밤하늘을 가득 채운 폭죽과 거리를 가득 매운 등 때문에 온 세상이 화려한 찬란함을 자랑하고 있었다.

"소주의 어등축제는 매우 화려하군요."

그리 중얼거리는 인아의 까만 머리가 운하에서 불어오는 강바람에 사르륵 흩날렸다. 신기한 광경에 눈을 동그랗게 뜬 인아는 어둥축제를 어린아이처럼 즐기고 있었다. 그 옛날 바닷속에서처럼 인아의 부드러운 머리채가 가볍게 살랑거리며 회안의 뺨을 스쳤다. 회안이 손을 들어 흩날리는 그녀의 머리카락을 부드럽게 쓰다듬었다.

"아!"

갑작스런 회안의 손길에 인아가 깜짝 놀라며 회안을 뒤돌아보았다. 회안의 눈동자에 하늘을 가득 채운 불빛이 비쳤다. 활활 타오르는 그의 열정처럼 그의 강렬한 눈빛에 인아는 숨이 멎는 기분이었다. 그가 저렇게 뜨거운 눈빛으로 인아를 바라보면 인아는 꼼짝할 수가 없었다. 마치 밧줄에 묶인 것처럼 인아가 고개를 돌리지도 못하고 그의 뜨거운 눈빛을 고스란히 받아내고 있었다.

꿀꺽!

긴장한 나머지 인아가 침을 삼켰다. 그리고 작고 귀여운 혀를 내밀어 입술을 쓸었다. 촉촉하게 젖은 그녀의 입술이 사랑스러웠다. 회안이 그녀의 보드라운 꽃잎 같은 입술을 엄지로 쓰다듬었다. 마치 월계화의 꽃잎 같았다. 인아가 호흡이 가쁜 사람처럼 살짝 입을 벌렸다. 곧 그녀의 입술을 쓰다듬던 그의 손가락이 쑤욱 그녀의 입술에 머금어졌다.

할짝, 할짝!

마치 고양이처럼 인아가 회안의 손가락을 부드러운 혀로 핥았다. 회안의 눈동자가 흔들렸다. 전혀 예상하지 못했던 인아의 도발에 회안의 심장이 크게 울렁거렸다.

"하아, 이런!"

회안이 인아의 도발에 미소를 지었다. 그런 그의 얼굴을 바라보며 인아의 작은 분홍색 혀가 더욱 은밀하게 회안의 손가락을 핥았다. 손가락에서 시작한 열기가 등줄기를 타고 흐르는 기분이었다.

"이런 난감하군!"

정말로 회안이 난감한 표정을 지었다. 용왕에게 제사를 지내려면 몸과 마음을 가다듬어야 했다. 하지만 예상치 못한 인아의 행동에 회안의 욕망이 들끓어 오르고 있었다.

"나리?"

회안의 혼잣말을 싫어하는 것으로 오해하였는지 인아가 울 것 같은 얼굴로 그를 바라보았다. 인아의 녹색 눈동자 하나 가득 회안의 눈부처가 들어 있었다. 회안이 그녀를 품속으로 당겨 안았다. 그리고 그녀의 정수리에 턱을 대고는 그녀의 머리채를 부드럽게 쓰다듬었다.

"용왕묘에 제사를 마칠 때까지 잠시만 참아주시오."

욕망을 억누르는 회안의 음성이 지독하게 낮았다. 그의 다른 손이 인아의 등을 부드럽게 쓰다듬었다. 곧 인아는 이변을 눈치채었다. 부풀어 오른 그의 분신을 느끼자 인아는 얼굴을 붉혔다. 그럴 의도는 아니었다. 다만 자신의 입술에 닿은 그가 사랑스러워 그가 하듯이 흉내를 내본 것이었다.

"나리? 저기……."

인아가 말을 망설이자 회안이 그녀를 더욱 강하게 끌어안았다.

"나를 난감하게 만든 벌이오. 잠시만 이렇게 있읍시다."

인아의 귀를 자극하는 그의 음성이 지독하게도 관능적이었다. 인아가 그의 가슴에 머리를 기대었다. 힘차게 뛰고 있는 그의 심장 소리가 마치 그를 처음 만날 그날처럼 느껴졌다. 운하에서 불어오는 바람을 맞으며 그렇게 한동안 두 사람은 서로의 체온을 느끼고 있었다.

회안이 제사를 지내는 동안 인아는 동정호 주변을 서성거렸다. 실제 용왕의 딸인 자신이 이곳에 와 있다는 것이 신기하기만 했다. 이렇게 주씨 가문은 매년 정성스레 용왕에게 제사를 드리며, 용궁과 밀접한 관계를 유지하고 있었던 것이다.

그런데 왜 하필이면 주씨 가문이 용궁의 교초를 전담하여 판매하게 되었을까? 그동안은 너무나 당연하게 생각했던 사실이었다. 하지만 단순한 교초 판매라면 굳이 주씨 가문이 아니어도 상관이 없어 보였다. 혹시 용궁과 주씨 가문 간의 협약 간에는 결계 보호와 교초의 교환 조건 이상이 있는 건 아닐까? 그래서 굳이 회안을 설득하라고 자신을 보낸 것은 아닌지 심각하게 생각하고 있던 와중이었다.

"인아 낭자!"

회안의 목소리에 멍하니 생각에 잠겨 있던 인아가 뒤를 돌아보았다. 마치 교인 같은 미모를 자랑하는 회안이 청신한 미소를 짓고 있었다. 그가 활짝 웃으며 두 팔을 벌렸다. 마치 어서 뛰어와 그에게 안기라는 것 같은 그의 미소에 인아의 얼굴에도 미소가 지어졌다. 인아는 망설이지 않고 힘껏 그의 품 안으로 달려갔다. 자신을 강하게 안아주는 그의 굳센 팔이 사랑스러웠다.

"기다리기에 지루하지는 않았소?"

회안의 다정한 물음에 인아가 고개를 저었다. 그를 기다리는 모든 순간은 결코 지루하지 않았다. 기다리면 그가 꼭 온다고 인아는 굳게 믿고 있었기 때문이었다.

"자, 이제 중요한 임무는 마치었으니 그대와 함께 축제를 즐겨 볼까?"

회안의 제안에 인아의 얼굴에 예쁜 미소가 피어올랐다. 그것이 사랑스러운 듯 회안이 가볍게 그녀의 이마에 입술을 찍었다. 인아의 작은 두 손이 회안의 청색 심의를 강하게 움켜쥐었다. 달빛이 부드럽게 그런 두 사람을 사랑스럽게 쓰다듬고 있었다.

인아와 회안은 운하를 따라서 천천히 걸었다. 배를 탈 수도 있었지만 누구의 시선도 신경 쓰지 않고 두 사람만 오붓하게 걷는 것이 좋았다. 인아는 뭍에 오고 나서 제대로 홍화원 바깥을 구경한 적이 없었다. 그래서 모든 것이 신기하기만 했다.

"왜 운하에 등을 띄우는 것입니까?"

인아가 운하에 색색으로 떠 있는 연꽃 모양의 등을 보며 회안에게 물었다. 운하는 마치 아름다운 연꽃을 가득 담은 연못처럼 변해 있었다.

"소원을 비는 것이라오."

회안이 호기심에 반짝거리는 인아의 녹색 눈을 바라보며 대답해 주었다.

"소원이요?"

"간절하게 이루어지길 바라는 소원을 담아서 용왕께 보내는 것이라오. 그러면 용왕께서 들어주신다고 믿는 소박한 마음들이지."

회안의 다정한 음성에 인아가 고개를 갸웃했다.

"아바마마께서 이렇게 소원까지 들어주시는 줄은 몰랐습니다."

"하하하!"

회안이 즐겁게 웃자, 인아도 덩달아 미소를 지었다. 그렇게 웃던 회안이 진지한 표정으로 인아를 바라보았다.

"낭자는 꼭 이루고 싶은 소원이 있소?"

회안의 질문이 갑자기 무겁게 두 사람의 주변을 감쌌다. 회안의 심해처럼 깊은 눈빛이 인아를 진지하게 바라보았다. 인아가 저도 모르게 긴장하여 침을 꿀꺽 삼켰다. 그동안 인아가 간절하게 바랐던 것이 있었던가?

순간 예전에 자신이 구했던 그 소년을 다시 만나고 싶었던 작은 소망이 떠올랐다. 그러나 어느 순간 그 소원은 희미해지고 말았다. 그 사실을 깨닫자 인아는 당황하였다. 인아의 마음속에 자리 잡았던 아련한 연심이 회안을 향한 마음에 자리를 내주고 말았던 것이다. 회안을 향해 느끼는 내밀한 감정과 이 뛰는 심장을 그 누구도 느끼게 할 수는 없다는 것을 인아는 깨달았다.

"나는 정말 바라는 소원이 하나 있다오."

자신의 감정에 당황하여 말을 잊은 인아를 바라보며 회안이 나직하게 속삭였다.

"그게 무엇입니까?"

인아의 질문에 회안이 대답을 하지 않고 아스라한 미소를 지었다. 그것이 왠지 슬퍼 보여 인아가 그를 조용히 응시하였다.

"낭자를 계속 내 곁에 두고 싶다는 거지."

회안의 말에 인아의 녹색 눈이 커다랗게 떠졌다. 정말 그럴 수 있을까? 그의 곁에 계속 머물 수 있을까? 순식간에 회안의 소원이 인아의 소원이 되었다. 그리고 그가 자신을 곁에 두고 싶어 한다는 사실에 인아의 심장이 저릿했다. 그의 곁에 머물고 싶다는 강렬한 소망이 인아를 떨게 만들었다.

"그런데 그거 아시오? 우리 가문의 초대 가주께서도 교인을 은애하였다는 것을?"

순간 인아가 할 말을 잃고 회안을 바라보았다. 이상하게도 그의 얼굴이 매우 슬퍼 보였다.

"정말입니까? 그분들은 어찌 되었습니까?"

이상하게 인아의 심장이 울렁거렸다. 그리고 설명할 수 없는 슬픈 감정이 인아를 채웠다. 갑자기 그 이야기가 자신과 회안의 사이처럼 느껴졌다.

"교인들의 수명은 인간보다 훨씬 길지 않소? 게다가 늙지도 않고. 그런 교인과 인간의 사랑에는 많은 장애가 있었겠지. 그래서 그분의 정인은 결국 다시 용궁으로 돌아갔다오."

회안의 목소리가 애잔했다. 그리고 회안이 부드럽게 인아의 보드라운 뺨을 쓰다듬었다. 그의 손길이 다정하고도 애틋하여 울컥 뜨거운 기운이 인아의 목을 꽉 매웠다.

"저라면 어렵더라도 나리의 옆에 있겠습니다!"

인아가 간절한 마음을 담아 속삭였다. 그리고 인아는 그것이 자신이 진정으로 바라는 것임을 깨달았다. 회안의 곁에 머물고 싶었다. 단지 100일만이 아니라 그와 함께 살고 싶었다.

"그 교인도 머물고 싶었을 거라 생각하오. 하지만 아무리 원한다 해도 교인은 뭍에는 머물 수가 없지, 생명을 무릅쓰지 않고서는 말이오."

회안의 목소리에는 많은 감정들이 담겨 있었다. 안타까움, 슬픔, 뭐라 설명할 수 없는 복잡한 감정이었다.

"결국 두 정인은 함께할 수 없는 사이를 안타까워하며 헤어질 수밖에 없었겠지!"

회안의 목소리에 담긴 안타까움이 고스란히 인아에게도 느껴졌다.

"그리고 그 인연 때문에 우리 주씨 가문이 용궁의 교초를 수급하게 되었다오."

"그런?"

인아가 몰랐던 주씨 가문과 용궁 간의 관계에 놀라 말을 잇지 못했다. 저 멀리 아득한 곳을 바라보던 회안이 시선을 내렸다. 바다처럼 깊은 눈매로 놀라서 할 말을 잃은 인아를 회안은 지그시 바라보았다. 갈 곳을 잃고 방황하던 인아의 시선이 그의 강한 시선에 사로잡혔다.

잠시 동안 두 사람은 말없이 서로의 눈동자를 바라보았다. 아주 짧은 순간이었지만 그 응시에 우주의 모든 기운이 하나로 응축되었다. 우주가 하나의 점으로 응축되어 서로의 눈동자에 그대로 들어 있었다. 두 사람에게는 서로가 하나의 우주였다. 그렇게 마치 시간이 정지한 것처럼 영원의 순간이 찾아왔다. 그렇게 계속 서로의 눈을 하염없이 바라보는 두 사람이었다.

피우우, 휘익, 팡팡!

영원 같던 침묵은 멀리서 들려오는 폭죽 소리에 깨어졌다. 고개를 들어 긴 반짝이는 꼬리를 남기며 사라지는 폭죽을 바라보던 회안이 무거운 분위기를 떨치려는 듯 작은 미소를 지었다.

"갑자기 분위기가 너무 심각해져 버렸군."

인아는 무엇인가 아주 중요한 이야기를 놓친 것 같아 아쉽기만 했다. 하지만 자신의 손을 부드럽게 잡은 굳센 그의 손길이 든든했다. 그렇게 다시 두 사람은 축제를 즐기는 사람들 틈에 섞였다.

"자, 어서 오세요. 가장 아름다운 교초를 구경하세요!"

축제의 한편에서 여러 가지 장이 열렸다. 늦은 밤임에도 불구하고 화려한 등으로 불을 밝힌 거리는 마치 대낮처럼 화려했다. 교초를 판매하는 남자는 교인처럼 아름다워 보였다. 가끔 인간으로 변신한 교인들이 교초를 판매한다는 이야기가 오늘처럼 생생하게 느껴진 때가 없었다.

"교초라니 어디 한번 가서 볼까?"

회안의 인아를 바라보면서 장난스런 미소를 지었다. 소주에서 거래되는 모든 교초는 주씨 가문을 거치지 않는 것이 없었다. 회안의 얼굴에는 장사치의 거짓에 오늘은 속아주자는 듯 너그러운 미소가 피어 있었다. 인아 역시 그런 회안의 말 없는 제안에 살며시 고개를 끄덕였다.

"자, 어서 오십시오. 정말 아름다운 교초랍니다. 옆에 계신 아가씨께 이 교초로 옷을 지어드리면 마치 교인같이 아름다울 것입니다."

남자가 즐겁게 물건을 권했으나 그것을 바라보던 회안의 눈빛이 차가운 빛으로 반짝거렸다. 갑작스레 변한 그의 기운에 인아는 긴장하고야 말았다. 그러나 곧 회안의 시선이 향한 곳을 따르던 인아의 눈도 크게 떠졌다.

"헉, 이것은?"

실제 교초였다! 주씨 가문의 가주인 회안이 그것을 못 알아볼 리 없었다. 게다가 인아의 눈에도 그것은 분명 교초였다. 교초의 생산량은 한정되어 있기에 이렇게 시장에 물량이 돌아다닐 리가 없었던 것이다. 그뿐만 아니라 회안의 결정으로 당분간 수급이 중단되어 더더구나 교초를 시장에서 찾는 것은 불가능했다.

"아주 훌륭한 물건이군."

감정을 감추고 회안이 물건을 칭찬하자 장사치가 신이 났는지 자랑을 늘어놓기 시작했다.

"역시 나리께서 보는 눈이 있으시군요! 이 고운 질감과 환상적인 문양을 보십시오. 정말 황제라도 탐을 낼 만한 비단이 아닙니까?"

"정말 그러하군. 그런데 이 교초는 주씨 가문에서 나온 물건은 아닌 것 같은데?"

회안의 질문에 남자가 아주 중요한 일을 이야기하듯이 몸을 숙였다.

"아니요, 주씨 가문의 물건이 맞습니다. 아주 귀한 때를 대비해서 비축해 두었던 물건이랍니다. 나리도 아시다시피 당분간은 교초를 구경하기가 힘들 것입니다. 저도 아주 어렵게 구했습니다. 그나마도 지금은 가격이 더욱 올라서 앞으로는 더욱 물건을 구하기가 어려울 거라지요? 그러니 지금 물건이 있을 때 구매하시는 것이 좋을 것입니다."

남자가 선심을 쓰듯이 회안에게 정보를 흘리며 구매를 독촉하였다.

"그럼 자네 말대로 얼른 사두는 것이 좋겠군! 여기 있는 것을 모두 주시게."

회안의 말에 남자의 얼굴에 함박웃음이 지어졌다.

"역시, 나리께서 통도 크시고 심미안이 있으시군요."

회안은 별다른 말없이 값을 치렀다.

"왕 서방!"

회안의 나직한 음성에 마치 대기하고 있던 듯 왕 서방이 나타났다.

"네, 나리!"

"정리해서 잘 옮기도록 하시게!"

회안의 말에 왕 서방은 조용하고 효율적으로 움직였다. 회안이 걸음을 옮기자 인아가 종종걸음으로 그를 따라 부리나케 걸음을 옮겼다. 하지만 인아는 불길한 암운이 주변을 가득 채우는 것 같아 불안하기만 했다.

"아무래도 일을 서둘러야 하겠습니다!"

같은 시각, 장안루의 내실에 마주 앉은 두 남자가 있었다. 한 사람은 주유동이었고 또 한 사람은 호리호리한 몸매를 지닌 묘령의 남자였다. 얼굴은 20대 남자처럼 보였으나 눈빛이나 여타 분위기가 신기하게도 늙은 사람처럼 보였다. 그의 유독 까만 머리채가 시선을 끌었다.

"아무리 급하다 해도 서두르면 일을 그르치는 법입니다."

남자가 급해 보이는 주유동을 진정시키려 했다. 술잔을 들어 올리는 그의 손이 매우 날렵했으며 그의 하얀 얼굴이 술 때문인지 온몸이 춘삼월 복숭아꽃처럼 붉게 물들어 있었다.

"하지만, 이렇게 은밀하게 교초를 판매하는 것이 언제까지 비밀로 지켜지겠습니까? 지금 물건이 없다 보니 시장 상인들이 너도 나도 높은 값을 지불하고 구매를 하려고 혈안이 되어 있습니다. 이렇게 찔끔찔끔 판매할 것이 무엇입니까?"

주유동의 얼굴이 탐욕으로 번쩍거렸다. 그러나 남자는 그 말에도 별말이 없었다.

"용왕마마께는 말씀을 드리신 것입니까? 굳이 그 어린 녀석을 가주로 세울 필요가 무엇입니까? 나이로 보나 경륜으로 보나 제가 주씨 가문을 대표하기에 적절하지 않습니까? 게다가 그 녀석은 본래라면 가주가 될 수도 없었고, 그 녀석만 아니었다면 제가 가주가 되었을 것입니다."

주유동의 말에도 여전히 남자의 표정이나 자세에는 별 변화가 없었다.

"대체 그 녀석이 가지고 있는 능력이 무엇이기에 용궁에서는 그리 회안을 고집하시는 것입니까?"

상황이 답답하였는지 주유동이 투덜거렸다.

"물론 꼭 그일 필요는 없네."

남자의 말에 주유동의 눈빛이 탐욕으로 번쩍거렸다.

"하면?"

주유동이 바싹 그에게 다가왔다.

"하지만 그를 대신하려면 그만큼의 대가를 내어놓아야겠지?"

남자의 냉정한 말에 주유동이 열정적으로 대답하였다. 교초를 판매할 수 있는 권리를 가질 수만 있다면 주유동은 제 자식까지 내어놓을 준비가 되어 있었다.

"결계를 지키기 위해서 차자의 피를 바치라는 말씀이시죠? 말씀만 하십시오. 언제라도 저는 준비가 되어 있습니다."

부를 위하여 자신의 아들까지 아무렇지도 않게 희생하려는 주유동이었다.

"새로운 계약을 맺어야 하겠지. 자네가 가주가 되고자 한다면 계약은 기존과는 달라야 하지 않겠는가?"

남자의 말에 주유동의 얼굴이 확 펴졌다.

"그 말씀은?"

"일단 회안과 인아를 떨어뜨려 놓으시게. 회안이 결계를 지키려는 다른 방법을 찾으려 하고 있다고 하더군."

남자의 말에 주유동의 쪽 찢어져 단춧구멍만 한 눈이 한껏 커졌다.

"그것이 가능합니까?"

결계를 지키는 또 다른 방법이 있다니, 대체 회안은 어떤 생각을 하고 있는 것인지, 도대체 그 속내를 예상할 수 없어 주유동은 저도 모르게 고개를 저었다.

"자세한 것은 나도 모르네만, 회안이 분명 옛날 고서에서 무엇인가 실마리를 찾아낸 것은 같아. 인아가 옆에 있는 것이 중요한 일인 듯하니 일단 둘을 떼어놓도록 하시게."

남자의 말에 주유동이 고개를 연신 끄덕였다.

"그것은 걱정하지 마십시오."

남자가 고개를 끄덕였다.

"그럼 나는 이만 돌아가 보겠네!"

"나리, 교초 판매가 중단되어 여러모로 아쉬울 것 같아 제가 배에 조금 준비해 둔 것이 있습니다."

주유동의 은밀한 말에 남자가 별말 없이 고개를 끄덕였다. 그리고는 조용히 바깥으로 사라졌다. 그 뒷모습을 바라보던 주유동이 한껏 비아냥거렸다.

"교인이나 인간이나 탐욕스러운 것은 다르지 않군. 제아무리 용궁의 승상이라 할지라도 돈이 없으면 이 해월국에서는 그저 쓸모없는 존재일 뿐이지."

그렇게 중얼거린 주유동도 이내 자리를 정리하고 일어섰다. 소주를 환하게 밝힌 어등축제의 폭죽 때문에 하늘에 뜬 하얗고 날카롭게 빛나는 달이 보이지 않았다. 그러나 인간 세상의 흥성스러움에도 상관없이 달은 여전히 냉정하게 소주를 굽어보고 있었다.

인아와 회안은 예상보다 일찍 홍화원으로 돌아왔다. 바깥은 여전히 축제로 소란스러웠지만 아무래도 비정상적인 교초의 판매 때문에 회안이 긴급하게 확인할 일이 있었던 것이다. 홍화원에 복귀하자마자 회안은 급하게 왕 서방과 함께 이런저런 대책을 숙의

하는 것 같았다.

인아는 아무것도 할 수가 없는 자신이 안타까웠다. 일단 긴급하게 인아도 사인 오라버니에게 이 상황을 알렸다. 어등축제 시기에는 항상 소주에 나와 있었기에 쉽게 만날 수 있었다.

"교초가 시장에!"

사인의 얼굴이 심각하게 굳어졌다. 인아의 말에 마치 명치를 맞은 것처럼 멍한 표정을 지은 사인이었다. 조금 전 두 눈이 반짝거리며 행복해 보이던 표정과는 너무나 달랐다.

"무엇인가 결계에 이상이 생긴 것은 아니겠죠?"

인아의 목소리가 떨려왔다. 만약 그렇다면 회안에게 협약을 지키라는 요구는 더욱 강해질 것이었다. 인아는 상황을 알면서도 그것이 두려웠다. 회안이 혼인을 한다는 그 사실을 떠올리기만 해도 가슴이 아렸다.

"인아야, 협약의 준수가 한시가 급하구나. 점점 문제가 커질수록 회안의 상황도 힘들어질 거야!"

그렇게 말을 마친 사인이 급하게 용궁으로 돌아갔다. 심각한 얼굴로 돌아가는 사인을 바라보는 인아의 불안은 더욱더 깊어져 갔다.

밤이 늦은 시각, 기다려도 오지 않는 회안을 찾아 인아가 서재로 향했다. 회안이 집무를 보는 곳이라 함부로 들어가는 것이 저어되었으나 인아는 왠지 그와 함께 있고 싶었다. 서재를 가득 매운 서책들이 매우 인상적이었다. 어찌나 방대한 규모인지 그 위압

감이 대단했다.

작은 촛불 사이로 서가 옆에 서서 깊은 생각에 잠겨 있는 회안의 모습이 보였다. 촛불에 비치는 그의 날렵한 콧날이 차갑게 벼린 검처럼 날카로웠다. 그리고 무슨 수심에 잠긴 것인지 그의 긴 속눈썹이 짙은 그림자를 그의 얼굴에 드리우고 있었다. 그의 손에는 아주 오래되어 낡은 서책 하나가 들려 있었다.

"나리?"

인아의 부름에 깊은 생각에서 깨어난 듯 회안이 고개를 들었다. 그리고 인아를 발견하자 그의 눈빛이 부드럽게 반짝거렸다.

"인아 낭자!"

그가 다정하게 자신의 휘를 불러주자 인아의 심장이 두근거렸다. 그의 눈에 가득한 근심을 인아는 덜어주고 싶었다.

"밤이 매우 늦었습니다."

인아의 말에 회안이 고개를 끄덕였다.

"그렇군. 시간은 우리의 의지와 상관없이 참으로 화살처럼 흘러가는 것 같소."

평소답지 않은 그의 우울한 목소리에 인아가 한 걸음 더 그에게 다가갔다. 그리고 조심히 그를 끌어안았다. 그저 그녀가 곁에 있다는 것을 그가 알았으면 했다. 어딘가 외롭고 힘겨워 보이는 그를 지탱해 주고 싶었다.

"그런데 무엇을 읽고 계셨습니까?"

인아의 나직한 질문에 회안이 읽던 부분을 인아에게 보여주었다.

"교인가(鮫人歌)?"

교인의 노래라는 제목에 인아의 눈이 크게 떠졌다. 매우 유려한
필체로 쓰인 시를 인아는 단숨에 읽어 내려갔다.

鮫人潛織水底居(교인잠직수저거),

—인어는 물 바닥에 살면서 자맥질하려고 오르내리고,

側身上下隨游魚(측신상하수유어).

—몸을 옆으로 눕힌 채로 물고기를 따라 아래위를 오르내리네.

輕綃文彩不可識(경초문채불가식),

—문채가 있는 투명한 천을 둘렀는지 식별하지 못하니,

夜夜澄波連月色(야야징파련월색).

—밤마다 달빛에 어리는 맑은 파도만이 찰랑거릴 뿐이네.

有時寄宿來城市(유시기숙래성시),

—때가 되어 도시로 나와 기숙도 하는데,

海島靑冥無極已(해도청명무극이).

—바다와 섬이 맞닿은 푸른 하늘은 끝난 데가 없어라.

泣珠報恩君莫辭(읍주보은군막사),

—흘린 눈물로 된 진주알로 은혜를 갚고자 하니 그대는 사양 마오,

今年相見明年期(금년상견명년기).

—금년에 서로 만났으니 내년에도 다시 만날 수 있다오.

始知萬族無不有(시지만족무불유),

—여러 수많은 *魚族* 중에 움켜쥐지 못한 것이 없다는 것을 이제 알았고,

百尺深泉架戶牖(백척심천가호유).

—백 척이나 되는 깊은 샘에 사는 집을 지은 것도 알게 되었네.

鳥沒空山誰復望(조몰공산수부망),

—새들이 모두 사라진 빈산인데 누구를 또 기다리겠나?

一望雲濤堪白首(일망운도감백수).

—하나같이 보이는 것은 구름과 파도일 뿐이니 기약한 내년을 위해 흰 머리카락이나 견뎌봄세.*

"누가 쓴 것입니까?"

인아의 질문에 회안이 낮은 목소리로 대답했다.

"우리 가문의 초대 가주께서 지으신 시라오."

회안의 목소리가 어딘지 모르게 아득하게 들렸다. 그의 생각이 과거의 어느 지점으로 부유하고 있는 것 같았다.

"아름답습니다만, 어쩐지 가슴이 아픕니다."

인아의 말에 회안의 깊은 눈으로 인아의 녹색 눈을 지그시 바라보았다. 인아가 느끼는 슬픈 감정을 회안이 그대로 느끼고 있었다. 그렇게 두 사람의 감정이 공명하고 있었다. 회안의 눈에도 설명할 수 없는 아련함이 가득했다.

----
* 鮫人歌, 당(唐) 이기

"그대도 그리 느끼시오?"

"네, 마지막 구절에 기약한 내년을 위해 흰 머리카락이나 견뎌 보세라고 하지만 그 말은 영영 만나지 못하는 그리움을 말하는 것 같습니다."

인아가 감성이 풍부한 눈에 그렁그렁한 눈물을 머금고 속삭였다. 새들마저 사라져 버린 그런 텅 빈 산에서 애타게 정인을 기다리는 남자의 모습이 손에 잡힐 듯이 그려졌다. 그것이 마치 회안의 모습 같아서 인아의 심장이 쓰라렸다. 인간과 교인 사이에는 그런 거리가 놓여 있었던 것이다.

"그렇다오. 인간에게 주어진 시간과 교인들에게 주어진 시간은 다르지. 그러니 인간에게 내년이 교인에게 같은 시간은 아니겠지. 그래서 한 번 헤어지면 다시 만나는 것은 힘들지 않겠소?"

회안의 설명에 인아가 자신의 얼굴을 그의 넓은 가슴에 묻었다. 그런 그녀가 사랑스러운 듯 회안이 그녀를 자신의 가슴에 더욱 강하게 끌어안았다. 인아는 계속 함께하고 싶지만 그리할 수 없는 사내의 마음이 절절이 이해가 되었다. 회안을 은애하는 것을 깨닫고 나서 그녀 역시 매일 그의 곁에 머물 수 있는 나날이 줄어드는 것을 새어가며 마음 졸이고 있었던 것이다.

"교인과 인간은 정말 함께할 수 없는 것일까요?"

안타까움에 인아가 속삭였다. 마치 날카로운 송곳에 찔리기라도 한 것처럼 날카로운 격통이 인아를 엄습했다.

"무엇인가 반드시 방법이 있을 거요. 있어야만 하지."

회안의 목소리가 결연했다. 인아도 그리 믿고 싶었다. 그의 곁에 머물 수 있는 방법이 반드시 있을 거라 그렇게 소망하고 싶었던 것이다. 그런 생각을 하는 인아의 눈에 맑은 눈물이 솟아났다.

"교인루(鮫人淚)라 하더니!"

그렇게 중얼거린 회안은 부드럽게 인아의 눈물을 핥았다. 교인이 울면 그 눈물이 진주가 된다더니 인아의 눈물이 진주처럼 아름다웠다. 하지만 그녀의 눈물이 처연해서 회안의 심장이 저릿했다.

"인아 낭자, 울지 마시오. 그대가 눈물을 흘리니 내 맘이 찢어지는 것만 같소!"

회안이 부드럽게 인아를 위로했다. 그리고 그의 입술이 인아의 눈꺼풀에 닿았다. 울지 말라고 위로하는 그의 입술이 가슴이 저릴 만큼 다정했다. 곧 그의 입술이 인아의 보드라운 뺨을 스쳤다.

그의 입술이 인아의 도톰하고 앵두 같은 붉은 입술을 머금는 순간, 인아가 그의 목을 감싸 안으며 자신의 혀를 그의 입안으로 밀어 넣었다. 그에게 닿고 싶었다. 그의 곁에 머물고 싶은 자신의 마음을, 그를 은애하는 자신의 마음을 그에게 전하고 싶었다.

"안아주세요, 나리!"

인아가 애타게 애원했다. 자신의 혀를 힘차게 감아오는 그의 혀가 반가웠다. 그의 혀도 절실하게 그녀를 원하는 감정을 그대로 전하고 있었다. 그의 혀에 자신의 혀를 열심히 마찰하며 그의 입안을 구석구석 탐색했다. 농밀한 입맞춤만으로도 인아는 취하는 기분이었다.

츄릅, 츄릅, 츄릅!

질척하게 젖은 소리가 인아의 고막을 자극했다. 자신의 허리와 등을 강하게 안아주는 그의 손이 뜨거웠다. 그가 영원히 자신을 붙잡아주었으면 했다. 용궁에서 올라오던 날 밤, 자신의 벗은 몸을 강하게 끌어안았던 그의 손길이 싫지 않았다. 어쩌면 그녀는 이미 심장으로 깨닫고 있었던 것이리라! 그의 손에서 느껴지던 강한 감정이 소중했다.

지금도 마치 그녀가 어디로 사라질까 저어하는 듯이 강하게 자신을 끌어당기는 그의 손길이 황홀했다. 그녀가 조금의 틈이 생기는 것도 싫다는 듯이 그녀의 가슴을 강하게 회안에게 밀착했다. 인아는 민망하게도 자신의 유실이 볼록하게 솟아오른 것을 알았다. 그리고 하초가 저릿했다.

"나리!"

그녀가 헐떡이며 안타깝게 속삭였다. 그리고 더욱 강하게 자신의 가슴을 그에게 밀착하였다. 그러자 하초에 흥분한 그의 분신이 그대로 느껴졌다. 저도 모르게 그의 분신에 자신의 하초를 밀어붙였다. 당장 그의 뜨거운 분신을 제 몸 안에 품고 싶어졌다. 그리고 볼록하게 솟아오른 유실을 그의 강인한 가슴에 마찰시켰다. 옷자락에 마찰되어 새콤한 쾌감이 인아를 휘감고 있었다.

"하아…… 음!"

입맞춤에 헐떡이면서도 인아는 결코 입을 떼려 하지 않았다. 좀 더 그의 혀를, 입술을 탐하고 싶어 그의 머리를 강하게 끌어당겼다. 손안에 느껴지는 그의 부드러운 머리카락이 좋았다.

곧 회안의 강한 손이 인아의 몸에서 착수배자를 벗겨내고는 저
고리의 옷고름을 순식간에 풀어냈다. 저고리를 끌어 내리자 인아
의 하얗고 아름다운 어깨와 가슴 둔덕이 유혹적으로 드러났다. 곧
그녀의 하얗고 부드러운 어깨에 그의 뜨거운 입술이 닿았다.

열기에 빠져 있던 그녀는 자신의 가슴에 닿은 차가운 공기가 시
원하게 느껴졌다. 그리고 드러난 가슴을 그의 옷자락에 유혹적으
로 문질렀다. 그리고 자신의 하초를 부풀어 오른 그의 분신에 밀
착하고 마찰하고 있었다. 그를 갖고 싶었다.

"인아!"

그가 뜨겁게 그녀의 휘를 속삭였다. 그가 자신의 휘를 나직하게
속삭일 때마다 꽃잎이 욱신거렸다. 인아가 손을 내려 그의 저고리
를 벗겨내려 노력했다. 그의 뜨거운 피부에 직접 닿고 싶었다.

그러나 회안의 손이 조금 더 빨랐다. 어느새 그가 인아의 치맛
자락을 걷어 올리고는 순식간에 그녀의 속곳을 벗겨냈던 것이다.
인아는 자신을 이렇게 격렬하게 탐하는 그가 사랑스러웠다. 곧 그
가 자신의 고를 거칠게 끌어 내리고는 바로 인아의 꽃잎 안으로
진입했다.

"하읏……!"

갑작스런 그의 움직임에 인아가 신음했다. 그에게 입맞춤하며
이미 꽃잎은 끈적끈적한 이슬을 흘리고 있었지만 갑작스레 그의
분신을 받아들이는 것은 여전히 버거웠던 것이다. 하지만 인아는

자신의 다리를 들어 올려 그의 몸을 제 몸에 잠기게 했다. 그를 조금 더 느끼고 싶었다.

"하악…… 인아, 인아!"

그가 신음을 흘리며 인아의 한쪽 다리를 들어 올렸다. 그도 인아도 매우 격하게 흥분하고 있었다. 제대로 옷을 벗지도 않고 선 자세에서 서로를 격렬하게 탐하고 있었다.

그의 강한 분신이 인아의 몸속을 강하게 찔렀다. 인아가 그에게 좀 더 몸을 기대자 그가 한 걸음 뒤로 물러나 벽에 등을 기대었다. 그리고 곧 회안이 그녀의 다른 쪽 허벅지도 들어 올렸다. 마치 인아가 그의 허벅지에 올라탄 자세가 되었다.

"헉, 나리!"

익숙하지 않은 자세에 인아의 눈이 크게 떠졌다. 회안이 몸을 조금 숙여 강한 손으로 인아의 두 다리를 잡아 들어 올렸다. 인아가 그의 강인한 허벅지 위에 걸터앉는 자세가 되었다. 그리고 그가 강하게 다시 그의 분신을 인아의 몸 안으로 찔러 넣었다. 인아가 그의 강건한 두 어깨를 강하게 끌어안았다. 마치 내일은 없다는 듯이 급하게 격렬하게 자신을 탐하는 그였다.

"하앙, 하아……. 학…… 흐응……!"

쉴 새 없는 교성이 인아의 입에서 새어 나왔다. 회안이 인아의 작은 몸을 사정없이 탐할 때마다 그녀의 온몸이 격하게 움직였다. 그리고 인아도 그를 너무나 원했다. 그녀가 그의 가슴에 매달려 그의 입술에 자신의 작은 입술을 맞추었다. 마치 잡아먹을 듯이 회안이 인아의 입술을 탐했다.

"하아…… 하……!"

그의 신음 소리도 격렬해졌다. 그가 허리짓을 계속할 때마다 살과 살이 강하게 마찰했다. 그리고 그녀의 부풀어 오른 가슴이 그의 강인한 근육에 계속 마찰했다. 회안도 인아도 매우 빠르게 절정에 도달하고 있었다.

"하아, 이제…… 그만!"

강한 쾌락에 인아의 몸이 활처럼 구부러졌다. 절정에 도달하려는 그녀의 몸 안을 그의 뜨거운 분신이 철저하게 유린했다. 마치 그도 무엇에 쫓기는 것처럼 격렬했다.

"으읏……."

그가 강하게 인아의 몸 안에 파정했다. 안에서 느껴지는 뜨거운 물보라를 느끼며 힘이 빠진 인아의 몸이 그에게 안겼다. 회안도 힘이 빠진 듯 두 사람은 미끄러지듯이 자연스레 바닥에 앉았다. 여전히 그의 분신은 인아의 몸 안에 있었다.

"하아, 하아……!"

기운이 빠진 인아가 그에게 기대어 거친 숨을 간신히 고르고 있었다. 그동안에도 회안의 손은 그녀의 등을 부드럽게 쓰다듬었고 인아의 동그란 엉덩이를 음란하게 주물렀다. 이미 과도한 절정에 만족한 몸이었음에도 불구하고 그의 손이 엉덩이를 자극할 때마다 새콤한 감각이 발끝까지 흘러갔다.

인아가 작고 완만한 쾌감에 흠칫흠칫 몸을 떨었다. 의도치 않게 그것이 회안을 자극하고 있었다. 잠시 숨을 고르던 그의 분신이 서서히 다시 크기를 키우기 시작했다.

"하아, 나리……?"

깜짝 놀란 인아의 목소리에도 아랑곳하지 않고 그는 재빠르게 인아의 몸에 걸쳐 있던 모든 것을 벗겨냈다. 순식간에 인아는 나신이 되었다. 그녀가 부끄러움에 온몸을 붉히는 사이에도 회안의 분신은 거칠게 그녀의 안을 탐하고 있었다. 그리고 자세 때문인지 그의 분신이 다른 각도로 더욱 깊이 인아의 몸을 유린했다.

"난 아직도 그대가 부족해!"

그렇게 속삭인 그가 강하게 허리를 추어올리며 인아의 가느다란 허리를 두 손으로 자신 쪽으로 끌어당겼다. 강인하고 커다란 그의 손에 인아의 허리가 한 줌에 잡혔다. 완벽하게 그의 열정에 사로잡힌 인아였다.

"헉!"

인아가 깊은 삽입에 몸을 파들파들 떨었다. 두 사람의 다리가 단단히 꼬이면서 절대 서로를 놔주지 않을 것 같은 자세가 되었다. 회안이 인아의 허리를 더욱 강하게 안으며 고개를 내려 자신을 유혹하는 인아의 아름다운 유실을 한입에 머금었다. 그가 잘근 인아의 유두를 깨물자 인아가 저도 모르게 강하게 그의 분신을 조였다.

"하아…… 인아, 계속 그대의 몸속에 있고 싶어!"

그가 그렇게 속삭이며 격하게 허리를 움직였다. 인아는 이제 더 이상 아무런 생각도 할 수 없었다. 자신을 강하게 자극하는 그의 뜨거운 분신과 자신의 유실을 희롱하는 그의 거슬거슬한 혀 이외에는 아무것도 느낄 수가 없었다.

"하아, 나, 나리!"

지금 두 사람에게는 그 무엇도 중요하지 않았다. 서로의 뜨거운 호흡과 체온만이 전부였다. 인아가 고개를 내려 그의 목덜미에 입술을 묻었다. 어리광을 피우는 그녀의 몸짓에 회안은 그녀의 등을 강하게 끌어안았다. 인아가 그의 목덜미를 강하게 빨아들였다.

"흐읔!"

순간 그가 더욱 강하게 인아의 꽃잎 안을 자극했다. 인아가 격하게 몸을 떨자 그의 분신을 가득 채운 그녀의 따뜻한 몸 안이 격하게 요동쳤다.

"하아……!"

몽롱한 표정의 인아가 강하게 그를 강하게 끌어안았다. 곧 그도 자신의 열정을 인아의 몸 안에 풀어놓았다. 순간 마치 깊은 바닷속에 잠긴 듯, 모든 소음도 사라지고 오직 이 세상에는 두 사람뿐이었다. 찬란한 별빛이 두 사람을 감쌌다.

열락에 지친 인아가 작은 몸을 그에게 기대어왔다. 회안이 그런 그녀가 사랑스러워 계속 그녀의 정수리에 계속 입술을 찍어대었다. 두 사람은 여전히 하나로 이어져 있었다.

10. 위기

"뭣이라?"

이튿날, 인아와 함께 조반을 들던 회안의 목소리가 왕 서방의 전언에 다소 높아졌다. 심각한 얼굴로 왕 서방이 이홍원으로 들었던 시각은 진시초(오전 7시~8시)였다. 두 사람이 조반을 들기 시작한 지 채 일각이 지나지 않은 시간이었다. 인아가 듣는 것을 저어하는 듯, 왕 서방이 회안의 귀에 은밀하게 말을 전했다.

"네, 나리. 아무래도 얼른 나가보셔야 할 것 같습니다."

감히 누구도 회안의 아침을 방해하지 않는 것이 홍화원의 원칙이었다. 인아가 오기 전에도 홍화원 가솔들은 되도록이면 회안의 조반 시간을 방해하지 않았다. 묘시초(오전 5시~6시)면 일어나 일을 보는 회안이 하루 중에서 유일하게 여유를 가질 수 있는 시간이었기 때문이었다. 게다가 인아가 온 이후에는 이 시간을 절대 방해하지 않는 것이 일종의 불문율이 되었던 것이다.

"알았네."

회안의 얼굴이 심각했다. 왕 서방이 곧 조용히 바깥으로 사라졌다. 그가 수저를 놓고 자리에서 일어서자 인아도 따라 일어났다. 회안의 갱의(更衣, 옷을 갈아입음)를 돕기 위해서였다. 심의를 입는 회안을 인아는 근심스런 표정으로 바라보았다. 평소라면 인아를 짓궂게 놀리던 회안의 얼굴이 오늘은 굳어 있었다.

"나리, 다 되었습니다."

인아가 말을 걸기 전까지 회안은 깊은 생각에 잠겨 있었다. 인아의 말에 그제야 생각에서 깨어난 듯 회안이 인아를 바라보았다.

"나리, 위중한 일이십니까?"

인아의 녹색 눈동자에 근심이 가득했다. 그녀의 녹색 눈동자는 신기하게도 그녀가 가진 감정을 거울처럼 보여주었다. 지금도 회안의 걱정이 마치 제 걱정인 것처럼 인아의 눈매가 깊었다. 그리고 그 근심 속에는 회안을 걱정하는 마음이 고스란히 녹아 있었다.

"낭자는 신경 쓸 거 없소."

회안이 그리 말하고는 미소를 지었다. 순진무구한 인아의 공감만으로도 회안은 힘이 솟는 기분이었다.

"하지만……."

인아가 무슨 말을 하기도 전에 회안의 입술이 그녀의 입술을 막았다. 마치 위안을 바라듯이 회안의 입술이 가볍게 인아의 입술을 스쳤다. 그리고 그녀를 그의 품에 안았다. 그의 힘찬 심장 소리가 초조한 인아의 마음을 가라앉혔다. 규칙적으로 들리는 그의 고동소리에 인아는 묘하게도 안심이 되었다.

"그대는 어서 마저 조반을 마치시오."

회안이 그녀를 가슴에서 떼어내고는 그녀의 눈을 바라보며 속삭였다. 회안이 마치 아이를 대하듯 그렇게 말을 하자 인아의 얼굴이 다소 뾰로통해졌다. 그런 인아의 얼굴이 귀여웠는지 회안이 인아의 머리를 커다란 손으로 집더니 그녀를 식탁 쪽으로 돌려세웠다.

"나리?"

인아가 항의를 했으나 역부족이었다. 인아가 애를 써도 그녀의 정수리는 그의 목 부근에도 미치지 못했다. 그런 그가 커다란 손으로 인아의 머리통을 잡으니 인아는 꼼짝 못하고 제압당하고 말았다.

"자, 어서!"

회안이 기어코 인아를 다시 자리에 앉히고는 토라진 그녀의 이마에 살짝 입맞춤을 해주었다.

"너무 걱정하지 말고 기다리시오. 일을 마치고 곧 돌아올 테니……."

그렇게 말하고는 걸어나가는 그의 뒷모습이 왠지 아득해 보여 인아의 심장이 선뜻했다. 그의 곁에 있어도 점점 무엇인가가 그와 인아 사이를 자꾸만 방해하는 것 같아서 불안하기만 했다. 하지만 인아는 돌아오겠다는 그의 말을 믿고 기다렸다. 아무리 시간이 걸려도 그가 인아의 곁으로 돌아와 주기만 한다면 인아는 언제까지나 기다릴 참이었다.

"당신이 지금 나리 곁에 머물고 있는 여인인가요?"

갑작스레 들려온 목소리에 인아는 몸을 움츠렸다. 아침에 급히 나간 회안을 배웅하고 홀로 남은 인아가 이홍원 안에 있는 연못을 보고 있던 참이었다. 연못에 뜬 작은 배를 보며, 저 배를 회안과 함께 탈 수 있는 날이 올지, 인아는 왠지 모를 서글픈 생각에 잠기고 말았다.

처음에 아바마마의 명을 받고 회안을 만나러 올 때에는 임무를 완수하고 진정한 성인이 되어 용궁으로 돌아가는 것만을 생각했었다. 육지는 잠시 머무는 곳일 뿐 인아가 머물 곳이 용궁이라는 것을 한 치도 의심하지 않았다.

하지만 처음으로 인아는 왜 그토록 교인들이 육지에 머물고자 했는지 그 갈망을 이해했다. 분명 그들도 은애하는 정인의 곁에 머물고 싶어서가 아니었을까? 회안에 대한 감정이 시간이 갈수록 인아의 안에서 점점 더 응축되어 매우 순수하고 단단한 결정이 되었다.

시간이 지날수록 그의 곁에서 그와 함께하고 싶은 수많은 것들이 생겨났다. 연못에 띄워진 배를 타보는 것, 시간이 흘러 단풍이 드는 것을 보는 것, 겨울밤에 화로를 함께 쬐며 다정한 이야기를 속삭이는 것! 어쩌면 인간들에게 당연하면서도 단순한 것들! 인아는 그것들을 회안과 꼭 누려보고 싶었다. 하지만 육지에 머물 수 있는 한정된 시간이 야속했다.

인아가 그렇게 연못에서 불어오는 바람을 맞고 있을 때, 예상치 못한 여인이 인아를 방문한 것이었다. 인아가 소리가 난 쪽으로 고개를 돌리니 아름다운 여인이 인아를 똑바로 바라보고 있었다. 나이는 대략 20~22세 정도, 인아보다는 조금 나이가 많아 보였다. 맵시 있게 옷을 차려입은 그녀는 마치 백화선자(百花仙子, 중국 고대신화에 등장하는 선계에 사는 선녀)처럼 아름다워 보였다.

"네, 그렇습니다."

인아가 조심스레 대답을 하자 여인의 얼굴에 알 수 없는 미소가 피어올랐다. 침착한 표정의 여인의 미소는 아름다웠지만 차가워 보였다. 인아를 바라보는 눈빛도 온기가 없이 서늘했다. 하지만 이내 여인은 예를 갖추어 인아에게 인사를 했다.

"제 소개가 늦었네요. 저는 설향이라 합니다."

설향이라는 휘에 인아의 심장이 급하게 뛰기 시작했다. 그리고 인아는 마주한 그녀를 어떻게 대해야 할지 몰랐다. 하지만 인아도 가까스로 예를 갖추어 인사를 했다.

"안녕하세요. 인아라 합니다."

인사를 하는 인아를 바라보던 설향이 혼잣말처럼 중얼거렸다.

"소문대로 정말 아름다운 여인이군요!"

예상하지 못한 설향의 칭찬에 인아는 당황했다. 그러나 왠지 그 음성에 못마땅하다는 기색이 느껴져 인아가 움찔하고 말았다.

"갑자기 이렇게 들이닥쳐서 미안해요. 하지만 화급한 일이라 실례를 무릅쓴 것이니 인아 낭자께 이해를 구합니다."

정중하면서도 차가운 설향의 말에 인아는 어찌할 바를 몰랐다. 회안의 정혼자라는 설향, 생각보다 아름답고 당당해 보이는 그녀의 모습에 인아는 이상하게 점점 자신감이 사라졌다. 회안에게 자신하고만 친해져야 한다고 했으나 눈앞에 있는 설향을 보니 그녀와 친해지지 말라는 자신의 부탁이 퍽이나 어이없어 보였다.

"남해 용궁에서 오신 분이 맞으시죠?"

설향의 단정적인 말투에 인아가 깜짝 놀라고 말았다. 그녀가 자신의 존재를 알고 있다는 사실에 어쩐지 마음 한구석이 시렸다. 회안이 그녀에게 그런 가문의 비밀까지 말할 정도인 것인지 서운했다. 인아가 얼른 대답을 하지 못하고 있자 답변을 짐작한 설향이 말을 이었다.

"교인들은 모두가 아름답다고 하더니 그 소문이 틀린 말이 아니었군요."

"아, 아닙니다."

예상치 못한 설향의 찬사에 인아가 더듬거렸다. 그리고 그녀가 왜 갑자기 자신을 찾았는지 궁금했다. 인아가 미처 질문하기도 전에 설향이 설명을 해주었다.

"저희 양씨 가문과 주씨 가문은 해월국의 건국 초기부터 함께
해 온 집안입니다. 주씨 가문에서 교초를 바다 건너 여러 곳에 판
매할 때 타는 그 배들을 건조해 왔죠. 덕분에 주씨 가문이 번성할
수록 저의 집안도 함께 번성해 왔답니다."

설향의 설명에 인아가 고개를 끄덕였다. 회안이 가주가 되고 나
서 교초는 해월국에서 소비되는 물량보다 외국에서 판매되는 것
이 더욱 많다고 인아도 들었던 참이다. 그렇게 여기저기 항해하는
주씨 가문에게 튼튼한 배를 조달하는 것은 매우 중요한 일임에 틀
림없었다.

"네, 저도 들었습니다."

인아가 대답하자 설향이 인아의 눈을 바라보았다. 설향의 눈빛
이 순간 날카롭게 반짝거렸다.

"그럼 지금 나리께서 어떤 위기에 있는지도 아시겠군요?"

설향의 말에 인아는 흠칫했다. 마치 인아에게 왜 이곳에 있느냐
고 비난하는 것만 같았다. 아바마마께서 회안에게 협약을 지키게
설득하라는 명을 받았다. 하지만 인아는 그가 어떤 위기에 있는
줄은 몰랐다. 그저 회안을 설득하면 된다고 생각하고 있었던 것이
다. 그리고 회안의 모습에서 불온한 분위기는 감지되지 않았던 것
이다.

"그게, 그것이 저는⋯⋯."

인아가 더듬거리자 설향이 작게 한숨을 쉬었다.

"역시, 나리께서는 낭자에게 아무런 말씀도 하지 않으신 모양

이군요."

　인아는 회안이 걱정되면서도 자신에게는 말하지 않았던 비밀을 설향에게 했다는 사실에 심장이 송곳에라도 찔린 것처럼 쓰라졌다.

　"낭자께서도 주씨 가문과 용궁 간의 협약 내용을 알고 있으시죠?"

　"네, 용궁은 교초를 제공하고 그 답례로 주씨 가문은 결계를 보호한다고 들었습니다."

　인아의 답변에 설향이 고개를 끄덕였다.

　"맞아요. 그럼 혹시 낭자는 주씨 가문이 결계를 보호하기 위해서 어떤 희생을 치르고 있는지 아시나요?"

　인아는 고개를 저었다. 아바마마도 오라버니도 그 부분에 대해서는 함구하였다. 회안이 결계를 지키기 위해서 다른 방법을 고민하고 있다고 하였다. 그래서 인아는 그런 회안을 믿고 있었다.

　"잘 모르시는군요. 주씨 가문은 결계를 지키기 위해서 한 대에 한 명씩 차자를 희생해 왔습니다. 즉, 엄청난 부를 누리는 대가로 아들을 희생하는 거죠!"

　엄청난 설향의 말에 인아는 충격을 받았다. 설마, 그렇게 잔인한 희생을 치렀다니, 회안의 목소리가 인아의 머릿속을 울렸다.

　"전체를 위해서 누군가에게 희생을 강요하는 것은 옳지 않소! 그 사람에게는 인생 전부가 걸린 문제니까!"

인아는 두려워 몸을 떨었다. 그리고 설향의 다음 말이 너무나 두려웠다. 듣고 싶지 않았다. 귀를 막고 싶었다.

"인아 낭자, 나리를 진정 돕고 싶다면 본인이 어떻게 해야 할지 생각을 좀 해보세요!"

설향의 말에 인아의 심장이 덜컥거렸다.

"그, 그것이?"

놀란 인아가 설향을 바라보며 물었다. 설향의 입가에 비릿한 미소가 떠올랐다.

"이곳에 낭자가 온 이유가 무엇입니까? 협약이 하루라도 빨리 준수되기를 바란 것이 아닙니까?"

설향이 말이 날카롭게 인아의 귀에 꽂혔다.

"그렇다면 하루라도 빨리 나리가 혼인을 하시게 하는 것이 도리에 맞지 않습니까?"

설향의 논리적인 말에 인아가 침묵을 지켰다. 용궁을 위한다면 설향의 말대로 하루라도 빨리 회안이 약속을 지키게 하는 것이 맞았다. 하지만 차자의 피를 바쳐야 한다니 인아는 협약에 숨겨진 엄청난 주씨 가문의 희생에 머리가 멍해졌다.

그저 부귀와 영화를 누릴 것이라 여겼던 주씨 가문에서 견뎌온 희생은 그리 단순한 것이 아니었다. 어린 나이에 이유도 모른 채 바닷속으로 빠졌을 그들을 떠올리자 인아는 심장이 저릿했다.

어쩌면 인아가 구했던 그 소년도 그런 운명은 아니었을까? 마치 체념한 듯 평온하게 죽음을 받아들이던 그의 얼굴이 처연했었다. 아름다운 그가 다시 눈을 뜨기를 그래서 힘차게 살기를 인아는 바랐었다.

"하지만…… 나리께서는 결계를 지키는 다른 방법을 찾아보시겠다고 하셨습니다!"

인아가 힘없이 대답했다. 하지만 인아는 자신의 목소리가 미덥지 못하다는 것을 아프게 느끼고 있었다.

"다른 방법이 있었다면 이런 희생이 200년 가까이 지속될 리가 없겠죠."

냉정하게 설향이 사실을 지적했다.

"낭자가 나리 곁에 있는 것은 나리에게 전혀 도움이 되지 않습니다. 교인들의 아름다움은 항상 사내들을 미혹시키니까요."

설향의 말에 인아가 몸을 움츠렸다. 단지 정말 회안이 인아에게 흥미를 느끼고 있는 것일까? 하지만 분명 그는 그녀를 곁에 두고 싶다고 했었다.

"하지만 이미 정혼녀가 있으신 나리의 곁에 묘령의 여인이 있으니 여러 가지 말들이 나오고 있는 것이 아닙니까?"

설향의 비난에 인아는 할 말을 잃었다. 인아가 회안의 곁에 있는 것이 사람들에게는 다른 의미로 받아들여질 수 있다는 것을 그제야 깨달았다.

"제가 어찌하기를 바라시는 것입니까?"

인아가 아프게 설향을 바라보았다.

"하루라도 빨리 나리의 곁에서 떠나세요. 낭자가 계속 옆에 있으니 나리가 계속 신경을 쓰는 것이 아닙니까?"

인아는 그제야 자신이 지금까지 회안에게도, 그리고 용궁에도 큰 도움이 되지 않았다는 것을 깨달았다. 자신은 그저 욕심을 내고 투정을 부렸다. 오직 자신만을 보아달라고, 누구와도 친해지지 말라며 회안에게 어리광만 피운 것이었다.

"계속 나리가 협약을 미루시면 큰일이 날 거예요. 과연 용궁에서 협약의 준수를 계속 미루는 나리를 두고만 보겠습니까? 어쩌면 용궁에서는 차자를 바칠 수 있는 다른 사람을 선택할 수도 있지 않겠습니까?"

인아는 비틀거렸다. 설마, 사인 오라버니가 말했던 다른 방법을 찾고 있다는 것이 이것을 의미하는 것인가?

"인아 낭자, 나리를 위한다면……."

설향이 잠시 말을 끊고 인아의 눈을 똑바로 바라보았다.

"무엇이 나리를 위한 것인지 잘 생각해 보세요."

인아는 자신을 휘감는 한기에 몸을 움츠렸다. 설향이 하지 않은 말을 인아는 이해하였다. 그를 위한다면 인아가 떠나야 하는 것이었다. 처음부터 시간은 정해져 있었다. 인아가 머물 수 있는 시간은……. 한시라도 빨리 그녀가 사라지는 것이 회안에게 도움이 된다면 인아는 그럴 수밖에 없었다. 처음으로 온 마음을 다하여 은애하는 그를 떠나는 것이 마치 심장을 떼어놓는 것처럼 아팠지만 해야만 했다.

"알겠습니다. 제가 떠나겠습니다."

인아의 나직한 대답에 설향이 차갑게 고개를 끄덕였다.

"그럼 그리 알고 저는 돌아가겠습니다."

냉정하게 인사를 하고 멀어져 가는 설향의 뒷모습을 인아는 아픈 마음으로 그저 바라보았다. 이홍원에 내린 7월의 햇살이 너무나 뜨겁기만 했다. 마치 물가에 나와 말라가는 생선처럼 그렇게 인아는 고통에 몸부림쳤다.

갑작스럽게 다가온 정인이었다. 인아가 미처 어떤 생각을 하기도 전에 폭풍처럼 다가와 인아의 마음을 온통 가져가 버린 그였다. 하지만 그의 곁에 머물 수 없는 자신이었다.

은애한다는 것은 그와 함께 세월을 나누며 추억을 쌓아가는 것이었다. 그럴 수 없는 자신의 처지가 이렇게 야속했다. 그의 곁에 머물 수만 있다면, 그의 곁에서 함께 숨쉬고, 그와 함께 나이 들어갈 수 있다면!

영원한 청춘과 늙지 않는 미모가 그 무슨 소용이 있겠는가? 그것을 어여삐 여겨줄 정인 없다면! 인간보다 긴 교인의 생명이 이렇게 잔인하게 느껴진 것은 처음이었다. 태양이 길게 꼬리를 늘이며 산등성이를 넘어갈 때까지 인아는 계속 이홍원 연못 주변을 서성였다.

❖

"아바마마!"

조용하던 사인의 목소리가 평소와 달리 매우 높았다. 허겁지겁 안으로 들어오는 사인의 눈빛이 마치 불이 타는 것처럼 붉었다. 흥분하게 되면 핏빛처럼 붉어지는 사인의 눈빛이 오늘은 평소보다 더욱 진해서 불길하게 느껴졌다.

"태자마마!"

어전을 가득 채우고 있던 교인들 틈에서 유독이 까만 머리를 지닌 교인이 그런 사인을 제지하려는 듯이 사인을 불렀다. 그의 음성은 사인을 향해 예를 갖추고 있었으나 그 시선은 이상하게 차갑고 날카롭게 느껴졌다.

"그래, 무슨 일이냐?"

남해 용왕의 근엄한 목소리에 사인이 급히 보고를 했다.

"그것이 어젯밤에 뭍으로 나가려던 두 교인의 행방이 감쪽같이 사라졌습니다."

사인의 보고에 까만 머리의 교인이 냉정하게 말했다.

"교인들이 결계를 넘어가면 돌아오기까지 그 행방이 묘연한 것은 당연하지 않습니까?"

"승상, 단순히 그러한 일이 아닙니다. 분명 결계를 넘어가기 전에 누군가 그들을 잡아간 것 같습니다."

사인의 말에 어전의 분위기가 순식간에 공포로 술렁거리기 시작했다. 결계를 넘어 인간 세상에 섞인 교인들이 종종 불행한 상황을 마주하는 것은 드문 일이 아니었다. 가끔은 인간들의 싸움에 말려들기도 하고, 예기치 않은 사고로 죽기도 했다. 그리고 최근 수년간 실종되어 돌아오지 못하는 여자 교인들이 조금씩 늘어나고도 있었다. 하지만 결계를 넘어가기 전에 누군가에게 잡혀갔다는 것은 근 이백여 년 만의 일대 사건이었다.

"그렇게 판단하신 근거가 무엇입니까?"

승상이 날카롭게 다시 질문을 했다.

"이것을 보십시오!"

사인이 무엇인가를 그들의 앞에 내밀었다. 그러자 일순 교인들의 입에서 비명 같은 신음이 쏟아졌다.

"사인, 설마, 그것이?"

남해 용왕도 초유의 사태에 차마 말을 끝맺지 못했다. 그것은 얇은 교초처럼 보였다. 그러나 곧 그것은 마치 살아 있는 것처럼 꿈틀거렸다. 붉은 혈액이 묻어 있는 그것은 분명 교인의 지느러미의 일부였다. 손바닥 크기만 한 그것은 교인의 생명을 위협하지는 않겠지만 잘려진 부분이 검으로 베인 것처럼 날카로웠다.

"네, 아바마마."

사인이 비통하게 남해 용왕의 질문에 고개를 끄덕였다.

"어찌 이런 일이?"

남해 용왕이 긴 탄식을 내뱉었다. 교인과 한 몸이 되어야 할 지느러미의 일부가 떨어져 있다는 것은 분명 범상한 일이 아니었다.

"그리고 이상하게도 교인들을 납치한 자는 오히려 본인들의 납치 사실을 알리려는 것처럼 여봐란 듯이 이것을 남겨두고 갔습니다."

사인의 보고에 남해 용왕이 무겁게 고개를 끄덕였다. 분명 결계를 넘어 들어온 자가 있었던 것이 분명했다. 결계 바깥에서 발생한 일이라면 지느러미의 일부가 저렇게 남지 않을 것이었다. 육지에서는 옷으로 변한 지느러미를 일부 잘라내어도 그대로 옷감의 형태를 유지하기 때문이었다.

"아무래도 용왕마마, 주씨 가문의 협약 이행이 지연되어 발생한 일이 아닌가 하옵니다."

승상의 말이 어전을 갈랐다. 다시 웅성웅성 소요가 일어났다. 그 웅성거림에는 공포가 스며 있었다. 결계가 제대로 유지되지 않으면 교인들에게는 큰 위험이었다. 일단 뭍으로 안전하게 나가는 일이 어려워지고 용궁의 위치가 어부들에게 발각될 수도 있었다.

"음!"

남해 용왕이 무거운 한숨을 쉬었다. 대략 이백여 년 전 인간들에게 용궁의 위치가 거의 노출될 뻔한 사건이 있었다. 그때의 혼란이 얼마나 심각했는지 당시 아직 다섯 살밖에 되지 않았던 남해 용왕의 기억에도 그것은 뚜렷하게 남아 있었다. 이제 세월이 흘러 그 일을 직접적으로 겪은 교인들은 얼마 남지 않았으나 그것은 용궁 역사에 큰 사건으로 기록되어 있었다.

"용왕마마, 이제 더 이상 망설일 수가 없습니다. 어서 결단을 내리십시오."

승상의 냉정한 말에 교인들이 동의한다는 듯, 고개를 끄덕였다.

그러나 용왕은 쉽게 결단을 내리지 못하겠는지 묵묵부답이었다. 이미 이백 살이 넘은 용왕이 이렇게 결정을 망설이는 것은 드문 일이었다.

"사인, 일단 주씨 가문의 가주에게 얼른 연락을 하도록 하라."

용왕의 명령에 사인이 고개를 숙였다. 그리고 급하게 어전을 물러났다. 그 뒷모습을 승상이 날카롭게 바라보고 있었다. 그의 눈빛이 불온한 기운을 띠며 불길하게 반짝거렸다.

밤이 늦어도 회안은 돌아오지 않았다. 초조한 인아의 마음과는 상관없이 시간은 빠르게 흘러갔다. 무슨 일이 있는 것인지, 인아는 알 수 없는 불안감에 몸을 떨었다. 설마 그에게 안 좋은 일이 있는 것은 아닐까? 인아의 심장이 설명할 수 없는 공포로 두근거렸다.

"그게 사실이에요?"

새된 목소리로 소리를 지른 것은 난이였다. 갑작스레 들려온 목소리에 인아가 잠시 걸음을 멈칫했다. 회안을 기다리다 지쳐 잠시 산책을 나온 참이었다.

이홍원은 연못 주변으로 태호석(太湖石, 태호 주변의 언덕에서 채취하는 까무잡잡하고 구멍이 많은 복잡한 형태의 기석)으로 장식을 한 후 구불구불하고 꺾이는 지점이 많은 다리들에 둘러싸여 있었다.

그래서 연못 주변을 산책하는 것은 의외로 시간도 걸리고 꽤나 재미있는 일이었다.

"쉿, 조용히 하거라. 그저 소문일 뿐이야!"

흥분한 난이를 말리는 맹 유모의 음성이 나직하게 들려왔다. 인아가 걷다 보니 어느새 이홍원을 벗어나 유청각까지 이른 참이었다. 시간이 늦어서 맹 유모와 난이도 잠자리에 들려는지 이리저리 이홍원 주변의 마지막 문단속을 하고 있었다.

"그래도, 그게 정말일까요? 교인은 남녀를 불문하고 무척 아름답다고 하던데……."

난이의 목소리가 기대로 떨리고 있었다. 그냥 지나치려던 인아가 교인이라는 말에 저도 모르게 걸음을 멈추고 말았다.

"나도 그렇게 들었다. 그래서인지 아주 내로라하는 대갓집부터 돈푼깨나 있는 자들까지 어찌 그리 소식을 들었는지 은밀하게 교인을 보게 해달라고 난리도 아니라는구나."

맹 유모의 낮은 목소리가 인아의 고막을 자극했다.

'설마, 교인이 잡혔단 말인가?'

"그런데 그동안에도 매번 교인입네 하면서 사내들을 후린 여인들이 한둘인가요? 그리고 미모로만 보자면 저희 나리가 더욱 교인같아 보이지 않습니까?"

난이가 그렇게 중얼거렸다.

"하긴……."

맹 유모가 난이의 말에 동의한다는 듯이 살짝 미소를 지었다.

그리고 두 사람은 빠르게 유청각에서 사라졌다.

인아가 공포로 그 자리에 돌처럼 굳어버렸다. 정말 사실이라면 이것은 보통 일이 아니었다. 예전에는 육지로 나온 교인들이 자주 사람들에게 잡히곤 했다. 100일간은 완벽한 인간의 모습을 하고 있고 게다가 아름다운 교인들을 탐하는 인간들이 많았다. 교인들은 인간에게 정체가 발각되는 순간, 남녀를 불문하고 성적인 노리개가 되었다.

그러나 잔인하게도 인간들은 100일이 지나도 교인들을 바다로 돌려보내지 않고 물속에 가두고 마치 애완동물처럼 보곤 했다고 한다. 그렇게 죽어간 교인들이 부지기수였다. 한동안은 인간들에게 잡힌 교인의 수가 얼마나 많았던지 매우 위험한 지경에까지 이르렀다. 교인이라면 모두가 그 이야기를 알고 있었다.

'만약 사실이라면?'

인아는 상상만으로 몸이 움츠러들었다. 분명 결계에 이상이 발생한 것이 분명했다. 그 이야기는 용궁에서 계속 이대로 상황을 방관하지 않으리라는 뜻이기도 했다.

아무래도 오전에 왕 서방이 회안에게 고한 일이 이 일과 관련된 일이 아닌가 싶었다. 대체 무슨 일이 벌어지고 있는 것인지, 인아의 심장이 빠르게 고동치고 있었다. 초조한 마음에 연못 주변을 서성거리던 인아는 곧 누군가의 기척을 느꼈다.

부글부글!

연못의 물이 마치 끓는 것처럼 보이더니 사인이 달빛에 모습을 드러냈다.

"오라버니!"

불안하던 차에 반가운 오라버니의 얼굴을 보니 인아의 눈에서 울컥 굵은 눈물이 솟아났다.

"인아야."

사인의 목소리는 여전히 다정했지만 그의 얼굴이 너무 심각해 보이는 것이 인아는 마음에 걸렸다.

"오라버니, 설마 결계에 무슨 이상이 생긴 것인가요?"

인아의 질문에 사인이 무겁게 고개를 끄덕였다. 사인의 긍정에 인아의 심장이 툭 하고 바닥에 떨어졌다. 차가운 바람이 인아의 뒷목을 스쳐 지나갔다.

"그렇단다. 누군가 결계를 넘어 들어와 교인들을 납치한 것 같다."

"설마, 그럼 정말로 교인들이 인간들에게 잡혔단 말씀입니까?"

인아의 목소리가 높아졌다. 그렇다면 분명 용궁에서는 회안에게 협약을 이행하라 압력을 가해올 것이 분명했다.

"그래서 아무래도 긴급하게 회안을 만나야 한다. 그는 안에 있느냐?"

"아니요, 아침나절에 급히 나가시고는 아직 돌아오지 않으셨습니다."

사인이 하얀 손을 들어 그의 턱을 난감하다는 듯이 쓰다듬었다.

"인아야, 회안에게 어서 빨리 협약을 지켜달라는 용궁의 말을 전해주렴. 내가 내일 다시 같은 시간에 방문할 테니 그 이야기도 함께 전해주고, 알았지?"

인아의 심장이 졸아들었다.

"협약의 준수라 하면 나리께서 어서 혼인을 올려야 한다는 그 말씀이십니까?"

인아의 목소리가 떨렸다.

"그래. 그렇단다. 하루라도 빨리 어서 혼인을 올려야 한다고 전해주렴. 이제는 용궁에서도 더 이상 기다리기가 쉽지가 않다고……."

사인의 얼굴도 심각했다.

"하지만 왜 이렇게 서둘러 혼인을 해야 하는 것입니까?"

"인아야, 본래 약속대로라면 회안이 이미 10년 전에 주씨 가문의 차자로서 이 협약을 준수해야만 했다. 하지만 그해 예상치 못하게 회안의 아버지와 장자까지 사고로 죽어 그 협약은 지켜지지 않았지. 그래서 마녀가 지금까지 10년을 기다려 왔다."

그렇다면 회안이 바로 그 협약으로 인해 죽을 수도 있었단 말인가? 인아가 공포에 몸을 움츠렸다.

"결계를 지키는 마녀가 바라는 것은 바로 단 하나, 그것은 오직 주씨 가문에서만 할 수 있는 일이다. 따라서 그것을 수행하려면 그가 어서 혼인을 해서 아이를 낳아야 한단다. 더 이상 늦어지면 무서운 일이 일어날지도 몰라."

"그 무서운 일이란 것은 무엇입니까? 설마 거래 당사자를 차자

249

의 피를 바칠 수 있는 다른 사람으로 변경할 수도 있다는 뜻입니까? 그렇다면 나리는 어떻게 되는 것입니까?"

인아의 질문에 사인이 잠시 침묵을 지켰다. 하지만 이내 결심한 듯 사인이 무거운 목소리로 대답했다.

"협약의 내용은 주씨 가문과 용궁 간의 비밀이다. 만약 회안이 그것을 알고도 지킬 수 없다면, 그 비밀이 지켜질 수 있도록 다른 조치가 취해져야겠지."

"그 말씀은, 설마 나리가 죽을 수도 있다는 뜻입니까?"

사인이 인아의 녹색 눈을 지그시 들여다보았다. 인아의 눈동자 속에 어린 감정이 낯설어 사인은 고개를 갸웃했다. 그 감정은 매우 강렬하면서도 동시에 따듯하고 아름다웠다. 인아가 회안에게 느끼는 그 감정의 결이 생각보다 견고하고 깊어 보여 사인은 걱정스러웠다.

"그럴 수도 있겠지."

무거운 사인의 대답에 인아의 녹색 눈이 커다랗게 떠졌다. 그리고 이내 그녀의 표정이 이상하게도 차분해졌다. 슬픔인 듯, 이상하게도 그 눈빛이 마녀의 눈빛처럼 복잡해 보였다.

"알겠습니다."

인아가 고개를 끄덕였다. 심장이 검으로 베인 것처럼 아팠지만 인아는 애써 웃음을 보였다. 본인이 이곳에 온 임무를 떠올리며 굳게 마음을 다잡았다. 아직은 용궁에서 거래 당사자를 변경한다는 결정을 하지 않은 것이 분명했다. 하지만 정말로 그럴 가능성이 있다면 어떻게 해서든 회안을 설득해야만 했다. 그가 다른 여인과 혼인하는 모습을 보는 것이 괴로웠지만 그를 위해서라면 인아는 해야만 했다.

"그럼, 부탁하마."

사인이 조용히 연못 속으로 사라지는 것을 인아가 아릿한 눈빛으로 바라보았다. 달빛에 나린 이홍원의 연못 수면이 마치 얼음이 언 것처럼 차갑게 은빛으로 반짝거렸다.

"그래, 교인들은?"

"네, 무사합니다."

어두운 밤, 두 사내의 그림자가 바닥에 길게 드리워져 있었다. 사람들의 시선을 저어하는 듯 관전가(觀前街, 소주의 가장 큰 번화가) 뒤편의 작은 호동(胡桐, 작은 골목)이었다. 키가 큰 사내의 입술의 한쪽 끝이 미세하게 위쪽으로 올라갔다.

"그래서 그들에게 뭐 들은 이야기가 있는가?"

키가 큰 사내의 질문에 이내 상대편 남자가 뭐라 속삭였다. 남자의 답변을 예상했던 듯 키가 큰 사내가 고개를 끄덕였다. 그리고는 곧 품 안에서 주머니 하나를 꺼내어 다른 사내에게 내밀었다. 곧, 주머니를 받은 사내가 바람처럼 사라졌다.

키가 큰 사내가 몸을 돌려 관전가 쪽으로 걸어갔다. 작은 호동 사이에도 운하의 지류가 흘렀다. 호동 양쪽의 하얀 벽이 달빛에 차갑게 반짝거렸다. 그렇게 거칠 것 없이 큰 보폭으로 걷는 사내의 뒤로 수상한 그림자가 움직였다.

스사삭!

곧 지붕 위에 흑의로 머리끝에서 발끝까지 몸을 감싼 두 자객이 모습을 드러내었다. 두 사람의 검이 차가운 달빛에 반짝거린 순간, 순식간에 두 남자는 키가 큰 사내의 앞에 모습을 드러내었다.

"받아라!"

자객의 음성에도 키가 큰 사내는 조금도 동요하지 않았다. 마치 이들의 방문을 기다리고 있었던 것 같았다. 키가 큰 사내는 날렵하게 몸을 옆으로 비켜섰다. 그리고 들고 있던 가느다란 부채로 자객의 목덜미를 내려쳤다. 비록 검은 아니었으나 급소를 맞은 충격에 자객은 곧 바닥으로 쓰러졌다.

휘익!

그사이 또 다른 자객의 검이 바람을 갈랐다. 그 순간 키가 큰 사내의 흑요석 같은 눈동자가 달빛에 반짝거렸다. 인간 같지 않은 미모를 자랑하는 사내의 얼굴에 서늘한 표정이 서렸다. 서릿발처럼 차가운 그 눈빛에 검을 든 자객은 설명할 수 없는 공포에 몸이 굳는 것 같았다.

"헉!"

이내 자객은 검을 바닥에 떨어뜨렸다. 눈 깜짝할 사이에 사내가 자객 팔의 혈을 눌러 버렸던 것이다. 팔이 순식간에 마비가 되었고 자객의 눈에 당황스런 빛이 스쳤다. 그저 장사만 잘하는 문약한 사내가 아니었던 것이다. 번개 같은 솜씨와 그 움직임을 예상할 수 없는 빠른 몸놀림이었다.

"가서 전하시게. 이번까지는 참아주겠으나 다음번에도 나의 자비를 기대하지는 말라고."

키가 큰 사내는 그리 냉정하게 내뱉고는 마치 아무 일도 없었던 것처럼 뚜벅뚜벅 걸어갔다. 운하로 길게 드리워진 버들가지가 밤바람에 불길하게 팔랑거렸다. 뭔가 무시무시한 일이 곧 일어날 것만 같은 불안한 정적이 관전가를 휘감고 있었다.

❖

저벅, 저벅, 저벅!

바깥에서 들려오는 걸음 소리에 인아가 의자에서 부리나케 일어났다. 회안의 발걸음 소리였다. 인아가 참지 못하고 방문까지 달려나갔다. 문을 열고 들어서는 그를 인아가 강하게 끌어안았다. 귓가에 울리는 그의 힘찬 고동 소리가 마음을 안정시켰다.

"하하, 그대가 이렇게 열렬하게 환영을 다 해주니 기분이 좋은걸?"

회안도 두 팔을 들어 그녀를 부드럽지만 강하게 끌어안았다. 그리고 그의 턱이 인아의 정수리에 닿았다. 그의 품에 마치 맞춘 것처럼 그녀의 몸이 포옥 안겨 있었다. 그렇게 잠시 두 사람은 아무런 말 없이 서로에게 기대고 있었다.

"무슨 일이 있었소?"

회안이 인아의 몸을 살며시 떼어내고 그녀의 두 눈을 바라보며 물었다. 겨우 며칠밖에 함께하지 않았음에도 회안은 민감하게 인아의 감정 상태를 파악하고 있었다. 지금 불안으로 떨고 있는 인아의 상태를 알아차린 것이 분명했다.

인아가 아무런 대답도 하지 않고 있자 회안이 그녀를 번쩍 안아 들었다. 그리고 큰 보폭으로 성큼성큼 걸어가 침상에 앉았다. 그의 품에 아기처럼 머리를 기대고 인아는 그의 무릎에 앉아 있었다. 포근했다. 이 품에 계속 안겨 있을 수 있다면 얼마나 좋을까? 인아는 이룰 수 없는 자신의 소망이 안타깝기만 했다.

"나리!"

인아의 목소리가 가늘게 떨렸다. 차마 말을 해야 하는데 어떻게 말을 꺼내야 할지 알 수가 없었다. 그래서 우선 아침나절 긴급하게 나갔던 일이 어떻게 되었는지 물었다.

"나가신 일은 어떻게 되셨습니까?"

"그것은 그대가 신경 쓸 일은 아니라오."

회안의 목소리는 부드러웠지만 더 이상의 대화는 거부하고 있었다. 인아는 그것이 슬펐다. 정혼녀인 설향에게는 할 수 있는 이야기를 인아에게는 하지 않는 것이었다. 그가 자신을 밀어내는 것 같아 마음 한구석이 아픔으로 서걱거렸다.

"그대까지 그런 머리 아픈 일에 신경 쓸 것 없소."

회안이 그렇게 속삭이며 인아의 머리를 부드럽게 쓰다듬었다. 그에게 인아는 그저 귀여워하는 작은 소녀에 불과한 것이다. 그의 고민을 함께 나눌 수 없는 그저 그의 귀여움만을 받는 존재. 그가 자신을 귀여워하는 것이 싫은 것은 아니었다. 하지만 회안이 그녀에게도 고민을 털어놓고 함께 나누기를 바라는 것은 지나친 욕심인 걸까?

"오늘 사인 오라버니가 왔습니다."

인아의 말에 회안이 못마땅하다는 듯이 중얼거렸다.

"쓸데없는 일을 했군!"

그의 말에 인아가 몸을 움츠렸다. 자신이 오라버니와 이야기를 나누고 용궁의 의사를 전달하는 것은 쓸데없는 일인 것일까? 못마땅해하는 회안의 감정이 인아에게 고스란히 전달되고 있었다.

"하지만 협약을 지키려면 나리께서 호, 혼인을 해야 한다고 들었습니다."

자신감이 떨어졌지만 인아는 그래도 할 수 있는 한 열심히 그를 설득해 볼 작정이었다.

"그렇소. 협약을 지켜야 하니까, 당연히 그래야겠지."

회안의 목소리는 평온했다. 인아가 그의 품에서 고개를 번쩍 들고 그의 얼굴을 바라보았다.

"그럼, 설마, 호, 혼…… 인이 결정되신 것입니까?"

인아가 떨리는 목소리로 물었다. 그를 위해서는 다행이라는 생각이 들면서도 그가 혼인을 한다는 생각만으로도 인아의 심장이 찢기는 기분이었다.

"인아 낭자?"

진지한 회안의 부름에 인아가 고개를 들었다.

"그대는 임무가 끝나면 어찌할 작정이오? 그냥 본래 계획대로 용궁으로 돌아갈 작정이오?"

회안의 질문이 두 사람 사이에 무겁게 걸렸다.

"지상에 머물 수는 없으니까요."

인아의 대답이 아릿했다. 머물고 싶지만 머물 수 없는 자신의 처지가 슬퍼졌다.

"만약 지상에 머물 수 있는 방법이 있다면 그대는 그리하고 싶소?"

회안의 얼굴이 진지했다.

"네, 저도 완벽한 인간이 되고 싶습니다. 그래서 나리 곁에 머물 수 있었으면 좋겠습니다."

인아는 그렇게 간절한 눈빛으로 회안을 응시하였다. 하지만 어떤 방법이 있을까? 회안이 그런 인아를 부드러운 눈빛으로 바라보았다. 그리고 기다란 손가락으로 인아의 뺨을 부드럽게 쓰다듬었다. 그 움직임이 애틋했다.

"하지만 그대가 인간이 되려면 많은 것을 포기해야만 하오. 짧은 생명과 늙어가는 고통을 겪어야 하지. 지금처럼 아름다운 이 미모도 시간과 함께 사라지고 말거요."

"청춘이 다해서 마음이 시들면 아름다운 외모를 유지하는 것이 무슨 의미가 있겠습니까?"

아무리 청춘이 지속되어도 그것을 함께할 정인이 없으면 그것이 무슨 청춘이겠는가? 늙고 추해지더라도 그런 상대방의 모습까지 함께 보듬어 살아가는 것이 아름답고 가치 있는 삶이 아닐까?

"은애하는 이와 함께 살아가면서 추억을 만들 수 있다면 그게 더욱 행복한 삶이겠지요."

인아가 그의 심해처럼 깊은 눈을 바라보며 속삭였다. 그와 함께 추억을 만들고 싶었다. 가끔은 아름답지 않은 모습을 보일지라도 그 모습까지 서로의 한 부분으로 받아들일 수 있는 그런 시간을 함께하고 싶었다.

"하지만 아주 중요한 대가를 치러야 한다면, 낭자는 그래도 인간이 되고 싶소?"

회안이 눈빛이 강렬했다. 마치 인아 안의 진실을 구하는 듯 마치 영혼을 파헤치는 눈빛이었다.

"네."

인아의 음성이 단호했다. 그런 인아를 바라보던 회안이 그녀를 제 품에 살갑게 끌어안았다.

"가끔 생각해 보곤 한다오. 결국 용궁으로 돌아간 초대 가주의 정인이었던 그 교인은 그 이후 어떻게 살았을까?"

회안의 말에 인아의 심장이 저릿했다.

"남은 시간 계속 정인을 그리워하며 살았겠지요. 은애하면서도 함께할 수 없는 운명을 저주하면서요."

그리 대답하는 인아의 가슴이 슬픔으로 먹먹해졌다. 인아도 그렇게 계속 남은 생을 그를 그리워하면서 살아야만 했다.

"난 그렇게 살고 싶지 않소."

회안의 음성이 단호했다.

"나는 어떻게 해서든 방법을 찾을 거요!"

인아가 그의 허리를 꼭 끌어안았다.

"나리!"

인아가 고개를 들어 그의 눈을 간절하고 애타는 눈빛으로 바라보았다. 회안도 깊은 눈빛으로 그런 인아의 눈을 응시했다. 두 사람의 눈 속에는 오직 서로뿐이었다. 인아의 녹색 눈이 촉촉하게 젖어들었다. 회안의 깊은 심해같이 짙은 눈동자에도 따스한 아지랑이 같은 일렁거림이 넘실거렸다.

"인아!"

그도 달콤하게 인아의 휘를 불렀다. 인아가 그의 머리를 작은 손으로 부여잡고 그의 입술에 먼저 입술을 맞추었다. 그의 부드러운 입술에 인아의 꽃잎같이 촉촉한 입술이 가벼운 깃털처럼 닿았다. 인아가 혀를 내밀어 그의 입술을 이리저리 쓰다듬었다. 작은 혀가 안으로 들어가게 해달라고 애원하는 것 같았다.

회안이 입술을 벌리자 인아가 자신의 작은 혀를 안쪽으로 밀어넣었다. 그리고 인아가 그의 혀를 포박하고는 정성스럽게 빨아댔다. 두 눈을 살포시 감고 회안의 입술을 탐하는 인아는 사랑스러우면서도 사내의 욕망을 강하게 자극하고 있었다.

"하아!"

회안의 거슬거슬한 혀가 인아의 혀를 반기듯이 그녀의 혀를 얽었고 마음껏 빨아들였다. 그럴 때마다 인아의 등줄기가 움찔거리며 달콤한 저릿함이 흘렀다. 곧 그의 혀가 인아 입속의 부드럽고 민감한 부분을 핥았다.

"아흥!"

저도 모르게 유혹하는 콧소리가 새어 나왔다. 그가 그곳을 혀끝으로 간질이자 인아의 작은 몸이 움찔하며 살짝 뛰어올랐다. 회안의 커다란 손이 인아의 잘록한 허리를 강하게 잡아주고 있었다.

인아는 입맞춤만으로도 자신의 하초가 흥건하게 젖어드는 것을 깨달았다. 그에게 닿고 싶었다. 그의 체온을 느끼고 싶었다. 그것만이 유일하게 그가 그녀 곁에 있다는 증거 같았다. 그의 따뜻한 피부가 제 피부에 닿으면 인아는 조금 더 안심할 수 있을 것 같았다.

인아가 떨리는 손으로 그의 심의를 벗기려 노력을 했다. 성급하게 그의 심의 자락을 벌리고 그의 탄탄한 가슴근육을 그녀의 작은 손이 더듬었다. 그녀의 손길에 그의 근육이 반응하며 움찔거렸다.

"인아!"

곧 그도 급하게 그녀의 착수배자를 벗겨내고 급하게 저고리의 옷고름을 풀었다. 마음이 급한 나머지 저고리를 확 팔 아래로 끌어 내리자 그녀의 보드랍고 하얀 어깨와 사랑스러운 젖무덤이 회안의 시선에 노출되었다.

"그대는 꿀처럼 달콤하고 아름답소!"

그가 속삭여 주는 사랑스러운 말이 인아를 더욱 자극했다. 그의 혀가 할짝거리며 올려 묶은 치마 위로 드러난 그녀의 가슴을 핥았다.

찌릿!

엄청난 열기가 인아를 채웠다. 그녀도 상상할 수 없는 강렬한 열정으로 그의 심의를 벗겨내려 노력했다. 서로의 몸에 반쯤 걸린 옷자락에도 상관없이 두 사람은 애타게 서로를 탐했다. 인아가 대담하게 두 무릎을 벌리고 회안의 어깨를 짚고는 그에게 다시 입맞춤했다.

유혹하듯이 그녀가 자신의 풍만한 가슴을 그의 몸에 마찰시켰다. 서로의 유실이 부딪히며 뜨겁고 강렬한 기운이 서로를 감쌌다. 회안이 거칠게 그녀의 치맛자락을 걷어 올리고 거의 찢어내듯이 그녀의 속곳을 인아의 몸에서 떼어냈다. 그리고 자신의 고를 거칠게 끌어 내렸다.

"하아!"

츄릅, 츄릅, 서로의 입술을 탐하는 젖은 음란한 물소리가 방 안을 가득 채웠다. 인아도 회안도 이미 충분히 흥분해 있었다. 회안이 쪽 하고 소리를 내며 입술을 떼었다. 몽롱한 쾌감에 잠긴 인아의 얼굴이 도홧빛으로 아름답게 물들어 있었다.

"하아, 웃……."

회안이 거칠게 숨을 몰아쉬었다. 인아가 멍한 눈빛으로 그를 응시했다. 동시에 그가 커다란 손으로 인아의 허리를 들어 올렸다. 그제야 인아는 그가 자신의 몸속으로 들어오고 싶어한다는 것을 깨달았다.

"나리. 하아!"

인아도 빨리 그의 뜨거운 분신을 제 몸 안에 담고 싶었다. 인아가 그에게 협조하여 그의 강건한 어깨를 짚고 살짝 허리를 들어 올렸다. 그가 그의 불기둥을 이미 젖어 흐물흐물해진 인아의 꽃잎에 맞추는가 싶더니 강하게 인아의 몸 안쪽을 파고들었다.

"헉!"

이미 젖어 있다고는 하나 제대로 풀어지지 않은 인아의 꽃잎이 강하게 경련하며 그의 불기둥을 삼켰다. 버거운 것을 삼키느라 살짝 아프면서도 몸 안쪽이 짜릿했다. 그의 단단하면서도 부드러운 불기둥이 인아의 부드러운 점막을 강하게 마찰했다. 평소보다 훨씬 뜨겁고 강하게 느껴졌다.

"인…… 아!"

그도 헐떡거리며 그녀의 휘를 불렀다. 인아는 친해질 때마다 냉정해 보이던 그가 이렇게 이성을 잃고 몽환적인 눈빛으로 자신의 휘를 불러주는 것이 좋았다. 저도 모르게 인아의 동굴이 꿈틀거리며 그의 분신을 부드럽게 감쌌다.

"하앙…… 나리!"

인아가 그의 목을 강하게 부둥켜안으며 그의 목덜미에 자신의 얼굴을 묻었다. 동시에 그가 허리를 강하게 추어올리고 또한 그녀

261

의 허리를 자신 쪽으로 잡아당기며 그녀의 안쪽을 강하게 찔렀다.

푸욱, 푸욱, 찌걱, 찌걱!

너무나 강한 삽입에 인아의 작은 몸이 사정없이 흔들렸다. 그러나 인아도 열심히 그의 움직임에 맞추어 허리를 흔들었다. 그가 한쪽 손을 내려 그녀 다리 사이에 이미 존재를 드러내고 있던 붉은 진주를 요염하게 문질렀다.

"하악, 읏…… 아아, 아앙!"

그가 붉은 진주를 손가락으로 자극하자 체온이 갑자기 확 올라가는 기분이었다. 그리고 마치 연결된 것처럼 그녀의 동굴 안쪽이 음란하게 움찔거리며 그의 불기둥을 더욱 강하게 조였다. 그녀의 동굴을 마구 희롱하던 그의 분신이 지금까지보다 더욱 격렬하게 그녀의 안쪽을 휘젓기 시작했다.

"아앗…… 아…… 항…… 하아!"

지속적으로 자신을 삼켜 버리는 쾌락에 인아는 저항하지 않고 몸을 맡겼다. 이렇게 강렬하게 자신을 원하는 그가 사랑스러웠다. 그래서 인아도 태고의 움직임대로 그녀의 허리를 요염하게 움직였다.

자신이 희열을 느끼듯 그도 쾌락을 느꼈으면 했다. 그런 그녀의 마음을 알아차린 것처럼 그의 손가락이 강하게 그녀의 진주를 희롱하고 그의 불기둥이 거칠게 그녀의 깊숙한 곳을 찔렀다.

"하아……!"

너무나 엄청난 감각에 인아는 신음조차 제대로 낼 수 없었다.

달콤한 저릿함이 인아를 채웠다. 그가 강하게 움직일 때마다 그녀의 동굴도 그에 호응하듯이 움찔거렸다. 그가 짓궂게 허리를 둥그렇게 돌리자 인아의 목이 뒤로 꺾였다.

"윽!"

그의 뜨거운 불기둥이 마치 태워 버릴 것처럼 뜨겁게 그녀의 동굴 벽을 마찰했다. 그가 그녀의 가느다란 허리를 더욱 강하게 붙들고 그의 허리 쪽으로 잡아당겼다. 그녀의 깊숙한 곳이 그의 불기둥에 비벼지는 순간 통증과도 같이 격렬한 쾌감이 인아를 채웠다.

"하아!"

그녀의 등이 강하게 뒤로 휘어졌다. 회안의 움직임은 더욱 대담해졌다. 그가 마치 그녀의 동굴을 빠져나갈 것처럼 분신을 아슬아슬하게 빼냈다가 단숨에 인아의 가장 깊숙한 곳을 강렬하게 점령했다. 그녀의 내벽이 마음껏 문질러져 정신을 잃을 것 같은 쾌감이 인아를 감쌌다.

"아으…… 응…… 하아…… 앗!"

인아가 할 수 있는 일이라고는 그의 강건한 어깨를 부여잡고 연신 교태 어린 신음을 흘리는 것뿐이었다. 그가 강하게 그녀를 찌를 때마다 뾰족하게 솟은 그녀의 유실이 회안을 유혹하듯이 출렁거렸다. 그녀의 가슴이 회안 앞에 무방비하게 드러났다.

그것이 고스란히 회안의 시선에 잡혔다. 회안의 그 유혹에 조금도 망설이지 않고 인아의 등을 강하게 한 손으로 받치며 고개를 내려 그녀의 유실을 한입에 머금었다. 강렬하게 인아의 안쪽을 찌르며 그녀의 유실을 그가 동시에 잘근 깨물었다.

"하앗!"

마치 번개가 친 것처럼 엄청난 쾌감에 인아의 몸이 활처럼 굽었다. 인아의 동굴 안쪽이 열기로 지글지글 끓어넘칠 것만 같았다. 동시에 그녀의 안쪽이 강하게 회안의 불기둥을 압박했다.

"웃, 인아!"

그가 짧게 신음을 토하며 맹렬하게 인아의 안쪽을 찔렀다.

"하아…… 앗…… 아……. 으응, 나…… 리! 더 이상은……!"

마치 날아갈 것 같은 쾌감에 인아가 애원했다. 온몸이 미친 듯이 경련하며 인아를 무아지경으로 몰아넣고 있었다. 여기에 조금 더 쾌감이 주어지면 인아는 자신을 잃어버릴 것만 같았다.

"그…… 래. 알고…… 있소. 함께…… 웃……!"

그런 그녀의 애원에 응답하듯 그가 미친 듯이 그녀의 안쪽을 찔렀다. 그러자 인아의 몸이 수면 위로 떠오르는 것 같았다. 절정의 예감이었다. 회안 역시 숨을 거칠게 몰아쉬며 인아의 안을 더욱 빠르고 강하게 왕복했다.

"하아!"

회안의 불기둥이 인아의 가장 깊은 안쪽을 단숨에 찌르고 문지르고 비비는 순간이었다. 머릿속이 새하얗게 변하며 인아의 온몸이 강하게 경련하며 뻣뻣하게 굳었다.

"나, 나…… 리!"

숨이 넘어갈 것처럼 그녀가 헐떡이며 인아가 그녀 안에 있는 그를 강하게 조였다. 무아지경! 아무것도 생각할 수 없고 오직 자신 안에 있는 그의 존재만이 뚜렷했다. 그의 뜨거운 불기둥의 모양을 그대로 느낄 수 있었다. 인아의 동굴이 마치 그를 위해 만들어진 것처럼 그것을 탐욕스럽게 감싸고 있었다.

"인…… 아, 아…… 앗!"

그도 비명처럼 그녀의 휘를 불렀다. 이내 그의 불기둥이 한계치까지 커지더니 곧 그의 몸이 부르르 떨렸다. 더불어 그녀의 안쪽이 따듯하게 젖어들었다. 그가 허리를 더욱 강하게 밀착시키고 잘게 분신을 흔들며 정액을 쏟아내자 인아는 다시 자잘한 절정에 몸을 움찔거렸다.

"하아!"

결국 지칠 대로 지친 그녀가 그의 어깨에 얼굴을 묻었다. 한동안 두 사람의 거친 숨소리만이 방 안을 채웠다. 그렇게 그의 품 안에 실신하듯이 안겨 있는 그녀의 얼굴에 비처럼 회안의 입맞춤이 쏟아졌다.

"그대는 내 것이야!"

그가 그렇게 속삭이며 인아를 끌어안았다. 몽롱한 와중에서 그의 말이 또렷하게 인아의 뇌리에 박혔다. 그 말에 반응하듯이 그녀의 동굴이 다시 불순하게 꿈틀거렸다. 순간 자신의 몸속에 다시 크기를 키우는 그의 분신에 거의 잠 속으로 빠져들던 인아가 눈을 번쩍 떴다.

다정하면서도 놀랍도록 잘생긴 그의 얼굴이 바로 눈앞에 있었다. 그러나 자신을 사랑스럽게 바라보는 그의 뜨거운 시선에 부끄러워져 인아가 다시 급하게 눈을 감았다. 감긴 그녀의 눈꺼풀에 깃털처럼 가볍게 회안이 입맞춤했다.

"하아!"

그리고 곧 그녀의 교성이 다시 방 안을 채우기 시작했다. 부드러운 입맞춤과는 달리, 회안의 불기둥이 지독하리만치 집요하게 인아를 자극했던 것이다. 회안이 아직도 절정의 여운에서 헤어 나오지 못하고 있는 인아를 다시 탐했다.

그렇게 날이 새도록 두 사람은 서로를 탐닉하며 모든 것을 잊었다. 두 사람을 둘러싼 수많은 상황에도 서로에게 닿은 뜨거운 체온만이 전부였다. 소주의 타는 듯한 7월의 더위도 두 사람의 열기 앞에서는 힘을 잃었다. 그렇게 뜨거운 열정이 이홍원을 달구고 있었다.

11. 충격

"언제까지 제가 기다려야 합니까?"

차가운 마녀의 목소리가 일순 바닷물을 얼려 버리는 것 같았다. 타오르는 강렬한 붉은 눈을 바라보면서 남해 용왕이 길게 한숨을 쉬었다.

"이제 그만 주씨 가문과의 악연은 잊어버리는 것이 어떻겠습니까? 제가 차라리 다른 가문을 찾아보겠습니다. 교초를 제공한다 하면 결계 바깥으로 나간 교인들을 지켜줄 가문은 어렵지 않게 찾을 수 있지 않겠습니까?"

남해 용왕이 안타까운 듯 마녀를 바라보았다. 자신과 같은 고통을 다시는 다른 교인들에게 겪게 하고 싶지 않다고 다짐했던 그녀였다. 주씨 가문에 대한 애증과 또 그만큼의 슬픔이 그녀를 이렇게 만들어 버렸다. 결계는 어쩌면 그녀의 염원이 응축된 기운일지도 몰랐다. 하지만 어쩌면 회안에게 10년이란 시간을 준 그녀도 어쩌면 증오가 아닌 다른 것을 바라고 있는 것은 아닐까?

"이제 그만 원한은 내려놓으십시오."

용왕은 안타까운 표정으로 마녀를 바라보았다. 그의 눈빛이 애잔했다.

"하, 원한을 내려놓으라고요?"

마녀의 붉은 눈이 순간 번쩍거렸다.

"아니요, 절대 못 잊습니다. 제가 눈을 뜨고 있는 한 절대 용서하지 않을 것입니다."

그녀의 눈빛이 애증으로 가득 차 있었다.

"안 돼!"

아름다운 교인의 처절한 비명이 하늘을 갈랐다. 바다에 빠진 어린 소년! 대략 나이가 7~8세가 되었을까. 아직 어미의 손길이 필요해 보이는 귀여운 아이였다. 아이의 얼굴은 평온했다. 마치 어미의 품에 안긴 것처럼 고요히 눈을 감은 그 모습이 그저 잠이 든 것 같았다.

"어찌 이리 잔인하실 수가 있습니까?"

교인이 고통으로 몸부림쳤다. 날렵한 은빛 지느러미가 보였다.

"제 정인의 목숨을 희생하면서까지 다시 돌아온 용궁입니다."

아이를 남겨두고 결국 용궁으로 돌아와야 했던 여인이었다.

"정인을 데려갔으면 되었지, 이제 이 아이까지 데려가시는 것입니까?"

바다로 돌아와서 아파하면서도 그래도 제 아이를 가끔 보는 것으로 행복해하던 여인이었다. 아이가 비록 제 어미가 누구인지 몰라도, 여인은 정인의 얼굴을 그대로 닮은 아이가 있어서 살아갈 수 있었다.

"그저 제 아이가 무사히 살기만을 바랐는데 어찌 이 아이마저!"

아이를 불길하다며 이상하게 쳐다보는 주씨 가문 가솔들이었다. 그리고 결국 누군가의 손에 의해 아이는 바다에 빠져 죽고 말았다. 여인의 분노가 주변을 태울 듯이 깊었다. 그리고 그녀가 피눈물을 흘렸다.

"용서할 수 없어!"

여인이 비통하게 소리치자 주변의 바닷물이 불길하게 소용돌이치기 시작했다. 그리고 까맣던 그녀의 머리채가 타는 듯이 붉은색으로 변했다. 그리고 연한 옥색이었던 그녀의 눈빛도 붉게 변하고 말았다.

"요화 누님!"

용왕의 부름에 마녀가 순간 멈칫했다.

"정말 오랜만에 듣는군요."

이제는 잊어버린 휘. 그랬다. 마녀는 용왕의 누이였고 그 누구보다 아름다운 교인이었다. 그리고 그녀도 인간을 은애하였던 아픈 사랑을 했던 것이었다.

"벌써 200년이 흘렀군요. 이 질긴 목숨을 이렇게까지 길게 끌고 있을 줄은 저도 미처 몰랐습니다."

옛일을 떠올린 듯 마녀의 목소리가 촉촉해졌다. 그리고 마치 넋두리처럼 그녀가 속삭였다.

"그분을 보내고도, 제 아이를 잃고도 이렇게 살아 있는 것이 이렇게 고통스러울 줄 몰랐습니다. 알았다면…… 단 하루를 살아도 정인과 제 자식 곁에 남았을 것입니다."

그녀의 목소리가 고통으로 떨렸다.

"이미 오래전 일입니다. 그러니 누님, 이제 그만 잊으세요!"

"아니요! 못 잊습니다. 다른 것은 다 필요 없습니다. 다시 한 번 말씀드리지만 제가 기다릴 수 있는 것도 이제는 한계입니다. 제가 원하는 것을 내어놓는 것만이 주씨 가문이 할 일입니다."

마녀의 냉정한 말에 용왕은 고개를 저었다.

"마마께서는 감히 결계를 넘어 교인들을 잡아간 인물부터 찾으세요. 아무리 제가 지금 힘이 약해졌다고 하나 그런 짓을 하다니!"

마녀의 붉은 머리카락이 분노 때문에 살아 있는 것처럼 바닷물 속에서 굽이쳤다.

"그것은 제가 알아서 하겠습니다. 모쪼록 너무 기운을 쓰지 말도록 하십시오!"

기운이 떨어지는 듯 힘들어하는 마녀를 보며 용왕이 그리 당부했다.

"제가 원하는 것만 주시면 됩니다. 그럼 살펴 가세요!"

동굴 안쪽으로 사라지는 마녀를 용왕이 안타까운 표정으로 바라보았다. 하지만 이내 체념한 듯 몸을 돌렸다. 음울한 해저 동굴을 뒤로하고 나아가는 용왕의 은빛 지느러미가 왠지 서글프게 반짝거렸다.

"음!"

인아가 눈을 뜨자 벌써 회안은 자리에 없었다. 인아는 어젯밤 격렬하게 그에게 탐해진 나머지 온몸이 물먹은 솜처럼 노곤했다. 하지만 자신을 열정적으로 탐하는 그를 결코 거부할 수 없었다. 인아가 가만히 그가 누웠던 자리를 손으로 쓰다듬었다. 그리고 남아 있을 리 없는 온기를 찾는 듯 자신의 뺨을 베개에 대었다.

"계속 나리 곁에 있고 싶어!"

저도 모르게 인아의 간절한 바람이 흘러나왔다. 그리고 떠나야만 하는 운명이 너무나 서글펐다. 하지만 인아는 마음속에 들끓고 있는 슬픔은 잠시 옆으로 밀어두었다. 어차피 그의 곁에 머물 수 있는 시간이 한정되어 있다면 그 시간을 아쉬워하기보다 그와 있는 시간을 충분히 즐기기로 마음먹은 것이었다.

그와 있는 동안 되도록이면 많은 추억을 만들고 싶었다. 그래야 용궁에 돌아가서도 그 추억을 혼자 꺼내 보면서 그를 기억할 수 있을 것이다. 그의 기억을 더욱 오랫동안 기억하는 것, 그가 세상을 떠나도 그를 기억하는 인아가 살아 있다는 것, 그것이 인아에게는 무엇보다도 소중하게 생각되었다. 그래서 일각이라도 낭비하고 싶지 않았다.

그리고 회안에게도 인아는 웃는 아름다운 얼굴로 기억되고 싶었다. 가끔 사는 동안 인아를 떠올리면서 회안이 즐거운 추억에 잠길 수 있도록 그렇게 인아는 굳게 결심했다.

그날 밤, 인아는 초조하게 회안을 기다렸다. 사인에게서 다행히 잡혔던 교인들이 무사히 구출되었다는 소식을 들었다. 하지만 걱정스런 표정의 사인을 바라보니 이번 일이 그렇게 단순한 일만은 아닌 것 같아서 인아는 안절부절못했다.

덜커덕!

"나리!"

인아가 문소리를 듣고 부리나케 회안을 맞이하려 방문 쪽으로 나아갔다.

"인아 낭자!"

그가 다정하게 미소를 짓자 순식간에 인아의 무거웠던 마음이 가벼워졌다. 인아가 그의 가슴에 답삭 안겼다. 그가 큰 손을 들어 그녀의 머리를 쓰다듬어 주자 안심이 되었다.

"이런, 점점 어리광이 느는 것 같소!"

그의 농담에도 인아는 그의 품에서 떨어지지 않았다. 그의 온기가, 그의 향기가 모든 것이 옆에 있어서 미치도록 애달팠다. 그런 인아의 심정을 알았는지 회안도 별말 없이 그녀를 다정하게 안아주었다.

잠시 후, 탁자를 사이에 두고 마주 앉은 두 사람이었다. 회안은 매우 평화롭게 차를 들고 있었다.

"나리!"

"왜 그러시오?"

회안의 맑은 눈이 인아를 향했다.

"저기, 교인들의 납치 때문에 용궁이 매우 시끄러웠다고 들었습니다."

인아의 말에 회안이 약한 한숨을 쉬었다.

"사실이오. 안 그래도 그대의 오라버니가 그 일 때문에 급하게 나를 채근하더군."

회안의 목소리가 고요했다.

"나리, 하루라도 빨리 혼인을 하십시오."

그 말을 내뱉은 인아의 심장이 검에 베인 듯 아팠지만 그것이 그를 위하는 길이라면 반드시 그를 설득해야 했다. 인아는 애써 자신이 이곳에 온 목적을 떠올리며 마음을 다잡았다.

"그럴 작정이오. 아주 오랫동안 기다려 온 일이 드디어 이루어진 것이라오."

회안의 행복한 음성에 인아의 심장이 툭 하고 떨어졌다. 저리 행복한 표정의 회안을 처음 보았다.

"드, 드디어 마음의 결정을 하셨군요."

그렇게 말하는 인아의 음성이 아릿했다. 그가 행복하다면 그것을 축하해 주어야 했다. 그리고 그것이 본래 자신의 임무였다. 하지만 인아는 도저히 그것을 기뻐할 수가 없었다.

"그…… 러면, 혼인은 언제 하실 예정입니까?"

인아의 목소리가 떨렸다. 그의 대답이 두려우면서도 그 답을 들어야만 했다.

"그대가 지상에 머무는 기간 중에 해야겠지. 지금은 날이 더우니까 9월쯤이 어떨까 하오. 그때가 되면 소주는 정말 아름답거든. 가장 아름다운 혼인을 하고 싶다오. 그것이 아름다운 신부에 대한 나의 마음이니까!"

회안의 얼굴에서 빛이 나는 것만 같았다.

"가…… 감축드립니다."

인아가 떨리는 목소리로 간신히 인사를 건넸다. 하지만 고개를 숙인 인아의 손등으로 뜨거운 눈물 한 방울이 떨어져 내렸다.

"이런, 인아 낭자!"

그것을 보고 있던 회안이 깜짝 놀란 듯이 인아를 바라보았다. 그리고 곧 자리에서 일어나 인아에게 다가와 그녀를 끌어안았다.

"대체 무슨 생각을 하는 것이오?"

회안의 어이없어하는 목소리에 인아의 눈물이 더욱 방울방울 솟아올랐다.

"흐흑, 그게 그것이……."

인아가 제대로 말도 못하고 흐느끼자 회안이 그녀를 강하게 끌어안고 속삭였다.

"혼인은 그대와 내가 하는 거요. 설마 내가 그대를 두고 다른 이와 혼인을 한다고 생각한 것이오?"

"네에?"

너무 놀라 인아의 목소리가 뒤집어졌다.

"이렇게 내가 혼인한다는 소리에 펑펑 울면서 잘도 그리 축하 인사를 했구려."

"나리?"

인아가 회안의 말을 제대로 이해하지 못해서 멍해지고 말았다.

"나의 신부는 오직 그대뿐이오!"

회안의 단호한 말에 인아가 입을 뻐끔거렸다. 그것이 정말로 가능할까? 달콤한 가능성에 인아의 심장이 저릿했다.

"하지만……"

인아는 다음 말을 이을 수 없었다. 회안이 삼켜 버릴 듯이 그녀의 입술을 탐했던 것이다.

츄릅, 츄릅!

한동안 방 안을 가득 채운 것은 음란한 물소리였다.

"하아, 하아!"

인아가 그의 심의를 그러쥐었다. 거친 숨을 헐떡이며 그저 그의 가슴에 얼굴을 기대었다.

"그대가 말하지 않았소? 내 곁에 머물고 싶다고?"

"하지만 제가 지상에 머물 수 있는 시간은 한정되어 있습니다.

그리고 협약을 지키지 않으시면 나리가 위험합니다!"

인아의 입술을 회안의 기다란 손가락이 부드럽게 쓸었다.

"나만 믿으시오."

그를 믿고 싶었다. 그의 신부가 된다는 상상만으로도 인아의 심장이 터질 것만 같았다. 확신에 찬 그의 말을 믿고 싶었다.

"낭자는 이제 어디에도 갈 수 없소."

자신을 강하게 포박하는 회안의 말에 인아는 행복했다. 그 순간만은 인아에게 용궁도 자신이 교인이라는 것도 아무것도 떠오르지 않았다.

"어머나, 정말 아름다운 교초입니다."

난이가 눈앞에 놓인 교초를 바라보며 감탄을 했다. 마치 손끝에서 녹아버릴 것처럼 교초의 질감이 부드러웠다. 8월 하순의 늦은 오후, 이홍원을 가득 채운 부드러운 햇살이 맹 유모의 손에 들린 교초를 부드럽게 어루만지고 있었다.

회안을 설득하겠다는 핑계를 대며 떠나지 못하고 그의 곁에 머문 지도 어느새 달포(한 달이 조금 넘는 기간)가 훌쩍 지나가고 말았다. 아무리 생각해 봐도 그녀가 회안의 곁에 머무는 것을 불가능했다. 그리고 협약이 제대로 지켜지지 않으면 용궁도 위험했다. 그래서 인아는 아픈 마음을 꾹 누르고 회안이 마음을 바꾸도록 설득하기 시작했다.

자신을 보내주고 설향과 혼인을 올리라는 말을 할 때마다 회안은 격렬하게 그녀를 안았다. 그는 그렇게 화를 내고 있는 것 같았다. 자신을 어떻게 해서도 곁에 두겠다는 그가 애절했다. 하지만 인아는 그의 안위도 용궁의 안위도 무시할 수가 없었다. 하지만 회안의 태도는 요지부동이었다. 마치 죽을 것을 알면서도 불 속으로 뛰어드는 불나방을 보는 것 같아서 인아의 심장이 걱정으로 타들어갔다.

"웬 교초입니까?"

인아의 눈에도 교초의 아름다움이 범상치가 않았다. 인아도 교초를 짤 수 있었지만 이렇게 곱고 문양이 아름다운 것은 분명 교인들 중에서도 손꼽히는 교인의 솜씨가 분명했다. 그 문양의 화려함이 범상치 않은 것이 용궁에서도 일부 용왕의 직계 자손이나 귀족들만 입을 수 있는 최상품이었다.

"참 아름답죠?"

맹 유모가 인아를 바라보며 부드럽게 웃었다. 그녀의 시선이 따듯했다. 맹 유모는 인아를 마치 자신의 딸처럼 귀애하였다. 인아가 홍화원에 머무는 동안 누구보다 살갑게 인아를 챙겨준 맹 유모였다. 인아 역시 마치 어머니처럼 맹 유모를 따랐다. 회안을 길러주신 분이라 그런지 인아에게도 그녀는 매우 소중하게 느껴졌던 것이다.

"네, 정말 아름답습니다."

인아의 대답에 맹 유모가 부드러운 표정으로 인아를 바라보며 물었다.

"마음에 드십니까?"

맹 유모의 질문에 인아가 눈을 동그랗게 뜨고 그녀의 얼굴을 바라보았다. 인아가 왜 자신에게 그 질문을 하는 것인지 사유를 몰라 당황하고 말았다.

"하하, 아가씨! 이것으로 아가씨 옷을 지을 거예요!"

옆에 있던 난이가 냉큼 대답을 해주었다. 난이의 얼굴도 무에 그리 즐거운지 싱글벙글 이었다.

"제 옷이요?"

인아가 놀라서 비명처럼 중얼거렸다. 홍화원에 온 이후로 하루가 멀다 하고 맹 유모와 난이는 아름다운 옷을 인아에게 입혀주었다. 마치 인형 놀이라도 하는 것처럼 두 사람은 매우 열정적으로 인아를 꾸며주는데 노력하고 있었다. 교초를 거래하는 집안답게 그 옷들 모두 하나같이 아름다웠다. 그런데 또 다른 옷이라니, 인아가 멍하게 맹 유모와 난이를 바라보았다.

"이미 만들어주신 옷들도 넘치는데 또 무슨 옷을 만드시겠다는 것입니까?"

인아의 질문에 맹 유모가 미소를 지었다.

"물론 옷들이야 많지만 가주의 혼인이니 특별한 옷이 있어야 하지 않겠습니까?"

"네?"

인아의 심장이 욱신거렸다. 정말로 그는 자신과의 혼인을 강행할 작정이란 말인가? 하지만 교인인 인아가 어찌 그와 혼인을 할 수 있단 말인지! 그를 믿고 싶지만 함께할 수 없는 잔인한 현실에 인아는 몸을 떨었다.

"호호, 아가씨! 너무 부담스러워하지 마세요. 아가씨뿐만 아니라 홍화원의 가솔 모두 새 옷을 한 벌씩 지으라고 나리께서 명을 내리셨습니다."

인아가 놀라는 것을 부담스러워하는 것으로 오해하였는지 난이가 즐겁게 조잘거렸다. 맹 유모가 교초를 들어 인아의 얼굴 부근에 대어보더니 만족스러운 미소를 지었다.

"아가씨 피부가 하얗고 고와서 이 색이 아주 잘 어울리시네요. 녹색 눈동자가 더욱 선명하게 보여서 아름다운 비취(에메랄드) 같아 보입니다."

맹 유모의 칭찬에도 인아의 심장이 차갑게 굳어버렸다. 점점 혼인이 구체적인 형태를 띠어가고 있었다. 애써 그것을 생각하지 않으려 했으나 날이 지날수록 홍화원은 가주의 혼인을 준비하면서 들썩거렸던 것이다.

"네에, 감, 사합니다."

인아가 아픈 마음을 꾹 눌러 담으며 감사의 인사를 했다. 그 목소리가 살짝 떨리고 있는 것을 맹 유모는 인아가 부끄러워하는 것으로 오해하였는지 다정하게 인아의 손을 잡아주었다.

"인아 아가씨!"

맹 유모가 다정하게 인아를 부르자 인아가 맹 유모를 바라보았다. 그녀의 눈빛이 자애로웠다.

"홍화원 기솔 모두가 애타게 기대했답니다. 이제 나리께서 혼인을 하신다니 저는 감개가 무량하네요. 나리께서 좋은 배필을 맞이하는 모습을 보게 되어서 이 늙은이는 이제 여한이 없답니다."

회안을 아끼는 맹 유모의 마음이 고왔다. 하지만 맹 유모는 인아가 교인이라는 것을 그래서 결코 함께할 수 없다는 것을 모르고 있었다. 하지만 제가 교인이라는 것은 밝힐 수도 없어 인아는 가슴이 아프기만 했다.

게다가 홍화원 기솔들까지 모두 이렇게 혼인을 반기는 것을 보니 더욱 마음이 아팠다. 인아가 용궁으로 돌아가 버리면 다들 놀라고 당황스러울 것이 분명했다. 계속 회안을 설득했지만 그는 요지부동이었다. 그런 그가 위험하고 아슬해 보여 인아는 심장이 타들어가는 것만 같았다.

"하지만 이 상황이 인아 아가씨에는 낯설면서도 두렵기도 할 거예요."

맹 유모가 인아의 작은 손등을 부드럽게 쓸어주었다.

"아닙니다. 이렇게 모든 분들이 나리의 혼인을 반기시니 다행이라고 생각합니다."

인아가 아픈 마음을 꾹 누르고 애써 미소를 지었다.

"걱정하지 마세요. 모두가 다 잘될 거예요."

토닥토닥 부드럽게 자신을 쓰다듬는 맹 유모의 손길에 그만 인아가 참지 못하고 그녀의 품에 안겨 울음을 터뜨렸다.

"흐윽, 맹 유모님!"

"에구, 우리 인아 아가씨! 아직도 이렇게 마음이 아이같이 여려서 어쩌시려고요."

인아를 부드럽게 위로해 주는 맹 유모의 손길에 인아가 어린아이처럼 기대어 울었다. 은애하는 마음을 어찌할 수 없는 인아에게는 하루하루가 고통스러웠다. 히지만 그래도 회안의 곁을 떠날 수가 없었다. 최대한 그의 곁에 잠시라도 더 머물고 싶은 인아의 마음이었다. 은애하는 이의 곁에 있어서 더욱 괴롭다는 것을 인아는 처음으로 아프게 깨달았다.

"대체, 어찌 이리 일 처리가 느슨한 것입니까?"

아름다운 미모의 남자가 날카롭게 일갈했다. 그의 차가운 눈빛과 목소리에 앞에 앉은 주유동이 당황하며 땀을 흘리고 있었다. 장안루 2층 객실의 공기가 순간 한겨울처럼 차갑게 얼어붙었다. 아직 낮에는 햇살이 따가운 8월 말임에도 불구하고 주유동은 손끝이 시린 것만 같았다.

"그게 워낙 귀신같은 솜씨라서……."

"그게 변명이 되신다고 생각하십니까?"

용궁 승상은 별 목소리를 높이지 않았으나 그 서릿발 같은 음성에 주유동은 저도 모르게 움츠러들고 말았다. 하지만 이렇게 자신을 아랫사람 다루듯이 책망하는 것에 한편으로는 슬그머니 부아가 치밀어 올랐다. 본인도 일이 어그러져 누구 못지않게 원통하고 아쉬운 참이었다.

"이것이 얼마나 어렵게 만들어낸 기회인데, 이리 허망하게 잃어버리다니! 대체 제가 어찌 나리를 믿고 일을 진행할 수 있겠습니까?"

승상의 계속된 질책에 주유동의 속도 쓰렸다.

"송구합니다. 대인!"

주유동이 두말없이 머리를 조아렸다. 속이 쓰리지만 원하는 것을 얻으려면 아직까지는 교인인 이자가 필요했던 것이다.

"변명은 되었습니다. 그나저나, 회안이 혼인을 올린다는 것이 사실입니까?"

승상의 질문에 주유동이 고개를 끄덕였다.

"네, 이미 날이 확정되었고 준비가 차근차근 진행되고 있다고 합니다."

"지금 그것을 확인하고자 하는 것이 아니지 않습니까?"

승상의 말이 가차 없이 이어졌다.

"일단, 어떻게 해서든 혼인부터 막으시오. 지금 한창 마녀가 화가 난 시점이오. 그녀가 원하는 것을 회안에게서 얻지 못하게 되면 용왕마마도 거래 당사자를 바꿀 수밖에 없을 거요. 그런데 지금 회안이 혼인을 한다 하니 용왕마마께서 조금만 더 기다리라고 마녀를 설득하고 있다오."

승상의 설명에 주유동이 고개를 끄덕였다. 주씨 가문 차자의 피

를 원하는 마녀, 그녀가 극도로 화를 낸다면 용궁에서도 그녀를
잠재우기 위해서라도 협약 당사자를 바꿀 수도 있었다.

"하지만 갑자기 제가 혼인을 반대할 수도 없고 난감합니다. 계
속 회안에게 협약을 지키라고 압박해 온 상황이라……."

주유동이 난감하다는 듯이 말을 흐리자 승상의 눈빛이 날카롭
게 반짝거렸다.

"하지만 과연 그 혼인의 의도가 무엇인지 파악하셨습니까?"

승상이 말을 멈추자 주유동도 숨을 멈추고 그다음 말을 기다렸
다.

"회안의 곁에는 인아가 있지 않습니까? 그런 그녀를 두고 회안
이 갑작스레 설향과 혼인이라니 뭔가 수상하지 않습니까?"

승상의 말에 주유동이 고개를 끄덕였다. 그동안 한사코 혼인을
거부하던 그가 갑작스레 이 시점에서 결정을 한 것이 이상했다.
그리고 그 모든 소문 중 어느 것 하나도 회안의 입에서 직접 나온
것은 없었다. 게다가 지금까지 그는 옆에 있던 인아라는 교인한테
분명 푹 빠져 있었던 것이다. 그런 그가 5년간이나 미루었던 설향
과의 혼인을 결정하다니, 아무래도 무엇인가 수상하기는 했다.

회안이 혼인을 하겠다고 하니 모두가 당연하게 정혼녀와의 혼
인이라 의심하지 않았다. 인아의 존재를 아는 이들은 한정되어 있
었기 때문이었다. 그리고 교인이 육지에 머물 수 있는 시간은 제
약이 있었으니 주유동은 회안과 설향과의 혼인을 당연하게 생각
했던 것이다. 그도 무엇인가 잘못되고 있다는 위기감에 혼인을 서

두르는 것이라 여겼다. 더구나 양씨 가문에서도 급하게 혼수를 준비하고 있다고 저자에 소문이 파다했던 것이다.

"그렇군요. 아무래도 뭔가 수상하네요."

"지금 그의 곁에 있는 이를 잘 활용해 보시오. 여인의 질투는 생각보다 강하고 예상치 못한 결과를 가져오기도 하니까 말이오."

승상의 말에 주유동에 제 무릎을 탁 쳤다.

"알겠습니다. 제가 바로 조치하도록 하겠습니다."

이내 승상은 들어올 때와 마찬가지로 소리 없이 사라졌다. 잠시 시간을 두었다가 장안루를 급하게 빠져나온 주유동이 급하게 어딘가로 걸음을 재촉하였다. 주유동이 탄 배가 매끄럽게 운하를 타고 움직였다. 동시에 운하 주변의 지붕 위에서도 날렵한 움직임이 있었다. 주유동의 일거수일투족을 감시하는 듯 그 기척은 조용하면서도 신속하게 움직이고 있었다.

무엇이 그리 분주한 것인지, 인아는 벌써 사흘째 회안의 얼굴을 보지 못했다. 회안이 혼인 전에 급하게 마무리해야 할 일이 많다고 맹 유모가 전해주었다. 이해는 하면서도 인아는 외로웠다. 홀로 잠을 청하는 밤이 어찌나 긴지 뒤척이다가 결국에는 뜬눈으로 밤을 새우고야 말았다. 그래서 오늘도 이미 삼경(오후 11시~1시)이 지난 시간임에도 인아가 정원을 서성거리고 있었다.

"하아, 나리!"

연못을 바라보며 인아가 한숨을 내쉬었다. 항상 그의 품 안에서 잠이 들고 잠이 깼다. 그가 곁에 있어서 너무나 포근하고 행복했다. 그런데 홀로 남은 이부자리는 어찌나 넓고 서늘한지 인아는 그가 계속 그리웠다.

"흑흑."

그때 정원 구석에서 들려오는 여인의 울음소리에 인아가 고개를 번쩍 들었다. 소리가 들리는 곳으로 다가서니 어린 여종 하나가 울고 있었고 맹 유모가 그녀를 위로하고 있었다.

"그만 울거라, 아녕!"

맹 유모가 위로를 해도 아녕의 울음소리는 그치지 않았다.

"유모님, 저 이제 어떡해요!"

아녕은 부엌에서 일하는 막내였다. 시골에서 갓 올라온 아직 열일곱밖에 안 된 소녀였다. 병든 어머니를 모시느라 고생이 많다는 것을 난이에게서 인아도 전해 들었던 참이었다.

아녕은 귀엽고 상냥한 태도 덕분에 사람들의 사랑을 받고 있었다. 항상 생글생글하던 아녕의 가슴 아픈 울음소리에 인아의 심장이 욱신거렸다. 인아의 심장이 그녀의 감정에 공명하고 있었다.

"그러게, 이 나쁜 놈!"

맹 유모가 아녕의 어깨를 다독이며 누군가를 향해서 욕을 해대었다.

"흑, 유모님! 저는 정말…… 흑, 철석같이 믿었어요. 흐흑, 다정하고 반듯해서 한 치도 의심하지 않았어요. 제 걱정을 해주는 그가 얼마나 듬직했는지 몰라요."

아녕이 울먹이며 더듬더듬 말을 이어갔다.

"아무리 그래도 그렇지, 어떻게 그리 홀랑 넘어갔단 말이냐?"

맹 유모가 답답하고 화가 난다는 듯이 아녕을 나무랐다. 그러자 겨우 잦아들던 아녕의 울음소리가 다시 커졌다.

"흑, 유모님! 저는 정말 몰랐어요. 어등축제에 가자고 해서 정말 그런 줄만 알고 따라나섰어요."

"에구! 이 철없는 것아! 사내들의 그런 꼬임에 그렇게 바로 넘어 가다니……."

맹 유모가 딱하다는 듯이 한숨을 내뱉었다.

"흑흑, 정말 처음에는 입만 맞추려고 했어요. 그랬는데…… 그랬는데……. 엉, 엉! 유모님, 이제 저는 어떡해요?"

아녕의 통곡에 맹 유모가 야단치던 것을 멈추고 아녕을 안아주 었다.

"어찌 이리 사내들은 잔인한 것인지, 책임질 것도 아니면서 꽃 만 꺾으려 하다니……."

맹 유모의 한탄에 아녕이 더욱 서럽게 울었다.

"아프다고, 제가 그만하라고 그리 막 애원했는데도…… 흑, 괜 찮다면서, 히끅! 계속 그 몽둥이 같은 것을…… 엉엉!!"

아녕의 말에 인아가 충격을 받았다. 분명 저것은 회안이 친해지 겠다면서 자신에게 했던 일하고 같았다. 그렇다면?

"안다. 알아! 그런데 그놈의 행적은 찾을 수가 없는 것이냐?"

맹 유모가 안타깝게 물었다.

"흑흑, 갑자기 사라져 버렸어요! 고향에 정혼녀가 있다며 이제 만날 수 없다는 그 말 한마디만 남기더니 가버렸습니다. 땅으로 꺼졌는지 물속으로 사라졌는지, 감쪽같이 사라졌어요!"

아녕의 애달픈 울음소리가 인아의 심장을 강타했다.

"제가 아는 것이라고는 그 사람의 휘뿐인데, 엉엉! 그 사람한테 저는 그냥 하룻밤 상대였나 봐요. 함께할 수 없다는 것을 뻔히 알면서도 그리 다정하게 꿀 같은 목소리로 속삭이더니! 처음부터 다 거짓말이었던 거예요. 흐어엉! 저는 이제 어쩌면 좋아요?"

인아는 더 이상은 그 자리에 서 있을 수가 없었다. 충격으로 휘청거리는 걸음으로 간신히 처소로 돌아왔다. 쓰러질 것 같은 몸으로 간신히 침상에 앉았다. 손이 차갑게 식으면서 온몸이 덜덜 떨려왔다.

'역시, 결국에는!'

인아가 흐느꼈다. 아무리 그가 인아를 곁에 두려고 해도, 결국에는 그도 정혼녀와 혼인을 할 수밖에 없는 것이었다. 자신에게 혼인을 하자고 했던 것도 아녕의 정인처럼 한때의 충동이었을 수도 있었다. 어쩌면 지금은 설향이 말했던 대로 단지 자신에게 빠져 있는 것인지도 몰랐다.

그러나 결국 함께할 수 없다는 것을 깨닫게 되면 그때는 어찌될 것인가? 정혼녀에게 돌아갔다는 아녕의 정인처럼 그도 결국은

287

설향에게 돌아가는 것은 아닐까? 일이 바쁘다는 것도 사실은 그것을 고민하고 있는 것은 아닐까? 그 생각만으로도 인아는 두렵기만 했다.

생각해 보면 그는 인아에게 귀엽다거나 아름답다고는 이야기했지만 한 번도 좋아한다거나 은애한다는 말을 한 적은 없었다. 그저 모두가 인아만의 일방적인 감정이었다. 그가 곁에 두고 싶다는 말을 오해한 것인지도 몰랐다.

"나리, 저도 나리에게는 그저…… 흑흑."

차가운 달빛에 흐느끼며 인아는 그렇게 밤을 지새우고 말았다. '냉월(冷月)'이라던 그의 별호가 이렇게 가혹하게 느껴진 적이 없었다. 정말 그의 차가운 심장에는 인아에 대한 감정 같은 없었던 것일까? 설마 그가 아무것도 모르는 그녀를 희롱한 것일까? 견딜 수 없는 두려움에 인아는 밤새 몸을 떨었다. 하지만 진지하게 그녀를 곁에 두고 싶다던, 방법을 찾겠다던 회안의 굳은 약속을 인아는 계속 붙잡고 싶었다.

"아가씨, 안에만 있지 마시고 잠깐 연못에서 바람이라도 쐬시면 어떠시겠어요?"

난이가 우울해하는 인아에게 산책을 권했다. 며칠 전 아녕의 이야기를 듣고 나서부터 기분이 가라앉아 있던 인아였다. 게다가 회안도 뭐가 그리 바쁜 것인지 며칠 동안 얼굴을 볼 수 없었다. 그러다 보니 인아는 하루하루 슬퍼지기만 했다.

그의 얼굴을 보고 묻고 싶었다. 교인인 인아와 그가 정말 함께 할 수 있는 방법이 있는 것인지? 그러면 용궁과의 협약은 어찌 지킬 예정인 것인지? 만약 그가 차자의 피를 바치지 않는다면 용궁의 결계는 어찌해야 할 것인지 인아는 여러 가지 생각으로 온몸에 진이 다 빠져 버렸다.

"그럼 그리할까요?"

움직이고 싶은 생각은 없었지만 자신을 걱정하는 난이의 말에 인아가 몸을 일으켰다. 계속 안에만 있으면 더욱 기분이 가라앉았다. 인아가 겨우 마음을 가다듬고 난이와 함께 바깥으로 나섰다. 하지만 인아의 걸음걸이가 마치 가기 싫은 곳을 억지로 가는 것처럼 자꾸만 느려지고 있었다. 그리고 인아의 심장이 왠지 안 좋은 일을 예상이나 한 것처럼 불길하고도 격렬하게 고동치고 있었다.

천천정으로 나가려면 회안의 서재 앞쪽을 통해 가는 것이 빨랐다. 그래서 인아와 난이가 그쪽으로 걸음을 옮기고 있었다. 가던 중에 난이가 잠시 급하게 할 일이 있다며 인아에게 먼저 천천정으로 나가라는 말을 남기고 사라져 버렸다.

혼자 걷던 인아가 회안의 서재 앞에서 걸음을 멈추었다. 그가 있던 공간 앞에만 있어도 그리움에 울컥해졌다. 그래서 그 앞을 떠나지 못하고 서성거리고 말았다. 더위를 식히려 살짝 열어두었던 문이 바람에 크게 열리자 저도 모르게 인아가 구석으로 숨고 말았다.

"그런데 형님께서 이 시각에 어쩐 일이십니까?"

갑작스레 안에서 들려온 회안의 목소리에 인아의 어둡던 얼굴이 밝아졌다. 바쁘다던 회안이 돌아온 모양이었다. 그의 남자다운 목소리를 들으니 우울하던 기분이 다소 나아졌다. 그래서 얼른 자리를 물러나야 함을 알면서도 인아가 미적거리고 말았다.

"허허, 자네도! 어디 내가 못 올 곳에라도 왔는가?"

회안의 앞에 마주 앉아 있던 남자가 친근한 말투로 대답을 했다. 하지만 그렇게 답하는 남자의 눈빛이 순간 음흉하게 반짝거렸다. 인아는 그 눈빛에 그만 몸서리를 치고 말았다. 그가 누구인지 알 수 없었지만 본능적인 거부감은 어쩔 수가 없었던 것이다.

"워낙 이런저런 일로 분주하신 형님이 아니십니까?"

회안이 정중한 말투로 그리 질문을 했다. 그러자 주유동이 점잖은 표정을 지으며 대꾸를 했다.

"아무리 바빠도 내 사촌 동생의 혼인을 축하할 짬은 내야 하지 않겠나?"

아무래도 그가 회안의 사촌 형님이라던 주유동인 것 같았다. 그러나 계속 회안을 바라보는 그의 시선이 어딘가 자꾸 마음에 걸렸다.

"감사합니다, 형님."

회안이 별 감정이 없는 말투로 정중하게 답변을 했다.

"하하, 이런 냉정한 성격은 변함이 없구먼. 아무리 그래도 본인의 혼인인데 이렇게 냉정해서야, 허허!"

주유동이 그리 음흉하게 웃으며 무엇인가를 꺼내어 탁자 위에 놓았다. 인아가 불안하게 그것을 바라보았다. 고급스런 상자가 앞에 놓여 있었다. 그 안에 무엇이 들었는지 짐작조차 할 수 없는 인아였다.

"다른 것은 아니고 내가 혼인 선물을 준비했다네. 주씨 가문의 가주가 혼인을 하는데 이 사촌 형이 어찌 가만히 있을 수가 있겠나?"

설명할 수 없는 불안감에 인아가 저도 모르게 제 가슴을 움켜쥐고 말았다.

"자고로 사내라 모름지기 혼인을 해야 제대로 대접을 받을 수가 있지. 제아무리 잘났다고 해도 배필이 없으면 안 되지. 암!"

차를 마시며 주유동이 순간 차가운 눈빛으로 회안을 관찰하고 있었다. 그러나 등을 지고 있는 회안의 표정을 인아는 알 수가 없었다.

"그런데 그리 혼인을 미루더니 갑자기 어찌 된 일인가? 저자에 이제야 드디어 자네와 설향 낭자가 혼인을 하게 되어 다행이라고 소문이 자자하게 났네. 어찌 그리 오랫동안 낭자를 기다리게 했나?"

주유동이 회안의 표정을 살피는 것처럼 예리하게 회안을 바라보고 있었다. 주유동의 말에 충격으로 인아는 저도 모르게 입을 막고 말았다. 설마, 결국 회안은 혼인을 설향과 하겠다는 것일까? 인아의 심장이 고통으로 서걱거렸다.

"음, 저자에 그런 소문이 났단 말입니까?"

회안의 목소리에는 변함이 없었다. 회안의 감정을 도저히 읽을 수가 없었다.

"본래 자네처럼 중요한 일을 하는 사내일수록 그를 뒷받침할 수 있는 든든한 배경을 지닌 안사람이 필요한 것이지."

그에게는 곁에 부인이 있어야 했고, 교인인 인아는 결코 그의 부인은 될 수 없었다. 그것이 예리한 칼날이 되어 인아의 심장을 난도질하고 있었다.

"그렇죠. 누구보다 저를 믿고 뒷받침해 줄 안사람이 필요하지요."

회안의 말에 인아의 마음이 점점 바닥으로 가라앉고 있었다. 설향, 그녀라면 분명 회안에게 든든한 안사람이 되어줄 것이었다. 그것은 아무리 인아가 회안을 은애한다 하더라도 도저히 가질 수 없는 것이었다.

"하하, 이런, 내가 말이 길어졌군. 그럼 혼인날 보세나!"

그리 말한 주유동이 자리를 떴다. 아득함에 제대로 정신을 차리지 못한 인아의 귀에 혼잣말인 듯 주유동의 목소리가 칼처럼 박혔다.

"혼인 전에는 주변의 여인들을 정리하는 것이 안사람이 될 사람한테 예의이건만…… 쯧!"

그렇게 마치 인아에게 들으라는 듯 중얼거린 주유동이 빠르게 홍화원에서 사라졌다. 너무나 큰 충격을 받으면 눈물조차 나오지 않는다더니, 인아의 눈빛이 공허했다.

홀로 남은 인아는 바닥없는 심해로 그저 가라앉는 기분이었다. 아무런 빛도, 소리도, 생명도 없는 심해의 깊은 바닷속! 까맣게 입을 벌린 그곳에 인아가 있었다.

교인들은 죽을 때가 되면 그렇게 심해로 향했다. 자신의 죽어가는 모습을 보여주지 않기 위해서였다. 그 끝없는 깊은 심해에는 수많은 기억들이 그렇게 가라앉아 있을 것이었다. 그렇게 한 번 가라앉은 기억은 절대 수면 위로 올라오지 않았다.

"흑!"

계속 회안에게 설향과의 혼인을 설득했던 인아였다. 하지만 그래도 마음 깊은 곳에선 그가 방법을 찾을 것이라 믿고 있었던 모양이었다. 설향과의 혼인이 회안을 위한 일임을 알면서도, 그래서 그것을 받아들여야 함을 알면서도 인아의 심장이 터질 듯이 아팠다. 설득하면서도 혹시나 기대했던 회안과의 혼인 가능성이 철저히 깨어지자 인아의 마음 역시 산산이 부서져 내리고 말았다.

인아는 터져 나오는 울음을 간신히 삼켰다. 회안에 대한 인아의 애정도 그렇게 심해 속에 묻힐 것이었다. 그가 알지 못하게 인아의 가슴 한편에 묻었다가 그녀와 함께 그렇게 심해의 바닥 속으로 사라질 것이었다. 참으로 무정한 것이 인간이라 하더니, 왜 그렇게 인간을 가까이하지 말라고 했었는지 인아는 이제야 이해했다.

인간보다 수명이 긴 교인들은 인간보다 더욱 긴 시간을 이런 고통에 시달려야 하는 것이다. 아름다운 시간은 길지 않고 하루아침에 날아 흩어지면 다시 찾기가 어려웠다. 그 찰나의 아름다운 시절에 대한 기억으로 오랜 시간 고통에 몸부림쳐야 하는 것은 바로 교인들이었던 것이다. 인아가 남몰래 눈물을 흘리니 바다에 뿌린 그 눈물에서 핏빛이 아련하게 보였다.

"인아!"

다정한 정인의 목소리에 인아가 가까스로 눈꺼풀을 들어 올렸다. 꿈속에서 계속 울고 있었던 듯 인아의 눈이 촉촉하게 젖어 있었다. 그가 다정한 눈빛으로 인아의 젖은 머리카락을 넘겨주고 있었다.

"나…… 리."

인아가 갈라진 목소리로 회안을 불렀다. 그런 그녀가 딱했는지 회안이 그녀의 입술에 손을 대었다. 심하게 앓은 것처럼 인아의 작은 얼굴이 반쪽이 되어 있었다.

"말하지 않아도 되오!"

회안이 그런 인아가 안타까운 듯 애달프게 속삭였다. 그녀의 작은 손을 잡아주는 그의 손길은 여전히 따뜻했다.

"대체, 이게 무슨 일이란 말이오? 내 혼인 전에 일을 마무리하느라 그리 서둘렀건만……."

회안의 목소리가 마치 자신을 자책하는 것만 같았다. 그래도 그가 이렇게 곁에 있는 것만으로도 인아는 행복했다.

며칠 급한 일 때문에 나가 있다 돌아오니 인아의 얼굴이 말이 아니었다. 그동안 먹지도 제대로 자지도 못했는지 인아의 까칠하게 갈라진 입술과 수척해져 깊어진 눈매에 회안의 속이 바짝 타들어갔다. 한시라도 빨리 인아를 보고 싶었지만 갑작스런 주유동의 방문에 시간이 지체되었던 것이다. 게다가 급하게 회안을 기다리는 일들을 처리하고 회안이 이홍원에 든 시간이 벌써 술시초(오후

7시~8시)가 되어 있었다.

그런데 이른 시각부터 침상에 누워 있는 인아였다. 안 그래도 아까 주유동 형님과 이야기할 때 인아의 기척이 느껴졌었다. 혹시? 무슨 무서운 꿈이라도 꾸는지 인아가 애처롭게 흐느꼈다. 회안이 그 옆에서 인아가 깨어날 때까지 기다리고 있었던 것이다.

"저는 괜찮습니다."

인아가 애써 미소를 지었다. 인아는 그 와중에도 단정하지 못한 제 머리와 그동안 걱정으로 수척해져 흉할 제 모습이 더욱 걱정이 되었다. 그가 다른 여인과 혼인을 한다 해도 사랑하는 정인 앞에서는 아름답게 보이고 싶은 여인의 마음이었다.

"괜찮기는, 이렇게 얼굴이 상해서는! 아무 걱정 말고 쉬시오. 내 오늘 밤은 어디 가지 않고 그대 곁에 있으리다."

다정한 그가 이렇게 잔인할 줄 몰랐다. 그가 천에 물을 적셔 세심하게 인아의 얼굴에 난 땀을 닦아주었다. 그리고 그녀가 무척 사랑스럽다는 표정으로 그녀 곁에 누워서 그녀의 머리를 계속 쓰다듬어 주었다.

짓밟힌 꽃잎처럼 그렇게 인아의 마음이 짓이겨졌다. 그렇게 인아의 마음을 다치게 하고도 이렇게 다정하기만 한 그가 야속했다. 차마 미워할 수조차 없게 만드는 그였다. 그 밤 내내, 뜰 밖에서는 슬픈 노랫소리가 들렸다. 떨어진 꽃의 혼이 우는 것인지, 가슴을에는 구슬픈 노랫소리에 인아도 밤새 하염없이 흐느꼈다.

12. 교인루(鮫人淚)

며칠을 계속 기운이 없어 하던 인아는 회안의 지극한 관심에 간신히 몸을 추슬렀다. 하지만 인아의 곁에 머물던 회안은 인아의 상태가 나아지자 또다시 긴급한 일이 있다며 매일 출타를 했다. 하지만 그는 이제 아무리 바빠도 취침 전에는 반드시 짬을 내어 인아의 얼굴을 보러 왔다.

그렇지만 밤이 되면 어딘가로 사라지는 그를 항상 인아는 아픈 마음으로 지켜보았다. 자신 곁에 있어달라고 애원하고 싶었다. 하지만 이미 혼인이 정해진 그에게 차마 그런 부탁을 할 수 없었다.

그리고 용기 내어 그에게 혼인에 대하여 묻지도 못했다. 정말 함께할 수 있는 방법이 있는 것인지, 그녀에게 혼인하자고 했던 말은 거짓이었는지, 그렇지만 그의 대답이 두려워 인아는 입을 다물고 말았다. 그가 가까이 있어 마음이 찢어지듯 아프면서도 그가 곁에 없으면 못 견디게 보고 싶었다. 인아는 이렇게 쉽게 상심하는 제가 한심했다.

"이상하네."

맹 유모가 이상하다는 듯이 중얼거렸다. 벌써 9월도 중순에 달해서 인아가 회안의 곁에 머문 지 어느새 보름이 두 번이나 지나갔다. 이제 또 한 번 만월이 돌아오면 인아는 용궁으로 돌아가야 하는 것이다. 사흘 뒤로 예정된 회안의 혼례를 위해서 만든 인아의 새 옷을 난이가 막 가지고 온 참이었다. 그것을 인아의 얼굴에 대어보던 맹 유모가 뭔가 이상하다는 듯이 고개를 갸웃거리며 중얼거렸던 것이다.

"뭐가요, 유모님?"

옆에서 신나 하며 옷을 함께 구경하던 난이가 맹 유모에게 질문을 했다. 인아는 모든 것이 귀찮았지만 이들의 성의를 무시할 수가 없었다. 인아는 최근 계속 온몸이 노곤하고 피곤하기만 했다. 게다가 이상하게도 음식도 제대로 먹을 수가 없었다. 그런 인아를 맹 유모와 난이가 지극정성으로 보살피고 있었다.

"분명 교초의 색이 아가씨에게 잘 어울렸는데, 이렇게 의복으로 만들고 나니 무엇인가가 어울리지 않는 기분이구나."

맹 유모가 계속 고개를 갸웃거리자 인아는 냉소적으로 생각했다. 그의 혼인을 위한 옷 따위, 어울리지 않는 것이 당연했다. 진심으로 축하해 주고 싶은 마음이 없는데 옷인들 제대로 어울리겠는가?

"에구, 유모님도 참! 백화선자처럼 곱기만 하신데 왜 그러신데요?"

난이가 익살스럽게 말하자 맹 유모도 자신이 과민하다 느꼈는지 웃음을 지었다. 옷 색깔이 어울리지 않는다는 말에 인아의 얼굴이 울 것처럼 변했기 때문이었다.

"하하, 그러게. 늙은이가 주책이구나. 나이가 들면 눈도 침침해진다더니 이젠 색깔 구분도 제대로 못하는 모양이다."

맹 유모가 애써 농담을 했다. 그러나 인아의 얼굴은 조금도 밝아지지 않았다.

"아가씨, 아직도 힘이 드시면 쉬도록 하세요. 저희는 이만 나가 보겠습니다."

인아의 안색을 살피던 맹 유모가 그리 말하고는 급히 난이를 데리고 이홍원 바깥으로 사라졌다. 홀로 남으니 더욱 마음이 무겁게 가라앉았다. 그래서 인아는 억지로 바깥으로 나섰다. 이 넓은 이홍원에 사람의 흔적조차 없이 기이할 정도로 적막했다. 회안이 곁에 있으면 항상 꽉 찬 것 같았는데, 오늘따라 더욱 휑하고 쓸쓸하게 느껴졌다.

부글부글!

인아가 연못가에 서서 하염없이 생각에 잠겨 있자니 연못이 마치 끓어오를 것처럼 부글거렸다. 설마 이 시간에 오라버니가? 인아가 놀란 표정으로 연못을 응시하자 곧 사인이 모습을 드러냈다.

"오라버니!"

다정한 오라버니의 모습에 인아가 반색을 했다. 그리고 인아가 저도 모르게 사인을 부둥켜안았다. 인아의 갑작스러운 행동에 사인이 더욱 놀랐다. 교인들은 이렇게 친밀하게 서로를 끌어안거나 하지 않는다. 인아가 인간의 마음을 너무 많이 가지게 된 것은 아닌지 사인의 마음이 무거웠다.

잠시 그렇게 있던 사인이 인아를 제 가슴에서 떼어내고 인아의 얼굴을 바라보았다. 눈물범벅이 된 인아가 맑은 눈으로 사인을 응시했다. 그것을 애잔하게 바라보던 사인의 눈이 갑자기 커다랗게 떠졌다.

"헉, 설마?"

인아를 바라보던 사인이 비명을 질렀다.

"오라버니? 왜 그러십니까?"

본 적 없는 사인의 반응에 인아가 깜짝 놀라 외쳤다.

"인아야! 설마, 회안이 너를?"

사인이 분노로 몸을 떨었다.

"왜 그러세요?"

인아가 불안하게 사인을 바라보았다. 순진무구한 인아가 영문을 모르겠다는 듯이 사인을 바라보고 있었다.

"인아야, 너 혹시 네 눈동자 색깔이 변한 것을 알고 있었느냐?"

갑작스러운 사인의 질문에 인아가 멍한 표정을 지었다. 갑자기 눈동자 색깔이 변하다니, 인아는 뜬금없는 사인의 질문이 이상했다. 요즘 거의 거울을 제대로 보지 않은 인아였다. 근심으로 수척해져 흉하게 변한 제 모습을 굳이 거울로 확인하고 싶지 않았던 것이다.

"눈동자 색깔이요?"

그제야 인아가 연못 위로 비친 자신의 모습을 바라보았다. 잔잔한 수면 위로 아리따운 여인의 자태가 드러났다. 수척하기는 했으나 인아의 모습은 마치 소중한 것을 품은 여인처럼 설명할 수 없는 신비한 아름다움을 뿜어내고 있었다. 그렇게 잠시 자신의 모습을 바라보던 인아가 깜짝 놀라 숨을 들이켰다.

"헉!"

인아가 자신이 제대로 본 것인지 다시 한 번 연못을 뚫어지게 응시했다. 분명 자신이었다. 그런데 눈동자 색깔이 녹색이 아니라 검정에 가까울 만치 진한 색으로 바뀌어 있었다. 매일 보던 이들이야 미처 눈치를 채지 못했겠지만 오랜만에 본 사인은 금방 그 변화를 알아챈 것이었다.

"이게 어찌 된 일입니까?"

인아가 눈을 커다랗게 뜨고 사인을 바라보았다. 곤혹스런 표정의 사인이 입술을 달싹였다. 사실을 이야기해야 하는데, 대체 인아가 어디까지 받아들일 수 있을지, 사인은 알 수가 없었다.

"혹시 말이다. 회안이 너를…… 음, 이상하게 만지거나 하지 않던?"

순간 인아의 얼굴이 타는 듯이 붉게 물들었다. 그리고 수줍게 고개를 숙이는 그녀의 모습에 사인은 머리가 깜깜해지는 기분이었다. 정말로 주씨 가문의 가주인 그가 인아를 안았단 말인가?

"설마, 그가 강제로 너를 그리한 것이냐?"

사인의 목소리가 분노로 떨렸다. 만약 그렇다면 사인은 제 손으로 그 사내의 목을 부러뜨리고 말 것이었다.

"아니어요!"

인아가 소리쳤다. 오라버니의 분노가 고스란히 느껴져서 인아는 공포에 휩싸였다. 다정하고 이성적인 사인이었지만 그가 한 번 분노하면 누구도 그를 막을 수가 없었던 것이다. 그가 회안에게 무슨 해코지라도 할까 봐 인아는 겁이 덜컥 났다.

"친해지라고 하신 것은 오라버니였잖아요?"

회안을 보호하려고 인아가 필사적으로 외쳤다. 사인의 두 눈이 크게 떠졌다. 설마 그 의미를 인아는 다르게 받아들였단 말인가? 하지만 순진한 인아의 오해는 차치하더라도 주씨 가문의 가주인 그가 인아를 안았다는 사실에 사인은 분노했다. 진정 그 결과가 어떠할 것이라는 것을 몰랐단 말인가?

인어들의 눈동자 색이 바뀌는 것은 기록에서만 보았던 사인이었다. 그것을 실제로 보니 사인의 충격이 이만저만이 아니었다. 인간으로 변신하여 육지에 나와 있는 동안 잉태를 하면 인어는 점점 인간의 몸으로 변해간다. 그러면서 녹색이나 붉은색이었던 눈동자 색깔이 점점 인간처럼 변해가는 것이었다.

"인아야, 미안하구나."

사인이 무겁게 중얼거렸다. 인아에게 이런 상황을 만든 것은 누구도 아닌 자신과 용궁이었다. 순진한 인아에게 커다란 짐을 지우고 아직 인간 세상에 대하여 잘 모르는 그녀를 별다른 준비 없이 세상에 보낸 것이었다.

"오라버니, 미안해하지 마십시오. 제 스스로 그분과 친해지고 싶었습니다."

인아의 단호한 음성이었다. 사인의 눈동자를 똑바로 바라보며 인아가 또박또박 명확하게 자신의 의사를 전달했다.

"정말 싫었다면 아무리 오라버니와 아바마마의 명령이었더라도 그분에게 안기지 않았을 것입니다. 제가 결정한 일이고 후회는 없습니다."

인아에게도 뿜어져 나오는 분위기에 사인이 숨을 들이켰다. 어린 꼬맹이로만 보였던 인아가 성숙해져 있었다. 둘만의 은밀한 이야기를 오라버니에게 하는 것을 수줍어하기는 했지만 인아의 표정이 정인을 사랑하는 여인의 얼굴이었다.

하지만 인간과 인어 사이에 잉태를 하면 예상할 수 있는 결말은 비극뿐이었다. 둘 중 하나는 비극적인 운명을 피할 수가 없었던 것이다. 아마도 회안도 그것까지는 몰랐을 수도 있었다.

사실 인간과 인어 사이에 잉태는 매우 드문 일이었다. 아름다운 교인들을 탐하는 인간들은 많았다. 하지만 진정으로 마음이 통하지 않으면 잉태는 불가능했던 것이다.

하지만 회안이 정말 인아를 아낀다면 대체 설향과의 혼인은 또 뭐란 말인가? 도무지 그 속을 알 수 없는 회안이었다. 회안의 혼인 날짜가 정해졌다는 말에 확인차 들렀던 사인이었다. 협약을 지키기 위해서 혼인만은 인간과 하겠다는 것인가? 하지만 지금 인아의 잉태에 사인의 머릿속이 복잡해졌다.

"눈동자 색이 변한 것은 그 때문입니까?"

인아의 질문에 사인은 차마 진실을 알려줄 수가 없었다. 회안의 아이를 잉태한 것을 알면 인아는 어떻게 해서든 그 아이를 낳으려고 할 것이었다. 그게 제 목숨을 내어놓은 일이라 할지라도 충분히 그럴 인아였다.

"그렇단다."

사인은 가볍게 고개를 끄덕였다. 이 일은 아바마마와 충분한 상의를 해야만 했다. 인아를 살리려면 결계를 지키는 당사자는 변경할 수도 있었다. 아니, 모두 반대한다 할지라도 인아를 구할 수만 있다면 사인은 그럴 작정이었다.

"인아야! 몸조심하고 있으렴. 아바마마를 뵙고 곧 다시 오마!"

그렇게 말한 사인이 바람처럼 사라져 버렸다. 홀로 남은 인아는 알 수 없는 불온한 기운에 다시 몸을 움츠렸다.

공포로 얼어붙은 다리를 간신히 움직여 인아는 겨우 처소의 입구에 도착했다. 문을 열려던 찰나, 갑자기 느껴진 현기증에 인아가 비틀거린 순간이었다.

"인아 낭자!"

자신을 안아주는 굳센 팔과 다정한 그의 음성에 인아가 움찔했다. 그러나 곧 포근한 그의 품에 인아가 머리를 기대었다. 그의 향기, 그의 체온, 그의 음성! 그가 여기에 있었다. 누가 뭐라 해도 그는 인아의 정인이었다. 비록 그가 그것을 알지 못한다 해도 인아는 그를 은애하는 것이다.

"아직도 상태가 좋지 않은 것 같소!"

그런 인아가 안쓰러운 듯, 회안이 그녀를 훌쩍 안아 올렸다. 그리고 조심히 그녀를 침상에 눕혔다. 이불을 덮어주고 이마를 쓸어주는 그는 여전히 다정했다. 그리고 침상 옆에 있는 의자에 앉아서 가녀린 숨을 쉬는 인아를 그윽하고 애틋한 눈빛으로 바라보고 있었다.

'이리 약해지다니, 앞으로 큰일을 어찌 견딘단 말인가?'

조용히 눈을 감은 인아의 얼굴을 바라보며 회안이 한숨을 쉬었다. 며칠만 기다리면 되었다. 그러면 주변을 둘러싼 그 모든 것들을 정리할 수 있었다. 하지만 곧 어디론가 사라질 것 같은 그녀의 연약하고 애달픈 모습에 회안의 심장이 저릿했다. 그러나 동시에 그녀의 모습이 더욱 신비하면서도 아름다웠다. 처음에는 그저 아무것도 모르는 순진한 소녀였던 인아가 지금은 성숙하면서도 요염했다.

"나리?"

조용히 눈을 감고 있던 인아가 조용히 회안을 불렀다. 그녀의
음성이 연약하면서도 구슬프게 들려서 회안의 코끝이 찡해졌다.

"왜 그러시오? 뭐 필요한 것이라도 있소?"

회안이 인아의 손을 부드럽게 쥐었다. 인아는 여전히 눈을 뜨지
않았다. 자신을 바라보지 않는 인아 때문에 회안이 속이 바짝 타
들어갔다. 아름다운 그녀의 녹색 눈을 바라보고 싶었다. 그 눈 속
에 자신의 모습이 고스란히 들어 있는 것을 보면 안심이 될 것 같
았다. 그래도 자신의 손을 강하게 움켜쥔 인아의 작은 손이 회안
을 그나마 안심시키고 있었다.

"제가 다시 용궁으로 돌아가도……."

인아가 잠시 말을 멈추었다. 그녀의 입술이 차마 그다음 말을
이을 수가 없었는지 살짝 떨리고 있었다. 그 입술을 한입에 머금
고 싶었으나 회안은 참았다. 지금은 그녀의 말을 방해하지 않아야
했다.

"나리는 저를 기억해 주실 것입니까?"

인아의 목소리가 떨렸다. 마치 울음을 겨우 참는 것처럼 인아가
자신의 부드러운 입술을 깨물었다.

"그게 무슨? 대체 왜 그러시오?"

회안이 인아의 손을 들어 올려 자신의 입술을 대었다. 차가운
인아의 손끝이 회안을 아프게 했다. 하지만 회안은 인아를 놓을
수 없었다. 하지만 곧 사라져 버릴 꽃잎처럼 가냘프고 처연해 보
이는 인아의 모습이 회안을 불안하게 만들었다.

"그럼 계속 나리 곁에 제가 머물러도 되겠습니까?"

'당신 곁에는 설향 낭자가 있는데?'

인아가 차마 그 질문은 하지 못하고 속으로 속삭였다.

"무슨 그런 말을?"

회안이 다소 놀란 듯이 인아의 손을 강하게 움켜쥐었다. 회안이 다음 말을 잇기도 전에 누워 있던 인아가 갑자기 몸을 일으켜 회안의 목덜미를 강하게 끌어안았다. 그리고 마치 회안의 대답을 듣는 것이 두려운 듯 그의 입술을 막았다.

"하아!"

열흘 만에 닿은 그녀의 촉촉한 입술이었다. 순간 회안은 중요한 대답을 해야 한다는 사실도 잊고 격렬하게 인아를 탐했다. 타액이 섞이고, 서로의 혀가 격렬하게 얽혔다. 그리고 입술이 부딪혔다. 서로의 입안은 뜨거운 열로 가득 차서 서로를 애타게 갈구하고 있었다. 그가 인아의 허리를 강하게 끌어안으며 열정적으로 그녀의 입안을 탐했다.

"흐읍, 하…… 아!"

마치 영혼을 빨아들이듯 인아가 그의 혀를 뿌리 부근까지 빨아들였다. 그래도 그가 부족했다. 오직 그만이, 그가, 자신의 곁에 있는 그가 전부였다. 헐떡이고 있는 입술 끝에서 타액이 떨어져 내렸다. 회안이 그것을 다정하지만 격렬하게 핥으며 그녀의 입안을 다시 탐했다.

"하아, 항, 으아…… 앗!"

그녀의 격렬한 신음이 고스란히 그의 입속으로 빨려 들어갔다. 그녀가 그의 까맣고 부드러운 머리를 마구 헝클어트리며 좀 더 그에게 다가가기 위해서 혀와 입술을 움직였다. 인아는 입맞춤만으로도 절정에 달할 것만 같았다.

"하아! 인아! 아으…… 흡!"

회안의 신음도 높아졌다. 그렇게 서로를 격렬하게 탐하던 인아가 호흡이 부족해서 갑작스런 현기증으로 정신을 잃었다. 자신의 품 안에서 축 늘어진 그녀를 끌어안으며 그가 그녀의 귀에 속삭였다.

"죽…… 어도 못, 보내오!"

창밖에는 어스름한 저녁 땅거미가 드리워져 있었다. 뉘엿뉘엿 서산 넘어 지는 해가 부끄러운 듯 뜨거운 얼굴을 밤에게 내어주고 있었다. 그렇게 한참을 회안은 인아를 제 품 안에 안고 있었다. 그 와중에도 그녀의 얼굴 여기저기에 회안의 입술이 닿았다. 그렇게 두 사람의 시간이 흘러가고 있었다.

"이제 시간이 별로 없습니다!"

주유동의 얼굴이 초조했다. 같은 시각, 장안루의 객실에 마주 앉은 두 사람은 초조한 듯이 머리를 맞대고 있었다.

"곧 회안이 혼인을 하게 되면 용궁에서 협약 당사자를 변경하는 것은 물 건너가는 것이 아닙니까?"

주유동의 말에 앞에 앉은 용궁 승상의 표정에도 일순 어두운 그림자가 지나갔다.

"게다가 그동안 행방불명되었던 교인들을 저희가 교인루(鮫人樓, 기생이 있는 홍루. 작가가 만든 가상임)에 넘겨왔다는 것을 드디어 회안이 알아낸 것 같습니다."

"그것이?"

승상의 목소리가 높아졌다.

"이제 방법은 없습니다. 회안이 이 사실을 용궁에 알리면 저와 나리는 죽은 목숨입니다. 그전에 어서 회안을 처리해야 합니다."

주유동이 급하게 말을 이었다.

"하지만 지난번 보냈던 자객도 소용이 없지 않았소?"

승상의 지적에 주유동의 얼굴이 굳어졌다.

"그것이 제가 그 녀석을 너무 만만히 보았던 모양입니다. 자객을 보낼 것이 아니라 주우길이나 주백처럼 바다에서 일을 진행하는 것이 더욱 좋았을 것입니다."

주유동이 마치 일이 잘 안 된 것은 모두가 승상이 그것을 반대를 했기 때문이라는 듯 원망스럽게 바라보았다.

"잊으셨소? 회안이라는 자는 교인들의 기척을 느낄 수 있소."

주씨 가문의 가주는 물속에서도 숨을 쉬는 능력을 용궁에서 받게 된다. 하여 10년 전에도 주유동과 승상은 단순하게 주우길과 주백을 바다에 빠뜨린 것만이 아니었다. 은밀하게 교인들을 보내어 물에 빠진 그들을 한꺼번에 죽였던 것이다. 하지만 재물로 바쳐져 죽은 줄 알았던 회안이 살아 돌아온 것은 예상 밖의 일이었다. 그리고 그는 이전 가주들조차 가지지 못했던 능력까지 가지고 있었다.

"그때 용왕마마께서 그리 강하게 주장하지 않으셨다면 제가 분명 가주가 되었을 텐데!"

주유동이 아쉽다는 듯이 고개를 저었다. 당시 주유동을 가주로 삼고 다시 회안을 차자로서 바치라는 용궁 대신들의 의견을 묵살했던 것은 용왕이었다.

"그것이 비단 용왕마마만의 뜻은 아니었을 거요."

승상의 목소리가 이상하게 묘한 애증을 품고 있었다. 가끔 주유동은 승상이 보여주는 회안에 대한 묘한 증오심이 이상했다. 그러나 차마 물을 수가 없었다.

"그것보다 일단 빨리 교인루를 정리하시오."

승상의 말에 주유동이 고개를 끄덕였다.

"그리고 용궁 쪽에는 회안이 술사를 사주하여 인아를 육지로 끌어냈다고 흘리겠소! 용궁의 주의가 잠깐만 우리를 피해가면 되오!"

"그런데 그 녀석은 정말로 대체 무슨 생각으로 술사를 회유까지 해서 인아라는 그 여인을 불러낸 것일까요?"

주유동이 고개를 갸웃했다.

"분명 의도가 있을 거요. 마녀의 정인이 주씨 가문의 초대 가주였다는 것을 당신도 알지 않소? 그 인연으로 용궁과의 협약이 이루어졌고, 마녀가 차자의 피를 바라는 것은 자기 자식을 죽인 주씨 가문에 대한 원한 때문이오. 만약 회안이 노린 것이 그것이라면, 즉, 회안과 인아가 지금까지와는 전혀 다른 관계를 만든다면…….”

승상이 목이 마른지 앞에 있던 잔을 들어 올려 급하게 마셨다.

“어쩌면 마녀의 오래된 원한도 풀 수 있을지 모르오.”

“하아! 정말 용의주도한 놈입니다. 게다가 지금 하루가 다르게 저희의 목을 죄어오고 있으니…….”

주유동이 절레절레 고개를 저었다.

“일단 급한 일부터 정리합시다. 그리고 회안이 혼인을 올리기 전에 최대한 문제를 일으켜 그 혼인을 막아봅시다.”

승상의 말에 주유동이 짧게 고개를 끄덕였다. 그리고 승상은 급히 객잔을 나섰다. 그리고 주유동도 급하게 움직이기 시작했다. 음산하고 불길한 기운이 장안루를 가득 매우고 있었다.

그다음 날, 남해 용궁의 어전의 분위기는 긴장으로 팽팽해져 있었다. 모든 대신들을 물리치고 어전에는 남해 용왕과 사인 그리고 공포에 떨고 있는 한 교인뿐이었다.

“어서 사실대로 고하라!”

사인의 목소리가 분노로 떨렸다. 남해 용왕 앞에 무릎을 꿇은 점술사의 뒷목덜미가 선뜩했다. 자신을 죽일 듯이 바라보는 사인의 붉은 눈동자에 점술사의 오금이 저려왔다.

"용왕마마! 제가…… 꿀꺽!"

긴장한 점술사가 말을 잇지 못하고 크게 침을 삼켰다. 그러나 자신을 압박하는 사인의 서슬에 결국 점술사가 이실직고를 했다.

"그것이 주씨 가문의 가주가 반드시 인아 아가씨를 보내라는 점괘를 내라 소신에게 압력을 가했습니다."

점술사는 죽을 각오를 하고 납작 바닥에 엎드렸다. 자주 사인을 따라 육지에 나가는 점술사였다. 육지에 나가는 기회가 많아지고 체재하는 시간이 길어질수록 점술사는 인간세계의 향락에 빠져들고 말았다. 그것은 목숨을 걸어야 하는 위험한 일이었음에도 그 유혹에서 벗어나기가 쉽지 않았다. 그래서 돈이 필요한 그에게 회안이 내민 제안은 결코 물리칠 수 없는 유혹이었던 것이다.

어찌 되었건 이제 사실이 밝혀진 이상 이미 자신은 사인의 손에 죽든, 회안의 손에 죽든 죽은 목숨이었다. 그렇다면 하나 남은 방법은 남해 용왕에게 목숨을 비는 것뿐이었다.

"그럼, 그 점괘가 모두 거짓이었단 말이냐?"

용왕의 음성이 낮고 무거웠다. 살아온 세월의 무게만큼 용왕은 이런 상황에서도 침착했다.

"그, 그것이…….."

점술사가 버벅거리면서도 한 가지 사실을 고했다.

"이번 협상 대상자로 인아 아가씨를 보내라 한 것은 주씨 가문의 가주가 지시한 것이 맞습니다만……."

"허나?"

남해 용왕이 점잖게 다시 질문을 했다.

"그 냉월의 심장을 녹일 수 있는 것이 인아 아가씨라는 것은 틀림없는 사실입니다."

점술사의 말에 사인이 분노로 목소리가 높아졌다.

"네놈이 아직도 정신을 못 차리고 쓸데없는 말을 나불거린다 말이냐?"

사인의 고함에 움츠러들면서도 점술사는 할 말을 했다.

"태자마마, 사실이옵니다. 회안의 이력이 특이한 것은 마마도 아실 것입니다. 그것이 아니었다면 이전 가주인 주우길과 그의 장자 주백이 사망했을 때, 가주가 될 사람은 주유동이었습니다. 그럼에도 그가 가주로 선택된 것은 그가 지닌 특별한 능력 때문임을 태자마마께서도 아시지 않습니까?"

점술사의 말에 사인이 '끙' 하고 한숨을 내쉬었다. 점술사의 말이 틀린 것은 아니었다. 주씨 가문의 가주는 선택되는 것이 맞았다. 결계를 지키는 마녀가 원하는 단 한 가지를 바칠 수 있는 사람을 용궁은 협약 당사자로 지정하였던 것이다.

용궁은 결계를 지키기 위해서 주씨 가문은 제 자신의 영달을 위해서 이런 관계가 지난 200년간 지속되어 왔던 것이다. 하지만 인간들은 참으로 잔인했다. 자신의 부를 위해서 자식을 희생하는 것을 마다하지 않았던 것이다.

용궁은 그 보답으로 가주에게 물속에서도 숨을 쉴 수 있는 능력을 부여한다. 그 능력은 다음 가주가 선정되면 그에게 전달되었다. 그렇게 해서 주씨 가문은 여러 항해에서 만나는 사고에도 무사히 가문의 배를 지키고 부를 쌓을 수 있었던 것이다.

그리고 인간 중에서 오직 주씨 가문의 가주만이 결계를 넘어올 수 있었다. 그러나 회안은 가주로 선택되기 이전에 이미 그 모든 것이 가능했던 것이다. 그래서 애써 남해 용왕은 가주와 다음 가주가 모두 사망하였다는 예외적인 상황을 들며 회안을 가주로 밀었다. 더불어 마녀까지 설득해서 회안에게 그 아이를 대신 바칠 수 있도록 시간까지 주었던 것이다.

"회안, 그자는 저희 교인들의 족적을 읽어낼 수 있습니다. 어디에 있건, 어떤 모습으로 위장을 해도 그에게 감출 수는 없다는 것을 아시지 않습니까?"

점술사의 말에 사인이 탐탁지 않은 표정으로 고개를 끄덕였다.

"그자는 주씨 가문의 초대 가주를 닮았습니다."

점술사의 말에 용왕이 크게 한숨을 내쉬었다. 이백여 년 전. 인간과 교인 사이에 있었던 일! 유일하게 제 심장을 찔러 교인을 바다로 돌려보낸 자가 바로 주씨 가문의 초대 가주였던 것이다.

인간과 교인 사이에 잉태를 하게 되면, 아이를 낳은 교인은 죽을 수밖에 없었다. 아이를 잉태하면 교인의 몸은 점점 인간으로 변해간다. 그리고 아이를 낳았을 때에는 완벽한 인간이 되어버린다. 하지만 교인이 세상에 머물 수 있는 기간은 겨우 300여 일에 불과하니 아이를 출산하고 나면 그 생명이 다해 죽는 것이었다.

교인이 사는 방법은 다시 교인의 몸으로 변하는 것뿐인데 그러려면 그 사내의 심장의 피를 다리에 묻히는 것뿐이었다. 그러면 인간의 다리는 다시 지느러미가 되었다. 하지만 교인을 은애한다 그리 외친 사내들 중 누구도 교인을 위해서 기꺼이 제 심장의 피를 내어준 자는 없었던 것이다.

"흠, 회안 그자는 혹시 그 사실을 알고 있는 것인가?"

용왕이 긴 수염을 쓰다듬으며 그리 중얼거렸다.

"교인이 아이를 낳으면 인간이 될 수 있다는 것은 파악한 것 같습니다. 하지만 아직 그러면 결국 교인이 죽는다는 사실까지는 모르고 있는 것 같습니다."

점술사의 음성이 이제 평소의 침착함을 되찾고 있었다.

"그리고 양 당사자 간의 협약을 개선하려고 하는 것도 사실입니다."

점술사의 말에 사인의 얼굴이 무겁게 굳어졌다. 대체 그자가 꾸미고 있는 일은 다 무엇인지?

"설마 최근, 교인을 납치한 것도 그자의 짓인가?"

사인의 질문에 점술사가 고개를 저었다.

"아닙니다. 마마! 그것은 분명 교인의 짓이었습니다. 용궁 내부의 누군가 인간과 결탁하여 한 짓입니다."

점술사의 말에 용왕은 깊은 생각에서 빠져나온 듯했다.

"사인! 협약 당사자를 교체한다!"

갑작스런 용왕의 결정에 사인은 놀라고 말았다. 결국 용왕은 인아를 살릴 결심을 한 것이 분명했다. 아무리 용궁의 안위를 살펴야 하는 용왕일지라도 제 자식을 죽게 내버려 둘 수는 없을 것이었다.

"그리고 당장 인간과 결탁한 그 발칙한 교인을 색출해 내거라!"

용왕의 단호한 음성에 사인이 명을 받들겠다는 뜻으로 고개를 숙였다.

"하지만 인아에게는 어찌 설명을 하실 예정이십니까?"

사인이 걱정스러운 말투로 물었다. 인아가 진실을 알고서도 과연 회안을 죽일 수 있을까? 정인의 심장을 찌르는 일은 그 누구의 손도 빌릴 수 없었기 때문이었다. 잔인하지만 그것만이 유일한 방법이었다. 게다가 그의 아이까지 잉태한 것을 깨닫게 된다면? 인아가 겪어야 할 고통을 생각하니 사인의 잘생긴 이마에 짙은 주름이 지어졌다.

"그것은 그 아이가 겪을 운명이다!"

알 듯 말 듯한 용왕의 말에 사인은 더 이상 질문하지 않았다. 일단은 인아를 구하는 것이, 그 아이를 다시 용궁으로 데려오는 것이 중요했다.

"알겠습니다, 아바마마!"

사인이 점술사를 데리고 조용히 어전을 물러났다.

'그 아이가 어떤 선택을 하느냐에 따라 많은 것이 달라지겠지!'

늙은 용왕이 무거운 마음으로 깊은 생각에 잠겼다. 다시 바다로 돌아왔던 그 교인은 전혀 행복해하지 않았다. 오히려 긴 생명을 저주하며 은애했던 사내를 그리워하며 고통스러워했다.

그것을 내내 옆에서 지켜본 용왕이었다. 어린 나이에도 요화 누님의 그런 모습이 너무나 안쓰러웠다. 그러나 하루가 다르게 요물로 변해가는 누이가 안타까워 그녀를 그 지독한 애증에서 해방시켜 주고 싶었다. 누님을 닮은 인아와 초대 가주를 닮은 회안! 그들이라면 어쩌면 조금은 다른 운명을 만들어낼 수 있지 않을까?

"하지만, 시간은 이렇게 흐르고 또 새로운 운명이 만들어지고 있구나!"

그렇게 중얼거린 용왕이 아련한 눈으로 어전 바깥 창문 뒤에 펼쳐진 아득한 바다를 바라보았다. 한가롭게 헤엄치고 있는 교인들의 모습이 한 폭의 그림처럼 아름다웠다.

내일로 다가온 혼인에 홍화원은 떠들썩했다. 가주의 혼인답게 여기저기서 들어오는 선물만으로도 족히 상점 하나를 차릴 만한 규모였다. 왕 서방도 맹 유모도 그것들을 정리하고 혼인 준비를 하느라 분주했다.

그렇게 입맞춤을 나누고 나서 아침에 눈을 뜨니 그는 또 없었다. 그러나 밤새 인아 곁에 있었던지 침상 한쪽이 움푹했다. 그것을 손으로 쓸어보던 인아의 마음이 스산했다. 눈을 뜨니 다정한 정인은 간 곳 없고 차가운 이부자리만 남아 있었던 것이다.

"인아 아가씨, 옷이 마무리가 다 되었습니다."

난이가 완성된 옷을 가지고 왔다. 인아의 마음과는 상관없이 모든 것이 착착 진행되고 있었다. 결국 이제 인아가 할 수 있는 일은 돌아가는 일뿐이었다. 그것만이 회안과 용궁을 위해서 인아가 할 수 있는 전부였다. 회안에게는 미안했지만 어찌할 수가 없었다. 본래 자신의 하기로 했던 임무를 떠올리며 인아가 마음을 다잡았다.

"감사합니다."

인아가 힘없이 인사를 했다.

"인아 아가씨. 기운 내세요!"

난이의 위로에 인아의 얼굴 위로 서글픈 미소가 피어났다. 대체 무엇을 바라 기운을 내야 하는지 알 수가 없었다. 난이가 그런 인아를 위로하려고 다른 이야기를 꺼냈다.

"신부의 혼례복이 어찌나 아름다운지 보는 사람마다 모두 감탄하고 있어요. 역시 주씨 가문답게 아름다운 붉은 교초라고요. 얼마나 세심하게 공을 들였는지 몰라요!"

난이의 들뜬 음성에 인아가 억지로 미소를 지었다.

"그, 그렇게 아름다운가요?"

인아의 질문에 난이가 열성적으로 대답했다.

"그럼요! 그 옷을 입은 신부는 분명 가장 아름다울 거예요."

이후 난이가 세세하게 이런저런 신부의 혼례복에 대하여 설명하였다. 하지만 슬픔에 잠긴 인아에게는 그런 난이의 설명조차 제대로 들어오지 않았다.

그날 밤, 인아는 자신을 부르는 사인의 목소리에 연못으로 나아갔다.

"인아야, 내게 마지막 임무가 주어졌다."

심각한 사인의 목소리에 인아의 심장이 졸아들었다. 설명할 수 없는 한기가 인아를 휘감았다. 들어야 하지만 듣고 싶지 않았다. 사인을 감싼 달빛이 싸늘하게 느껴졌다. 아름답게 보였던 사인의 붉은 눈동자가 오늘은 매우 불길하게 보였다.

"그, 그것이 무엇입니까?"

인아가 더듬거리며 간신히 목소리를 짜내었다.

"아무래도 가주는 변경되어야 할 듯싶구나!"

사인의 안타까운 목소리에 인아가 고개를 저었다.

"오라버니! 잠시만요. 나리께서 정혼녀와 혼인을 하시면 되지 않습니까? 제가, 제가 용궁으로 돌아갈게요. 저 때문에 모든 것이 어그러졌습니다. 저만 없어지면 모든 것이 다 제자리로 돌아갈 거예요! 그리고 이미 내일이 혼인날이 아닙니까? 오라버니, 제발!"

인아의 애원에도 사인은 아무런 말 없이 무엇인가를 내밀었다. 차가운 달빛을 받아 그것은 불길하게 반짝거렸다.

"헉, 이것은?"

인아가 차마 말을 잇지 못했다. 사인의 손에 놓여 있는 날렵한 단도! 날카롭게 벼린 칼날이 인아의 심장을 베는 기분이었다.

"보름이 되기 전까지다."

사인의 목소리가 벼락처럼 인아의 고막을 때렸다. 덜덜 떨리는 몸을 간신히 추스르며 인아는 쓰러지지 않기 위해서 안간힘을 쓰고 있었다.

"오라버니!"

인아가 안타깝게 외쳤다. 할 수 없었다. 제 손으로 차마, 엄청난 임무 앞에 인아가 저도 모르게 한 걸음 뒤로 물러났다.

"인아야! 네가 하지 않으면 남해 용궁 전체가 위험하다!"

인아가 고개를 저었다.

"사인 오라버니, 제발!!"

인아가 애원했다. 그녀의 눈동자에 담긴 간절한 애원이 사인의 심장에 그대로 닿았다. 사인은 저도 모르게 고개를 돌리고 말았다. 잔인한 일인 것은 알지만 이것만이 인아가 다시 용궁으로 돌아올 수 있는 유일한 방법이었다.

"용궁의 안위를 위해서, 그리고 너를 위해서라도 반드시 해야 할 일이다."

사인의 목소리가 다시 엄격하게 변했다. 그리고 그는 최대한 감정을 지우고 인아에게 임무를 전달했다.

"보름이 오기 전 반드시 이 단도로 그의 심장을 찔러야 한다."

"왜 그를 꼭 죽여야만 합니까? 그냥 협약 당사자만 변경해도 되지 않습니까?"

인아가 애타게 물었다.

"그것이……."

잠시 망설이던 사인이 냉정하게 속삭였다.

"그가 너를 안았기 때문에 너의 몸은 점점 인간이 되어가고 있다. 하지만 인간이 되면 너는 오래 살지 못하고 죽을 수밖에 없어."

인간이 되어간다는 사인의 말에 인아가 경악했다. 친해지는 그행위가 그렇게 단순한 것만은 아니었던 것이다. 그러나 인아는 아무래도 뭔가 사인이 진실을 다 말해주지 않는 것 같았다.

"그의 피가 네 다리에 닿으면 너는 곧 인어로 변할 수 있어. 그다음은 이 오라비에게 맡기거라."

그를 죽여가면서까지 제가 다시 살아야 할 사유가 뭐란 말인가? 그렇게 바랐던 소원이 이런 식으로 이루어지게 될 줄 몰랐다. 그리고 그것이 회안의 목숨을 위협하게 될지도 전혀 예상하지 못했다. 그의 말이 맞았던 것이다. 대가를 치러야 한다는 것!

보름이라면 그것은 바로 내일이었다. 혼례식 날, 회안의 심장을 제가 과연 찌를 수 있을까? 인아의 두 손에 놓인 단도가 돌덩이처럼 무거웠다. 불길한 것이 두려워 던져 버리고 싶었다. 하지만 자신을 포박하는 사인의 눈동자에 인아는 묶인 것처럼 꼼짝할 수 없었다. 용궁의 안위를 제 자신만을 위해서 저버릴 수 없는 상황에 인아의 심장이 돌처럼 굳어버리고 말았다.

다음 날, 소주의 날씨는 어느 때보다 청명하고 아름다웠다. 혼인은 음과 양이 만나는 이치라 저녁 무렵에 하는 것이 원칙이었다. 아침부터 부산하게 홍화원 가솔들이 움직였다. 혼인은 오늘 밤 신방이 차려진다는 소상관에서 이루어진다고 했다.

아침부터 맹 유모와 난이의 채근에 인아도 열심히 꽃단장을 했다. 인아는 이 바쁜 와중에 왜 그들이 자신을 이리 단장해 주려 하는지 알 수가 없었다. 하지만 인아는 그들의 손에 이끌려 몸을 깨끗하게 씻고 머리를 단정히 했다.

점심나절이 되자 맹 유모와 난이도 인아를 남겨두고 사라져 버렸다. 그렇게 홀로 이홍원을 지키고 있는 인아였다. 정원 한 귀퉁이에 하얀 월계화 한 송이가 피어 있었다. 이미 때가 지났건만 계절을 모르고 그 찬란한 자태를 드러낸 그 꽃이 가련해 보였다.

"너도 곧 지겠구나!"

곧 스러질 월계화의 운명이 저와 같아 보여 인아가 한숨을 쉬었다. 그리고 그 아래 몇 장 떨어져 있는 부드러운 월계화의 꽃잎이 유독 인아의 눈에 밟혔다. 그래서 그것을 하염없이 바라보고 있었다.

"인아 낭자!"

갑작스레 들려온 여인의 음성에 인아가 고개를 들었다.

"헉!"

인아가 저도 모르게 비어져 나오는 비명을 두 손으로 막았다.

아름다운 붉은 교초로 만들어진 혼례복! 난이가 설명했던 바로 그 모습 그대로였다.

"이제 낭자가 할 일은 하나뿐이에요!"

설향의 말이 검처럼 날카로웠다. 그리고 그녀가 뭔가 계속 말을 했지만 지금 인아에게는 아무런 소리도 들리지 않았다.

"그럼 그리 알고 있겠습니다."

그렇게 제 할 말을 마친 설향은 인아가 뭐라 대답하기도 전에 그대로 몸을 돌려 사라져 버렸다. 충격으로 몸이 굳은 인아는 그저 그 자리에 돌처럼 굳어 있었다. 이 모든 것을 알고 있었음에도 신부복을 입은 설향을 보는 것은 여전히 아팠다. 차갑게 돌처럼 굳었던 심장이 산산이 자그만 조각들로 부서져 내리고 있었다.

결국 이것이 운명이었던 것이다. 그를 은애하는 제가 제 목숨을 위해서 그를 해할 수는 없었다. 그리고 용궁을 위해서라도 이것이 최선이었다. 인아가 결심을 하는 것이 모두를 위한 길이었다. 자신 때문에 아바마마께서 가주를 교체하시겠다는 결정을 내리신 것이 분명했다. 자신만 없으면 회안은 예전처럼 살아갈 것이었다. 그리고 용궁도 제자리를 찾을 것이었다.

얼마나 그 자리에 그렇게 앉아 있었는지 몰랐다. 어느새 인아의 그림자가 정원에 길게 드리워져 있었다. 연못 쪽에서 상쾌한 가을바람이 불어와 인아의 머리를 살랑거리게 했다. 그리고 상큼한 가을바람에 바닥에 떨어졌던 월계화의 흰 꽃잎이 하늘하늘 날아올랐다가 살포시 인아의 어깨에 내려앉았다. 그것을 떼어내어 물끄러미 바라보던 인아가 몸을 돌려 안으로 들어갔다.

잠시 후, 다시 바깥으로 나온 인아의 손에는 작은 비단 주머니와 꽃호미가 들려 있었다. 인아는 차마 떨어진 꽃잎을 밟지도 버릴 수도 없어 비단 주머니에 넣어 묻어주자고 생각했던 것이다. 그렇게 오도카니 섬돌 앞에서 홀로 꽃을 묻는 인아가 남몰래 눈물을 흘렸다.

복사꽃, 자두꽃은 내년에도 핀다지만, 이곳에는 과연 누가 있을 것인가? 무정한 것이 사람의 마음이라, 한번 떠난 빈자리, 누가 과연 그녀를 기억이라도 해줄 것인지? 슬퍼지는 마음을 애써 다독이며 인아는 조용히 다시 마음을 다잡았다.

아름다운 시절이 얼마나 지속될는지, 찬바람에 흩어지는 꽃잎처럼 그 시간들이 아스라이 허망하기만 했다. 서러운 마음을 꾹꾹 참으며, 인아는 섬돌 앞에 조용히 꽃을 묻었다. 하얀 꽃잎이 흙에 짓이겨져 까맣게 변하는 모습이 자신의 마음 같아 애처로웠다.

화려하게 꽃이 피면 사람들은 그 아름다움을 찬미해도 그 꽃이 지고 나면 그 누구도 관심을 가지지 않았다. 슬프지만 그것이 현실이었다. 은애하는 마음은 아름답기도 했지만 또한 야속하기도 했다. 홀연 다가온 정인이 반갑고 귀했지만, 또 훌쩍 가버리니 서럽기만 했다. 차라리 그를 은애하지 않았다면, 그러나 인아가 고개를 저었다.

그래도 은애한 기억이 있으니 아주 서글프지만은 않았다. 그가 자신을 아름답게 안아주었던 그날들의 기억들이 인아의 온몸에 고스란히 남아 있었다. 계속 그의 곁에 머물 수는 없었지만 그래도 최소한 그를 살릴 수는 있었다. 앞날을 함께할 수 없음이 서글프지만 그가 행복하다면 그것으로 되었다. 이렇게 인아는 말없이 왔다가 소리도 없이 가버릴 운명이었던 것이다.

오늘 묻은 꽃 무덤이 내일은 사라져 흔적조차 없고,
인아가 그를 사랑한 기억조차 희미해진다 해도,
그래도 괜찮았다.
인아가 그를 계속 은애하니까,
그것으로 되었다.

마지막으로 인아가 회안이 주었던 작은 말리화 모양의 머리꽂이를 까만 머리에 꽂았다. 그리고 부들부들 떨리는 손으로 작은 단도를 들어 올렸다. 굳게 다짐했음에도 인아의 손끝이 공포로 차갑게 얼어붙었다.

이렇게 미친 듯이 뛰고 있는 심장도 차가운 칼날에 식어버릴 것이었다. 심장이 식어버리는 것처럼 그를 향한 마음도 차갑게 식을 수 있을까? 인아의 얼굴에 비릿한 미소가 피어났다.

'나리는 지금 행복할까?'

설향과 혼례를 올리는 그의 모습을 차마 볼 수 없었다. 다른 여인의 곁에서 찬란하게 빛날 그를 볼 자신이 없었다. 그 옆에서 시들어 버린 꽃잎처럼 서럽게 져버릴 자신의 모습이 서글펐다.

혼례로 모두가 분주한 이때, 홀로 남은 인아의 죽음을 그 누구도 알지 못할 것이었다. 그에게 끝까지 하지 못한 단 한 마디가 가슴에 묵직하게 돌로 남았다. 한 번이라도 소리 내어 말해볼 것을, 용기 내지 못한 자신이 한심했다.

푸욱!

차가운 칼날이 인아의 더운 심장에 얼음처럼 박혔다. 봄바람에 흩날리는 매화 꽃잎처럼 인아의 작은 몸이 하늘하늘 바닥으로 쓰러져 내렸다. 덧없이 사라지는 꽃잎처럼 그렇게 스러지는 인아의 모습이 서글프게 아름다웠다.

인아는 마지막으로 자신이 묻었던 꽃 무덤을 떠올렸다. 제가 만든 꽃 무덤을 사람들은 비웃을 것인가? 꽃은 제 손으로 묻었지만 자신은 과연 누가 묻어줄 것인가? 계절이 가고 꽃잎도 떨어지니 모든 것이 서글프기만 했다.

하루아침에 꽃이 지듯이 찬란한 애정도 사라지고 그 애정을 화려하게 장식했던 청춘도 사라지면 그때가 바로 떠날 때였다. 이렇게 홀로 떠나는 자신이 애처로워 인아의 얼굴에 처연한 미소가 떠올랐다.

'마지막으로 나리에게 하고 싶은 말이 있었는데……!'

단지 그것이 아쉬워 인아는 자신을 짓누르는 고통 속에서도 미련이 남았다. 그렇게 시들어가는 인아의 모습 위로 환상처럼 하얀 꽃잎이 눈처럼 쏟아져 내렸다. 하늘을 가득 채운 꽃잎과 서글픈 노랫소리, 꽃의 혼이 우는지 아니면 서글픈 인아의 혼이 우는 것인지, 알 수가 없었다.

그렇게 이홍원에는 고요한 적막이 내려앉았다.

소상관에 모여 있던 사람들이 웅성거리기 시작했다. 신부를 모시러 간 맹 유모와 난이가 아직도 돌아오지 않고 있었던 것이다.

"하하, 신부란 모름지기 단장하는데 시간이 걸리는 법이지 않겠나?"

주유동의 말에 모두가 고개를 끄덕였지만 회안의 심장이 불안으로 두근거렸다. 이상하게도 인아의 기척이 매우 약하게 느껴졌던 것이다. 최근 계속 그랬던 인아였지만 오늘은 무엇인가가 이상했다.

"신부 입장이오!"

동시에 사람들의 시선이 소상관 입구 쪽으로 향했다. 아름다운 혼례복을 입은 신부가 입장하고 있었다. 그러나 그를 부축하는 여인들이 맹 유모도 아니고 난이도 아닌 낯선 여인들이었다. 그리고 무엇인가가 달랐다.

조심스럽게 다가온 여인이 회안의 곁에 섰다. 그러자 혼례를 주관하던 이가 혼례식을 시작하려 했다. 그러나 곧 일어난 회안의 예기치 않은 행동에 소상관은 충격에 휩싸였다. 회안이 갑자기 신부의 얼굴을 가린 휘장을 거칠게 떼어냈던 것이다. 신부의 얼굴을 가린 휘장은 신방에 들어가 두 사람만 남았을 때 걷어내는 것이

법도였다.

"헉!"

사람들이 놀라 숨을 들이켰고, 웅성거림이 더욱 심해졌다.

"이게 대체 어찌 된 일이오?"

회안의 눈빛이 마치 검이 되어 신부를 찌르고 있는 것만 같았다.

"흑, 나리! 용서해 주세요."

설향이 자리에 주저앉으며 흐느꼈다. 설향은 그의 차갑고 냉정한 표정을 보는 순간 단번에 깨달았다. 절대 그가 그녀를 용서할리가 없다는 것을! 그리고 회안이 지금 인아의 행방을 걱정하지 않았다면 그 분노가 바로 자신에게 향했을 것이라는 것을! 지금까지 그가 보여주었던 그 관대함을 더 이상은 기대할 수가 없었다. 이미 자신은 그 한계를 넘어버린 것이었다. 그에게서 품어져 나오는 냉기에 설향은 손끝까지 얼어붙는 것 같았다.

그러나 곧 들려온 맹 유모의 비명 같은 외침에 회안의 심장이 공포로 굳어졌다.

"나리, 인아 아가씨께서……!"

마치 혼이 나간 것 같은 맹 유모의 목소리에 회안이 바로 몸을 돌려 소상관을 빠져나갔다. 그런 회안의 급박한 움직임을 사람들은 그저 멍한 눈으로 바라보고만 있었다.

"안 돼!"

제발, 인아가 있는 곳으로 달려가며 회안이 외쳤다. 설마, 설향이 이런 짓을 할 것이라고는 상상조차 못했다. 그러나 지금 분노보다 더욱 회안을 괴롭히는 것은 불안감이었다. 인아의 기척이 꺼질 듯이 희미했던 것이다.

아까 이상함을 느꼈을 때 바로 인아에게 왔어야 했다. 혼인 전에 신부의 얼굴을 보면 불길하다는 그런 미신 따위 깔끔하게 무시했어야 했다. 곧 유청각이 보였다. 그 짧은 거리가 이리 천 리처럼 멀게 느껴진 것은 처음이었다.

"제발! 인아!"

회안이 저도 모르게 기원하고 있었다. 이홍원 안으로 들어선 회안이 방으로 가려던 걸음을 돌려 정원으로 향했다. 그것은 그저 회안의 심장이 느낀 본능이었다.

"아니야, 안 돼!"

회안이 소리쳤다. 정원 한쪽에 무엇인가 하얀 것이 꽃잎처럼 쓰러져 있었다. 하얗고 고운 비단이 저녁 바람을 맞아 불길하게 나풀거리고 있었다.

"인아!"

회안의 비통한 외침이 이홍원을 갈랐다. 바닥에 피를 흘리고 쓰러진 것은 바로 인아였다. 미친 사람처럼 다가간 그가 바닥에 쓰러진 인아를 끌어안았다.

"인아, 제발 눈을 떠보시오!"

회안이 절규했다. 하지만 그런 회안의 절규에도 인아는 미동조차 하지 않았다. 회안의 손끝에 느껴지는 인아의 체온이 너무나 차가웠다. 아니 되었다. 이렇게 그녀를 보낼 수 없었다.

"죽어도 보낼 수 없어!"

회안이 소리쳤다. 인아의 심장에서 연신 흘러내리는 피가 인아의 하얀 옷을 붉게 물들였다. 생명을 삼켜 버리는 탐욕스러운 붉은 꽃이 피어나는 것처럼 모든 것이 점점 짙은 핏빛에 삼켜졌다. 그 피는 인아를 끌어안은 회안의 옷까지 적시며 불길하게 계속 흘러내렸다. 회안의 굵은 눈물이 인아의 뺨에 하염없이 떨어져 내렸다.

"나…… 리……!"

죽은 것처럼 미동하지 않았던 인아가 작게 입술을 달싹여 회안을 불렀다. 붉은 피에 젖은 그녀의 손이 회안의 백옥 같은 뺨을 부드럽게 쓰다듬었다. 하얀 피부와 대비된 선명한 붉은빛이 차가우면서 처연했다.

"인아, 인아!"

회안이 목 놓아 그녀의 휘를 불렀다. 차마 보낼 수 없는 그의 심정이 고스란히 느껴졌다. 몸속에서 끓어오르는 슬픔과 고통을 억누르며 그렇게 회안이 계속 그녀의 휘를 부르고 있었다.

지금은 아플 것이었다. 하지만 이것만이 그녀가 할 수 있는 최선이었다. 그가 행복하게 살기를, 인아가 바라는 소망은 그것뿐이었다.

"슬…… 퍼, 하지…… 마시어요!"

겨우 속삭이던 인아의 입에서 울컥하고 붉은 선혈이 흘러내렸다. 그럼에도 인아는 마지막으로 계속 무엇인가를 전달하려고 애써 숨을 고르고 있었다.

"제발, 인아! 말하지 마시오!"

회안이 절규했다. 점점 창백해져 가는 그녀를 가슴에 안으며 회안이 절절하게 애원했다. 제발 조금이라도 힘이 들지 않게 그것이 지금 회안의 유일한 소망이었다.

"행…… 복하셔야만 해요. 헉…… 헉…… 저를 위해서라도…… 부…… 디! 결국 나리 곁에는…… 머물…… 수가 없었네요!"

인아가 점점 멀어져 가는 의식을 부여잡으며 희미하게 미소를 지었다. 그가 살 수 있는 것이다. 그것이면 되었다.

"안 되오! 가려거든, 떠나려거든 나도 데려가시오! 그대 없이는 나도 살 수 없소!"

회안의 굵은 눈물이 인아의 얼굴에 떨어졌다. 따뜻하다고 인아는 생각했다. 그의 마음처럼 눈물조차 다정한 것 같았다.

"그대 없이는 나도 어차피 못 살 거, 죽어도 못 보내오! 제발, 인아!"

맑은 눈물이 인아의 예쁜 눈에서 방울방울 떨어져 내렸다. 그 눈물은 곧 커다랗고 아름다운 진주가 되었다.

교인루(鮫人淚)!

교인이 죽기 전에 단 한 번 흘린다는 아름다운 눈물!

회안의 심장이 갈가리 찢겨졌다. 그 눈물이 진주가 되었다는 것은 이 세상에서 정말 마지막이라는 의미였기에, 그 아름다움이 검이 되어 회안의 심장을 난도질하고 있었다.

그녀가 없다면 이 세상의 부귀영화가 다 무슨 소용이 있으랴? 그동안 함께 겪은 시간만큼 쌓인 애정을 두고 어찌 혼자 살란 말인지, 회안은 고통에 몸부림쳤다.

"죽어도 못 보내오!"

회안이 그녀를 끌어안고 처절하게 절규했다. 인아의 하얀 옷이 이제 검붉게 물들었다. 불길하리만큼 새하얀 피부와 또 푸른빛을 띠는 까만 머리채가 선연한 붉은색과 대비되어 처연하기만 했다. 영원의 시간 속에 그 모습 그대로 봉인되어 사라지는 청춘이 슬프도록 아름답기만 했다.

인아의 의식이 점점 희미해져 갔다. 까만 암흑이 인아의 시야를 덮었다. 하지만 인아의 얼굴에는 작은 미소가 사라지지 않았다. 이렇게 그를 지킬 수 있었다. 인아의 흔적이 사라지더라도 그가 자신을 더 이상 기억하지 못하는 날이 올지라도, 인아는 영원히 세상을 떠도는 작은 공기 방울이 되어 그의 곁에 머물 것이었다.

13. 결계의 진실

"인아를, 인아를 제게 주신다고 하지 않으셨습니까?"

회안이 축 처져 늘어진 인아를 끌어안고 용왕을 바라보며 절규했다. 회안이 마치 넋을 잃은 사람처럼 주저앉아 있을 때, 연못에 나타난 이는 뜻밖에도 남해 용왕이었다.

"그 아이를 곁에 두려면 엄청난 희생이 필요하다고 하지 않았더냐? 그래도 인아를 원했던 것은 너였다. 그리고 인간이 되는 방법도 네 스스로 알아낸 것이 아니었더냐?"

용왕의 말이 냉정했다.

"교인과 인간 사이의 아이는 한쪽의 생명을 바쳐야만 얻을 수 있는 것이다. 그것이 그리 쉬웠다면 수많은 교인과 인간들이 긴

이별을 했겠느냐? 네 아이를 잉태한 그 아이는 너를 살리려고 제 목숨을 내놓았다."

회안은 고통에 몸부림쳤다. 그녀가 제 아이를 품고 있었단 말인가? 그녀가 한시라도 세 아이를 품고 완벽한 인간이 되기를 간절하게 바랐다. 인아가 잉태하면 인간이 되는 것은 알았지만 출산 이후 죽게 된다는 것을 미처 몰랐던 회안은 고통으로 몸부림쳤다. 왜 초대 가주께서 그렇게 정인을 은애하면서도 바다로 돌려보낼 수밖에 없었는지 이제야 깨달았다.

"하지만 이럴 줄 알았다면, 인간이 되면 죽는다는 것을 알았다면 절대로 인아를 이렇게 불러내지도, 안지도 않았을 것입니다."

회안이 아프게 외쳤다. 회안이 용왕을 원망스레 바라보았다. 인아를 원하는 회안이 그녀를 달라고 했을 때 용왕은 의외로 쉽게 동의를 해주었다. 그래서 인아는 성인식도 치르지 못하고 회안에게 올 때까지 용궁에 머물렀다. 그리고 용왕이 행방불명되는 교인들의 행방과 그에 대한 해결을 주문했을 때 회안은 기꺼이 그 역할을 받아들였다.

인아가 사는 용궁을 안전하게 보호하는 것! 그것은 누가 강요하지 않아도 회안이 항상 염두에 두고 있던 것이었다. 교인들의 삶을 보호하는 것, 그것은 교초라는 대가가 없더라도 회안에게는 너무나 중요한 일이었기 때문이었다.

"바, 흐흑, 방법은 없는 것입니까?"

회안은 제 목숨을 버려서라도 인아를 살릴 수 있다면 그리하고 싶었다. 인아가 저를 위해서 제 스스로 목숨을 버리다니! 대체 어떤 심정으로 인아는 제 가슴에 검을 찔렀을지 회안의 심장이 고통으로 타들어갔다.

"제발, 제 목숨이라도 드릴 테니, 인아를 살려주십시오!"

부글부글!

다시 이홍원 연못의 수면이 수상하게 움직였다. 그리고 모습을 나타낸 것은 뜻밖에도 요화였다. 그녀의 모습이 평소와는 달리 처연하면서도 아름다웠다. 그리고 이홍원을 바라보는 그녀의 눈빛이 애틋했다. 추억에 빠져든 것 같았던 그녀가 곧 정신을 차리고 회안에게 물었다.

"정말 네 목숨을 버려서라도 그 아이를 구할 작정인 것이냐?"

요화의 음성이 비릿했다. 옛 기억을 떠올린 듯 그녀의 눈빛이 애잔해졌다. 그리고 슬픔인 듯 미움인 듯 복잡한 눈빛이 되었다. 정인을 닮은 회안을 차마 죽일 수 없어, 인아가 그를 구하는 것을 묵인했던 요화였다.

"제발 도와주십시오! 당신도 한때는 인간을 사랑하지 않았습니까?"

회안이 절규했다. 회안에게는 무섭다기보다는 항상 슬퍼 보였던 요화였다. 그 마음을 알기에 어떻게 해서든 용궁과의 협약을 바꾸고 싶었다. 인아와 회안 자신을 위해서도 요화를 사랑했던 초대 가주와 희생당한 그들의 아이를 위해서라도, 이 은원의 고리를 끊고 싶었다.

"그분은 나를 바다로 돌려보내기 위해서 당신의 심장을 찔렀다. 그 피로 내 다리는 다시 지느러미가 되었지!"

요화의 아련한 음성에 회안의 눈빛이 격렬한 빛을 품고 번쩍거렸다.

"그리하면 되는 것입니까? 제 심장을 내어주면 그녀가 살 수 있는 것입니까?"

회안이 인아 옆에 놓여 있던 피범벅이 된 단도를 들어 올렸다. 곧 제 심장을 찌를 것 같은 그의 모습이 요화의 정인이었던 주씨 가문의 초대 가주의 모습과 겹쳐졌다.

"싫습니다."

아름다운 여인이 계속 고개를 젓고 있었다. 그 옆에 있는 아름다운 사내가 그런 여인을 계속 위로하고 있었다.

"하지만, 그대는 이곳에 머물 수 없소!"

안타까운 사내의 말에 여인이 그를 바라보았다. 진주같이 투명한 눈물이 그렁그렁한 그 눈이 매우 아름다웠다.

"나리! 제발 저를 보내지 마시어요!"

여인이 사내의 심의를 강하게 그러쥐었다. 보내지 말라고 애원하는 여인의 얼굴이 처연했다. 여인의 슬픔이 고스란히 느껴져 사내의 심장이 저릿했다. 하지만 사내의 얼굴도 그만큼 처절했다. 그의 얼

굴이 회안과 매우 닮아 있었다.

"그대가 용궁으로 돌아가지 않으면 그대는 죽고 말아!"

사내가 여인의 눈물을 부드럽게 손가락으로 닦아주며 속삭였다.

"싫어요! 나리도 여기에 있고 우리 아이도 여기에 있는데 저만 어떻게 가요?"

여인이 고개를 저었다. 여인은 아이를 품고 있었다. 산달이 가까운 듯, 여인은 힘들어했다. 그것이 애처로워 사내가 여인을 제 품에 끌어안았다. 그리고 사내가 여인의 눈꺼풀에 사랑스럽게 입맞춤했다.

"이런 일이 있을 줄 알았다면 내 결코 당신을 안지 않았을 것을……."

사내가 애잔한 손길로 여인의 배를 쓰다듬었다. 보내겠다는 사내도 분명 여인을 죽도록 은애하고 있었다.

"아니어요. 죽어도 나리의 아이를 낳고 싶었어요. 그러니 자신을 원망하지 마세요."

여인이 작고 하얀 손을 들어 그의 얼굴을 부드럽게 쓰다듬었다. 그 손을 잡아 사내가 입술을 찍었다.

"하지만, 그대가 없이는 나도 살 수가 없소!"

사내의 절절한 진심에 여인도 함께 눈물을 흘렸다.

"여기 있을래요. 하루를 살아도 은애하는 나리 곁에 있겠습니다."

여인의 결심이 굳었다.

"아니 되오. 인간이 되는 것에 이런 엄청난 희생이 따르는 것을 진작 알았더라면!"

사내의 속삭임이 후회로 처절했다.

"그저 아름다운 그대와 함께 늙어가는 것, 그 단순한 삶이 우리에게는 이리 목숨을 걸어야 하는 일이었구려!"

사내가 제 가슴을 쳤다.

"제발, 나를 위해서 살아주시오. 그대를 은애했던 나를 기억하며, 그리고 우리의 아이가 자라 새로운 세상을 볼 때까지 그대가 내 몫까지 대신 살아주시오!"

사내의 부탁에 여인이 울음을 터뜨렸다. 그저 아무런 말도 못하고 사내의 넓은 가슴에 얼굴을 묻었다. 여인의 눈에서 흘러내린 눈물이 사내의 심의를 적시고 있었다. 더불어 사내의 눈에서 흘러내린 굵은 눈물 한 방울이 여인의 머리에 떨어졌다.

그리고 아이를 출산하고 죽어가는 여인을 위해 사내는 결국 제 심장을 찔렀다. 그리고 그 피가 여인의 다리에 닿자 그것은 곧 날렵한 지느러미가 되었다. 그렇게 피눈물을 흘리며 죽어가던 사내를 끌어안고 절규하던 그 교인이 바로 요화였던 것이다.

쨍그랑!

단도가 회안의 손에서 빠져나와 바닥에 떨어졌다. 요화가 염력으로 회안의 손에서 단도를 빼앗은 것이었다. 순간 무슨 일이 일어난 것인지 알 수 없었던 회안이 멍한 표정을 지었다.

"제가 졌습니다!"

요화가 그 말을 남기고는 이내 연못 속으로 사라져 버렸다.

"용왕마마?"

회안의 멍한 표정을 바라보던 남해 용왕이 따뜻한 눈으로 그와 인아를 바라보았다.

"그 아이는 곧 깨어날 거다. 제 심장을 찌를 정도로 너를 은애하다니, 그 아이는 이제 완벽한 인간이 되었구나!"

"그, 그것이 사, 실입니까?"

회안이 엄청난 사실에 놀라 버벅거리고 말았다.

"그래. 결국 제 목숨을 버릴 만큼 은애하는 마음만이 운명을 거스를 수 있었구나."

용왕도 인아가 제 심장을 찌를 것이라고는 예상하지 못했다. 오래전 시작되었던 인아와 회안의 운명은 역시 어찌할 수가 없었던 것이다.

"그리고 이제 더 이상 주씨 가문 차자의 피도 필요 없을 듯하구나!"

그리 말한 남해 용왕도 이내 연못 속으로 사라졌다. 혼자 남은 회안이 미친 사람처럼 울다가 웃었다. 죽음의 심연을 건너 회안에게 다시 돌아온 인아와 죽더라도 그녀를 살리고픈 회안에게 주변의 둘러싼 그 모든 진실은 그저 하나의 배경에 불과했다. 그녀가, 그의 곁에 있으면 그것으로 모든 것이 충분했다. 지금 그 무엇도 두 사람이 함께라는 사실보다 중요하지 않았다.

"헉!"

회안의 품 안에 안겨 있던 인아가 거친 숨을 내쉬며 눈을 떴다. 인아의 맑은 눈동자 하나 가득 회안의 얼굴이 담겨 있었다. 회안이 이 세상에서 가장 아름다운 미소를 지었다. 인아가 저도 모르게 함께 미소를 지었다. 그러자 회안이 그녀를 강하게 끌어안았다.

쿵, 쿵, 쿵!

힘차게 뛰는 그의 심장 소리가 몽롱했던 인아의 의식을 뚜렷하게 만들었다.

"은애하오, 그대를 은애하오!"

회안의 두 눈에서 떨어진 뜨거운 눈물방울이 인아의 얼굴을 적셨다. 인아가 손을 들어 회안의 뺨을 부드럽게 쓰다듬었다. 그녀의 손길이 회안의 심장을 저릿하게 할 정도로 애틋했다.

"저, 도 나…… 리를 죽도록 은애합니다!"

죽기 전 그에게 직접 전하지 못했던 그 말을 할 수 있어서 다행이라고 인아는 생각했다. 하지만 거친 숨소리와 섞여 쉰 목소리가 새어 나왔다. 그것이 제 목소리 같지 않아서 인아는 순간 당황했다. 하지만 회안은 그 목소리가 천상의 목소리라도 되는 듯이 환하게 웃어주었다. 그가 환하게 웃자 온 세상이 함께 웃는 것만 같았다.

"인아!"

그가 애달프게 인아의 휘를 속삭이며 그녀를 한 품에 다시 꼭 끌어안았다. 분명 제 심장에 칼을 찔렀다. 하지만 지금 자신을 꼭 끌어안은 회안의 체온이 너무나 강렬했다.

살아 있는 것일까? 이것은 아니면 죽음 뒤의 달콤한 환상인 것일까? 인아는 꿈인 듯 현실인 듯 도무지 알 수가 없었다. 회안의 커다란 손을 들어 그녀의 작은 얼굴을 쓰다듬었다. 마치 귀한 보물을 쓰다듬듯, 그의 손길이 다정하기만 했다.

"나…… 리, 어찌 된 일입니까?"

인아의 꽉 잠긴 목소리에 회안의 얼굴이 다소 찡그려졌다.

"말하려 애쓰지 마시오. 아직 힘이 들 것이니……."

그가 걱정스러운 말투로 인아를 말렸다. 하지만 인아는 호기심을 참지 못하고 다시 입술을 달싹였다.

"그게……."

그러나 인아의 질문은 곧 회안의 입속으로 사라졌다. 타는 듯이 뜨거운 그의 입술이 인아의 도톰한 입술을 한입에 머금었기 때문이었다. 마치 인장을 찍듯 그의 입술이 뜨거웠다. 곧 그의 혀가 입술을 가르고 안쪽으로 들어왔다. 그가 느끼는 격렬한 감정이 말하지 않아도 고스란히 인아에게 전해졌다.

그녀가 살아서 다행이라고, 그녀가 없으면 그도 살 수 없다고, 이렇게 다시 돌아와 줘서 고맙다고, 그리고 온 마음을 다해 그녀를 은애한다고……. 그 모든 감정을 인아는 받아들였다. 그리고 열심히 그의 혀에 자신의 혀를 엮었다. 강렬하게 서로를 탐하는 두 사람의 혀가 마치 하나의 뿌리처럼 엮였다. 이대로 숨이 멈추어도 될 것처럼 두 사람의 입술이 떨어질 줄 몰랐다.

"하읍…… 핫!"

결국 숨이 딸린 인아가 헐떡거리자 간신히 회안이 입술을 떼었다. 그러나 곧 그의 입술은 인아의 눈꺼풀에, 인아의 예쁜 콧날에, 이마에, 뺨에 비처럼 쏟아졌다. 그녀를 절대 놓을 수 없다는 듯이 그의 입술이 그렇게 계속 무차별적으로 인아의 얼굴을 스쳤다.

"그대 때문에 나는 심장이 멎는 기분이었소."

그의 목소리가 절절했다. 마치 인아가 살았기에 자신이 산 것처럼 그렇게 그는 인아의 존재 자체를 반기고 있었다. 그런 그의 절실한 마음이 느껴져 인아가 그의 목을 강하게 끌어안았다. 그의 두툼한 손이 인아의 가느다란 등을 받치고 부러질 것 같이 가느란 그녀의 허리를 강하게 부여잡았다. 어찌나 강했던지 그의 손가락이 허리로 파고드는 것만 같았다.

하지만 인아는 그의 강한 포옹을 반겼다. 다시 그의 품속에 안길 수 있다니, 그것으로 족했다. 그의 강렬한 존재만이 그녀가 느끼는 전부였다. 그렇게 벅찬 감동 속에 한동안 두 사람은 침묵을 지켰다. 회안의 눈에서 흘러내린 뜨거운 눈물과 인아의 눈에서 흘러내린 눈물이 하나가 되어 두 사람의 앞섶을 적시고 있었다.

한동안 그렇게 인아를 끌어안고 있던 회안이 뜨거운 눈으로 그녀의 눈을 바라보며 인아의 휘를 나직하게 불렀다.

"인아!"

인아의 심장이 미친 듯이 뛰기 시작했다. 그가 불러주는 자신의 휘가 이렇게 아름다운 것을 처음 알았다. 인아가 눈물을 억지로 삼키고 아름다운 미소를 지었다. 회안이 인아의 작은 손을 자신의 입술에 가져가 뜨겁게 입맞춤했다. 손가락에서 시작된 열기가 점점 머리끝으로 발끝까지 흐르는 기분이었다. 그리고 놀랍게도 이제야 인아는 살아 있다는 것이 실감이 났다.

"나리, 제가 살아 있는 것입니까?"

인아의 질문에 회안의 굵은 눈썹이 살짝 움직였다. 그의 눈빛도 눈물에 젖어 촉촉하게 젖어 있었다.

"살아 있다오. 그리고 이제 그대는 완벽한 인간이 되었소!"

회안의 벅찬 목소리에 인아는 순간 멍해졌다.

"그대의 희생으로 주씨 가문과 용궁을 얽어매던 저주가 풀렸소. 이제 나는 그대를 마음껏 은애할 수 있게 되었소."

아직도 인아는 그의 말을 제대로 이해할 수 없었다. 다만 아무런 장애 없이 그의 곁에 있을 수 있다는 그 사실만이 또렷하게 각인되었다.

"괜찮소. 천천히 그대에게 모든 것을 말해주리다. 지금은 그저 우리 함께라는 것을 즐깁시다."

회안이 그렇게 말을 하고는 인아를 다시 강하게 끌어안았다. 그런 그들을 축복하듯이 초가을의 달빛이 부드럽게 나리고 있었다.

인아가 검상에서 건강을 회복한 후 맹 유모와 난이에게서 들은 이야기는 다소 충격적이었다. 죽어가던 인아를 안고 서럽게 통곡하던 회안이었다. 하지만 마치 세상을 잃은 것처럼 넋이 나가 있던 그는 인아가 깨어나자 곧 정신을 차렸다.

이후 이성을 회복한 회안의 분노는 무시무시했다. 우선 회안은 사촌 형님이었던 주유동을 단죄하였다. 10년 전 주우길과 주백의 불행한 사고가 주유동의 계략이었음을 만천하에 공표하였다. 그동안 회안은 반박할 수 없는 명백한 증거를 모으기 위해서 노력했던 것이었다. 그리고 중간에 회안에게 자객을 보냈던 일까지 모조리 밝히자 모두가 주유동에게서 등을 돌렸다. 그렇게 철저하게 주유동은 주씨 가문에서 배제되었다. 교인을 납치하였던 것도 주유동의 짓이었다. 물론 이 내용은 세간에는 공표되지 않았다.

회안은 양씨 가문과도 거래를 종료하였다. 회안은 그동안 형님의 정혼자에 대한 예의로 양씨 가문과 거래를 지속해 왔었던 것이다. 실제로 대외적으로는 설향이 회안의 정혼녀라고 알고 있는 사람이 많았다. 그러나 사실은 주씨 가문과의 연결이 약해질 것을 우려한 양씨 가문에서 소문을 흘린 것이었다.

장자인 주백이 갑작스런 사고로 죽고 처지가 곤란해진 설향이었다. 주백이 죽고 5년이 지나도 어느 가문에서도 설향에게 청혼을 하지 않았다. 그래서 초조해진 양씨 가문에서 그동안의 의리를 강조하며 소문까지 내어가며 회안을 은근히 압박하였던 것이다. 다행히 그동안은 회안이 이에 대하여 별다른 말을 하지 않았기에 어느새 설향 본인조차 자신이 그의 정혼녀라고 실제로 믿어버리고 말았다.

집안끼리 정해진 정혼자인 주백의 죽음에 설향은 어떤 감정도 느끼지 못했다. 그러나 회안을 보는 순간 설향의 심장이 두근거리기 시작했다. 그리고 그의 곁에 서기를 애타게 소망하게 되었던 것이다.

회안을 은애한 나머지 설향은 인아에게 회안을 위한다면 용궁으로 돌아가라라며 압박을 가했던 것이다. 실제로 저자에 퍼졌던 회안이 설향과 혼인한다는 소문도 그녀의 짓이었다. 인아가 그러면 결국에는 용궁으로 돌아갈 것이라 생각했던 것이다.

이후 설향은 회안의 무시무시한 분노에 대한 공포심으로 양씨 가문의 별장이 있는 양주로 내려갔다. 들리는 소문에 의하면 그녀는 다시는 소주에는 돌아오지 않겠다고 다짐하고 떠났다고 했다. 하지만 그것이 실제로 그녀의 결정인지 아니면 회안의 분노를 피하기 위한 양씨 가문의 결정인지 누구도 진실을 알지 못했다.

그리고 회안이 자신의 이익을 줄여서 소주와 항주의 비단을 판매하기로 한 결정 덕분에 사람들의 인심도 얻었다. 다시 소주와 항주 비단의 명성이 높아졌고 해월국 황실에서도 주씨 가문을 세모눈으로 견제하던 사람들이 다소 줄어들었다. 더불어 윤택해진 삶 덕분에 소주와 항주 사람들은 주씨 가문을 이전보다 더욱 존경하게 되었다.

한편 주유동과 결탁했던 용궁의 승상은 어느 순간 조용히 사라지고 말았다. 나중에야 사인은 자꾸만 행방불명되었던 교인들의 사건과 부정하게 시장에 나돌던 교초의 배후를 파악하기 위해서 회안과 남해 용왕 간의 은밀한 협약이 있었던 것을 알았다.

그래도 그를 끝까지 추적하려 했던 사인이었다. 그러나 사인은 나중에 아바마마에게 승상과 마녀와의 관계를 듣고 나서는 그에게 측은지심을 가질 수밖에 없었다. 요화가 주씨 가문의 가주를 은애하기 이전부터 그녀를 마음에 담았던 승상이었다. 어쩌면 그가 해온 모든 일들은 사랑하는 정인을 빼앗아간 인간과 용궁에 대한 복수가 아니었을까? 이후 그의 행방에 대해서는 그 누구도 다시는 입에 올리지 않았다.

그리고 또 한 가지 중요한 것은 이제 더 이상 결계를 보호하기 위해서 차자의 피를 받치지 않아도 된다는 점이었다. 은애하던 정인의 죽음으로 바다로 다시 돌아간 요화! 제 심장을 찔러 자신을 살린 정인을 잊지 못하던 그녀였다. 하지만 그녀의 아이가 주씨 가문에 의해 희생되자 그녀는 이성을 잃었다. 정인에 대한 애정과 자신의 아이를 죽인 주씨 가문에 대한 분노가 결합되어 그녀는 죽어간 자신의 자식 대신 주씨 가문의 차자의 피를 원했던 것이었다.

교인들이 다시는 자신처럼 아픈 사랑을 하지 않도록 결계를 지켜왔던 그녀였다. 그러나 결국 인아와 회안의 진심에 얼어붙었던 그녀의 마음이 녹았다. 협약은 재논의가 되었고 용궁과 주씨 가문의 결합은 인아와 회안의 혼인으로 공고해졌다.

물론 두고두고 순진한 인아를 유혹한 회안에 대한 사인의 분노는 지속되었다. 게다가 회안을 위해서 제 심장을 찌른 인아를 보호하겠다며 당장 인아를 내어놓으라는 사인을 피해 한동안 회안은 몸을 낮추어야 했다. 누구도 겁내지 않았던 회안이 사인에게만은 쩔쩔매는 모습을 홍화원 사람들은 아주 즐겁게 바라보고 있었다.

그렇게 모든 일이 일단락이 되고 나서야 회안과 인아는 차분하게 이야기를 나눌 수 있었다. 인아가 회복되는 동안 인아의 온갖 시중은 회안의 차지였다. 눈을 돌리면 그녀가 사라질 것을 염려하듯이 한시도 회안이 그녀의 곁을 떠나려 하지 않았다.

모두가 행복했지만 다만 왕 서방만은 아주 죽을 지경이었다. 회안이 아주 중요한 결정을 제외하고는 많은 일들을 왕 서방에게 위임하였기 때문이었다. 회안이 일까지 줄여가면서까지 여인에게 집중하는 것을 안 사람들은 놀랐지만 한편으로 당연하게 받아들였다. 인아가 깨어나기까지 노심초사했던 그를 알고 있었기에 홍화원 가솔들은 자신들의 행복을 위해서라도 인아가 계속 그의 곁에서 사랑받기를 기원했다.

❖

"나리?"

인아의 머리카락을 비여(머리빗)로 빗어주던 회안이 인아의 작은 목소리에 거울 속에 비친 그녀를 바라보았다. 인아의 오해와 설향의 농간으로 중단되었던 두 사람의 혼례가 드디어 날이 좋은 10월에 다시 이루어진 것이었다. 그리고 오늘이 두 사람의 진정한 초야였던 것이다.

두 눈이 마주칠 때마다 아찔한 미소를 보여주는 회안 때문에 인아는 심장이 망가질 것만 같았다. 하지만 웃지 말라고 할 수도 없어 인아는 정말 난감할 지경이었다. 게다가 조금 전에도 회안이 손수 그녀의 무거운 머리 장식까지 정리해 주었다. 그리고 머리를 빗어주는 그의 손길이 다정하기만 했다.

"왜 그러시오?"

회안의 눈동자가 인아에 대한 애정을 듬뿍 담고 반짝거렸다. 그것이 눈이 부셔 인아는 그만 왜 자신이 그를 불렀는지조차 망각하고 말았다. 기억력이 나쁜 것이 어족(魚族)들이고 인아도 크게는 어족이니 당연하다고 생각했다.

인아가 그저 고개를 돌려 그의 목을 끌어안고 그의 입술에 제 입술을 밀어붙였다. 놀랍게도 인아의 상처는 바로 나았다. 하지만 아직도 회안은 마치 그녀가 깨지는 존재라도 되는 것처럼 대하고 있었다. 그래서 견디다 못한 인아가 먼저 회안의 입술을 훔친 것이었다. 예전에 회안의 희롱에 울음을 터뜨리던 그 인아가 맞는가 싶었다.

"하앙!"

인아의 달콤한 입술을 맛보며 회안의 열정도 끓어올랐다. 미친 듯이 인아의 달콤한 입술을 탐하던 회안이 간신히 정신을 차리고 인아를 떼어냈다.

"나리, 싫어요!"

인아가 교태를 부리며 그에게 다시 안기자 회안은 아주 죽을 맛이었다. 단숨에 그녀를 삼켜 버리고 싶었지만 동시에 혹시나 그녀에게 무리가 갈까 싶어 걱정이 앞섰기 때문이었다.

"이런 제발, 인아!"

회안이 숫제 애원을 했다. 완전히 상황이 바뀌어서 이제는 매번 회안에게 안아달라 애교를 부리는 인아를 말리느라 회안이 말라 죽을 지경이었다. 아무래도 회안은 순진무구한 인아를 꼬드겼던 벌을 제대로 받고 있는 것 같았다.

"나리!"

인아가 귀엽게 미소를 지으며 다시 살며시 안겨오자 회안은 울고 싶었다.

'용왕마마! 잘못했습니다. 순진한 당신의 따님을 제가 음흉한 마음으로 꼬였습니다. 하지만 아무리 그래도 한동안은 손도 대지 말라니, 너무하십니다!'

회안이 속으로 용왕에게 구구절절이 반성문을 보내고 있었다. 아직 임신 초기인 인아의 몸을 고려하여 당분간은 교합을 하지 말라고 용왕이 회안에게 엄명을 내렸던 것이다.

다행히 그 모든 일에도 불구하고 두 사람의 아이는 무사했다. 아직 충격에서 깨어나서 얼마 되지 않은 인아에게는 그 사실을 알리지 못했다. 그녀가 제 뱃속에 아이가 있었다는 사실을 알면 죄책감에 시달릴 것을 고려한 회안의 배려였다. 나중에 아이가 태어

나면 팔삭둥이라고 인아를 속이는 수밖에 없었다. 이래저래 한동
안 회안의 거짓말은 계속되어야 할 모양이었다.

"나리, 잘 다녀오셨습니까?"

"헉!"

방 안으로 들어서던 회안은 결국 비명을 지르며 자리에 주저앉
고 말았다. 인아가 어디서 구했는지 얇은 능라로 만든 자리옷 하
나만을 걸치고 있었던 것이다. 잠자리 날개 같은 붉은색 비단이
인아의 희고 깨끗한 피부에 달라붙어서 관능적이었다. 마치 탐스
러운 사과처럼 아름답게 피어난 여인이 회안을 유혹하고 있었다.

"어디가 안 좋으십니까?"

인아가 천진무구한 표정으로 그에게 다가왔다. 발칙하게도 그
녀는 속에다 아무것도 입고 있지 않았다. 그녀의 앵두 같은 유실
이 옷감 위로 볼록 부풀어 올라 있었고, 그녀의 계곡을 따라 아름
답게 난 거웃이 그대로 들여다보였다.

인아가 깨어난 지, 한 달여! 그동안 회안은 자신이 견뎌야 했던
그 수많은 유혹을 떠올리며 자신의 인내심을 칭찬했다. 임신을 해
서 그런지 인아는 색향이 더욱 짙어졌다. 게다가 감정이 예민해져
서 회안에게 자꾸 안아달라고 졸라대며 눈물을 보이기도 했다. 하
지만 혹시나 인아에게 무리가 갈까 싶어 회안은 제 인생을 통틀어
가장 힘들게 자제심을 발휘하고 있었던 것이다.

하지만 오늘은 정말 강력했다. 회안이 차마 그녀를 제대로 바라

보지 못하고 핑계를 대었다. 그렇지 않아도 어제 의원에게 무리하지 않으면 사랑을 나누어도 크게 무리가 없다는 말을 듣고 나서 계속 회안의 심장이 두근거렸다. 그제야 안심한 회안이 인아에게 잉태 사실을 알려주었다. 인아의 커다란 눈동자가 환희로 반짝일 때 회안도 감동으로 먹먹해졌다.

"어, 그게 지금 내가 너무 시장해서 말이오!"

평범하게 이야기하려 했지만 회안의 목소리가 마치 쉰 것처럼 끼익거렸다. 그것이 무안해서 회안이 기침을 하면서 목을 가다듬었다.

"그러실 줄 알고 제가 음식을 준비해 두었습니다. 어서 자리에 앉으시어요!"

인아가 뇌쇄적으로 웃으며 회안을 유혹했다. 그녀가 손을 내밀자 회안이 그 손을 거부하지 못하고 잡았다. 엉거주춤 자리에서 일어난 그가, 그녀의 주술에 걸린 것처럼 멍한 표정으로 그녀에게 이끌려 탁자로 걸어가 앉았다.

"헉!"

그러나 다음 순간 자신의 무릎에 척하니 앉은 인아 때문에 회안이 억눌린 비명을 질렀다. 탐스러운 엉덩이를 부러 요염하게 흔들며 그의 분신을 제대로 자극하고 있었다. 그리고 대체 무엇을 한 것인지 그녀의 향기가 미치게 자극적이었다.

"왜 그리 놀라십니까? 오늘 나리께서 일이 너무 많으셨다고 왕서방께서 전해주셨답니다. 그래서 오늘은 제가 나리께 음식을 먹여 드리려고요."

그렇게 이야기한 인아가 수저를 들어 죽 한 수저를 떴다. 다소
곳하게 회안이 입을 벌리고 받아먹었다. 그러나 자신에게 몸을 바
싹 붙이고 있는 인아의 가슴골이 바로 밑에서 보이자 저도 모르게
회안의 시선이 그곳을 향하고 있었다.

"앗, 뜨거워!"

인아가 깜짝 놀라며 몸을 움찔했다. 멍청하게 넋을 놓고 있던
회안이 죽을 미처 다 삼키지 못해 일부가 인아의 가슴에 떨어졌던
것이다. 깜짝 놀라던 인아가 요염하게 웃더니 갑자기 자신의 자리
옷을 아래로 끌어 내렸다.

꿀꺽!

유실 위에서 걸려서 아슬아슬하게 인아에게 걸쳐져 있는 자리
옷이었다. 회안은 죽이 뜨겁다는 것도 잊고 그것을 꿀꺽 삼켰다.
입안이 타는 것처럼 뜨거웠지만 지금 지글지글 끓고 있는 그의 머
리와 비교하면 그것은 아무것도 아니었다.

"대체, 왜, 왜, 오…… 옷을 벗는 것이오?"

회안이 버벅거렸다. 그러자 인아가 요염하게 웃으며 그의 가슴
에 자신의 가슴을 밀착시켰다. 그리고 그녀의 탐스러운 엉덩이를
그의 분신 쪽으로 바짝 붙였다. 그리고 그의 귓불에 앙큼하게 더
운 숨을 불어 넣으며 속삭였다.

"그게 뜨거운 것을 계속 입고 있으면 피부에 화상을 입지 않겠
습니까?"

그녀의 촉촉한 입김이 회안의 귀를 자극했다. 발칙하게도 그리 속삭인 그녀가 그의 귓불을 살짝 깨물었다. 그리고 그녀가 일부러 그러는지 자신의 가슴을 더더욱 그에게 밀착시켰다. 회안의 이마에서 땀방울이 송골송골 솟아났다.

'아, 미치겠네!'

회안의 그런 마음을 아는지 모르는지 인아가 천진무구한 표정으로 더욱 그녀의 몸을 바싹 그에게 기대었다. 예전 밥을 먹여주겠다며 인아를 희롱했던 벌을 아주 제대로 받고 있었다. 그러나 곧 그의 눈동자가 다시 화등잔만 하게 커졌다. 인아가 그의 심의 자락을 벗기기 시작했던 것이다.

"대, 대체…… 왜?"

회안이 말도 제대로 끝마치지 못하고 인아의 두 손을 잡았다. 자신을 사정없이 유혹하는 발칙한 손이었다. 그대로 두면 어떤 일이 벌어질지 회안은 가늠조차 할 수가 없었다.

"나리께서 더워서 땀을 흘리시기에 시원하게 해드리려던 참입니다."

요염하게 웃는 인아에게 속수무책으로 당한 것은 회안이었다. 결국 인아의 손길에 회안에 몸에 걸쳐져 있던 심의가 벗겨지고 저고리 앞섶까지 환하게 열렸다. 그러자 기다렸다는 듯이 인아가 드러난 그의 가슴에 자신의 가슴을 바짝 밀착시켰다. 그리고는 그녀가 몸을 살짝 흔들자 서로의 유실이 부딪혔다.

"하아, 제 피부가 시원하시죠?"

시원하기는커녕, 지금 지옥의 용광로에 빠진 기분이었다. 임신을 해서 그런지 예전보다 더욱 풍만해진 가슴이었다. 그녀가 동시에 다리를 관능적으로 벌리자 붉은 옷자락 사이로 하얗고 미끈한 다리가 그대로 드러났다. 아슬아슬하게 걸쳐져 있는 자리옷이 인아의 가슴과 비부를 절묘하게 가리고 있었다. 아예 나체보다 그 모습이 더욱 요염하고 뇌쇄적이었다.

"나리?"

결국 인아의 유혹에 백기를 든 회안이 갑자기 으르렁거리며 인아의 입술을 빨아들이며 선언했다.

"인아, 오늘 밤, 각오하시오!"

그리고 갑자기 그녀를 끌어안으며 손을 뻗어 탁자를 확 쓸어버렸다.

와장창!

바닥에 떨어져 깨어지는 비싼 접시들이 아깝긴 했지만 지금 인아에게 그것은 중요하지 않았다. 그가 그 식탁에 그녀를 눕히고는 급한 손길로 그녀의 옷을 떼어냈다.

"갑자기, 왜 그러시는 것입니까?"

인아가 몸을 비틀며 수줍어하자 회안의 눈동자가 이글이글 타올랐다. 지금 회안은 이성을 상실한 그저 수컷이었다. 그런 그를 더욱 자극하려고 그녀가 부러 그녀의 가슴과 비부를 가렸다. 안달하는 그를 보고 싶었다. 지난 한 달 동안 계속 그를 자극했던 인아도 오늘은 어떻게든 그의 항복을 받아낼 참이었다. 그가 자신을 멀리했던 이유도 알았고 의원도 괜찮다고 했으니 이제는 정말로 인아에게 거칠 것이 없었다.

결국 참지 못한 회안이 고개를 내려 성급하게 인아의 유실을 깨물었다. 그리고 그의 기다란 손가락이 곧 인아의 비부를 자극했다. 이미 인아의 꽃잎이 촉촉하게 젖어 매끈하게 꿀을 흘리고 있는 것을 알자 그가 급하게 인아의 동굴 안으로 들어왔다.

푸욱!

갑작스런 삽입에 인아가 몸을 떨었다. 아까부터 회안을 자극하면서 하초가 젖어 있었기에 그리 힘들지는 않았지만 오랜만이라 그런지 살짝 아팠다. 그러나 회안은 그런 인아의 상태를 아는지 모르는지 거칠게 그녀의 안을 탐하고 있었다. 하지만 그 묵직함을 인아는 기꺼이 받아들였다.

"인아, 인아!"

그가 신음처럼 그녀의 휘를 계속 속삭였다. 계속 허리짓을 하면서도 그의 손길과 입술이 분주하고도 탐욕스럽게 인아의 온몸 구석구석을 철저하게 희롱하고 있었다.

찌꺽, 찌꺽, 슥, 슥, 슥!

한동안 이홍원을 채운 것은 음란한 물소리와 살과 살이 부딪히는 야릇한 소리 그리고 두 사람이 끊임없이 뱉어내는 신음 소리뿐이었다.

거의 새벽이 밝아올 때쯤에야 회안이 겨우 인아를 놓아주었다.

인아는 그 밤 내내 그를 도발한 것을 후회했다. 그동안의 금욕을 보상받으려는 그가 어찌나 격렬하게 인아를 탐했는지 온몸이 다 쓰라렸다. 하지만 내내 그는 인아를 배려했다. 조금이라도 인아에게 무리가 갈까 싶어 마치 조심스럽게 대했던 것이다. 다정하면서도 강렬하게 그녀를 원하는 그의 열정이 사랑스러웠다.

"미안하오!"

그가 인아를 포근하게 끌어안으며 속삭였다. 쌓였던 열정을 풀어내고 나니 다시 평소의 다정하고 이성적인 그로 돌아왔다. 그제야 강렬하게 인아를 탐한 것을 미안해하는 그였다.

"괜찮습니다!"

하초가 쓰라렸지만 인아는 행복했다. 그가 이렇게 자신을 강렬하게 원하는 것이 좋았다. 그동안 눈물 나게 노력했던 것이 보상을 받은 것이다. 얼마나 힘들게 회안을 유혹하려 노력했던가? 결국 그의 항복에 인아의 얼굴에 행복한 미소가 피어났다.

회안은 그녀가 친해지고 싶은 유일한 인간이었기에 인아는 그와 더욱 자주 친해질(?) 예정이었다. 인아는 그동안 회안에게 배웠던 친해지는 방법을 철저히 사용할 예정이었다. 그런 생각을 하며 인아가 그의 넓은 가슴에 얼굴을 묻었다. 그의 힘찬 심장박동 소리가 자장가처럼 인아를 혼곤한 잠 속으로 이끌고 있었다.

14. 인간이 사랑하는 방법

"어째서, 이렇게 항상 부끄러운 일을 시키는…… 것입니까?"

새빨개진 얼굴의 인아가 더듬거리며 회안을 노려봤다. 인아의
의도는 짓궂게 구는 회안을 노려보는 것이었지만 관능에 젖어, 쾌
락에 빠진 그 눈빛에는 박력이 하나도 없었다. 오히려 촉촉하게
젖은 눈가와 애욕으로 붉어진 눈빛은 회안을 유혹하는 것 같았다.

"용서하시오. 사과처럼 붉어지는 그대의 얼굴은 너무 귀엽거
든!"

전혀 반성의 기미 없이 음흉하게 중얼거린 회안이었다.

좀 전 상황은 이러했다. 멀리 왜(倭)까지 거래차 나갔던 회안이

근 석 달 만에 복귀하였던 것이다. 그리고 거래 중에 받은 선물이라며 무엇인가를 가지고 왔다. 탁자 위에 내려놓은 작은 상자를 인아가 약간 불안한 표정으로 바라보았다.

"그것이 무엇인가요?"

가끔 회안의 저리 음흉한 표정을 지으면 그가 어떤 일을 할지 도저히 예상할 수 없는 인아였다. 하지만 인아가 몸을 움츠린 것은 회안이 저런 표정을 지으면 곤란한 일을 겪는 것은 항상 인아였기 때문이었다.

"아, 이것? 그 나라에서는 안사람들이 자신의 가군(家君, 남편)을 즐겁게 하기 위해서 이것을 쓴다 하더군!"

회안의 목소리가 지나치게 밝은 것이 아무래도 마음에 걸렸다. 곧 회안이 기다랗고 아름다운 손으로 상자를 열었다. 조그만 상자 안에 들어 있는 것은 향유 같았다.

"향기가 미묘합니다."

인아가 순수한 표정으로 중얼거렸다. 다행히 이번에는 그리 엄청난 일은 아닌 것 같았다. 여인들이 사내를 유혹하기 위해서 몸에 이런저런 향을 두른다는 것은 인아도 알고 있었다. 그것이라면 인아도 어렵지 않게 할 수 있을 것이었다.

"그렇지? 이것을 그대의 몸에 바르면 아주 좋은 향기가 날 것 같소. 나를 위해서 그래 줄 거지?"

저렇게 천진한 표정으로 부탁하면 절대 거절할 수가 없었다. 자신을 위해 해달라고 강아지 같은 눈으로 바라보면 인아의 심장이 항상 흐물흐물해지는 것이었다. 그러나 그 표정이 귀엽다는 말은 절대 그에게 하지 않았다. 오직 인아만이 아는 그의 표정이었다.

"알겠습니다."

인아가 대답하자마자 회안이 갑자기 그녀를 한 품에 끌어당기고는 그녀의 옷가지를 벗겨내기 시작했다.

"나리?"

인아가 비명을 질렀다. 향유야 간단하게 손가락에 묻혀서 귀 뒤쪽이나 손목 쪽에 바르면 되는데 갑자기 옷을 벗기니 인아가 당황했던 것이다.

"내가 그대의 온몸에 구석구석 발라주겠소!"

그가 그녀의 귓불을 물면서 끈적이는 말투로 속삭였다. 인아의 온몸이 도홧빛으로 달아올랐다. 옷을 다 벗긴 회안이 인아를 침상의 붉은 비단 위에 뉘였다. 하얗고 늘씬한 나신이 회안의 눈앞에 제물처럼 드러났다.

회안의 뜨거운 시선에 인아가 작은 손을 들어 가슴과 비부를 가렸다. 인아는 그의 뜨거운 시선에 수줍기도 했지만 이러면 그가 더욱 안달한다는 것을 알고 있었기에 부러 그리한 것이었다.

"이런 안 되지! 간만에 돌아온 가군의 시선을 피하다니!"

회안이 부러 엄한 목소리로 인아를 질책하였다. 그리고는 커다란 손으로 그녀의 손을 떼어내어 인아의 머리 양옆에 고정하였다. 그의 눈앞에 그대로 나신을 드러낸 인아는 낭창낭창했다. 회안의 뜨거운 시선에 인아의 하얀 피부가 복사꽃처럼 달아올랐다.

"하지만, 부, 부끄럽습니다."

인아가 일부러 그를 자극하려고 애교를 부렸다. 회안은 수줍어하는 인아를 몰아붙여 음란한 교성을 흘리게 만드는 것을 좋아했던 것이다.

"이런, 벌을 받아야겠소!"

그가 음흉하고 나직한 목소리로 속삭이자 별다른 접촉이 없었음에도 인아의 유실이 뾰족하게 솟아올랐다. 그리고 기대 때문인지 인아의 하초가 이미 벌써 촉촉하게 젖어들었다.

"하앙, 나리! 싫습니다."

그런 회안을 더욱 자극하려 인아가 교태를 부렸다. 그녀도 그가 자신을 탐하는 것이 좋았다. 누구보다 은애하는 사내의 열정을 거부할 여인이 누가 있겠는가?

"하하, 싫어도 오늘은 나를 애타게 만든 벌을 받아야겠소!"

그가 그렇게 못을 박았다. 인아의 몸도 기대로 저릿했다. 그녀도 그동안 굳센 그의 품이 그리웠다. 그가 돌아온다는 소식에 저녁 내내 온몸을 정성껏 가꾼 인아였다. 맹 유모와 난이의 도움으로 그렇지 않아도 부드러운 피부가 마치 옥돌처럼 매끄럽게 반짝거렸다. 그리고 까만 머리채도 마치 비단처럼 부드럽게 흘러내리며 인아의 가슴을 유혹적으로 가리고 있었다.

"이제 향유를 발라주겠소!"

그가 신음을 삼키며 그녀의 온몸을 뜨거운 시선으로 응시하였다. 그리고 동시에 향유를 기다란 손가락에 묻혀 여기저기 바르기 시작했다. 향유를 바르는 것인지 희롱하는 것인지, 회안의 손가락이 끈적하고 발칙하게 인아의 몸 여기저기를 기어 다녔다.

"앗, 아…… 하아!"

그의 손가락이 그녀의 동그란 유실을 가볍게 집고 향유를 바르자 인아가 교성을 흘렸다. 맨손과는 달리 끈적한 향유가 묻어서 그 감각이 더욱 절묘했다. 그리고 향유의 미묘한 향기가 인아를 더욱 몽롱하게 만들고 있었다.

그러나 곧 인아는 무엇인가가 이상하다는 것을 알아챘다. 회안이 집중적으로 향유를 바르는 곳은 모두 인아가 잘 느끼는 곳들이었다. 인아의 몸에서 지글지글 열기가 끓어오르고 있었다.

"아앗, 나리!"

인아의 신음이 깊어졌다. 그리고 저도 모르게 두 다리를 꼬고 말았다. 여기 저기 종횡무진 움직이는 그의 손길이 오직 한군데만은 무시하고 있었기 때문이었다. 인아는 욱신거리는 자신의 꽃잎을 어쩌지 못했다.

"부인? 왜 그러오?"

왜 인아가 그러는지 알면서도 회안이 모른 척을 했다. 그리고 여전히 음란한 손길로 인아의 여기저기를 희롱하고 있었다.

"나리, 제발!"

인아가 애원했다. 욱신거리는 꽃잎을 그가 어서 만져 주었으면 했다. 그의 기다란 손가락이 그녀의 꽃잎을 마음껏 희롱해 주기를 바랐다. 인아가 저도 모르게 그의 손을 붙잡아 자신의 다리 사이로 가져갔다. 그러자 아까부터 그가 향유를 바른 곳들이 평소보다 더욱 음란하게 저리기 시작했다.

"어디에 발라줄까?"

그가 인아의 의도를 알면서도 부러 모른 체하며 인아의 허벅지 안쪽을 살짝 문질렀다. 인아는 그것만으로도 온몸에 번개가 흘렀다.

"하악, 하, 으응!"

인아가 얼굴을 붉히면서도 제 다리를 살짝 벌렸다. 순진한 얼굴로 온몸이 달아올라 부끄러운 곳을 그에게 드러낸 인아는 음란하면서도 정신을 빼앗을 만큼 요염했다. 이미 달아오른 꽃잎에서는 달콤한 여인의 향을 내는 꿀이 울컥울컥 솟아나고 있었다.

"부인?"

회안은 절대 그녀가 직접 말을 하기 전에는 만져 줄 생각이 없는 것 같았다. 부끄러웠지만 인아는 미칠 것만 같았다.

"아아, 으, 앗, 제발, 꽃잎을 만져 주세요!"

그 말을 속삭인 인아의 얼굴이 사과처럼 붉어졌다. 회안이 하얀 이를 드러내며 음흉하게 웃었다. 지금 침상 위에서 다리를 벌리고 애원하는 인아 때문에 이미 회안의 분신도 아플 정도로 흥분하고 있었다.

"안 된다오. 그대의 꽃잎에는 반드시 그대가 직접 발라야 한다고 그러더군!"

회안의 말에 인아의 눈이 크게 떠졌다. 하지만 이미 달아오른 인아의 몸은 그녀의 이성을 철저하게 외면하고 있었다. 회안이 그녀의 손을 들어 강렬하게 그녀의 손바닥에 입맞춤을 했다.

"허억!"

인아가 숨을 들이켰다. 곧 그가 그녀의 손바닥을 적실 정도로 향유를 부었다.

"자, 직접 하는 거야!"

인아는 울고 싶었다. 제 손으로 직접 하라니, 인아가 잠시 망설였다.

"자, 어서! 나를 위해서 해준다고 하지 않았소?"

회안의 낮은 음성이 주술처럼 인아를 포박했다. 마치 홀린 것처럼 결국 인아가 제 손을 내려 향유를 제 꽃잎에 바르기 시작했다.

"하앙!"

이미 달아오를 대로 달아오른 그녀의 꽃잎은 자신의 손길에도 아찔하게 반응하고 있었다. 그리고 그 향유가 닿는 순간, 인아의 꽃잎과 동굴이 마치 끓어오르는 것 같았다. 저도 모르게 인아가 제 손을 움직여 욱신거리는 꽃잎과 그 위에 있는 진주를 희롱했다.

"나리, 제발!"

인아가 한 손으로는 제 비부를 희롱하며 다른 한 손으로 쾌락으로 근질거리는 유실을 만지며 몸을 꼬았다. 회안의 눈앞에 아름다운 인어가 요염하게 몸부림치고 있었다.

"지독하게도 자극적이군!"

결국 회안이 제대로 옷을 벗지도 않고 급하게 자신의 고(바지)만 잡아 내리더니 단숨에 인아의 동굴 안으로 파고들었다.

푸욱!

강렬하면서도 뜨거운 그의 침입에 인아의 몸이 파르르 떨렸다. 그리고 그녀의 동굴이 애타게 그의 뜨거운 불기둥을 열렬히 환영했다.

"학! 아앙, 하아…… 조…… 좋아요!"

인아가 그의 뜨거운 분신에 반응하며 교성을 내질렀다. 그리고 애타게 기다려 온 그의 분신을 강하게 조였다. 미치도록 좋았다. 그의 뜨거운 불기둥이 강하게 인아의 동굴 안쪽을 여기 저기 찌르자 신음이 계속 흘러나왔다.

"아, 거, 거기 너무 좋아요!"

인아가 무아지경에서 소리를 질렀다. 압도적인 감각에 인아가 허우적거렸다. 그리고 부끄러움조차 잠시 잊고 솔직한 감정을 그대로 토해냈다. 정말 온몸이 녹아버릴 정도로 기분이 좋았다.

"윽! 이렇게 강하게 조이면…… 오래가지 못해!"

인아의 교태에 회안이 중얼거렸다. 인아의 안쪽이 매우 음란하게 꿈틀거리며 회안의 분신을 조이고 있었다.

"그럼 일단 한 번은 빠르게 갑시다!"

그리 중얼거린 회안이 격렬하게 인아의 안을 자극했다.

"하악!"

"웃!"

두 사람이 신음처럼 동시에 절정에 달했다. 찬란한 별빛이 이홍원의 방 안을 가득 채웠다. 그렇게 잠시 거친 숨을 고르던 회안이 몸을 일으켜 자신의 몸에서 옷가지를 떼어냈다. 인아가 나른한 눈으로 그의 나신을 바라보았다. 아름다운 사내가 그녀 앞에 있었다. 그 몸에 닿고 싶어 인아가 손을 내밀려던 찰나, 갑자기 회안이 그녀의 몸을 돌려 버렸다.

"나리?"

인아가 놀라는 와중에도 회안은 아랑곳하지 않고 그녀의 허리를 들어 올렸다. 인아는 지금 엉덩이를 그의 얼굴에 들이대는 음란한 자세가 되었다.

"이것은 안사람이 오랜만에 돌아온 부군에게 반드시 해주어야 하는 자세라고 하더군!"

그가 음란하게 그녀의 하얀 엉덩이를 주무르자 인아가 격한 감각에 발끝을 오므렸다.

"하아!"

곧 그가 얼굴을 내려 그녀의 엉덩이를 살짝 깨물었다.

"앗!"

고통이 섞인 미묘한 쾌감에 인아가 당황했다. 이런 자세는 처음이었다. 곧 그가 자신이 깨물었던 부분을 살살 혀로 굴렸다. 그리고 그녀의 엉덩이를 양손으로 벌리고 기다란 혀로 그녀의 꽃잎을 아래에서 위로 핥아 올렸다.

"학, 나리! 싫어요!"

너무나 음란한 자세에 인아가 비명을 질렀다. 그러나 그런 인아의 비명에도 아랑곳하지 않고 회안의 혀가 탐욕스럽게 인아의 비부를 탐했다.

"아앙, 앙!"

결국 인아가 다시 절정으로 몸을 굳혔다. 그리고 털썩 침상 위로 쓰러져 내렸다. 그러나 곧 인아가 절정에서 아직 회복되기도 전에 그녀의 동굴을 뜨거운 그의 분신이 가득 채웠다.

쑤푹, 쑤푹!

전혀 다른 각도로 들어오는 그의 불기둥에 인아의 몸이 사정없이 흔들렸다. 그리고 평소보다 그의 분신이 훨씬 단단하고 강하고 길게 느껴졌다. 그가 사정없이 그녀의 안쪽 깊은 곳을 찌르자 인아는 무아지경으로 신음을 흘렸다.

"까악, 앗…… 학…… 웃!"

인아의 신음이 비명처럼 높아졌다. 심하게 부끄러웠지만 신음을 참을 수가 없었다.

"부인, 그렇게 신음을 지르면 바깥에서 들릴지도 모르오!"

회안의 말에 인아가 당황하며 몸을 움찔하자 회안의 몸이 함께 움찔했다. 인아의 동굴이 사정없이 그를 조인 것이었다.

"이런, 크윽!"

회안의 신음도 깊어졌다. 그리고 그가 그런 인아를 벌하듯이 분신을 둥그렇게 돌리고 마구 휘저었다.

"하아, 안…… 돼요!"

인아의 온몸에서 솜털까지 모두 바짝 곤두서는 기분이었다. 짐승 같은 자세에 인아는 철저하게 그에게 정복당하는 기분이었다. 인아가 절정을 참을 수 없어 침상의 이불을 강하게 움켜쥐었다. 참아보려고 했으나 회안의 움직임에 속수무책인 인아였다.

"하아, 앙! 하아……."

결국 인아가 비명을 지르며 절정에 달했다. 그녀의 등이 굽으며 그녀의 동굴이 마치 그의 분신을 짜내듯이 강하게 수축했다.

"하아, 나도! 같이 갑시다!"

곧 회안의 분신이 인아의 몸속에 뜨거운 물보라를 뿜어내며 그가 몸을 부르르 떨었다. 침상 위로 지쳐 쓰러져 내린 인아의 등 뒤로 그만큼 뜨거운 회안이 쓰러져 내렸다. 그의 무게감을 기분 좋게 느끼며 인아가 과도한 쾌락에 잠시 정신을 잃었다.

잠시 후, 혼절에서 깨어난 인아가 자신의 유실을 집요하게 희롱하는 회안을 바라보며 불평을 한 것이었다. 아무래도 또 속은 것 같았다. 매번 회안은 인간 세상에서는 당연한 것이라며 여러 가지 체위를 인아에게 가르쳤기 때문이었다.

"어째서, 이렇게 항상 부끄러운 일을 시키는…… 것입니까?"

그러나 인아의 불평은 또다시 긴 손가락으로 인아의 비부를 자극하기 시작한 회안 때문에 곧 사라지고 말았다. 녹을 것처럼 흐물흐물해진 꽃잎 사이로 차가운 회안의 손가락이 닿았다. 도톰하게 부풀어 오른 꽃잎을 가르고 그를 항상 유혹하는 동굴을 향하여 긴 손가락을 넣었다.

"헉!"

인아가 저도 모르게 신음을 내뱉었다. 민감해질 대로 민감한 상황이라 작은 손놀림에도 몸이 과민하게 반응하고 있었던 것이다.

"여인은 쾌락으로 아름다움을 온몸에 두른다지? 그대의 아름다움이 어디까지인지 한번 시험해 볼까?"

희열에 빠진 인아의 얼굴이 너무나 아름다웠다. 아름다운 그녀를 다시 한 번 울게 만들고 싶었다. 짓궂은 미소를 지은 회안은 비부에 한꺼번에 세 개의 손가락을 넣고 마구 휘젓기 시작했다. 그리고 동시에 붉게 도톰하게 솟아오른 진주에 자신의 입을 가져갔다.

츄릅, 츄릅, 츄릅!

방 안을 울리는 너무나 색정적인 소리에 인아의 온몸이 붉게 물들기 시작했다. 피부가 백옥같이 하얀 인아라 흥분하면 붉게 물드는 것이 너무나 잘 보였다. 얼굴에서부터 시작한 열기가 목을 타고 가슴을 지나 이제는 허벅지 안쪽까지 잘 익은 능금처럼 붉어졌다.

"흑, 너무……. 부끄럽습니다."

회안이 혀로 진주를 자극하면서 동시에 손가락을 놀리자 인아의 이성은 저만치 날아가고 있었다. 아직도 인아는 회안이 입으로 자신을 자극하는 것을 부끄러워했다.

부끄러워 저도 모르게 인아가 다리를 모으려 하자 회안이 장난스럽게 비어 있던 다른 손으로 허벅지 안쪽을 부드럽게 쓸었다. 그리고 동시에 마치 벌을 주듯이 인아의 진주를 가볍게 입술로 깨물었다. 그녀가 움찔하자 그가 미안하다는 듯이 다시 혀로 붉게 솟아오른 진주를 살살 달래주었다. 여전히 회안의 강건한 손가락은 살아 있는 생물처럼 인아의 동굴을 희롱하였다.

"안…… 돼요. 흑…… 그, 그만!"

과한 자극에 인아가 마치 물가에 올라온 생선처럼 파닥거리기 시작했다.

"그대가 느끼는 모습을 보여줘! 그것은 오직 나만이 볼 수 있는 아름다운 광경이니까!"

회안은 그리 말하고는 조금도 자극을 멈추지 않았다. 마치 인아를 극단으로 밀어붙이는 것이 목표인 듯 그의 모든 행동은 집요하면서도 믿을 수 없을 만큼 달콤했다.

"하…… 지…… 말아요! 헉…… 헉……."

온몸을 휘감는 통제할 수 없는 감각에 인아는 헐떡였다. 비부에서 시작한 찌릿찌릿한 열기는 척추를 타고 올라 머리끝까지 그리고 다리를 타고 발끝까지 흘러갔다. 저도 모르게 발가락이 안으로 오므라들었다. 인아는 저릿하면서 간지러운 감각의 파도에 속수무책으로 빠져들 수밖에 없었다.

그러면서도 부끄러웠다. 이렇게 무방비하게 자신만 쾌락에 빠져드는 것이, 그 모습을 하나도 놓치지 않고 그가 낱낱이 보고 있는 것이 부끄러웠다. 하지만 그의 뜨거운 시선 아래 몸에서 일어난 열기는 더욱 강해졌다.

또 그 감각이었다. 온몸이 부르르 경련하면서 눈앞에 별이 반짝거리기 시작했다. 이제 인아는 극도의 황홀함을 넘어 숨이 넘어갈 것만 같았다. 그가 멈추지 않으면 아무래도 큰 실수를 할 것만 같았다.

"제…… 발, 웃, 그만……!"

결국 참지 못한 인아의 비부에서 맑은 액체가 뿜어져 나왔다. 그것은 회안의 손을 적시고 그의 얼굴까지 적시고는 허벅지를 타고 아래로 흘러내렸다. 동시에 인아는 등을 활처럼 휘며 하얀 암전으로 잠시 빠져들었다.

"하악, 하악……."

잠시 후 거친 숨을 몰아쉬며 인아가 정신을 차렸다. 공중에 떠올랐던 몸이 느른하게 땅으로 하강하는 기분이었다. 간신히 눈을 뜨자 자신을 그윽하게 바라보고 있는 회안의 열기에 감싸인 눈과 마주쳤다. 그러자 더 이상 붉어질 수 없을 만큼 인아의 얼굴이 붉어졌고 인아는 저도 모르게 두 손을 들어 얼굴을 가리고 말았다.

"미워요. 더 이상 부, 부끄럽게 만들지 마세요."

마치 토라진 어린아이처럼 인아가 어리광을 피었다. 그것이 사랑스러운 듯 회안은 그녀를 자신의 넓은 가슴에 끌어안았다. 그리고는 회안은 재빠르게 그녀를 침상에 눕히고는 그녀의 얼굴에서 두 손을 떼어내어 머리 양옆에 고정시켰다. 그리고 그녀의 놀란 눈을 지그시 바라보며 바로 인아의 비부에 그의 몽둥이 같은 분신을 단숨에 찔러 넣었다.

"헉, 나리!"

항상 그가 들어올 때마다 인아는 놀라곤 한다. 아무리 시간이
지나도 이 처음 삽입의 묵직함에는 익숙해지지 않을 것 같았다.

"좀 더 음란해져도 상관없소. 난 하나도 부끄럽지 않거든!"

그렇게 미워할 수 없는 미소를 지으며 회안이 허리를 움직이기
시작했다. 거미줄에 걸린 나비처럼 인아는 꼼짝 못하고 그의 열정
을 받아낼 수밖에 없었다. 그가 허리를 짓궂게 돌리자 인아의 신
음이 깊어졌다.

뭐라 말할 사이도 없이 자신을 탐하는 회안의 열정에 숨이 턱턱
막혔다. 전혀 반성하는 기색 없이 자신을 열기 속으로 몰아넣는
회안이었다. 그가 인아의 무릎을 잡아 자신 쪽으로 끌어당기며 허
리를 추어올리자 인아의 몸이 마치 바람에 흔들리는 등(燈)처럼 격
렬하게 흔들렸다.

"학…… 웃……!"

오직 그녀가 낼 수 있는 소리는 단말마의 신음뿐이었다. 찌꺽찌
꺽, 살과 살이 맞부딪히며 음란한 물소리가 방 안을 가득 채웠다.
그리고 그가 강하게 허리를 추어올리며 입술을 내려 그녀의 유실
을 단숨에 머금고는 혀로 살살 굴리자 인아는 이제 거의 애원하기
시작했다.

"응, 앗…… 제발!"

지금 무엇을 애원하고 있는지 인아는 알 수 없었다. 그러자 그

의 허리 움직임이 인아가 더 이상 따라잡을 수 없을 만큼 격렬해졌다. 그리고 그녀의 몸 안에 더 이상 깊이 들어올 수 없을 만큼 안까지 들어와 있는 분신을 마구 돌리자 인아의 눈앞에 다시 별이 보이기 시작했다. 그가 움직일 때마다 붉은 진주도 함께 자극되어 다시 격하게 인아의 몸이 경련하기 시작했다.

"나, 나리!"

짧은 교성을 지르며 인아가 다시 절정에 다다랐다. 그녀의 동굴이 크게 꿈틀거리며 제 안에 있는 뜨거운 불기둥을 압박하기 시작했다.

"윽, 인아! 나도 이제 한계야!"

파정 직전의 회안의 얼굴은 너무나 관능적이었다. 하지만 지금 절정에 달한 인아는 미처 그 얼굴을 보지 못했다. 회안의 분신이 더 이상 커질 수 없을 만큼 부풀었다. 자신의 동굴을 한 치의 빈틈도 없이 가득 매운 회안의 분신 때문에 인아는 몽롱했다.

"하악!"

"헉!"

회안이 파정하는 순간, 두 사람의 입에서 동시에 교성이 터져 나왔다. 몸 안을 가득 채우는 생명의 물보라에 인아가 부르르 몸을 떨었다. 그리고 마지막 한 방울까지 자신에게 달라는 듯 그녀의 좁은 동굴이 강하게 회안의 분신을 조였다.

털썩 자신의 위에 느껴지는 기분 좋은 무게감을 느끼며 인아가 부드럽게 그의 탄탄한 등을 쓰다듬었다. 자신의 풍만한 가슴에 닿은 그의 강인한 가슴근육이 고스란히 느껴졌다. 달리기를 한 듯 뜨거운 그의 피부와 땀방울도 사랑스러웠다. 그리고 따뜻한 그의 피부가 인아를 노곤한 잠으로 이끌고 있었다. 저도 모르게 그의 온기를 더욱 느끼려 인아가 자신의 가슴을 그에게 더욱 밀착했다.

"큰일이야."

낮은 소리로 중얼거리는 회안의 목소리에 인아가 눈을 동그랗게 뜨고 물었다.

"뭐가요?"

회안이 장난스럽게 인아의 코를 잡고 흔들었다.

"그대가 나를 이렇게 자극하면 아직 둘째가 제대로 걸음마도 못하는데 동생이 생기겠어."

그 말과 동시에 인아의 몸 안에 있던 그의 분신이 다시 크기를 키우기 시작했다. 그러자 인아가 검에 찔린 듯 아래에서 몸을 움찔했다. 아직 절정의 여운에서 제대로 돌아오지도 못한 인아였다. 연이은 절정으로 인아는 손가락 하나 움직일 힘조차 없이 지쳐 버린 참이었다.

"헉, 회안!"

인아는 극도로 당황하거나 놀라면 회안의 휘를 불렀다. 회안은 그녀가 불러주는 자신의 휘가 좋았다. 어차피 부르라고 부모님께서 지어주신 휘였다. 그러나 요즘 누구도 감히 그의 휘를 불러주지 않으니 어쩔 수가 없었다. 인아가 부르게 만들면 되었다. 원하는 것을 스스로 노력하여 쟁취하는 것은 자랑스러운 일이다. 게다가 이렇게 심혈을 기울이고 있지 않은가?

"그렇게 긴장할 것 없소. 이번엔 아주 부드럽게 깃털처럼 가볍게 할 테니까!"

회안이 그렇게 인아를 달래듯이 속삭였지만 그녀는 속지 않았다. 매번 그런 식으로 자신을 꼬드겨 목이 쉴 때까지 밀어붙이는 회안이었기 때문이었다. 하지만 매번 그의 유혹에 넘어가는 자신에게도 큰 문제가 있는 것은 아닐까 하고 인아는 생각했다. 그래서 살짝 반항할까 고민하던 인아였다. 하지만 그런 인아의 생각을 눈치채었는지 회안이 그녀가 절대 거부할 수 없는 한마디를 그녀의 귓가에 나직이 속삭였다.

"인아! 은애하오!"

그가 다정하게 속삭이자 인아가 얼굴을 도홧빛으로 물들이며 그의 넓은 가슴에 얼굴을 묻었다. 그가 은애한다고 속삭일 때마다 왜 이리 수줍은 것인지 알 수가 없었다. 그리고 심장이 몽글몽글 부드럽게 녹아내리며 그에 대한 애정이 더욱 물씬 솟아올랐다. 자신의 품에 머리를 기댄 그녀를 사랑스럽게 안아주는 회안이었다. 그렇게 기대어 있던 인아가 갑자기 궁금하다는 듯이 질문을 했다.

"그런데 대체 언제부터 저를 은애하신 것입니까?"

그제야 회안이 그동안 감추어두었던 오래전 몽환적인 이야기 하나를 꺼내었다.

終. 소년과 인어

　파랗고 시린 바닷물이 소년의 몸을 감쌌다. 아직 사내라고 부르기에 부족한 낭창낭창한 열다섯 소년의 몸이 서서히 바다 아래로 가라앉고 있었다.

　두둥실!

　무게감은 전혀 느낄 수 없었다. 가벼운 나뭇잎처럼 소년의 몸은 바닷물에 매끄럽게 부유하고 있었다. 소년의 몸은 점점 바닥을 알 수 없는 푸른 심해를 향해 빨려 들어갔다. 바닷속은 포근했다. 소음도 사라지고 오직 소년의 눈앞에는 투명하게 맑은 바다가 있을 뿐이었다.

　두렵지는 않았다. 다만 조금씩 소년의 호흡이 거칠어졌다. 수면을 향해 고개를 들자 희붐한 태양이 보였다. 다만 소년은 저 뜨거운 태양을 다시 볼 수 없다는 것이 살짝 아쉬웠다.

하지만 죽음은 생각보다 적막하다는 생각이 들었다. 다만 제 스스로의 결정이 아닌 누군가의 계획에 의해서 삶을 마감해야 하는 상황이 서글펐다. 아직 가지 않은 수많은 가능성을 두고 이렇게 한 가문의 영화를 위해서 희생된다는 것이 불합리하게 생각되었을 뿐이다. 산소가 희박해질수록 소년의 복잡한 생각들도 점차 바닷물에 휩쓸려 사라져 갔다.

그렇게 조용히 소년의 의식이 점점 희미해져 갔다. 미련 없이 두 눈을 감고 끝을 알 수 없는 고요 속으로 빠져들려던 순간이었다. 아름다운 녹색 눈이 소년을 지그시 바라보고 있었다. 생기를 머금고 반짝거리는 보석 같은 눈에 희미해져 가던 소년의 의식이 다시 또렷해졌다. 작고 하얀 얼굴, 그 얼굴을 감싸며 부드러운 해초처럼 휘날리는 칠흑 같은 머리카락!

아름답다!

소년의 머릿속을 지배하는 단 하나의 감정이었다. 그것은 아름다운 존재에 대한 무한한 경외심 같은 것이었다. 죽음 앞에서도 소년의 호기심이 되살아났다. 저도 모르게 그 아름다운 존재를 향하여 손을 내밀었다. 작고 하얀 손이 부드럽게 소년의 손을 마주잡았다. 그리고 곧 앙증맞은 두 손이 소년의 뺨을 부드럽게 쓰다듬는 것 같았다. 그리고 보드라운 입술이 소년의 입술에 닿았다.

곧 소년은 편안히 호흡을 할 수 있었다. 그리고 점점 의식이 뚜렷해졌다. 작은 존재는 분명 소년에게 공기를 나누어 주고 있었다. 이내 소년은 그 존재가 아직 어린 소녀라는 것을 알아챘다. 대략 7~8세가 되었을까, 아주 작고 귀여운 소녀였다. 신기하게도 소녀의 상반신은 나신이었다.

하지만 소년은 그것이 하나도 이상하지 않았다. 다만 자신의 뺨에 닿은 소녀의 손끝은 서늘했다. 그리고 얼굴을 가볍게 스치는 소녀의 머리카락은 비단보다 더욱 감미로운 감촉이었다. 소년의 호흡이 정상적으로 되돌아온 것을 알았는지 소녀가 입술을 떼었다.

강한 생명력으로 반짝거리는 녹색 눈이 소년의 짙은 까만 눈을 똑바로 바라보았다. 소녀는 아무런 말도 하지 않았으나 소년은 알아들었다. '살아남으라' 는 소녀의 응원이었다. 그리고 포기하지 말라는 듯 소녀의 눈빛은 절실했다. 소년이 소녀의 눈빛에 저도 모르게 고개를 끄덕였다.

그러자 소녀가 환하게 웃었다. 순간 차갑게 느껴지던 시린 바닷물이 포근하게 느껴졌다. 그리고 소녀가 작은 손을 내밀었다. 자신의 손을 잡고 육지로 가자는 의미 같았다. 세상에 미련 따위 없었지만 소년은 소녀의 손을 꼬옥 잡았다. 저렇게 자신에게 살라고 말하는 소녀를 실망시키고 싶지 않았던 것이다.

소년의 손안에 작고 하얀 손이 있었다. 그 작은 손에 이끌려 소년은 차츰차츰 수면 위로 희미하게 비치는 빛을 향해 나아갔다. 수면을 향해 나아갈수록 소년의 시야를 가득 채운 것은 찬란하게 반짝거리는 은빛이었다.

투명하리만치 맑고 파란 물속에 찬란하게 피어난 은빛의 눈부심! 그리고 자신을 바라보던 아름다운 녹색 눈동자의 소녀! 아무것도 바라지 않았던 그의 가슴속에 단 한 가지 소중한 바람이 생겨났다. 저 작은 소녀를 반드시 찾아내리라! 소년의 아름다운 얼굴에 결연한 다짐이 서렸다.

그것은 10년이나 걸린 긴 기다림이었다. 10년 전 바다에 빠져 죽을 고비를 넘기고 살아 돌아온 회안은 아버지에게 진실에 대하여 물었다. 주우길은 망설였지만 결국 주씨 가문과 용궁 간의 협약에 대해서 회안에게 말해주었다. 그제야 회안은 주씨 가문의 엄청난 부의 원천을 깨달았다. 그리고 왜 항상 차자(次子)들이 이른 죽음을 맞이해야 했는지 단숨에 이해할 수 있었다.

엄청난 진실 앞에 망연자실했지만 회안의 심장 한구석은 설레었다. 그것은 자신을 구해주었던 소녀, 즉 교인이 정말로 존재한다는 사실이었다. 다시 한 번 그 소녀를 보고 싶었다. 처음에는 그저 은인에게 감사하고 싶은 마음이었다. 그래서 이리저리 집안의 고문서들을 연구하여 몇 가지 사실을 파악하게 되었다. 그중 하나가 교인들이 가끔 조용한 밤, 달을 보기 위하여 해안가에 올라온다는 사실이었다.

그래서 회안은 매해 자신이 바다에서 다시 '나타났'던 해안가를 찾았다. 작은 인어가 자신을 구해준 것이 본인의 꿈이었는지 아니면 진짜였는지 알고 싶었던 것이다. 그래서 결국 회안은 매년 7월, 해안가로 올라오는 인아의 모습을 발견할 수 있었다.

일 년에 단 하루, 만월의 밤. 인아는 해안가로 올라왔다. 작은 소녀는 달을 바라보며 아름다운 목소리로 노래를 했다. 처음에 보았던 인아는 아주 작고 앙증맞은 소녀였다. 처음에는 앙증맞은 인아의 손이 너무 귀여웠다. 그리고 까맣게 윤나는 머리를 마치 강아지를 쓰다듬듯이 쓰다듬어 주고 싶었다. 작고 귀여워 품 안에 안아주고만 싶었던 인아는 세월이 지날수록 회안에게 점점 다른 감정을 불러일으켰다. 그리고 해가 지날수록 작았던 소녀는 점점 모습을 바꾸었다.

몇 해가 지나자 밋밋했던 가슴이 어느 순간 작은 사과처럼 부풀어 올랐다. 그리고 다음 해가 되자 덜 여문 과실처럼 귀엽던 가슴이 사내의 욕망을 자극할 정도로 아름답게 부풀어 올랐다. 그리고 해가 지날수록 인아의 귀엽기만 했던 녹색 눈동자는 순진하면서도 요염해졌다.

풍성하고 긴 머리카락으로도 엉덩이가 가려지지 않을 만큼 훌쩍 키가 컸을 때에는 회안의 심장에 생각지 못했던 강한 파도가 출렁거렸다. 그리고 어느 순간 인아는 완벽하게 여인의 곡선을 갖추게 되었다.

풍성하고 긴 머리카락과 긴 속눈썹, 점점 더 유연한 곡선을 지닌 인아는 회안의 마음속에 어느새 단단한 집을 짓고 있었다. 백옥처럼 하얗고 부드러운 피부에 닿고 싶은 열망이 솟아올랐다. 그래서 기다렸다. 그녀가 어른이 되고 자신에게 올 수 있는 시기가 되기를 애타게 기다렸던 것이다. 그렇게 회안이 10년을 기다려 온 인아였던 것이다.

그리고 회안을 선택한 것은 인아였다! 그녀가 그에게 숨을 나누어 주었을 때 이미 두 사람의 운명은 하나로 엮였던 것이다. 물속에서도 숨을 쉴 수 있는 능력! 그것을 이미 인아가 그에게 준 것이었다. 용왕이 아님에도 그런 능력을 가졌던 인어는 인아와 요화뿐이었다. 요화가 오래전 물에 빠진 가주를 구하고 사랑에 빠졌던 것처럼, 인아도 회안도 미처 알아차리기도 전에 두 사람은 하나였던 것이다.

"설마? 그럼 제가 구했던 그 소년이 바로 나리셨습니까?"

회안의 고백에 인아가 소리쳤다.

"그렇다오."

회안의 미소에 인아의 얼굴에도 화사한 미소가 떠올랐다. 인아가 아련하게 연심을 품었던 그 소년이 바로 회안이었다니, 이미 오래전부터 그들의 인연은 그렇게 시작되었던 것이다. 인아는 수줍어서 그 진실을 차마 그에게 말할 수가 없었다. 서로의 이름도 모르면서 시작되었던 그 인연이 오늘 이렇게 부부의 인연으로 맺어진 것이 다행이면서도 기적 같았다.

"다행입니다."

'그분이 바로 당신이어서'라는 말은 차마 하지 못하고 인아가 수줍게 달아오른 얼굴을 다시 그의 넓은 가슴에 묻었다. 그리고 바다처럼 안온한 그의 품속에서 점점 달콤한 잠 속으로 빠져들었다.

그동안 착실하게 그녀를 제 품으로 데려오기 위해서 얼마나 피나는 노력을 했는지는 살면서 조금씩 이야기해 줄 작정이었다. 그리고 그 기다림만큼 인아를 마음껏 사랑할 작정이었다. 제 품 안에서 사랑스럽게 잠이 든 인아를 회안이 부드럽게 끌어안았다. 그리고 회안도 곧 달콤하고 나른한 잠 속으로 빠져들었다.

[完]

거의 활자 중독증 수준인 저는 요즘에는 19금 소설을 많이 읽습니다만, 순수한 어린 시절에는 각국의 동화들을 닥치는 대로 섭렵을 했습니다. 한국 전래 동화부터 인도 동화까지 아마 이 세상에 존재하는 대부분의 동화를 읽지 않았나 합니다.

가끔 동화를 읽으면서 동화 속에 숨겨진 설정상의 빈 행간을 생각해 보는 것이 일종의 취미라면 취미였지요. 수많은 동화들이 다 제 각각의 매력을 가지고 있습니다만 그 모든 동화 중에서 역시 가장 슬펐던 것을 꼽으라면 단연 '인어공주'입니다. 해피엔딩이 아닌 동화라니, 그 결말에 어찌나 충격을 받았던지 며칠간 훌쩍거리며 잠을 설쳤던 것 같습니다.

생각해 보면 인어공주는 참으로 장애가 많은 캐릭터입니다. 사랑하는 남자를 구하고, 그에게 가기 위해서 목소리를 내어주고 다리를 얻습니다. 하지만 그것을 아시나요? 설정상 인어공주는 걸을 때마다 칼로 찔리는 것 같은 고통에 시달려야 합니다! 더구나 목소리를 잃었으니 본인이 왕자를 구한 생명의 은인이라고 밝힐 수도 없지요. 당연히 인어이니 글을 쓸 수도 없고요! 게다가 이웃 나라 공주와 결혼하는 모습까지 봐야 했습니다.

저는 인어공주의 사랑을 몰라주는 왕자의 심장을 확 찌르고 인어가 다시 되는 결론을 원했지만 지금 생각해 보니 약간 다른 생각이 듭니다. 사랑하는 이의 목숨을 대신하여 얻은 그 삶이 과연 행복했을까요? 다만 인어공주의 사랑을 끝까지 깨닫지 못한 왕자를 저주할 따름이죠. 아무리 생각해도 이 왕자는 너무나 통찰력이 없었던 것 같습니다.

서두가 길었습니다만 결국은 이번 이야기는 인어공주 스토리였습니다. 하지만 본래 시작은 중국의 산해경에 나오는 교인(鮫人) 전설이었습니다. 베를 쓱싹쓱싹 짠다는 교인의 설정이 정말로 흥미로웠습니다. 게다가 인간으로 변신해서 나와서 객관 같은 곳에 묵기도 하고 그 숙박비를 눈물을 흘려 진주로 갚는다니 참으로 신기하지 않습니까?

그래서 이 전설을 읽다 보니, 갑자기 궁금해졌습니다. 대체 물속에 살아서 옷이 필요 없는 교인들이 왜 그리 열심히 교초를 직조하는 걸까 하고요. 그리고 왜 굳이 뭍에 나와서 비단을 팔아야 하는 걸까요? 이런 궁금증들이 무럭무럭 피어올라서 그 행간을 메우는 상상력이 발휘되기 시작했습니다.

대체 그 교초를 팔아서 번 돈으로는 무엇을 하는 것일까? 인간 세상에 나온 교인들은 대체 무엇을 하는 것일까? 생각할수록 궁금한데 산해경에는 그 이상에 대해서는 설명이 없더군요.

그래서 이들이 인간 세상에 나와서 인간들하고 야한 연애를 하는 것은 아닐까? 생긴 것도 아름답다고 하니 분명 반하는 인간들도 있었을 거라는 생각이 들었지요. 그래서 중국하면 비단 장수 왕 서방이 떠오르기에, 인간과 교인 간의 끈적끈적하고(?) 야한 관계를 구상한 것이죠.

사실은 제가 인어야담 직전에 쓴 세 번째 소설 '매화지연'에서 남주인공이 여주인공을 어찌나 괴롭혔던지 쓰고 나니 진이 빠졌습니다. 참으로 신기한데 제가 쓴 것이기는 하지만 인물들이 제 생명을 얻기 시작하니까 그게 다 제 마음대로 되는 것은 아니더라구요. 그래서 다친 제 마음을 위로하려고 이번에는 남주인공이 거의 일방적일 정도로 여주인공을 사랑하는 달달한 이야기를 쓰고 싶었습니다.

　그래서 아직 매화지연의 최종 원고 수정이 끝나지도 않은 상태에서 인어야담을 쓰기 시작했습니다. 실장님께 매화지연 초고를 보내고, 피드백을 기다리는 동안이었지요. 본래 목표는 짧게 평소 분량의 절반으로 해서 중편 정도로 생각을 했었습니다. 초반에 회안이 순진한 인아를 꼬드기는 장면을 쓰면서 어찌나 즐겁던지요? 그런데 그렇게 엄청난 속도로 나가던 글이 어느 순간 꽉 막혀서 도무지 진전이 없었습니다.

　그 와중에 다시 실장님을 만나서 이런저런 이야기를 나누었지요. 실장님께서 이야기 설정을 충분히 살려서 장편으로 가자 하시니, 결국 또 덥석 받아들이고 말았습니다. 그냥 끝내기에는 예전부터 인어공주를 다시 쓰고 싶었던 제 마음속의 욕망이 불처럼 타오른 거죠! 하지만 그때 제가 여러 가지 일로 도무지 짬이 안 나던 시점이어서 잠시 고민을 하긴 했습니다만, 결국은 다시 장편이 되었습니다.

　실장님께서 너무 무겁지 않은 분위기로 해달라고 하셔서 나름 과하게 심각해지지 않으려고 했습니다. 그런데 뒤쪽 부분은 홍루몽의 대옥 장화 장면을 모티프로 가져오다 보니 그리 가볍지만은 않은 것 같네요. 하지만 본래 제 목표는 분명 섹시 코믹이었습니다!

어찌하다 보니 지금껏 쓴 이야기들이 모두 시대물에 배경이 중국이 되어버렸습니다. 다음 작품은 언제가 될지는 알 수는 없습니다만 현대물과 아주 처절한 여자의 복수 스토리 중에서 하나가 되지 않을까 싶습니다.

가끔 책장에 꽂힌 제 책들을 보면 여전히 신기하기만 합니다. 아직도 종이로 제본되어 나온 저의 책을 이리 보고 저리 보고 하면서 신기해하는 완전 초보 작가입니다.

지금 제 소망은 꾸준히 최소한 10년은 소설을 써서 작가라는 타이틀이 부끄럽지 않은 사람이 되는 것입니다. 제가 좋아하는 무라카미 하루키 선생님께서 적어도 10년은 소설을 써야 신인작가를 벗어날 수 있다고 하셨으니 아직도 갈 길은 참으로 멀어 보이네요! 아직은 많이 부족하지만 정말 전업 작가로 쓰고 싶은 이야기를 매일 쓰면서 사는 그날까지 노력해 보겠습니다.

그렇게 우리를 괴롭히던 2016년 여름의 폭염도 시간의 흐름 앞에서는 어쩔 수가 없네요. 어떤 고난도 즐거움도 시간의 힘 앞에서도 무장해제가 되는군요. 하지만 시간이 그냥 가는 것이 아니라 조금씩 발전해가는 그런 나날이었으면 합니다.

마지막으로 그 수많은 이야기들 중에서 제 이야기를 골라주신 독자님들께 감사드립니다. 독자님들, 항상 행복하세요! 저는 쓰는 동안 행복했거든요!

—2016년 11월, 이수현 드림